Eric Berg est auteur de romans historiques. *La Maison des brouillards* est son premier thriller.

Eric Berg

LA MAISON
DES BROUILLARDS

ROMAN

*Traduit de l'allemand
par Catherine Barret*

Slatkine & Cie

TEXTE INTÉGRAL

TITRE ORIGINAL
Das Nebelhaus
ÉDITEUR ORIGINAL
Limes Verlag
© original : Verlagsgruppe Random House GmbH, Munich, 2013

ISBN 978-2-7578-6884-3
(ISBN 978-2-88944-026-9, 1re publication)

© Slatkine & Cie, 2017, pour la traduction française

À Ruth von Benda, Sandra Bräutigam,
Armin Weber, Katja Hille, Katarina Pollner
et Petra Miersch,
à qui les joies et les peines de l'écriture
me lient depuis bien des années.

Qu'est-il besoin d'aller chercher l'enfer dans l'autre vie ?
Il est dès celle-ci dans le cœur des méchants.

Jean-Pierre Deforis,
Préservatif contre les Incrédules
Paris, 1764

Souvent attribuée à Jean-Jacques Rousseau,
dont Deforis, bénédictin janséniste
guillotiné en 1794, était le détracteur.

1

Trois morts, une personne dans le coma, tel était le bilan de la « nuit sanglante de Hiddensee », qui, deux ans plus tôt, avait secoué cette petite île de la Baltique. La nouvelle du massacre était passée au journal télévisé national juste avant le sport, et l'expression « nuit sanglante » avait été définitivement consacrée par le reportage d'un quotidien à sensation. À la une, les photos des victimes en noir et blanc, style passeport, flottaient sinistrement entre des titres en capitales énormes. En page deux, c'était la consternation, le choc pour les survivants, les familles des victimes, les voisins, avec, tout en bas, un zeste de colère : Pourquoi ces meurtres ? Le drame aurait-il pu être évité ? Y avait-il eu négligence, imprudence ? Aussitôt après les obsèques, le silence était retombé, principalement parce qu'il n'y aurait pas de procès. Car la personne dans le coma était l'auteur supposé des faits, et, tant qu'elle demeurerait inconsciente, l'affaire dormirait avec elle.

À l'approche du deuxième anniversaire de la tragédie, un quotidien régional du nord de l'Allemagne décida de publier une double page sur la tuerie. Logiquement, il fit appel à une spécialiste de ce genre d'article : moi, Doro Kagel.

Je tapai sur mon clavier, avec la rapidité que donne une longue habitude :

Neuendorf, île de Hiddensee, il y a deux ans, le 2 septembre 2010. Deux femmes et un homme arrivent dans la maison numéro 37. Les visiteurs sont Yasmin Germinal, 35 ans, sans emploi fixe, Leonie Korn, 38 ans, éducatrice, et Timo Stadtmüller, 33 ans, écrivain. Invités par l'architecte Philipp Lothringer, 45 ans, et sa femme Genoveva Nachtmann, 43 ans, ils sont venus passer un week-end prolongé du vendredi au lundi chez eux et leur fille de cinq ans, Clarissa. La femme de ménage, Mme Nian Nan, 67 ans, originaire du Cambodge, était presque chaque jour dans la maison. Comme elle, son mari Viseth et leur fils Yim ont été pris dans les événements qui se sont déroulés dans la nuit du 5 au 6 septembre...

Je soupirai et effaçai tout. J'en étais à mon troisième début d'article, et il était pire que les deux précédents : cette fois, j'avais réussi à embrouiller le lecteur en lui infligeant pas moins de neuf noms en onze lignes.

En attendant de trouver une nouvelle accroche, je restai assise, comme si souvent, au milieu de la chambre qui me servait aussi de bureau, devant la machine dont il m'arrivait de fixer l'œil énorme jusqu'à onze ou douze heures par jour. Durant ces heures, j'écrivais bien d'autres articles, différents de celui-ci et pourtant toujours un peu les mêmes, à propos de bagarres dans le métro qui tournaient mal, de viols, de crimes d'honneur, de meurtres de prostituées, d'assassinats par la mafia russe. Des comptes-rendus de la folie ordinaire qui affluait vers les tribunaux de la capitale et de ses environs, telle une marée noire qui vous coupait le souffle.

Le crime est ma spécialité. J'y suis venue par hasard, sans avoir rien fait pour cela. Du moins selon la première version. La seconde étant que cela a quelque chose à voir avec la mort de mon frère Benny. À onze ans – j'en avais alors neuf –, il a été étranglé dans un bois par un homme d'âge moyen et jeté dans un étang. On ne l'a retrouvé qu'au bout de quatre jours, le meurtrier deux jours plus tard.

Honnêtement, je ne saurais dire laquelle des deux versions est la bonne. Quoi qu'il en soit, il y a quelques années, une rédactrice en chef a été emballée par mon article sur un parc berlinois où de jeunes hommes excitaient leurs chiens de combat les uns contre les autres et prenaient des paris. Après cela, on a commencé à me demander de plus en plus souvent des articles sur des sujets sanglants. Un nombre croissant de journaux m'envoyaient assister à des procès toujours plus spectaculaires : violences domestiques, incendies volontaires, enlèvements d'enfants, pères indignes, bandes de jeunes casseurs… Jusqu'au jour où, ayant atteint le sommet de la hiérarchie des procédures pénales, je n'ai plus écrit que sur le meurtre et les meurtriers. D'un côté, cela m'arrange que de plus en plus de rédacteurs en chef associent le nom de Doro Kagel à un thème précis, dût-il s'agir de la plus grande des tragédies, l'impossibilité pour les humains de renoncer au meurtre. D'un autre côté, chez moi aussi, la fascination que provoque ce sujet se mêle de dégoût, l'attirance le dispute à la répulsion, et j'ai regretté plus d'une fois de ne pas pouvoir plutôt écrire sur une exposition horticole.

Hiddensee est l'endroit le plus paisible qu'on puisse imaginer. Accessible seulement par le ferry, couverte de bruyère et battue par des vents qu'on pourrait croire capables de chasser les mauvaises pensées, la mer y est partout présente. Un joli phare s'élève au nord, et la partie sud représente un trésor naturel, avec la réserve ornithologique interdite aux visiteurs. Nulle part ailleurs le tourisme n'est plus respectueux de l'environnement. La circulation automobile est interdite sur toute l'île, et les seuls véhicules à moteur autorisés, un bus, une camionnette de livraison et les services d'urgence, ne doivent pas dépasser deux chevaux-vapeur. Mille trois cents habitants vivent là, répartis dans quatre villages.

Celui de Neuendorf, au sud, se situe un peu à l'écart des trois autres. Ici, pas de route goudronnée, seulement des chemins de terre, des sentiers et des maisons numérotées. Le numéro 37 est une construction assez récente et très originale, presque entièrement en bois et en verre. Avant les terribles événements du 5 septembre 2010, les autochtones de l'île la surnommaient déjà « la Maison des brouillards ».

Un bon début. Mais un début seulement, et j'avais mis près d'une heure à l'écrire. Je bloquais toujours sur ce massacre qui avait eu lieu près de deux ans plus tôt, et qui n'était mon sujet qu'en apparence. Car un crime existe d'abord par le criminel, et ici, il n'y en avait pas. Du moins, aucun qui puisse comparaître devant un tribunal menottes aux poignets, être défendu par un avocat, chargé par des témoins, insulté par les familles des victimes, évalué par des psychologues. Pas de débat contradictoire ni d'expertise. Pas de défense, pas d'excuses, pas de jugement. Mais surtout, pas de monstre. On ne pouvait pas faire un monstre de quelqu'un qui n'était ni en fuite, ni capturé et mis en cage. Ce n'était qu'un fantôme voué à l'oubli, impossible à montrer du doigt. Un bon monstre ne peut pas être mort, encore moins dans le coma.

L'affaire demeurait sinistre et mystérieuse.

Je feuilletai mes notes, cherchant l'inspiration dans le matériau accumulé. Je passai une nouvelle fois en revue les rapports de police et les communiqués du parquet de Stralsund, qui accomplissaient l'exploit de résumer l'horreur dans un langage administratif d'une précision inattaquable, mais totalement déshumanisé. Je ne trouvai aucune déclaration des survivants. Manifestement, la publication de cet article sensationnel les avait dissuadés de se confier à la presse. Quant aux informations concernant les témoins et le déroulement supposé des faits, elles étaient rares.

Je vidai d'un trait une tasse de café presque froid et repoussai le dossier. Depuis des jours, la nuit sanglante rôdait autour de mon bureau. Elle rampait sur la pile du travail à faire, sur le courrier, sur les déclarations de revenus et les factures à payer, passait devant l'assiette où du raisin vert et des quetsches exhalaient leur parfum de fin d'été. Elle se glissait sur le canapé du salon, sur la table de la cuisine et jusqu'à la place vide dans mon lit, avant de retourner vers mon bureau – ce bureau chargé de reproches à hauteur de la différence irréductible entre tâches achevées et en attente, car mon point le plus sensible était le sentiment de n'en avoir pas fait assez.

Quelques heures plus tôt, après de longues recherches, j'avais retrouvé le dossier derrière mon ordinateur, sans comprendre comment il avait pu atterrir là. D'habitude, seule la poussière franchissait l'auréole des notes adhésives multicolores – rendez-vous, numéros de téléphone et autres pense-bêtes – qui entouraient l'écran. On aurait dit que ce travail cherchait à m'échapper. Je trouvais toujours plus urgent, d'autres recherches à faire, d'autres articles à écrire, et ce fut encore le cas cet après-midi-là.

D'une pile qui avait atteint la hauteur d'une encyclopédie en trois volumes, je tirai le classeur contenant les envois des élèves d'une école de journalisme par correspondance. J'avais accepté ce petit boulot d'enseignement à distance pour compléter mes maigres honoraires de journaliste free-lance, sans vraiment y trouver mon compte. Il me prenait trop de temps, demandait une concentration à laquelle je parvenais difficilement, et me rapportait tout juste de quoi payer ce que je donnais chaque mois à mon fils Jonas, étudiant à Marburg, dont le visage rieur éclairait mon bureau débordant de corvées et de meurtres.

En deux heures, je réduisis la pile aux deux tiers de sa hauteur, annotant de mes corrections et appréciations les articles des élèves journalistes, qui traitaient du déclin constant des magasins de laine et tricot, de la dégradation des réseaux d'eaux usées des grandes villes allemandes, de la qualité des bières selon les pays, de la portée économique du travail au noir et de l'essor de Berlin, ville de la mode. Il ne se passa à peu près rien d'autre durant ces deux heures, si ce n'est que les ombres s'allongèrent sur mon bureau, lignes dentelées et points dansant au ralenti sur le papier, et que je laissai refroidir successivement trois tasses de café avant de les porter à mes lèvres.

Peu avant six heures, je renversai par mégarde ma tasse sur le dossier de la nuit sanglante. Quand j'eus éponge le liquide brunâtre, je constatai qu'il avait laissé sur presque chaque feuille une carte bicolore, avec en bas un continent nettement délimité, et des îlots dans la partie supérieure. Le seul document intact était la liste donnant les numéros de téléphone des survivants de la nuit sanglante, des conjoints et proches des victimes, des habitants de Hiddensee, des témoins, de l'hôpital où se trouvait la patiente dans le coma, ainsi que les noms et les coordonnées des psychologues, des officiers de police en charge de l'affaire et des avocats.

Dix-huit heures sept. Il fallait que je m'y mette. Dans trois semaines exactement, l'article terminé devait être sur le bureau du rédacteur en chef du journal régional.

J'allai à la cuisine, en revins avec une nouvelle chope remplie de café brûlant, me massai rapidement la nuque, pris mon portable et contemplai la liste, indécise. Qui valait-il mieux appeler en premier ? L'un des survivants ? Un proche des victimes ?

En temps normal, c'était au cours du procès que je rencontrais les personnes directement touchées par une affaire. Le terrain était plus favorable, les gens mieux disposés à répondre aux questions, presque heureux même de pouvoir exprimer devant les chroniqueurs judiciaires leur aversion pour le monstre et de leur dicter leurs déclarations.

Je composai un numéro.

– Viseth Nan, répondit une voix un peu grêle d'homme âgé.

– Bonjour, monsieur Nan. Je m'appelle Doro Kagel, et j'écris un article sur ce qui s'est passé il y a deux ans à Hiddensee. Ce sera un article sérieux, où je parlerai aussi de votre femme. Si je suis bien informée, elle était gouvernante ou femme de ménage chez le couple Lothringer-Nachtmann, est-ce exact ?

Pas de réponse. Je l'entendais seulement respirer.

– Êtes-vous encore là, monsieur Nan ?

Pas de réponse.

Bien sûr, je savais déjà que des cinglés pouvaient vous appeler au téléphone et vous faire peur en respirant très fort sans rien dire. Mais qu'une personne que j'appelais puisse avoir ce comportement était pour moi une nouveauté.

– Ces terribles événements ont dû vous affecter vous aussi, et j'imagine que vous avez du mal à en parler. Je peux vous assurer que je n'écrirai rien sur votre femme sans votre autorisation expresse.

Toujours cette respiration.

– Me permettez-vous de vous poser quelques questions très courtes ?

Un déclic. M. Nan avait raccroché.

Les journalistes sont comme les chauffeurs de taxi, plus rien ne les étonne. Je classai donc ce non-entretien dans la catégorie des détails sans importance. Mais ce n'était pas un début encourageant. Il était six heures et quart, j'avais mal au dos, et la canicule d'août persistait à envelopper l'appartement d'un halo de moiteur qui collait ma robe à ma peau comme un film plastique. Des moucherons s'envolaient de l'assiette de fruits et tournoyaient autour de mes cheveux. J'avais envie de me déshabiller, de prendre une douche froide. Sur un balcon des étages supérieurs de mon vieil immeuble d'avant-guerre, des amis s'étaient réunis pour faire la fête et manger des grillades. Voilà ce que j'aurais dû faire un jour pareil. M'étaler nue sur mon lit, les cheveux sentant bon le propre, puis enfiler une robe légère et aller rire, une boisson glacée à la main.

Mais j'étais incapable de m'abandonner plus de quelques secondes à des désirs aussi naturels. Mon bureau était le plus fort. Il m'attirait comme un aimant. Devant lui, je me sentais rapide, j'avais l'impression de réussir, de surmonter les obstacles, d'abattre le travail comme un mal. Ma propre efficacité m'enivrait. Si je restais trop longtemps loin de mon bureau, la conscience que les tâches inaccomplies, donc les reproches, s'y accumulaient pendant mon absence, me faisait me sentir étrangement inutile et perdue.

Bien sûr, il y avait d'autres choses dans ma vie que le travail – le shopping, les anniversaires, les coups de téléphone aux amis, parfois des rencontres, des visites à la famille, des invitations, le cinéma –, mais j'en profitais de moins en moins souvent, et de plus en plus brièvement. Mon univers rétrécissait, il tournait chaque mois un peu plus autour des mots, des meurtres, du grand œil avide de l'ordinateur sur lequel j'écrivais.

Je composai un nouveau numéro. Peut-être aurais-je plus de chance auprès du fils ?

– Nan, s'annonça l'homme au bout du fil.

– Bonjour. Mon nom est Doro Kagel. J'aurais voulu parler à M. Yim Nan.

– C'est lui-même. Que puis-je pour vous, madame Kagel ?

La voix de Yim était claire, douce et patiente. C'était comme si quelqu'un me parlait depuis un monde bienveillant auquel je n'avais plus accès depuis des années, me disant : Et toi, d'où viens-tu ?

– J'écris un article sur les événements qui ont eu lieu à Hiddensee il y aura bientôt deux ans, et je voudrais vous poser une ou deux questions. Principalement au sujet de votre mère, vous vous en doutez. J'aimerais que le lecteur sache quelle personne elle était. Je vous serais vraiment reconnaissante si vous pouviez me donner quelques informations sur elle. Ce ne sera pas long.

– Il le faudrait pourtant, ne pensez-vous pas ?

J'hésitai avant de répondre :

– Bien sûr. Vous avez raison.

L'espace d'un instant, des images me traversèrent l'esprit, celles de ces films d'arts martiaux où des maîtres orientaux donnent leur première leçon à des élèves le plus souvent américains et leur enseignent l'importance du calme, de la concentration et de la modestie.

– Excusez-moi, je ne voulais pas vous offenser. Auriez-vous un peu de temps à me consacrer ?

– Je vais être franc avec vous, dit Yim après un silence de plusieurs secondes. La vérité est que je préférerais ne pas répondre à vos questions. Ni à celles de qui que ce soit.

– Je vais être franche à mon tour. Si j'étais à votre place, je penserais comme vous. Mais… comprenez-moi. Toutes sortes d'articles vont paraître dans les journaux. Le mien aussi, sous une forme ou une autre, et je voudrais avoir votre accord sur ce que j'écrirai. C'est le sens de ma demande.

Yim mit encore un peu plus de temps à répondre :

– D'accord. Mais le moment est mal choisi.

– Je comprends. Quand puis-je vous rappeler ?

– Ne me rappelez pas.

– Je comprends, répétai-je, même si ce n'était pas vrai cette fois. Je vais vous donner mon numéro.

– Je préférerais que nous nous rencontrions. Je ne peux pas aborder au téléphone les sujets sur lesquels j'imagine que vous voulez m'interroger.

J'aurais dû me réjouir. Une bonne journaliste préfère toujours rencontrer les gens en chair et en os, parce qu'il est plus facile de les faire parler ainsi. Mais cela représentait une nouvelle contrainte pour mon emploi du temps, alors que je tenais à écrire et à rendre cet article le plus tôt possible. Tant d'autres tâches m'attendaient !

– Si vous voulez discuter avec moi, il vous faudra venir à Berlin, reprit Yim.

– Je vis justement à Berlin.

– Alors, cela ne pose aucun problème.

– Non, aucun, dis-je en me passant la main sur le front. Est-ce possible dès ce soir ?

De nouveau, il marqua une pause.

– D'accord. Venez me voir au *Sok sebai te*, 21, Handjerystrasse. C'est un restaurant cambodgien. À vingt et une heures ?

– N'est-ce pas possible plus tôt ?

– Hélas, non.

– Bon… Dans ce cas, d'accord pour vingt et une heures.

Je raccrochai et regardai ma montre. Il me restait deux heures et demie. C'est-à-dire une heure et demie, si j'enlevais le temps de prendre une petite douche, de m'habiller et de faire le trajet. Je pris la première des quelque vingt chemises contenant les envois du cours par correspondance, lus un article intitulé « Le mensonge des ampoules économes » et le corrigeai en buvant mon pot de café froid.

2

Deux ans plus tôt, septembre 2010

Pistolet, antalgique, allumettes, Lexotanil. Pour la énième fois de la matinée, Leonie vérifia si elle avait bien tout mis la veille dans son sac à main. Jusqu'à la dernière minute, elle s'accrocha à ce rituel quotidien, parce qu'elle aurait préféré rester assise devant la table de sa cuisine et ne pas partir pour Hiddensee.

Elle fit claquer sa langue deux ou trois fois pour appeler les chats des voisins. Elle y passait souvent une heure entière, avec des soucoupes alléchantes toutes prêtes pour le cas où ils viendraient. Comme elle ne connaissait pas leurs noms, elle leur en avait donné d'autres. Elle distinguait entre les invités réguliers et les visiteurs occasionnels, leur témoignant sa sollicitude en conséquence. Parfois, comme ce matin, aucun chat ne se montrait, sans qu'elle sache si cela tenait au temps ou à des raisons qu'elle ne pouvait imaginer.

Leonie ferma brusquement la porte de la terrasse, rassembla les soucoupes et les jeta dans l'évier. Après y avoir fait couler un peu d'eau chaude, elle cessa de s'en soucier.

Puis elle se souvint tout à coup et se dirigea vers son sac à main.

Pistolet, antalgique, allumettes, Lexotanil. Bien !

La grande aiguille de l'horloge de la cuisine approchait de l'heure. Encore dix minutes, pensa-t-elle. Assise à sa table, elle but une dernière tasse de camomille. D'un air absent, elle prit son portable, composa le premier numéro enregistré et laissa un message sur le répondeur de Steffen :

« Dommage que je ne puisse pas te joindre, tu dors peut-être encore ? Bon, je pars dans un petit moment. En fait, je n'en ai pas très envie. Je me demande pourquoi j'ai accepté cette invitation, mais c'est trop tard maintenant. Je serai de retour mardi. Je me réjouis à l'idée de te revoir, je penserai à toi tout le temps. Appelle-moi quand tu veux, d'accord ? À bientôt. »

Elle n'avait dit que la stricte vérité, à une demi-phrase près : elle savait très bien pourquoi elle avait accepté l'invitation.

Glissant sur la toile cirée à motif de fraises, son regard s'arrêta sur l'unique photo qui lui restait de cette époque, une photo d'elle avec Timo, Yasmin et Philipp. Plus exactement, les morceaux d'une photo, retrouvés dans une boîte à chaussures et recollés tant bien que mal. Il manquait les jambes de Philipp, mais Leonie se fichait bien de lui. Elle caressa du bout du doigt le visage souriant de Timo, et, l'espace de quelques secondes, cela lui fit oublier sa nervosité.

Peu après, on sonna à la porte de l'appartement.

– Oh, c'est toi, maman ? Je suis à la bourre, tu n'aurais pas pu appeler ?

– J'ai appelé, ma chérie.

La voix affectueuse et un peu cassée était bien celle qu'on imaginait à une mère inquiète de soixante-six ans aux cheveux gris.

– Mais tu ne décroches pas et tu ne rappelles pas. Qu'est-ce qui se passe ?

– Pourquoi veux-tu toujours qu'il se passe quelque chose quand je ne décroche pas ? J'ai trente-sept ans, je n'ai pas à bondir chaque fois que tu me sonnes. D'ailleurs, je suis bien trop occupée en ce moment. Je pars en voyage.

– En voyage ?

– Oui, à Hiddensee.

– À Hiddensee ?

– Pour quatre jours.

– Quatre jours ?

– Ne répète pas tout ce que je dis comme un perroquet !

– Excuse-moi, ma chérie, c'est seulement que...

La mère de Léonie regarda autour d'elle, comme pour chercher dans l'appartement d'autres signes de la soudaine transformation de sa fille. Mais rien n'avait changé, ni les meubles Ikea aux couleurs neutres, ni la douzaine de petites natures mortes qui parsemaient les murs, ni les smileys jaunes collés sur chaque porte, chaque placard de cuisine, et qui, curieusement, l'avaient toujours un peu effrayée. Leonie aussi était comme d'habitude, ses formes rondes dissimulées sous un pantalon et une tunique amples.

– Comprends-moi, je t'en prie. Hiddensee est certainement magnifique en septembre, et je me réjouis que tu y fasses un petit séjour, mais... Hier, quand j'ai appelé au jardin d'enfants...

– Pourquoi les as-tu appelés ? s'emporta Leonie.

– Parce que je n'arrivais pas à te joindre. En tout cas, on m'a dit que tu ne travaillais plus là-bas depuis une semaine. Qu'il y avait eu un incident...

– C'est faux. J'y travaille toujours. C'est juste un malentendu. Et maintenant, tu m'excuseras, mais puisque tu sais que je vais bien, ça suffira pour aujourd'hui.

– Tu pars avec Steffen ? Je ne l'ai pas vu depuis une éternité. Viens donc dîner à la maison avec lui un jour. Je pourrais…

Leonie poussa sa mère vers la porte, doucement, mais avec fermeté.

– Non, je ne pars pas avec Steffen. C'est Philipp qui m'a invitée. Timo vient aussi. Je dois passer le prendre à Berlin, lui et Yasmin, avant de partir pour la Baltique.

– Philipp ? Timo ? Yasmin ? Ceux du drôle de groupe avec lequel tu traînais autrefois ?

– Tout juste. Et nous ne « traînions » pas, nous étions très actifs.

– Et ce Timo vient aussi ? Tu trouves que c'est une bonne idée ? Il me semble qu'à l'époque…

– C'était il y a quinze ans, maman. À présent, je suis heureuse avec Steffen, depuis deux ans.

– Leonie, promets-moi de m'appeler si tu as le moindre problème. Quelle que soit l'heure. Promets-moi que tu rentreras aussitôt si jamais…

– Je te promets tout ce que tu veux, pourvu que tu m'épargnes tes discours. À la semaine prochaine, d'accord ? Je t'appellerai à mon retour.

Cinq minutes plus tard, alors qu'elle avait déjà passé le premier carrefour, elle arrêta sa voiture et saisit précipitamment le sac à main posé à côté d'elle.

Pistolet, antalgique, allumettes, Lexotanil.

Trois semaines avant ce voyage à Hiddensee, Timo avait eu l'idée, pour égayer une journée d'été un peu pluvieuse, de réveiller quelques vieux souvenirs. En tapant sur Facebook des noms longtemps oubliés, il avait appris en un rien de temps ce qu'étaient devenus ses anciens amis. Philipp était architecte, Leonie éducatrice dans un jardin d'enfants. Timo, lui, écrivait des livres. L'idée que Timo ait pu le « retrouver » enthousiasmait Philipp. Après quelques jours passés à échanger des messages, il avait fini par inviter Timo et Leonie à venir le voir chez lui, à Hiddensee. Quinze ans plus tôt, à l'époque où ils appartenaient à ce groupe très spécial, retrouver des gens perdus de vue était une entreprise complexe et de longue haleine, qui ne permettait guère de se donner rendez-vous sur un coup de tête.

Leur ancienne bande comptait un autre membre, Yasmin, mais elle n'était ni sur Facebook ni sur aucune autre plateforme. Dans leurs échanges, Philipp et Leonie avaient laissé entendre qu'on pouvait se passer de Yasmin, mais Timo avait insisté. Selon lui, la rencontre en vaudrait moins la peine s'il manquait quelqu'un, et il affirmait que savoir ce qu'était devenue Yasmin l'obsédait comme un nom dont on ne parvient pas à se souvenir, même si cela n'a au fond pas beaucoup d'importance. Il avait donc continué à chercher, reprenant contact avec d'anciens amis et questionnant tout le monde.

La veille du jour où ils devaient partir pour Hiddensee, il n'avait toujours pas réussi à retrouver sa trace, et cela l'attristait, dérangeait son sens de la justice. Que Yasmin ne soit pas sur Internet était-il une raison suffisante pour l'exclure ? D'autant que c'était finalement grâce à elle qu'ils s'étaient connus à l'époque. Cependant, le soir même, Timo avait reçu une information décisive.

Il s'était immédiatement rendu à Schöneberg, et, de fait, près du grand magasin KaDeWe, il avait découvert

Yasmin assise sur une couverture, au milieu d'un groupe de personnes des deux sexes aux cheveux multicolores, de son âge ou plus jeunes, et de chiens somnolents. Il l'avait aussitôt reconnue parmi les autres, parce qu'elle était celle qui parlait. Elle avait toujours aimé cela – parler avec de grands gestes, faire l'actrice.

En la voyant, Timo avait souri comme s'il retrouvait un souvenir oublié depuis des décennies. Il l'avait d'abord observée de loin pendant quelques minutes avant de lui adresser la parole.

– On est partis ! s'exclama Yasmin dès que la voiture de Leonie eut franchi la limite de la ville. Ça, c'est du voyage ! J'arrive toujours pas à croire que je suis là avec vous. Vous vous rendez compte ? Avec vous ! J'aurais jamais cru vous revoir dans cette vie. On n'aurait jamais dû se perdre de vue. Comment peut-on en arriver là ? On n'a jamais assez d'amis. Selon les philosophes, pour le bien de l'âme, tout ce dont on a besoin devrait tenir dans une seule valise. Alors que les amis ne sont jamais assez nombreux. Mais c'est plus facile à dire qu'à faire, non ? C'est incroyable qu'on n'ait pas su garder le contact, tous les quatre. Il ne faut plus que ça arrive. À partir de maintenant, je vous promets que je ferai très attention. Oh, mon Dieu, je…

Confuse, Yasmin essuya les larmes qui avaient jailli de ses yeux.

– Merci, Timo, tu t'es vraiment débrouillé comme un chef. Et la façon dont tu t'es obstiné à me chercher…

Elle se pencha vers la banquette arrière pour serrer dans ses bras Timo, que cette marque de gratitude fit rougir d'émotion.

– Fais attention, Yasmin, dit Leonie. Je ne peux plus passer les vitesses.

– De toute façon, tu roules tout le temps en cinquième, répliqua Yasmin avant de regretter aussitôt l'agressivité de sa remarque et de caresser la joue de Leonie. Merci de nous avoir emmenés avec toi, Leonie. En plus, c'est toi qui dois te taper tout le trajet ! Tu conduis depuis combien d'heures ? Sept ? Mince, c'est vraiment courageux de ta part ! Moi, j'ai même pas le permis, je sors presque jamais de Berlin. En été, avec le groupe, on prend parfois le S-Bahn pour faire une virée du côté de Strasberg, ou des endroits de ce genre. On campe dans la forêt, au bord d'un lac, et on fait de la musique pour les cormorans.

– Le groupe ? demanda Leonie sans manifester un très grand intérêt.

– Mon groupe : Kila, Yogi, Socrate, Kimmi, Leila, Surinam et Jonny. Jonny, c'est mon copain, je veux dire, on est ensemble, vous savez ce que c'est, les hommes, les femmes... Surinam et Kila jouent de la flûte de Pan, Socrate de la guitare, Leila et Kimmi chantent. Moi, je tiens les maracas, je sais rien faire d'autre. Yogi ne joue pas avec nous, mais elle fait du reiki. Ça, je veux absolument apprendre. On a tous un boulot, enfin, plus ou moins. Pour que vous ne croyiez pas que je suis SDF ou je ne sais quoi. Les matins, je travaille dans une boutique ésotérique, mais l'après-midi, on papote. C'est là qu'on est créatifs, on fait de la musique dans les zones piétonnes, et on dessine, bien sûr. Timo vient juste de faire la connaissance du groupe.

Assis derrière elle, Timo repensa à cette rencontre – et surtout aux chiens, qui lui avaient semblé à la fois heureux et tristes dans leur dépendance inconditionnelle. Des membres du groupe, il se rappelait surtout les piercings bizarres – ils parvenaient à en avoir jusque dans les endroits les plus invraisemblables.

Il avait trouvé tout aussi inoubliables les immenses tableaux de paysages fantastiques que Yasmin et Jonny dessinaient ensemble à la craie sur le trottoir. Visuellement, c'était un mélange de Caspar David Friedrich et de l'explosion d'un paquet de bonbons. Un Bouddha doré de la taille d'un nain de jardin trônait à côté, l'air d'un poivrot éméché avec son sourire d'une infinie bonté. La police municipale l'expulsait trois ou quatre fois par jour avec le reste du groupe.

Pour Timo, s'asseoir par terre avec des garçons et des filles en treillis couverts de piercings et jouant de la flûte de Pan était une expérience inhabituelle, et pourtant, il s'était senti étonnamment à l'aise. Ces gens aux noms aussi surprenants que leurs coiffures l'avaient invité à partager leurs couvertures avec une spontanéité dont n'étaient pas capables ceux qui avaient une porte à ouvrir. En apprenant qu'il était écrivain, ils l'avaient bombardé de questions, et il avait aimé cela. Il n'avait pas souvent l'occasion de parler de ses livres, car ils ne se vendaient pas aussi bien qu'il l'aurait voulu, et cela le rongeait, lui fouaillait les entrailles... Mais Yasmin et ses amis ne se souciaient pas de chiffres, ils l'avaient fêté pendant une demi-heure comme s'il était un bohème descendu pour eux de la butte Montmartre. Une sacrée bonne cure express contre le doute, doublée d'une piqûre de vitamines pour doper la confiance en soi.

Mais ce n'était pas la seule raison de sa sympathie immédiate pour Yasmin. Il la trouvait amusante avec sa coiffure punk, ses vêtements sages et ses bijoux de diseuse de bonne aventure, comme s'il y avait trois femmes en elle. Elle fascinait complètement l'écrivain en lui, comblait son désir de rencontres originales. De plus, c'était une « gentille fille », qui, littéralement, n'aurait pas fait de mal à une mouche. Elle lui avait raconté qu'elle n'écrasait même pas les moustiques, parce que c'était mauvais pour le karma – et en tout cas pour la prochaine vie, où qu'elle se passe.

Yasmin abaissa soudain la vitre de son côté, mit sa tête dehors malgré la vitesse et cria, le poing tendu :

– Tenez-vous bien, gens de Hiddensee ! Zora la Verte[1] arrive !

Leonie chercha le regard de Timo dans le rétroviseur, puis, voyant qu'il souriait de cette extravagance de Yasmin, se décida à l'imiter.

Yasmin riait, de sa voix rauque de fumeuse toujours un peu enrouée, une voix de chanteuse de blues, même si elle n'était pas capable d'enchaîner deux notes.

– Ha ha, vous vous souvenez de Zora la Verte ? s'écria-t-elle. C'est comme ça que nous nous appelions.

– Il me semble bien que c'est toi qui nous avais donné ce nom, dit Leonie.

– Merde, ça fait un bail !

– C'est un fait, approuva Leonie. Es-tu toujours la championne de la manif ?

– Ça m'arrive à l'occasion, bien sûr. Mais il y a mieux sur terre que de manifester contre l'injustice. Je suis contre la bagarre maintenant. Je suis devenue bouddhiste.

Ils se turent tous. Même Yasmin, qui n'avait pas cessé de parler depuis le départ, resta étrangement silencieuse pendant un moment, jusqu'à ce qu'elle déclare tout à coup :

– Je ne me sens pas très bien. Ça me fait toujours ça quand on roule trop vite, c'est une sorte de maladie

---

1. *Die Grüne Zora*, allusion au livre de Kurt Held, *Zora la Rousse et sa bande* (1941). *(Toutes les notes sont de la traductrice.)*

infantile. Mon père avait une Porsche, et… Leonie, s'il te plaît, tu peux ralentir un peu ?

– Il ne faut pas rater le ferry de Hiddensee.

– Il se trouve que je sais quand part le dernier : dans trois heures. C'est un copain qui m'a filé l'info.

– Mais nous ne sommes pas obligés à toute force de prendre le dernier. Ma voiture est une vraie fusée, j'ai attendu longtemps avant de pouvoir l'acheter.

– Oui, ben je me vois pas en missile sol-sol.

– Détends-toi.

– Merde.

– Je l'ai bien en main.

– Ça a dû être les dernières paroles de James Dean.

Sur le débarcadère, Philipp et Vev regardaient le ferry approcher.

– Tu sens un peu le whisky, dit Philipp.

– Et toi l'après-rasage à bon marché, répliqua Vev avec un sourire. C'est donc à celui qui puera le plus.

Il lui sourit à son tour, un peu crispé. Ces brèves escarmouches verbales distillant le poison à faible dose étaient fréquentes entre eux, sans que leur relation en souffre. Il aurait pu se passer de ces petites piques de sa femme, mais il s'en accommodait, car un seul regard posé sur elle l'emplissait de fierté. Même vêtue d'un vieux jean et d'un pull informe, Vev était toujours élégante, à plus forte raison dans une petite robe noire. Elle était la version sombre d'une Brigitte Bardot à maturité.

– Je trouve que ma femme a une allure fantastique aujourd'hui, déclara-t-il en la prenant dans ses bras.

– C'est vrai ? Mon Dieu, dis-moi vite où elle est ! demanda Vev en regardant autour d'elle.

Philipp se mit à rire et passa son bras autour des minces épaules de Vev.

— Tout près d'ici, répondit-il.

— La parfaite épouse d'architecte.

Philipp ne remarqua pas la très légère ironie dans sa voix. Tandis qu'elle jetait un coup d'œil à leur petite fille, Clarissa, pour s'assurer qu'elle ne jouait pas trop loin, il lui demanda :

— Mme Nan a bien préparé les chambres d'amis ?

— Je ne suis pas sûre.

— Tu n'as pas vérifié ?

— On est à Hiddensee, pas à Alcatraz. Ce qu'elle n'a pas pu faire ce matin, elle le terminera plus tard, pendant que nous mangerons le gâteau. Ou bien je lui filerai un coup de main en vitesse.

— Lui as-tu dit qu'elle devait venir faire la cuisine ce soir ?

— Tu veux dire, en plus des sept fois où tu le lui as rappelé toi-même ?

— Je veux que nous fassions bonne impression. Quand on n'a pas vu les gens depuis aussi longtemps…

— … on veut leur montrer qu'on a les moyens de se payer une cuisinière.

— Ce n'est pas ce que j'ai voulu dire.

— En es-tu si sûr ?

Elle se détourna pour s'assurer une nouvelle fois que Clarissa allait bien.

Le ferry commençait la manœuvre d'accostage, qui prendrait encore quelques minutes. À l'avant, deux femmes et un homme leur faisaient de grands signes. Philipp et Vev agitèrent la main à leur tour, avec un peu plus de réserve. Le temps était superbe, le ciel presque sans nuage, et une légère brise de mer empêchait qu'il fasse trop chaud.

– Qui est celle aux cheveux de toutes les couleurs ? demanda Vev. Elle est marrante, on dirait qu'elle a un perroquet sur la tête. Elle me plaît bien. Je devrais pouvoir m'entendre avec elle.

– Je ne l'avais pas invitée, répondit Philipp, l'air un peu surpris.

– Comment s'appelle-t-elle ?

– Yasmin. Déjà à l'époque, elle aurait pu être une jolie fille, mais elle ne trouvait pas ça important et s'arrangeait toujours pour s'enlaidir en se teignant les cheveux bizarrement, en portant des piercings et des fringues pas possibles qui ne lui allaient pas du tout… La gentille boulotte à côté d'elle, c'est Leonie. Et le petit maigre s'appelle Timo.

– Il n'est pas si petit que ça. Dis donc, je trouve qu'ils ne ressemblent pas du tout à tes autres amis, tous les trois.

– En fait, nous n'étions pas amis à proprement parler.

– Tant mieux. Je n'aime pas spécialement les amis que tu m'as présentés jusqu'ici.

– Tu ne me l'avais jamais dit.

– À quoi bon se plaindre de ce qu'on ne peut pas changer ? Tes amis sont ennuyeux, on n'y peut rien et il y a pire dans la vie. En plus, ils ont tous des airs de profs de tennis sur le retour. Tes pas vraiment amis seront peut-être plus amusants ? Je t'ai déjà posé la question récemment, mais tu as éludé, alors, dis-le-moi maintenant : comment vous êtes-vous connus ?

– Oh, nous avons fait quelques bêtises ensemble…

– Pourrais-tu m'expliquer ça de manière un peu plus concise et plus vague, s'il te plaît ? demanda Vev après un bref silence.

Philipp sourit.

– Excuse-moi. C'est juste que c'est tellement... Enfin, ça paraît débile, mais... Une fois, par exemple, nous nous sommes introduits dans un élevage de visons pour libérer les animaux.

Vev éclata de rire.

– *Toi*, tu as... Philipp Lothringer, le sauveur de mille visons, la terreur des épouses de millionnaires ! Incroyable.

– Nous avons aussi sorti des poulets de leurs cages, accroché des banderoles contre la mort des forêts sur des cheminées d'usines, bombé des slogans écolo sur des murs... et fait un certain nombre de manifs...

Des images de sa jeunesse lui revenaient en mémoire, comme sorties d'un autre monde : une voie ferrée toute droite semblant émerger de la grisaille matinale, le barrage dans la brume, le froid de l'aube qui transperce insidieusement les anoraks, les milliers d'oiseaux chantant pour défendre leur territoire. Il est enchaîné aux rails avec les autres. Ils se mettent à chanter, sans quitter des yeux la direction d'où doit venir le train chargé du matériau létal. Mais tout ce qu'ils voient apparaître, c'est un lièvre qui ne s'enfuira dans les buissons qu'à l'arrivée d'une unité de cent policiers. Cent matraques contre huit mains enchaînées. Yasmin se trémousse comme une folle en criant : « Salauds de flics ! » C'est elle qui a acheté les chaînes, les plus solides qu'elle a pu trouver, et elle pavoise, parce qu'ils n'arrivent pas à les cisailler avec les outils traditionnels.

Soudain, on entend siffler un chalumeau, et une petite flamme bleue perce le brouillard. Un policier engoncé comme un astronaute dans une combinaison noire entreprend de couper les liens d'acier de Philipp. À peine a-t-il commencé que Yasmin – savoir si c'est volontaire ou accidentel lui vaudra plus tard une procédure judiciaire pour résistance à l'autorité publique – lui donne un coup de pied à la jambe, il trébuche et la flamme dévie, passant sur le poignet de Philipp.

Philipp toucha la mince cicatrice désormais presque invisible, et son visage eut un bref tressaillement, comme si la douleur cuisante était revenue. Mais ce qui le faisait frémir n'était ni la cicatrice ni le souvenir de la brûlure. C'était la pensée qui l'avait alors traversé avec une violence qu'il ne se connaissait pas encore : « Connasse de Yasmin ! »

– Combien de temps vous êtes-vous livrés à ce genre de plaisanterie ? demanda Vev.

– Un peu plus de deux ans. À l'époque, je n'étais pas loin d'abandonner mes études pour me consacrer entièrement au mouvement de contestation.

– Contestation de quoi ?

– À peu près de tout. Au milieu des années 1990, je sentais – nous sentions tous – que le monde était entièrement régi par l'exploitation. Tu vois ce que je veux dire, la victoire du néolibéralisme, la pollution, la répartition inégale des richesses, la pauvreté… J'avais vingt-sept ans, je voulais faire… Je ne sais pas, n'importe quoi qui puisse rendre le monde meilleur. C'était pareil pour Yasmin et Timo. Yasmin était la plus acharnée, avec elle, on n'arrêtait jamais, elle avait toujours de nouvelles idées folles. Moi, j'étais le plus âgé, celui qui mettait au point les plans, Timo le plus jeune et le plus courageux. Il était toujours le premier à escalader une fenêtre ou une cheminée – un vrai fonceur. Quant à Leonie… je n'ai jamais tout à fait compris pourquoi elle nous avait rejoints. Elle faisait tout ce qu'on lui demandait sans discuter, mais… J'avais plutôt l'impression qu'elle jouait un rôle. Je la trouvais bizarre.

– Pourquoi vous êtes-vous séparés, finalement ?

— Comme souvent dans la vie. À la fin de mes études d'architecte, j'ai aussitôt trouvé un super boulot à Rostock. À la même époque, Timo est parti faire un semestre à l'étranger. Pour les autres, je ne sais pas. Nous nous sommes simplement perdus de vue, sans raison particulière.

Ils restèrent un moment silencieux, puis Vev reprit :

— Je n'arrive toujours pas à le croire. Mon mari a été un révolutionnaire ! C'est comme si on me disait que le pape était chez les Hell's Angels !

Quelque chose dans ce commentaire agaça Philipp. Un instant, il se vit à travers les yeux de Vev, se souvint de l'image que le miroir lui renvoyait à présent : ses cheveux noirs de plus en plus dégarnis aux tempes, la brioche qui prenait ses aises autour de sa taille, son visage de petit-bourgeois un peu enflé et où l'on cherchait en vain la jeunesse. Celui qu'il était aujourd'hui n'avait certes guère plus à voir avec le contestataire d'autrefois qu'avec l'adolescent de ses premiers flirts, mais il était attaché à l'idée d'avoir conservé en lui un peu de son ancienne audace.

Il allait répondre à Vev – surtout pour se convaincre lui-même – quelque chose du genre : « Oh, je n'ai pas tant changé que ça », quand son regard tomba sur Clarissa.

— Elle est bien près de l'eau, dit-il avec inquiétude.

— Nous sommes sur une petite île, on est toujours plus ou moins près de l'eau.

— Mais là, c'est dangereux.

— Pas du tout, je ne l'ai pas perdue de vue un seul instant.

— Je préfère aller la chercher. Je n'aime pas qu'elle s'éloigne trop de nous.

Pendant ce temps, la passerelle avait été mise en place, et Timo, Leonie et Yasmin débarquaient du ferry.

– Salut ! Je suis Vev Nachtmann, la femme de Philipp. Philipp arrive tout de suite. Il est là-bas, en train de veiller à ce que notre fille de cinq ans ne se noie pas dans vingt centimètres d'eau.

Elle tendit la main à Timo et à Leonie, qui avaient été les premiers à franchir la passerelle.

– Je suis très contente de faire votre connaissance. Philipp m'a raconté des histoires terribles sur vous, et j'ai hâte de savoir s'il m'a menée en bateau. On se tutoie, non ?

– Bien sûr, répondit Timo. Au fait… c'est joli, Vev. C'est le diminutif de quoi ?

– On m'a baptisée du doux prénom de Genoveva. Au moment de l'accouchement, ma mère lisait un livre de contes, ajoutez à cela les médicaments, et boum, je me suis appelée Genoveva. À l'âge mûr de neuf ans, j'ai décidé que c'était un prénom hideux et j'ai choisi « Vev ». Avec deux V, mais prononcé « Wef[1] ».

– « Genoveva », je trouve ça super, dit Yasmin, descendue la dernière du ferry. C'est du gaélique, non ? Une vieille langue celtique. Comme par hasard, le petit cadeau que j'ai pour vous dans mon sac est une chaîne avec une croix celtique. Ça ne peut pas être un hasard. Nous avons des affinités. Je peux t'appeler Genoveva ? Moi, c'est Yasmin.

Vev lui tendit la main en souriant.

– Salut, Yasmin. Moi, c'est Vev.

---

1. Le V allemand se prononce « F », et le W comme le V français.

3

Le restaurant cambodgien de la Handjerystrasse n'en faisait pas trop dans le folklore. Les lampions et les figurines de jade dispersés dans la grande salle étaient juste assez nombreux pour créer une ambiance asiatique. Des paravents de bois artistement sculptés séparaient les tables, le cannage des chaises et des fauteuils était en tiges de jacinthe d'eau, et des nattes épaisses recouvraient le sol. Une grande photo murale représentant une jonque et un vieux bac dérivant dans la brume du Mékong au soleil couchant attirait le regard.

Bien que je n'y sois jamais allée, cela m'évoquait l'atmosphère d'un bar en Indochine dans les années trente ou quarante. Peut-être aussi à cause de l'énorme ventilateur rétro qui, au plafond, brassait l'air étouffant de ce mois d'août, et des chansons qui accompagnaient en sourdine les conversations.

La clientèle était très mélangée : des couples berlinois qui lisaient la carte d'un air amusé, quatre jeunes touristes américains aux cheveux filasse, trois Asiatiques en costume, un vieux monsieur à longue barbe sirotant de l'alcool de riz. À cette heure tardive et un mercredi, le restaurant était aux trois-quarts vide.

– Je ne sais pas si on a réservé pour moi, dis-je au serveur. Peut-être au nom de Nan ?

Le serveur cambodgien, un homme visiblement porté sur la nourriture, s'inclina légèrement et, me désignant une porte latérale, m'invita à passer sur la terrasse. Il n'y avait là que quatre tables, toutes inoccupées, mais de petites bougies y brûlaient vaillamment dans leurs verres colorés, jetant des lueurs sur les bambous d'un vert intense qui bruissaient au moindre souffle de vent.

– Que désirez-vous boire ?

– Une eau plate, demandai-je, car j'avais un peu mal à la tête et voulais prendre un comprimé. Et une tasse de café, très chaud, s'il vous plaît.

Je posai sur la table le magnétophone pas plus grand qu'une assiette et le préparai pour l'enregistrement. Vingt et une heures douze. À vrai dire, l'heure à laquelle je rentrerais importait peu, puisque j'aurais de toute façon du mal à m'endormir. Je n'allais jamais me coucher sans que la journée passée me poursuive, un bien mauvais marchand de sable que venait souvent rejoindre la journée du lendemain. Cela faisait un drôle de trio.

– Madame Kagel ?

– Monsieur Nan ?

Yim Nan s'assit en face de moi. Il avait à peu près mon âge – autour de quarante ans –, et une apparence bien peu asiatique, me sembla-t-il, pour un Cambodgien : près d'un mètre quatre-vingts, la peau à peine plus mate que celle d'un Italien ou d'un Espagnol, des yeux presque européens. Seule une vivacité subtilement exotique trahissait ses origines. Yim portait un blue-jean, une chemise blanche et une veste noire décontractée. Ses épais cheveux noirs ramenés en arrière sur la nuque étaient légèrement gominés. Contrairement à ce que sa voix m'avait laissé imaginer, il évoquait beaucoup moins un professeur d'arts martiaux ou un moine bouddhiste que l'amant du film du même nom.

— C'est un beau restaurant, dis-je. L'ambiance de bar exotique est vraiment réussie.

Il était toujours bon de débuter un entretien difficile par quelques politesses convenues. Nous allions devoir parler de mort, de violence brutale, du hasard, du destin, de l'irruption soudaine du pire des cauchemars dans la calme monotonie d'une vie.

Il avait compris mon intention, car il enchaîna sur le même ton :

— Il y a trois restaurants cambodgiens à Berlin, mais celui-ci est mon préféré. Puis-je vous aider à choisir dans le menu ?

— Je vous remercie, j'ai déjà dîné, mentis-je.

À l'exception d'un reste de petit pain rassis, je n'avais rien avalé, mais je mangeais très peu depuis quelques mois. Le stress, les soucis d'argent…

Le serveur posa sur la table deux grandes flûtes à champagne remplies d'un breuvage couleur abricot.

— Ce doit être un malentendu. J'ai commandé un café.

— Je me suis permis de nous faire apporter des cocktails, dit Yim. Des Mekong Sunset. Goûtez donc.

— Je dois rentrer chez moi en voiture.

— Buvez-en un peu, avec la paille. Allons, un petit effort.

Refuser risquait d'indisposer mon interlocuteur, aussi fis-je l'effort demandé. C'était frais, ni trop sucré ni trop alcoolisé, juste ce qu'il fallait pour lutter contre la chaleur accablante du mois d'août à Berlin.

— Excellent, commentai-je en guise d'introduction. Il n'est pas très facile d'aborder le sujet de la nuit sanglante de Hiddensee dans ce bel endroit, assis devant un cocktail exotique à la lueur des bougies.

Il baissa les yeux, et son visage se ferma.

– Cela vous ennuierait-il de ne plus employer une telle expression à propos de ce massacre ?

– Excusez-moi, vous avez raison, c'est odieux. Et je vous suis très reconnaissante de m'avoir accordé un peu de votre temps pour parler de… enfin, de tout cela. Puis-je enclencher le magnétophone ?

Il hocha la tête avec tristesse. Son cœur devait battre trop fort, je le sentais, et je sympathisais profondément. Chaque fois que je m'entretenais avec des proches de victimes, je revoyais ma mère assise sur le canapé de cuir noir, sous le soleil entrant à flots par la porte-fenêtre de la terrasse. Vêtue d'un polo couleur pêche et de leggings blancs – le look Jane Fonda des années 1980 –, elle transpirait comme si elle sortait d'une séance d'aérobic. Elle ne disait rien, ne pleurait pas, mais restait simplement là, assise de travers sur le canapé, les mains serrées entre ses cuisses, attendant vingt heures par jour qu'on retrouve mon frère. Quatre jours entiers.

Le meurtre de Benny n'avait rien à voir avec le massacre de Hiddensee, on ne pouvait même pas faire le moindre parallèle entre les deux histoires. Certains aspects de la tuerie restaient un mystère, le dossier n'avait été ni jugé ni clôturé. La mort de Benny, elle, était une affaire classée. Mais pas pour moi, pas pour sa famille. Que le meurtrier soit en prison ou non, une telle perte n'aurait jamais de fin.

Je m'arrachai à mes pensées et me concentrai sur mon vis-à-vis.

– Bon. Peut-être pourriez-vous d'abord me parler un peu de votre famille ? Quand vos parents sont-ils arrivés en Allemagne ? Vous-même, y êtes-vous né ?

– Non, nous étions encore au Cambodge, précisément à Kompong Cham, sur le Mékong. Mais je n'en ai que peu de souvenirs, tout juste quelques images floues, les rizières, la jungle, les singes. Je suis né en 1972. Mes parents sont arrivés en R.D.A. en 1975, en passant par le Vietnam. Les Khmers rouges venaient de prendre le pouvoir au Cambodge. Pol Pot et sa clique.

– Une histoire terrible. Pourquoi vos parents ne sont-ils pas retournés au Cambodge après la fin du régime khmer rouge ?

– La situation là-bas ne s'est améliorée que très progressivement. L'économie était détruite, les victimes de la terreur traumatisées, les partisans de Pol Pot tiraient toujours les ficelles dans l'ombre. Pour toutes ces raisons, l'État n'a jamais vraiment remis en cause le passé. Au début, je crois que mes parents n'ont pas vraiment cru à la paix, et ensuite, il était trop tard, ils s'étaient déjà installés dans leur nouvelle vie. Mon père travaillait comme jardinier, il cultivait des fleurs.

J'avais peine à faire coïncider l'image de cet amateur de fleurs et de jardins avec celle du mystérieux interlocuteur dont je n'avais entendu que le souffle pesant. Je décidai de ne pas dire à Yim ce qui s'était passé avec son père cet après-midi.

– J'aimerais pouvoir donner au lecteur une idée de la personnalité de votre mère, de la façon dont elle vivait.

– Elle aimait cuisiner, surtout le poisson, et elle faisait souvent de grandes promenades dans l'île. Elle ne se lassait jamais de regarder la mer. Parfois aussi, elle écrivait des poèmes.

– Ça, c'est intéressant. En connaissez-vous un ?

– Non, elle ne me… elle ne nous les a jamais lus. Mais, enfant, je l'ai surprise une ou deux fois alors qu'elle écrivait dans un carnet relié en blanc.

– Où est ce carnet à présent ?

– Chez nous, à Hiddensee, je suppose. Si elle ne l'a pas détruit. Ou mon père…

– Pourquoi votre père ferait-il une chose pareille ?

Yim se rendit compte qu'il n'aurait pas dû dire cela, ou, plus exactement, qu'il aurait préféré le garder pour lui.

– Je ne sais pas, c'était juste une façon de parler. Si vous voulez, je pourrai le chercher la semaine prochaine, quand j'irai voir mon père à Hiddensee.

– Cela me rendrait un grand service, merci beaucoup.

J'observai un silence de quelques secondes avant d'aborder la partie la plus délicate de l'entretien.

– Pour quelle raison votre mère a-t-elle accepté cet emploi d'aide familiale chez ses voisins ? Cela ne devait pas être très facile, pour une femme de son âge, de s'occuper à la fois de la maison, de la petite fille et de la cuisine par-dessus le marché. Car elle faisait aussi la cuisine pour le couple Nachtmann-Lothringer, n'est-ce pas ?

– À l'occasion. En réalité, seulement quand ils avaient des invités.

– C'est tout de même beaucoup de travail.

– Je crois qu'elle n'avait pas suffisamment à faire chez nous. La maison l'étouffait un peu.

– Avait-elle besoin de cet argent ?

De nouveau, une hésitation presque imperceptible.

– Je ne saurais vous le dire.

– Quelles étaient ses relations avec le couple ?

– Elle aimait beaucoup Clarissa, la petite fille. Elle lui apportait toujours une friandise, par exemple des petits gâteaux de riz sucrés qu'elle fabriquait elle-même. Elle souriait beaucoup quand elle était avec Clarissa.

– Et pas le reste du temps ?

– Ce n'était pas son genre. À part avec mon père et moi, elle gardait toujours une distance polie. Elle parlait peu, n'exprimait pas son opinion sur les gens ou les choses. Je ne sais pas ce qu'elle pensait de Vev Nachtmann et de Philipp Lothringer.

– Vous-même, que pensiez-vous d'eux ? Et des invités de ce week-end qui s'est terminé de façon si tragique ?

– Il ne faut pas dire de mal des morts.

– Ils ne sont pas tous morts. Cependant, je comprends naturellement que vous ne vouliez pas vous exprimer sur des tiers. Pouvez-vous me dire si Leonie Korn a eu spécialement affaire à votre mère ? S'il y a eu une querelle, par exemple ? Une discussion quelconque ?

– Pas que je sache.

– Sauriez-vous par hasard si votre mère a eu des contacts particuliers avec Yasmin Germinal et Timo Stadtmüller ?

Visiblement mal à l'aise, Yim garda le silence quelques instants, puis il choisit de se fâcher :

– C'était une erreur de vous rencontrer.

– Je vous en prie, laissez-moi vous expliquer mon point de vue. Mon but avec cet article n'est pas seulement de retracer les faits, mais aussi de montrer ce qui y a conduit. Pour cela, je dois d'une part reconstituer les événements de ce week-end, d'autre part essayer autant que possible de comprendre la psychologie des personnes impliquées.

Yim secoua la tête.

– Quelqu'un a pété les plombs et entraîné trois personnes dans la mort. C'est abominable et je suis le premier à en souffrir, mais ces choses-là arrivent régulièrement, partout dans le monde, dans des écoles, entre amis, dans des couples, des familles, sur des lieux de travail, n'importe où.

– C'est vrai, et pourtant, chaque cas est différent.

– Vous faites croire à vos lecteurs que vous pouvez leur expliquer comment quelqu'un en vient à commettre un massacre. Mais vous ne pouvez pas. Vous ne le pourrez jamais, et vous le savez très bien. Ce n'est même pas votre intention. En réalité, cette prétention à informer et cette consternation affichée ne servent qu'à masquer le côté racoleur de votre article. Je vois déjà les premières lignes : « Mme Nan n'a échappé à la bande d'assassins de Pol Pot que pour trouver une mort cruelle, trente-cinq ans plus tard, sur la pittoresque île de Hiddensee. » Vous savez quoi ? Le jour de l'anniversaire, faites un petit panneau en carton sur lequel vous inscrirez : « Pourquoi ? » et allumez une bougie devant. Ce sera une façon plus honnête de témoigner votre solidarité que vos élucubrations psychologisantes.

Ce revirement brutal me frappa comme une douche froide. D'un seul coup, mon travail me dégoûtait, et je regrettai l'instant où j'avais accepté d'écrire cet article. D'habitude, les difficultés me stimulaient, et celle-ci, étrangement, me décourageait. Pire, elle me faisait peur, sans que je comprenne pourquoi. Tel un cheval qui renâcle inexplicablement après avoir fidèlement sauté toutes les barrières pendant des années, je refusais l'obstacle.

Je rassemblai mes affaires en évitant de regarder Yim, mais, du coin de l'œil, je le vis se tordre les mains. Je sentais qu'il regrettait son accès de colère, j'aurais voulu lui tendre la perche, et pourtant, quelque chose en moi résistait. Au fond, j'étais soulagée de pouvoir abréger l'entretien. Cela avait sans doute à voir avec le malaise que me causait depuis le début ce « cas » sortant de mes attributions habituelles. Mais la sympathie que m'inspirait Yim n'y était pas pour rien non plus. Au lieu de me faire plaisir, elle m'effrayait. Je me levai posément.

– Je suis désolée, monsieur Nan. Je ne vous importunerai plus.

Le restaurant était vide à présent. Je posai un billet de dix euros sur le comptoir.

– Je paie un cocktail, dis-je au serveur.

– Pas du tout, vous êtes invitée.

– Je ne veux pas que M. Nan paie pour moi.

– M. Nan ne paiera pas. M. Nan est le propriétaire du restaurant.

Je rentrai chez moi au volant de ma chère vieille voiture, remuant dans ma tête les phrases et les expressions parues dans la presse au sujet de la nuit sanglante de Hiddensee. J'avais surnommé « Tante Agathe » cette brave Austin de 1988 dont la peinture criblée de petits trous s'écaillait. Elle ne marchait plus aussi bien qu'avant et poussait d'épouvantables gémissements au moindre effort, mais elle avait échappé à la casse jusqu'à ce jour, passant de justesse chaque contrôle technique comme par miracle. Habituée tant aux défaillances d'Agathe qu'à la circulation berlinoise, je pouvais me permettre de rester perdue dans mes pensées.

Dans la feuille de chou qui avait publié un article de plusieurs pages sur la « nuit sanglante » figurait également une photo de Nian Nan. Tandis que les innombrables lumières de la ville dansaient autour de moi, j'imaginai une sombre nuit sans lune ni étoiles à Hiddensee, les arbres courbés par la tempête, le hurlement des vagues qui déferlent, le vent fouettant les visages comme un baiser brutal.

La frêle Mme Nan, toute de noir vêtue, marche à tâtons dans ces ténèbres. Elle recule d'un pas chaque fois qu'elle avance de deux. Elle est terrifiée, elle ne sait pas où elle va. Ou peut-être ne se doute-t-elle encore de rien. Une forme sort de l'ombre et s'avance vers elle, tel un fantôme. Cette minute de la mort de Mme Nan est un moment terrible. Mme Nan voit le pistolet, se retourne. Sous le coup de la peur, tous les réflexes vitaux de ses ancêtres depuis les premiers temps de l'humanité, exacerbés, la jettent contre la tempête. Son cerveau passe en mode survie, l'adrénaline jaillit dans tout son corps. Seule existe la prochaine seconde. Au bout de deux ou trois pas, peut-être se croit-elle sauvée, peut-être se sent-elle une seconde en sécurité, la rapidité de sa fuite lui donnant un instant l'illusion que le danger s'éloigne. Elle continue donc à courir sans regarder en arrière, avec le grotesque espoir millénaire de l'humain qui croit qu'il va plus vite que la mort, et que Dieu lui veut du bien.

Nian Nan continua à fuir son meurtrier jusque dans mes rêves. Je dormis d'un sommeil agité, où la femme en noir courait en trébuchant.

Haletante, elle aperçoit une lumière, réconfortante dans sa fixité, et se dirige vers elle. C'est la Maison des brouillards. Elle évalue la distance : encore vingt pas, plus que quinze, dix, sept, trois, deux… À l'instant où elle saisit la poignée de la porte, croyant enfin sa vie à l'abri des coups du sort pour quelques années encore, elle se retourne… et reconnaît son erreur. Il se passe alors quelque chose d'étrange. La peur la quitte, un calme stoïque l'envahit. Elle sait que c'est la fin. Durant les dernières secondes de son existence, elle ne pense plus à rien, elle est aussi vide qu'au commencement.

Je m'éveillai au milieu de la nuit. Le réveil me donna l'heure exacte : quatre heures neuf. Un instant, j'avais pris pour des yeux ses chiffres lumineux rouges, et ils m'avaient fait peur. Alors seulement, mon rêve me revint, celui d'une femme morte depuis longtemps et qui n'était pas moi. Pourtant, mon cœur battait comme si c'était moi qu'on avait poursuivie. Les rêves et les événements de la veille se mêlaient dans mon demi-sommeil : élucubrations psychologisantes, Pol Pot, poèmes dans un carnet blanc, fleurs de M. Nan, pistolet, Mekong Sunset, trois morts, Maison des brouillards, dire du mal des morts, bougies, gâteaux de riz sucrés, un sourire, une respiration pesante, coma, bande d'assassins, un coup de feu, un téléphone qui sonne...

Cette fois, c'était le téléphone posé sur mon bureau qui m'avait réveillée. Il était quatre heures vingt et une.

– Allô ?

– Je suis désolé, fit la voix de Yim. Mais il fallait absolument que je m'excuse *maintenant*. Je sais qu'il est très tard – ou très tôt, si on préfère. J'ai été injuste envers vous. Pour autant que je puisse en juger, vos articles sont sérieux, et je comprends votre approche, il ne s'agit pas seulement de faire un récit chronologique de la catastrophe, mais aussi de la comprendre.

– Vous arrivez à aligner des phrases aussi compliquées à quatre heures vingt et une du matin ?

– Ça veut dire que vous me pardonnez ?

– Une journaliste pardonne toujours les phrases à tiroirs, dis-je en souriant.

– Non, sérieusement ?

Je n'eus pas besoin de réfléchir longtemps.

– Bien sûr. Ce qui s'est passé là-bas vous a touché directement. De la façon la plus brutale.

– Je ne dirais pas cela.

– Mais vous étiez tout près. Vous avez entendu les coups de feu, découvert les morts, votre mère...

– Vous avez raison, on peut appeler cela être directement touché.

– Pas étonnant que cela continue à vous bouleverser aujourd'hui. Et c'est gentil d'avoir au moins essayé d'en parler avec moi.

– Je voudrais essayer encore.

– Je ne sais pas si…

– Alors, peut-être de façon informelle, sans enregistrer, mais devant un autre Mekong Sunset, dans mon restaurant ? Car vous savez maintenant que le *Sok sebai te* m'appartient.

– Vous êtes un petit farceur de me l'avoir caché ! *Sok sebai te* ne voudrait pas dire « farceur », par hasard ?

Il rit.

– C'est la formule habituelle pour se saluer en cambodgien, à peu près l'équivalent de « comment vas-tu ». Demain soir, cela vous irait ?

– Je crains de ne pas avoir le temps.

– Après-demain ?

– Je préférerais éviter.

Pourquoi ? Parce que, pour moi, tous les jours de la semaine se ressemblaient. Le peu de temps supplémentaire que me laissaient, le week-end, la fermeture des administrations et l'effectif réduit des rédactions, je le consacrais à écrire des lettres, à payer des factures, à donner des coups de fil personnels, parfois à passer quelques heures agréables avec des amies dans une pizzeria.

Cependant, cette dernière activité se faisait de plus en plus rare. Toutes mes amies avaient entre la trentaine et le début de la quarantaine, et des enfants en bas âge qui accaparaient toute leur attention. Dans nos conversations, il n'était plus guère question que de petits pots, maladies infantiles, pédopsychiatres, vêtements pour enfants, livres pour enfants, mobilier pour enfants et hôtels amis des enfants, sans parler bien sûr des enfants eux-mêmes, de leurs « da da da » et autres exploits. Ayant été une jeune mère vingt et un ans plus tôt, je les écoutais avec la plus grande indulgence, sans pouvoir toutefois éviter de me sentir décalée dans ce club des parents inquiets.

Dans la même période où mes amies mettaient au monde leurs enfants et s'absorbaient dans la maternité, mon fils était parti pour une autre ville et une autre vie où je pesais chaque année un peu moins lourd, tel un malade incurable. J'avais bien songé à avoir un autre enfant, mais, outre qu'il me manquait un père pour le faire, j'avais repoussé cette idée ridicule, l'attribuant à la crise de la quarantaine. Je m'accommodais parfaitement de ne plus avoir personne à diriger et à contrôler, l'essentiel de mon rôle de mère était derrière moi, et je préférais de plus en plus souvent passer la soirée à mon bureau avec des meurtriers plutôt que dehors avec des amies, même si c'était censé être moins amusant. Quand j'étais trop fatiguée pour travailler, j'allumais la télévision et me laissais envahir par quelque film ou émission pas trop exigeant intellectuellement. Le choix ne manquait pas, et, à cet égard, on pouvait faire confiance à tous les coups à certaines chaînes.

J'étais en passe d'accrocher devant ma vie un écriteau « Ne pas déranger ».

— Je crois que j'ai déjà un rendez-vous, dis-je en contemplant avec un mélange de dégoût et de gourmandise les piles de documents qui représentaient des semaines de travail en perspective.

— S'il vous plaît, insista Yim. Il doit bien y avoir quelque part dans votre emploi du temps une petite place pour me permettre de réparer.

— Vous n'avez rien à réparer.

— Mais je tiens à le faire.

L'obstination de Yim me flatta l'espace de quelques secondes, pendant lesquelles je répondis :

– Bon, très bien, je… Mais seulement pour bavarder un moment, d'accord ? Lundi, à neuf heures, comme l'autre fois ?

Cela me rassurait vaguement que le rendez-vous n'ait lieu que dans trois jours. Pendant quelque temps, je pourrais encore faire comme si ce lundi était très loin.

– D'accord pour neuf heures. Et cette fois, ne mangez pas avant, s'il vous plaît.

Après avoir raccroché, je m'en voulus d'avoir cédé. D'abord parce que je ne voyais aucun sens à ce rendez-vous, mais aussi parce qu'il m'impliquait davantage encore dans l'affaire de Hiddensee, au moment même où j'envisageais de renoncer à écrire l'article. Comme une écolière qui cherche à échapper à un devoir en classe, j'avais rapidement passé en revue, après la scène du restaurant, les excuses que je pourrais servir au rédacteur en chef : la maladie – un grand classique –, ou peut-être un décès subit dans ma famille… Pourtant, je devais bien admettre que cette affaire me passionnait, puisque je ne cessais d'y penser à tout moment, et que j'avais accepté de revoir le fils de Mme Nan…

Je me recouchai, mais des questions revinrent me tourner dans la tête au moment de m'endormir. L'une d'elles insista tellement que je me relevai et allai m'asseoir à mon bureau. Je feuilletai tous les documents de l'affaire de Hiddensee, une première fois, puis une seconde, sans trouver la réponse.

Que faisait Mme Nan à une heure du matin sur le lieu de la tuerie, la « Maison des brouillards » ?

4

La maison de Philipp et Vev était située dans une dépression entre deux petites collines, de telle sorte qu'on avait vue de chaque pièce sur le sable et le ciel, et pour ainsi dire rien d'autre. Les voisins les plus proches, la famille Nan, étaient à deux cents mètres, séparés par un petit bois de bouleaux. La nouvelle construction, peu typique de Hiddensee avec ses grandes façades de verre, avait été surnommée « la Maison des brouillards » par les habitants de l'île, à cause de la brume matinale qui stagnait souvent pendant des heures dans le creux, l'enveloppant totalement et ne laissant distinguer nettement ses contours qu'à partir de la fin de la matinée. En automne et en hiver, elle restait parfois invisible des journées entières, réapparaissant un jour de beau temps où le vent avait chassé la brume pour étaler au soleil son impressionnante architecture de verre, tel un joyau scintillant. À cet endroit où l'île n'était large que de quatre cents mètres environ, on entendait de tous côtés le mugissement de la mer, mais on ne la voyait qu'en montant à l'étage, d'où la vue était à couper le souffle. Particulièrement de la chambre de Philipp et Vev, où on avait littéralement l'impression de pouvoir

53

la toucher du doigt sur deux côtés, comme depuis le pont d'un grand navire.

Tout l'aménagement intérieur était en style campagnard moderne, avec des planchers de bois, des reproductions d'aquarelles sur des murs aux couleurs pastel, des meubles en pin, d'immenses tapis à motifs floraux, des stores vénitiens couleur biscuit, des plantes vertes dans d'immenses jardinières, un canapé de style, tout cela associé à la technologie la plus récente, comme si la maison avait été conçue pour un catalogue de décoration. Une cheminée, une terrasse et un jardin d'hiver parachevaient l'ensemble. À l'extérieur, inversement, il n'y avait pas de véritable jardin, mais seulement une alternance de sable et de gazon peu entretenu.

Le terrain était partiellement enclos par une haie clairsemée d'églantiers sauvages, sur lesquels subsistaient encore quelques fleurs le jour où les trois visiteurs arrivèrent.

– Quel gros cube en verre ! commenta Timo.

Les mains dans les poches arrière de son pantalon, Philipp fit faire le tour de la maison à ses invités, accueillant les éloges et les airs ébahis avec une décontraction que Timo jugea un peu forcée. Le seul fait que Philipp ait pu prendre pour un compliment son expression « gros cube en verre » montrait à quel point il était imbu de son œuvre.

– Oui, j'aime travailler avec le verre, déclara Philipp. J'ai besoin de beaucoup de lumière et d'espace pour m'épanouir, ajouta-t-il un moment plus tard.

– Mon appartement tiendrait dix fois là-dedans, dit Yasmin.

Philipp se détourna avec un sourire clairement indulgent et reprit la visite guidée.

– Au fait, pourquoi Hiddensee ? demanda Timo.

– Pourquoi pas Hiddensee ?

– Eh bien, c'est un peu loin de tout. Pour quelques semaines ou même quelques mois par an, je ne dis pas, c'est super. Mais je ne pourrais pas vivre ici en permanence. C'est trop isolé pour moi, j'ai besoin de la ville.

– Nous avons régulièrement de la visite, c'est d'ailleurs bien pour cela que j'ai prévu trois chambres d'amis – vous aurez donc chacun la vôtre. Et puis, en ville aussi, on peut se sentir seul.

– C'est certain. Pourtant, ça peut paraître bizarre, mais, si jamais je devais me sentir seul, je préférerais que ce soit à Berlin, avec les gaz d'échappement, les vendeuses acariâtres, les S-Bahn qui ne respectent pas les horaires, les cyclistes grossiers, les pièces de théâtre démolies par la critique et les merdes de chien.

– Tu as raison, ça paraît vraiment bizarre.

Quand Leonie déplora qu'on puisse voir l'intérieur de la maison de partout et à n'importe quelle heure, Philipp mit un terme à la visite.

Ils s'assirent tous les cinq autour de la table ronde du jardin, où le parfum du café et du gâteau se mêlait aux senteurs marines. Le vent soufflait assez fort, mais c'était très supportable avec une petite veste. Ils mirent un peu de temps à briser la glace entre eux. Même Timo, qui avait envie de parler, ne savait pas toujours que dire. La conversation languissait. Heureusement, Vev la relançait de temps à autre par une remarque stimulante, par exemple lorsqu'elle déclara :

– Philipp prétend qu'à l'époque vous escaladiez des cheminées ensemble.

Cela leur rappela aussitôt des anecdotes qu'ils commentèrent longuement, et, pendant les dix minutes suivantes, Vev s'occupa de Clarissa, qui, assise dans le sable, dessinait sur une petite table à quelques mètres d'eux. Des mouettes s'approchaient parfois, et la mère et la fille leur lançaient alors des miettes de pain de mie qu'elles attrapaient au vol.

Clarissa était un régal pour les yeux, jolie comme un cœur avec ses boucles blondes qui commençaient à foncer légèrement – dans deux ans, elle serait brune –, et les charmants espaces entre ses dents qui rendaient son sourire irrésistible. Elle parlait étonnamment bien, s'exprimant très clairement et posant toujours des questions amusantes, demandant à Yasmin : « Où as-tu acheté tes cheveux ? » À Timo : « À la maternelle aussi, il y a un Timo. Tu le connais ? » Et à Leonie : « Pourquoi ton sac est si gros ? Tu as un chien dedans ? »

Pendant les premières minutes, ce fut surtout elle qui les fit rire. Timo la prit sur ses genoux, et Yasmin lui offrit un bracelet d'amitié tibétain multicolore qui l'enchanta. Curieusement, la seule à se montrer un peu distante fut l'éducatrice, Leonie.

Vev restait le plus souvent en retrait et laissait les invités à leurs retrouvailles. Ils ne faisaient guère attention à elle, s'intéressant avant tout à Philipp, à Clarissa et à la maison.

– Quelqu'un veut-il encore du gâteau ? demanda-t-elle.

Tous déclinèrent l'offre.

– Toi non plus, Timo ? Tu n'as pourtant pas l'air d'avoir besoin de t'inquiéter pour ta ligne.

– Non, merci beaucoup. Le gâteau au fromage était excellent, mais une part me suffit.

– Tu n'as aucun vice ?

Il sourit.

– Si. Je bois du vin jusqu'à rouler sous la table, et j'écris.

Il jugea préférable d'arrêter là la liste, d'autant qu'il n'avait rien à y ajouter.

– Très bien, va pour le vin rouge, dit Vev, satisfaite de la réponse.

– Il n'est que dix-sept heures, objecta aussitôt Philipp.

– Es-tu un clocher ou un radio-réveil ?

Elle se dirigea vers le buffet du salon et revint avec du vin rouge pour Timo, un verre de whisky pour elle-même et du champagne pour les autres, afin de trinquer à leurs retrouvailles.

À partir de ce moment, Timo et Vev s'observèrent un peu plus attentivement, tout en évitant de se croiser du regard. Chaque fois qu'elle posait les yeux sur lui, il prenait soin de s'adresser aux autres, et quand c'était lui, elle déplaçait tel ou tel objet sur la table, jouant son rôle d'hôtesse modèle.

Timo supposa que Vev devait rire rarement, sans pour autant être quelqu'un de coincé. Son humour était d'un genre différent, plus réservé et teinté d'ironie. Elle ne riait jamais de ses propres mots d'esprit. Son visage était calme et détendu, et il imagina que, lorsqu'on la surprenait, elle le laissait rarement paraître. Elle avait de beaux yeux, vifs et intelligents, comme si elle voyait des choses que les autres ne percevaient pas. Grande et mince, les cheveux et les yeux noirs, elle devait avoir une dizaine d'années de plus que lui.

Quand, au bout de près d'une heure, il finit par croiser son regard, il lui sourit, d'abord par politesse, puis parce qu'il était gêné. Son expression à elle n'avait pas changé.

Ce petit jeu entre eux ne s'interrompit que deux fois un peu longuement, d'abord à l'entrée en scène des chats, puis lorsque Clarissa vint leur apporter ses dessins. Les chats étaient au nombre de trois : Morrison, calme et imposant, Piaf, qui miaulait continuellement, et Nena, l'air toujours un peu paumé. Leonie voulut caresser Morrison, mais il préféra se faire cajoler par Yasmin. Piaf et Nena aussi passèrent au large de l'amie autoproclamée des chats.

Clarissa avait dessiné chacun des trois invités, Yasmin, Leonie et Timo. C'étaient de simples gribouillages aux crayons de couleurs comme en font les enfants de cet âge et qui émeuvent presque toujours leurs destinataires, même si, mis à part les parents et les grands-parents, aucun ne les accrocherait à un mur. Pendant plusieurs minutes, Vev ne se soucia que de sa fille, l'embrassant, la félicitant et faisant le tour de la table avec elle pour distribuer les dessins.

Même Leonie devint plus expansive avec la petite fille après avoir reçu son cadeau. Elle qui ne lui avait pas accordé un regard jusque-là se mit tout à coup à admirer avec enthousiasme ses cheveux, ses yeux verts, sa voix charmante, sa jolie robe… Comblée par ces attentions, Clarissa promit à Leonie de produire d'autres œuvres pour elle. Au moins une nouvelle amitié semblait donc être née ce jour-là.

– Tu sais vraiment t'y prendre avec les enfants, Leonie, observa Vev. Tu en as peut-être ?

– Je suis éducatrice dans un jardin d'enfants. Mais mon ami ne veut pas en avoir.

Leonie saisit tout à coup son grand sac à main et, les mains tremblantes, fouilla dedans en faisant s'entre-choquer les objets, avant de parvenir à en sortir un comprimé.

– Je dois prendre un médicament contre la malaria après chaque repas, dit-elle. C'est pour un voyage que je veux faire en Afrique l'an prochain.

Timo n'y pensa pas très longtemps, mais le comportement de Leonie lui sembla un peu bizarre. Pourquoi n'avait-elle pas donné davantage de détails sur son travail d'éducatrice en réponse à la question de Vev ? Pourquoi, au lieu de cela, s'était-elle mise à fouiller précipitamment dans son sac comme une junkie en manque ? Mais peut-être ne fallait-il voir là rien d'anormal.

– Leonie est donc éducatrice, dit Vev. Et toi, Yasmin ?

– Moi ? Je ne fais rien de spécial. Des trucs à droite et à gauche. Le matin, je donne un coup de main dans un magasin – une boutique ésotérique –, et l'après-midi, je reste avec mes amis. Je dessine, je joue des maracas.

– Des maracas, ma chère !

– Tiens, c'est la chaîne dont je te parlais tout à l'heure, avec le symbole de fertilité celtique. Pour que tu aies encore deux autres petites Clarissa.

Tout le monde rit, sauf Leonie.

– Et toi, Timo ? demanda Philipp.

– Timo est écrivain, s'empressa Leonie. Il a déjà écrit trois livres.

– Deux, corrigea Timo.

– Deux, répéta Leonie. Et il travaille actuellement au troisième. Ce sera encore quelque chose entre le thriller et le drame familial. Dis-leur ce qui t'a donné l'idée, Timo. Il nous l'a raconté pendant le voyage, à Yasmin et à moi.

Leonie le mettait un peu dans l'embarras. Il n'aimait pas s'étaler en public, surtout deux fois dans la même journée. D'un autre côté, il aimait parler de ses livres – comme tous les auteurs, sans doute. Aurait-il dû garder le silence sur ses écrits ? Les renier ? Il en parlait comme d'autres parlent de leurs enfants ou de leur patron.

– C'est une chose que vous connaissez sûrement. Parfois, une fenêtre située à une certaine distance se trouve à un moment précis placée de telle façon entre vous et le soleil qu'elle vous renvoie un rayon de lumière. Les idées fonctionnent de la même manière. Ce sont des hasards produits par la rencontre entre notre propre mouvement et celui d'une chose qui nous dépasse. Plus l'esprit est mobile, plus on a de chances de tomber sur une bonne idée.

– Continue, l'encouragea Vev en sirotant son whisky.

– Pour prendre un exemple récent, j'étais dans un avion, et les vitres des maisons lançaient des reflets au-dessous de moi. Je me suis dit que derrière chacune de ces fenêtres se cachait une vie : des femmes au chevet de leur mari dépendant, des camions de déménagement qui scellaient la fin d'un couple ou un départ en maison de retraite, des ados qui se branlaient... Ou notre rencontre, par exemple. Oui, notre rencontre serait une bonne idée.

– Pour se branler ? demanda Vev imperturbablement.

Cette fois encore, seule Leonie ne rit pas.

– Non, dit Timo. Pour en faire une histoire.

– La conversation devient un peu trop crue pour moi, s'insurgea Leonie sans regarder personne. Et puis, je ne crois pas que notre rencontre puisse donner un bon roman. Il ne se passe rien de spécial ici, nous ne faisons que bavarder en mangeant du gâteau.

– Tu as raison, dit Timo. Il faudrait bien sûr que des complications surviennent. L'action, au départ anodine, évolue vers un drame dont on ne sait rien encore. Des revirements imprévus, un danger dont on peut seulement essayer de deviner la nature... Vous connaissez certainement cette sensation qu'une menace plane dans l'air...

– Bien sûr, dit Yasmin. On appelle ça la dépression.

Tout le monde rit, même Leonie, jusqu'à ce que Philipp pose une question :

– C'est bien beau, tout ça, mais... peut-on en vivre ?

Il y eut un grand silence, et Timo avala sa salive en tortillant ses doigts avant de répondre :

– Oui… et non… pas vraiment. Je fais quelques petits boulots à côté.

– Tu auras bientôt trente-cinq ans, Timo. Les petits boulots, c'est pour les ados et les moins de trente ans, comme nous à l'époque. Il y a un temps pour tout. Je n'ai rien contre l'art pour l'art, mais, tant qu'on ne peut pas en vivre… Enfin, tu dois savoir ça aussi bien que moi.

Comme Timo restait muet, ce fut finalement Vev qui sauva la situation :

– Je trouve que le vent commence à fraîchir. Si on rentrait ? Je vais vous montrer où vous dormirez ce soir.

Leonie, Yasmin et Timo montèrent leurs bagages au premier, et Vev entra avec Timo dans la chambre qui serait la sienne pour quelques jours. Un instant, elle posa sur lui un regard pénétrant, et il comprit alors que quelque chose allait se jouer entre eux. Cette simple idée, savoir que c'était possible, le bouleversa davantage que tout ce qu'il avait vécu depuis des années.

Clarissa arriva en courant de la terrasse, faisant de grands gestes maladroits.

– Regarde les mouettes, papa !

Vev était encore à l'étage avec les invités. Philipp prit sa fille dans ses bras.

– Tu les connais pourtant déjà toutes, ma chérie.

– Elles ont faim !

– C'est elles qui te l'ont dit ?

Clarissa hocha la tête. Elle était si mignonne dans son anorak ! Sa fille était le vent, l'air pur. Il aspira profondément son odeur.

– Et toi, tu n'as pas faim ? demanda-t-il. Veux-tu une tartine de banane ?

Les yeux de Clarissa s'illuminèrent de joie.

– Les mouettes d'abord, et moi après !

– Très bien, va donner à manger aux mouettes, dit Philipp en l'embrassant. Mais seulement dans le jardin, pas plus loin. On est d'accord ?

Elle fit oui de la tête.

– Pendant ce temps, je prépare ta tartine.

La taciturne Mme Nan s'affairait devant la cuisinière. Aux yeux de Philipp, sa petite silhouette exotique chargée d'ans était étrangement décalée parmi les éléments intégrés à la technologie et à l'esthétique ultramodernes. Elle détonnait d'ailleurs partout dans cette maison aux grandes pièces claires convergentes, aux immenses baies vitrées hautes comme des murs d'appartements anciens.

Philipp n'aurait sans doute pas trouvé l'idée très politiquement correcte, mais, en voyant Mme Nan, la plupart des gens l'auraient plus volontiers imaginée dans un petit restaurant de Phnom Penh, faisant frire des nouilles dans une immense poêle.

Son visage énigmatique et digne était élégamment plissé, tel un vieux parchemin évoquant des temps révolus. Ni Philipp ni Vev n'avaient la moindre idée de ce qu'avaient été les Nan autrefois. Les professions possibles à Hiddensee étaient peu nombreuses : femme de chambre, serveur, épicier, passeur, postier – des métiers qui existaient déjà il y a cent ans. En tout cas, Mme Nan n'avait eu aucune activité déclarée avant de devenir la femme de ménage à temps partiel de Vev et la nounou occasionnelle de Clarissa.

– Clarissa veut une tartine à la banane, lui dit Philipp. Non, laissez, je m'en occupe. Vous avez bien assez à faire. Est-ce déjà le dîner pour nos invités que vous préparez ?

Mme Nan hocha la tête. Bien qu'elle parlât l'allemand couramment, il était difficile d'engager la conversation avec elle. Cela ne gênait pas Vev, mais Philipp se sentait toujours un peu intimidé, et parfois franchement mal à l'aise, en présence de cette femme au visage aussi indéchiffrable qu'un papyrus.

Philipp étala sur le pain une mince couche de pâte à tartiner au chocolat qu'il recouvrit d'épaisses rondelles de banane – Clarissa aurait préféré l'inverse, mais, selon Philipp, il n'était pas sain de manger trop de sucre. Pendant qu'il tartinait le pain, il sentit monter et se propager subtilement en lui une vague de dépit et d'hostilité. Jusqu'ici, il avait cru que revoir Timo et Leonie – Yasmin n'avait de toute façon pas été prévue – n'aurait pour lui pas plus d'importance qu'une réunion d'anciens élèves : on évoque le bon vieux temps, on se moque de soi-même, les autres racontent leur vie et on passe un bon moment ensemble… Et voilà qu'il regrettait tout à coup d'avoir lancé cette invitation. Mais il était trop tard pour revenir en arrière.

Par la fenêtre de la cuisine, Philipp regarda du côté des dunes. Vev, redescendue de l'étage, était maintenant dehors avec Clarissa. Elles posaient des miettes de pain de mie sur leurs mains tendues vers les mouettes, riant aux éclats chaque fois qu'un oiseau attrapait un morceau au passage, comme si le bonheur les avait frôlées de son aile. Clarissa lançait des miettes en l'air avec enthousiasme en criant : « Jonathan, Jonathan ! » Pour elle, toutes les mouettes s'appelaient Jonathan depuis que, quelques jours plus tôt, Vev lui avait lu *Jonathan Livingstone le goéland*, de Richard Bach. « Jonathan, Jonathan ! » Ces cris et ces rires bouleversèrent profondément Philipp.

Entendre rire Vev et Clarissa, voir leurs deux silhouettes se découper dans la lumière rougeoyante de l'île, et le voir depuis sa splendide maison de verre… c'était là tout son bonheur. Trente ans plus tôt, il s'en souvenait, il rêvait déjà d'une grande maison, avec de beaux meubles, des tableaux, un gros poste de télévision, une chaîne stéréo fabuleuse, tout ce qu'il n'avait pas alors. Chaque fois qu'il repensait à ce rêve de jeunesse – et il y pensait très souvent –, il était saisi d'un bref frisson à l'idée que toutes ces conquêtes pouvaient s'évanouir comme des bulles de savon, qu'il allait peut-être se réveiller dans sa petite chambre à la tapisserie humide, à côté de celle où ses parents se disputaient. Clarissa, Vev, sa maison calme et impeccable, sa réussite d'architecte étaient les piliers de son existence. Il avait besoin de les avoir sans cesse sous les yeux et de les montrer aux autres pour surmonter sa pire terreur, celle que son bonheur puisse un jour s'écrouler.

Mais cet après-midi-là, pour une raison qu'il ne comprenait pas et ne pouvait pas nommer, il n'y parvenait pas tout à fait.

5

Dès que j'allumai la lampe de mon bureau, deux yeux mauves me fixèrent, les deux post-it ovales collés sur la chemise du dossier Hiddensee. L'un portait le numéro de téléphone de Yim, l'autre celui de Margarete Korn, la mère de Leonie Korn. Ce lundi matin, le ciel de Berlin était sombre, un gros orage se préparait qui allait faire trembler les minces fenêtres de mon appartement. Ma chambre-bureau, orientée au nord, donnait sur l'arrière-cour d'un immeuble récent de Kreutzberg. Des jours comme celui-ci, où même l'été ne parvenait pas à éclairer mon rez-de-chaussée, j'aspirais à un endroit lumineux, le sommet d'une montagne, une prairie…

Cette fois, je m'imaginai à Hiddensee : une île de petits cabanons et de jardins potagers, de sables et de landes, entourée de myriades de molécules d'eau qui reflétaient en dansant les couleurs changeantes du ciel. En ce moment même, une vieille femme cueillait des lupins pour les disposer dans un vase sur la table de sa cuisine. Son mari avait posé son journal, espérant qu'elle remarquerait qu'il la regardait faire, mais l'attention de la femme était détournée par une petite famille qui passait devant le jardin sur cinq bicyclettes de tailles différentes, visiblement heureuse de vivre.

J'écartai cette vision de cliché et pris l'une des deux notes. Je n'avais pas écrit une ligne sur la tuerie depuis trois jours ni fait la moindre recherche, et la pile de copies de l'école de journalisme était davantage montée que descendue. J'avais occupé mon week-end à des bricoles qui ne pouvaient plus attendre, refusant d'aller faire les magasins avec une amie le samedi. J'aurais pourtant pu m'accorder quelques heures de liberté, mais je n'avais aucune envie de sortir. J'avais beau sentir que le travail m'empoisonnait à petit feu, mon bureau, bizarrement, m'attirait sans cesse de nouveau vers lui.

Mon deuxième rendez-vous avec Yim était pour ce soir, et j'étais à deux doigts de le décommander. De toute façon, je ne me sentais pas le courage de le questionner encore sur sa mère, ni sur son propre rôle dans la tragédie. Quant à la composante personnelle, Yim m'était certes sympathique, mais c'eût été une nouvelle personne dans ma vie, et cela entraîne des obligations. Au début surtout, une relation doit se soigner comme une jeune plante si on veut qu'elle se renforce, et on ne pourra lui en demander davantage que bien plus tard, lorsqu'elle saura se contenter de peu et supporter la sécheresse. Je ne me sentais pas prête pour un tel investissement.

Yim était injoignable au téléphone. J'envisageai tout d'abord de lui laisser un message, puis, au dernier moment, je décidai qu'il avait au moins droit à une explication en direct.

Je pris donc la deuxième note, celle sur laquelle j'avais noté : *Margarete Korn, 0 61 74-52 55 35*. Cela faisait des jours que je voulais appeler la mère de Leonie pour l'interviewer.

J'avais toujours beaucoup de mal avec la famille d'un meurtrier. En tant que personne concernée, membre du « Cercle blanc », l'association d'aide aux victimes et parents de victimes de crimes, comme en tant que journaliste, je savais trop bien que si la pitié allait aux victimes, l'attention allait surtout vers les criminels, et je n'aimais pas cela.

Non que je veuille systématiquement attribuer aux parents d'un assassin une part de responsabilité morale. Parfois, ils en ont une, parfois non – tous les cas sont différents. Mais, contrairement à celles des victimes, ces familles-là sont imprévisibles. Les parents des victimes sont avant tout en deuil. Ils accusent, bien sûr, mais il leur manque souvent la force de persévérer. Le fait de se porter partie civile, même s'il aide à surmonter l'épreuve, est davantage un acte de révolte désespérée qu'une prise de pouvoir. Les proches des victimes suivent généralement le procès dans un état d'impuissance, parfois même comme un naufrage. Les proches des criminels sont en deuil eux aussi – on l'oublie facilement dans les comptes-rendus –, mais pour eux, il y a en plus la honte, les reproches qu'on se fait à soi-même plus ou moins publiquement. Par moment, on se met à haïr son propre enfant après l'avoir aimé, et parfois aussi, à l'inverse, renié. Un mélange toxique pour n'importe quel psychisme.

Ces parents sont donc souvent susceptibles, et ils peuvent vous retourner vos arguments au moment où vous vous y attendez le moins, disant que c'est la faute de la société, donc de tout le monde, les fabricants de jeux vidéo, l'industrie du porno, le déclin des valeurs, les familles recomposées, la difficulté de trouver du travail, la politique de l'éducation, les autorités, les institutions, et bien sûr moi, Doro Kagel, représentante des médias.

Je n'avais pas envie d'entendre ces conneries, mais je continuais. La merde aussi faisait partie de mon travail.

Pourtant, j'hésitais à m'embarquer dans cette affaire de Hiddensee. Si je composais le numéro de Mme Korn et m'entretenais avec elle, cela signifierait définitivement que, malgré mes réticences, j'acceptais de faire cet article. Après cela, je ne pourrais plus me défiler sans risquer de me brouiller avec le rédacteur en chef du journal régional mecklembourgeois. Ma réputation de reporter sérieux en souffrirait.

J'aurais pu enchaîner directement sur un autre article. J'avais le choix entre la femme qui, en Basse-Saxe, avait enterré ses nouveau-nés pendant des années dans des bacs à fleurs, et l'affaire du meurtre d'une étudiante d'origine libanaise qui refusait d'épouser l'homme choisi par sa famille.

La conscience professionnelle eut le dernier mot. Je viendrais bien à bout de cette maudite affaire de Hiddensee, même si je ne savais pas encore comment.

0 61 74-52 55 35.

– Oui ?

– Madame Korn ? Bonjour, je m'appelle Doro Kagel. Excusez-moi de vous déranger…

J'expliquai qui j'étais et ce que je voulais.

– Vous voulez donc m'interviewer ?

Le ton de Margarete Korn était difficilement situable. Elle semblait sur la réserve, un peu comme si j'allais essayer de lui vendre une couverture chauffante par téléphone. D'un autre côté, elle donnait l'impression d'être particulièrement désireuse de parler.

– Après ce qui s'est passé à Hiddensee, pendant quatre semaines, les journalistes auraient quasiment enfoncé la porte pour me parler. Mais depuis, plus personne ne veut rien savoir de moi, dit-elle avec amertume.

– Pour mes collègues, je ne sais pas, je peux seulement vous répondre à titre personnel. À l'époque, on s'intéressait surtout aux faits, mais aujourd'hui, ce sont les personnes qui comptent. Je vous offre une occasion unique de parler de Leonie, de dire ce qui vous est resté sur le cœur.

Comme si je venais de lui donner une idée, son attitude changea du tout au tout.

– Très bien, dans ce cas, venez me voir. Le mieux serait maintenant.

– Madame Korn, je ne vous appelle pas de la cabine téléphonique au coin de la rue. J'habite à Berlin.

– C'est à deux pas.

À d'autres ! Je n'aurais pas su dire exactement où se trouvait le Taunus, mais pour moi, c'était l'équivalent des parages d'Alpha du Centaure.

– J'ai des obligations ici, madame Korn. Comprenez-moi, s'il vous plaît, je ne peux pas partir aussi facilement. Mais si jamais je…

– Non, non, venez ici. Ou plutôt, venez à l'hôpital où est ma fille. Je veux que vous la voyiez. Je vous paierai vos frais de déplacement. Attendez, je vais vous donner l'adresse. Si vous venez à l'hôpital, vous aurez votre interview. Une heure, deux heures, aussi longtemps que vous voudrez. Vous pourrez aussi parler avec le médecin, je vais le délier de son devoir de réserve. Mais il faut que ce soit à l'hôpital.

La situation était vraiment bizarre. Je pouvais comprendre que Margarete Korn préfère un entretien en tête à tête – Yim aussi avait voulu me rencontrer plutôt que de me répondre au téléphone. Mais devant sa fille dans le coma… Et qu'elle tienne à prendre en charge les frais…

Le lieu inhabituel éveillait ma curiosité. Je vis aussitôt les possibilités qu'il offrait – la mère de la meurtrière rompt le silence dans la chambre où sa fille gît dans le coma… Je pouvais bâtir tout mon article là-dessus, c'était une accroche formidable, avec laquelle la partie était presque gagnée d'avance. J'oubliai donc que je n'avais pas le temps et me résolus à faire ce voyage compliqué. Le mieux dans tout cela était que la proposition émanait de Margarete Korn elle-même, et que je n'avais donc pas à me reprocher de lui avoir forcé la main.

– Très bien, madame Korn, je vais chercher un train pour demain.

– Comment cela, demain, madame… comment vous appelez-vous, déjà ? Kagel ? Demain, ça ne me va pas du tout. Il n'est que neuf heures et demie. De Berlin, vous avez un train pour Francfort presque toutes les heures.

J'eus l'impression que Margarete Korn attendait ce moment depuis deux ans, et qu'elle ne tiendrait pas un jour de plus. Cette affaire était très étrange : d'abord le vieux M. Nan soufflant au téléphone sans prononcer un mot, puis son fils versatile, et maintenant, ce besoin urgent de s'épancher qu'éprouvait la mère de Leonie Korn…

Finalement, pourquoi ne pas partir tout de suite ? me dis-je. Dans le train, je pourrais corriger les copies du cours par correspondance. Et puis, cela me donnait une bonne raison de décommander mon rendez-vous du soir avec Yim, sans avoir besoin de mentir.

D'une voix à la fois nerveuse et résolue, Margarete Korn me fournit les détails nécessaires.

– À tout à l'heure. Vous viendrez, n'est-ce pas ?

– Je vous le promets.

Vu de l'extérieur, l'hôpital de Bad Homburg était d'une laideur considérable, comme la plupart des hôpitaux allemands. Du béton gris aux formes anguleuses, tout à l'économie, pas grand-chose pour la vue ni pour le moral. L'intérieur était plus agréable, avec un hall d'accueil relativement luxueux et quelques coins joliment aménagés, comme cela s'imposait dans une ville d'eaux. Mais, dès qu'on pénétrait plus avant, on retrouvait l'aspect habituel. Pourquoi toujours ce hideux revêtement de sol en linoléum d'une couleur innommable ? Même ceux qui la commandent ne la trouvent pas belle, et pourtant, elle poursuit sans désemparer sa progression dans les établissements publics.

Après m'être égarée par deux fois, je finis par trouver le bon bureau d'accueil et expliquai à une infirmière surmenée environnée de formulaires que j'étais attendue.

– Je ne suis pas au courant, me répondit-elle.

Elle me laissa en plan pour farfouiller dans un dossier quelconque, sans cesser de marmonner de façon juste assez audible pour que je comprenne que j'étais en partie responsable de ses ennuis. De temps à autre, elle levait les yeux vers moi comme si elle s'attendait à ce que je lui fasse des reproches, ce dont je me gardai bien. Au bout de quelques minutes, elle décida qu'elle avait effectivement été informée de ma venue et, d'un geste du bras assez vague pour embrasser au moins deux points cardinaux, me montra le chemin de la chambre 518.

Je frappai à la porte, animée de sentiments mitigés, et entrai après avoir attendu les trois secondes réglementaires. Il n'y avait personne dans la chambre – ce fut du moins mon impression, y compris quand j'eus découvert Leonie Korn sur l'unique lit. Car même quelqu'un qui n'aurait pas été au courant de son état se serait aperçu que cette femme n'était plus là, qu'elle vivait dans un ailleurs inconnu, pareille à une morte, le visage blafard, les lèvres crayeuses et le corps inerte, sans les tressaillements de paupières des dormeurs.

Elle était inconsciente depuis deux ans, depuis la nuit sanglante de Hiddensee, et elle le resterait probablement jusqu'à sa mort physique. Elle ne prononcerait pas un mot, son visage ne montrerait plus ni joie ni peine, elle n'aimerait plus, n'espérerait plus. Plus jamais elle ne pourrait prendre un repas, être avec des amis, fêter Noël, faire l'amour, lire un livre, se promener… Cela durerait trente, quarante, cinquante ans peut-être. Leonie était bannie du monde des vivants, seules deux machines placées de chaque côté de sa tête l'empêchaient de mourir. Elle vieillirait sans mûrir. Chaque année, les objets que quelqu'un – sans doute sa mère – avait disposés autour d'elle deviendraient un peu plus ridicules, un peu plus tragiques.

De petites figurines en pâte à modeler ou en faïence ressemblant à des nains et à des fées étaient posées sur une tablette à la droite de Leonie. Il y avait aussi des animaux en peluche des cinq continents, des poupées, des fleurs en papier, des galets multicolores et de petits moulins à vent en plastique.

J'avais vu les mêmes objets dans un cimetière, sur la tombe voisine de celle de Benny, où était gravée l'inscription : *Melanie, 1996-2005*. Cette année, alors que Melanie aurait dû approcher de sa majorité, les petits moulins tournaient encore. Mais de tels symboles dans une chambre d'hôpital, au chevet d'une femme de quarante ans… Cela avait quelque chose de naïf et de tragique à la fois.

Et quelque chose d'oppressant, car, au bout de cinq minutes, je ne supportais plus la présence de cette vivante sur son lit de mort.

Je me dirigeai vers la porte… et me trouvai nez à nez avec une vieille femme.

Margarete Korn avait l'air aussi fragile qu'une tasse fendue. Sa tête tremblait légèrement, et la main qu'elle me tendit, sèche et dure comme une branche, était sans force dans la mienne.

– Je vous ai vue entrer, me dit-elle d'une voix douce et un peu rauque. J'ai attendu exprès, pour vous laisser seule quelques minutes avec Leonie. Avez-vous fait bon voyage ? Merci d'être venue.

On avait l'impression qu'elle allait fondre en larmes d'une seconde à l'autre, mais ce ne fut pas le cas. J'imaginai que ses larmes étaient taries depuis quelques mois, qu'elle n'en avait plus après avoir trop pleuré. Elle avait perdu plus de la moitié de son poids par rapport à la photo d'elle que j'avais pu voir, comme si elle cherchait à s'effacer de ce monde.

– Si nous nous asseyions ? proposa-t-elle avec un geste d'invitation.

Elle s'installa à la droite de Leonie, près des puérils objets sacrés déposés par une mère au chevet de sa fille mourante. Il ne restait que la chaise à gauche du lit, si bien que je me trouvai face à Mme Korn, le corps de Leonie immobile entre nous, pareil à une table sous sa couverture blanche immaculée.

Devoir parler par-dessus le corps d'une femme plongée dans le coma était une situation pénible et embarrassante, mais singulière aussi – et, comme le singulier est la matière même du journalisme, je ne protestai pas et laissai Margarete Korn commencer son récit :

– Je maquille Leonie chaque dimanche. Pour qu'elle soit jolie. Quand j'ai terminé, on dirait qu'elle va se lever d'un instant à l'autre et sortir, aller à la discothèque ou à une soirée entre amis. Cela me gêne qu'elle soit aussi pâle, j'ai envie de la voir de temps en temps telle qu'elle était avant. Madame Kagel, savez-vous ce que je regrette le plus de ma fille ? De tout ce qu'était Leonie, c'est surtout sa voix qui me manque. J'oublie à quoi elle ressemblait. Ma fille est là, devant moi, et pourtant, je la perds petit à petit.

Margarete Korn me parlait comme si elle me connaissait depuis des années.

– Vous trouvez que j'exagère, n'est-ce pas, en exposant tout ce bric-à-brac enfantin autour de ma fille de quarante ans ? Vous n'avez pas besoin de me répondre. Ni de vous excuser. N'importe qui penserait que j'exagère, et en même temps, les gens comprendraient. Une vieille mère rongée par le chagrin, sa fille unique à moitié morte… Et c'est tout à fait vrai, c'est cela aussi. Mais, si j'ai mis ici tous ces objets colorés, c'est seulement parce qu'ils représentent la période la plus heureuse de la vie de ma fille. Jusqu'à l'âge de huit ans, Leonie a été heureuse, du moins relativement heureuse. Mais plus jamais depuis.

Plus jamais depuis… C'était le moment où un bon journaliste sortait son carnet de notes et déclenchait le magnétophone, et je ne fis pas exception à la règle. Cette attitude était calculée, elle résultait d'une longue pratique. De même qu'un pianiste pose les doigts sur les touches sans réfléchir, c'est à cet instant que je me mis automatiquement à poser mes questions :

– Comment était Leonie, enfant ?

Margarete Korn tourna les yeux vers le visage de sa fille.

– Parfois un peu difficile. Mais je ne connais pas d'enfant facile. Et aucune mère ne l'est. Pour un enfant, être difficile est un droit, pour les parents, c'est un devoir. C'est ce que disait toujours ma mère.

– Une femme sage. Comment se…

Je jetai un regard à la femme inconsciente avant de reformuler ma question :

– Comment ce comportement difficile se manifestait-il chez Leonie ?

– Elle a toujours été assez instable. Je crois que c'est le mot qui convient. Elle a de bons jours et de mauvais jours, comme nous tous. Êtes-vous toujours de bonne humeur ?

– Non.

– Vous voyez. Eh bien, ces changements sont peut-être un peu plus prononcés chez ma fille, c'est possible. Quand elle est dans un mauvais jour, elle peut être vraiment pénible. Mais ce n'est pas délibéré de sa part, vraiment pas. Elle a souvent de violents maux de tête, et je crois qu'ils sont pour quelque chose dans ses sautes d'humeur. Je lui ai souvent conseillé de voir un médecin.

Un silence.

– Je suppose que Leonie ne vous a pas écoutée ?

– Elle a toujours été très têtue. À certaines périodes, elle est plus patiente et plus ouverte aux conseils, et dans ces moments-là, nous sommes plus liées. Puis, de nouveau… Enfin…

Bien entendu, je remarquai que Mme Korn préférait employer le présent en parlant de sa fille, comme si Leonie avait encore des bons et des mauvais jours.

– Dans quel état d'esprit était Leonie lorsqu'elle est partie pour Hiddensee ?

– Elle était nerveuse. Leonie est toujours nerveuse avant un voyage, même court. Elle tient cela de moi. Et, comme il s'agissait de revoir d'anciens amis, elle était bien sûr d'autant plus agitée. C'est compréhensible, non ? Il y en avait un qu'elle aimait particulièrement, vous savez, l'écrivain...

– Timo Stadtmüller ?

– Oui, c'est cela. Plus jeune, elle avait été un peu amoureuse de lui. Ou plutôt, elle s'était entichée de lui, comme on dit quand on a un coup de cœur et que cela passe aussi vite que c'était venu. Mais il est certain qu'elle l'aimait encore beaucoup au moment de ce séjour à Hiddensee. On a retrouvé une note dans son sac à main.

Margarete Korn me montra un bout de papier portant ces mots, de l'écriture enfantine de Leonie : « Timo est mon seul ami sur cette île. Il va se passer quelque chose ».

– Je ne sais pas pourquoi elle a écrit ça. Cela m'a étonnée, parce que, à l'époque, elle était encore avec Steffen. Steffen Herold.

C'était la première fois que j'entendais le nom de cet homme. Il ne figurait pas sur ma liste de personnes à interroger.

– Auriez-vous par hasard son adresse et son numéro de téléphone ?

Margarete Korn me tendit le carnet d'adresses de sa fille, un agenda de 2010. Au milieu de la couverture en plastique noir était collé un grand smiley jaune.

– Tout est là-dedans. Mais n'en espérez pas trop. Steffen s'est détourné de Leonie depuis qu'elle est ici. À ma connaissance, il n'est même pas venu la voir une seule fois. Je lui ai laissé des messages, mais il n'a pas rappelé.

– Vous êtes certaine qu'ils étaient ensemble ?

– Oui, bien sûr. Ils sont venus manger chez moi deux ou trois fois. Ils s'embrassaient, parlaient de mariage... Un bel homme, mais le cœur sec, si vous voulez mon avis. C'est honteux d'avoir laissé tomber Leonie comme ça ! Quand il était encore avec ma fille, je lui ai tricoté une quantité de chaussettes et d'écharpes en laine, et lui… Quelle ingratitude !

Pendant que je notais les coordonnées de Steffen Herold, plusieurs photographies glissèrent de l'agenda. Des photos de Leonie, de l'enfance jusqu'à trente ans environ.

– Elles sont pour vous, dit Margarete Korn. Ce sont toutes des retirages.

– Merci, dis-je en lui tendant l'agenda par-dessus le corps de sa fille.

Je ne m'habituais pas à l'étrangeté du lieu, et il m'était pénible de poser toutes ces questions en présence d'une personne en état de mort apparente alors qu'elle était elle-même l'objet de l'entretien. Leonie sentait la pommade et le talc, ses cheveux châtains luisaient artificiellement sous la clarté du néon. Sa main aux ongles laqués posait cinq taches rouges sur la couverture d'un blanc de neige.

– Madame Korn, vous avez mentionné que Leonie était heureuse pendant les huit ou neuf premières années de sa vie. Que s'est-il passé ensuite ?

Durant quelques secondes, il y eut de nouveau un grand silence.

– Son père était dur avec elle, très dur. C'était un homme méchant, et un père pire encore. Quand Leonie ne lui obéissait pas – qu'il s'agisse ou non d'une chose importante –, il l'enfermait dans la remise à outils, qui était toute petite, noire et étouffante.

– Vous n'interveniez pas ?

– Seulement à partir des quinze ans de Leonie.

– Pourquoi pas plus tôt ?

– J'étais… j'ai fait des dépressions, des dépressions graves, avec de longues périodes d'apathie. Cela a duré plusieurs années, et ne s'est arrangé qu'après un traitement médical intensif. À la fin de l'adolescence, Leonie aussi a eu des dépressions. Non qu'elle m'en ait parlé, mais… je l'ai senti, vous comprenez ? Tout le monde a un sixième sens pour quelque chose, madame Kagel. Un journaliste a du flair pour les bonnes histoires, un ancien malade pour la maladie, c'est comme ça. Heureusement, Leonie s'est guérie toute seule. Elle est partie pour Berlin, elle a trouvé des amis, s'est investie dans la défense des animaux et de l'environnement. À l'époque, j'étais un peu inquiète quand elle me parlait de ses activités avec ce groupe contestataire, je suis sûre qu'elle ne me racontait pas la moitié de ce qu'ils faisaient. Mais cette période où elle s'est engagée pour une cause lui a fait du bien. À son retour dans le Taunus, elle a commencé à prendre sa vie en main – elle a fait une formation d'éducatrice, s'est intéressée aux enfants, a acheté un bel appartement avec l'héritage de son père, et il y avait aussi son amour des animaux, sa relation avec Steffen…

– Sans oublier le pistolet.

Je tâchai de me persuader que cette remarque provocatrice était un bon calcul. En tant que journaliste, j'avais l'impression d'avoir jusque-là mené l'entretien avec un peu trop de gentillesse et de passivité. Il était temps de passer à la vitesse supérieure. Mais surtout, je ne supportais pas ce discours qui montrait Leonie Korn sous les traits d'une héroïne. Elle avait tout de même tué trois personnes avant de tenter de se suicider. Elle en avait marqué d'autres à vie, comme Yim, qui, arrivé le premier sur les lieux du massacre, avait trouvé sa mère assassinée et appelé la police.

Ma raison acceptait l'idée qu'une mère idéalise son enfant, même s'il avait tué. C'était peut-être la nature qui le voulait. Mais mes sentiments ne suivaient pas. Cela me révoltait que Mme Korn occulte totalement le fait que Leonie devait être sérieusement dérangée, pour ne pas dire complètement cinglée, pour avoir commis un tel acte.

– Elle l'avait pour se défendre, répondit Margarete Korn d'un ton ferme. Elle a été agressée par un voleur il y a quelques années.

– Elle n'a jamais porté plainte.

– Ah, pour ce que la police peut y faire…

– Étiez-vous présente lors de cette agression supposée ?

– Non, mais… Je ne vois pas ce que cela change.

– Si cette attaque n'avait jamais eu lieu, cela changerait tout. Leonie n'avait pas de permis de port d'arme. D'ailleurs, il est interdit de transporter ce genre d'arme, même avec un permis. Avez-vous questionné votre fille au sujet de ce pistolet ?

– Je n'aime pas les armes à feu, mais je comprends Leonie. En tant que femme, on n'a pas les moyens de se défendre contre les voyous.

– Le judo, le karaté, le taekwondo, le gaz lacrymogène… Mais passons. Madame Korn, une seule chose m'intéresse vraiment ici : les sautes d'humeur de Leonie s'étaient-elles un peu calmées dans les dernières années précédant les événements de Hiddensee ?

– Pas précisément…

– Vous m'avez dit tout à l'heure qu'en tant qu'ancienne dépressive, vous aviez un bon feeling pour détecter… disons, les problèmes psychologiques.

– Oui, c'est vrai. Je sais donc que chez vous non plus, tout ne va pas pour le mieux.

Cette déclaration me stupéfia tellement que je mis quelques secondes à me ressaisir. Des secondes pendant lesquelles des pensées depuis longtemps remisées sur des voies secondaires de mon cerveau où je ne m'aventurais que rarement en profitèrent pour s'agiter : tu fais fausse route, ta vie n'est pas ce qu'elle devrait être, suis tes envies au lieu de toujours faire ce que les autres te demandent… Des proverbes de calendrier chinois tournoyaient dans ma tête.

Je vis passer en un éclair le visage enfantin de mon frère Benny sur une photo, la seule que j'avais de lui, sur une étagère de mon salon. Bras croisés, le pied gauche pointé vers le ballon de foot, fier comme Artaban, une semaine avant sa mort. Sans transition, je sautai de nouveau trente ans et me vis devant mon bureau, avec mes dossiers, le gros œil de l'ordinateur, mes articles, le téléphone. Je pensai à mes tergiversations, à mes problèmes de rendez-vous et de délais, aux nouveaux contrats qui appelaient de nouveaux rendez-vous et de nouveaux délais, aux exigences des autres que je faisais miennes. Cinquante mille heures de devoir fusionnèrent tout à coup en une unique seconde de tristesse.

Par chance, ces divagations sur des voies de garage s'arrêtèrent contre le bon vieux butoir de la routine, et je repris :

– Madame Korn, nous sommes là pour parler de Leonie, pas de moi. N'avez-vous jamais eu le sentiment que Leonie avait besoin de soins médicaux pour surmonter son instabilité ?

– Je lui en ai parlé, sans succès. Elle prenait un médicament, mais je ne sais pas où elle se le procurait ni ce que c'était exactement.

– Malgré cela, le pistolet ne vous a pas inquiétée ?

– Oui et non. J'étais fermement convaincue que Leonie ne ferait jamais de mal à personne. Mais je me faisais quand même du souci à l'idée que, dans un moment malheureux, elle pourrait se… Oui, il m'est arrivé de penser à cela. Ce qui me rassurait, c'était que sa relation avec Steffen lui donnait une certaine stabilité.

– Comment expliquez-vous que vous ayez pu vous tromper à ce point dans votre appréciation de la stabilité de Leonie ?

– Je ne crois pas m'être trompée.

Margarete Korn se leva, se pencha jusqu'à ce que son visage ne soit plus qu'à quelques centimètres de celui de sa fille.

– Dis-lui, Leonie. Allons, dis-lui.

Ce fut un moment bizarre, presque inquiétant. Je ne comprenais pas très bien ce qui se passait.

– S'il te plaît, Leonie, dis-lui. Ouvre les yeux. Regarde-moi. Regarde cette femme, et dis-lui la vérité. Raconte-lui ce qui s'est vraiment passé. Défends-toi.

Je fixai les yeux clos de Leonie. Après deux ans de coma, il était hautement improbable qu'elle s'éveille à cet instant précis, et pourtant, l'attente de sa mère était telle qu'on y croyait presque. Comme si l'espoir d'une vieille femme pouvait changer le cours des choses, faire mentir les médecins, remonter le temps, annuler la faute de sa fille, ressusciter les morts, regonfler le ballon éclaté.

Elle murmurait sans interruption :

– Dis-lui, Leonie, dis-lui.

Sa tête tremblait, la voix qui sortait de sa maigre poitrine avait la force de celle d'une grande prêtresse.

– Tu vas te réveiller. Tu vas te réveiller, ma chérie, et tu leur montreras à tous.

Je surveillais les doigts de la malade, les yeux fixés sur les cinq ongles laqués de rouge, scrutant chaque pli de la couverture au cas où quelque chose aurait bougé.

Mon regard alla vers l'écran où s'inscrivaient les oscillations régulières de la fréquence cardiaque, ou peut-être de l'activité cérébrale, les minuscules tressaillements d'une existence qui n'était plus la vie sans être déjà la mort, veillée par des machines aseptisées, respirant un air pompé électriquement. Y avait-il encore une volonté dans cette tête ? Était-elle encore capable d'un langage quelconque ? Les électrodes disaient que non.

Au bout de plusieurs minutes, Margarete Korn retomba sur sa chaise. Elle regarda à terre, puis ferma les yeux, replongeant dans les ténèbres de son désespoir. Son corps s'affaissa, comme privé de substance, et, pour quelques instants, elle ressembla à sa fille.

Je me levai, effrayée.

– Que se passe-t-il, madame Korn ? Vous vous sentez mal ? Je vais chercher un médecin.

Elle ouvrit les yeux, leva le bras et s'écria :

– Non, non, laissez. Ça va déjà mieux. Je vous assure que ça va.

Je regrettais d'avoir été si dure en interrogeant la vieille dame. Dans mon métier, le problème était toujours de définir une frontière entre désir de savoir et insistance excessive, et de se tenir en équilibre sur la corde raide. C'était une question de dosage du respect : pas assez, on devenait un salaud, trop, on faisait mal son travail.

– Je devrais quand même aller chercher un médecin, insistai-je, désireuse de me montrer humaine malgré tout.

– Aucun médecin au monde ne peut m'aider, madame Kagel, dit-elle sans que je puisse la contredire.

Elle se mit à fouiller dans son sac et me tendit un billet de cent euros.

– Avant que j'oublie, tenez, pour vos frais de voyage. Je vous avais promis.

J'eus scrupule à prendre l'argent, d'autant que Margarete Korn l'avait posé sur le corps de Leonie comme sur un comptoir. Le billet de cent euros était pourtant le bienvenu. Je n'avais pas pu mettre un sou de côté depuis des mois, et Tante Agathe devait bientôt passer le contrôle technique.

– Non, merci, madame Korn. C'est très gentil à vous, mais…

– J'insiste. Je vous l'avais promis, et l'argent… Vous savez, l'argent n'est pas un problème pour moi.

Honteuse, je fourrai le billet dans la poche arrière de mon jean. Margarete Korn s'était ressaisie à présent.

– Je vous ai fait venir pour deux raisons, reprit-elle. D'abord pour vous dire, à vous et à travers vous à tous les autres, que Leonie n'est pas celle que vous croyez tous. Elle n'a pas commis ces crimes affreux à Hiddensee. Personne ne connaît ma fille mieux que moi, madame Kagel, et je sais, oui, je miserais tout mon argent là-dessus et le jurerais sur tout ce qu'on veut, je sais que Leonie est incapable de tuer un être humain, encore moins trois. Malgré tout ce qui a été dit par la police et écrit dans les journaux, Leonie est innocente. Quelqu'un d'autre a commis ces meurtres. Je ne sais pas qui, mais pas Leonie, en tout cas. Mettez cela dans votre article. S'il vous plaît, dites-le.

Mon attitude ambivalente envers cette femme bascula de nouveau, cette fois en sa défaveur.

Sur la base des indices, les procès successifs de Kurt R., l'homme qui avait étranglé mon frère avant de le jeter dans l'étang de la forêt au milieu des canards, de la vase et des iris des marais, avaient tous conclu à sa culpabilité, et il avait écopé de la peine maximale. Mais la mère et la sœur de Kurt R. s'étaient exhibées dans toutes les émissions télévisées possibles, semant le doute sur l'équité du jugement grâce aux questions d'animateurs complaisants habillés sur mesure à la dernière mode. J'entendais encore résonner les applaudissements. Sincères ou pas, ils étaient bien là, et ils avaient fait leur chemin dans mon cerveau jusqu'à un recoin d'où ils continuaient à me tourmenter. Je gardais l'impression que ce qui se disait à la télévision était reçu comme la vérité, tandis que mes parents, enfermés dans leur chagrin silencieux, s'étaient évaporés, ayant cessé d'exister aux yeux du public. Mais je me trompais peut-être.

Je répugnais donc à offrir à Margarete Korn une tribune médiatique qui donnerait du crédit à ses affirmations choquantes et, qui sait, irait peut-être jusqu'à lui valoir un passage à la télévision. D'un autre côté, cela faisait partie de mon travail de journaliste de relayer les déclarations de la mère d'un coupable présumé.

Je hochai la tête, sans m'engager toutefois sur la manière dont je présenterais la chose.

– Alors, notre rencontre aura au moins servi à cela, soupira Margarete Korn, soulagée. Car j'espérais aussi quelque chose qui ne s'est pas réalisé : que Leonie entende comment vous la jugiez et la condamniez, et que la colère la réveille.

6

Le calme de Hiddensee était d'un genre particulier. Le vent mugissait aux oreilles des promeneurs, les arbres grinçaient, la mer déferlait sur la plage, et pourtant, on avait l'impression d'un grand silence que ne troublait aucun des bruits du monde moderne, moteurs, klaxons, chantiers, autoroutes, échangeurs, aéroports ou camions. On voyait bien passer quelques avions au-dessus de l'île, mais très haut dans le ciel, où ils dessinaient silencieusement à la craie des traces qui prenaient des formes de squelettes avant de se dissiper.

Les quatre promeneurs longeaient la plage en ordre dispersé. Philipp avait fort à faire avec Clarissa, qui abîmait son anorak en faisant des culbutes sur le sable. Emmitouflée dans une veste tricotée, Leonie traînait à l'arrière en jetant des regards mélancoliques vers l'ouest, tandis que Yasmin marchait devant d'un air décidé, comme si elle partait en guerre. Timo laissait les vagues lui lécher les pieds et pensait à Vev, restée à la Maison des brouillards pour préparer la table du dîner.

— Ce sont sans doute les derniers jours de l'été, dit Leonie en rejoignant Timo.

À l'entendre, on aurait pu croire qu'elle avait passé les derniers mois à allumer des cierges pour que l'été finisse plus vite.

– Cela te soulage ?

– Je suis plutôt de l'automne, je m'épanouis quand il commence à faire froid.

– Comme un aster, alors ?

La comparaison sembla lui plaire. Elle se laissa tomber sur le sable humide, suggérant implicitement à Timo qu'il devait s'asseoir à côté d'elle. Ce qu'il fit, tandis que Philipp jouait un peu plus loin avec Clarissa et que Yasmin, voyant qu'elle avait pris trop d'avance, s'asseyait en tailleur et contemplait le soleil couchant avec l'immobilité du bouddha doré posé près de sa vieille couverture à Berlin.

Leonie prit sur ses genoux son énorme sac à main, qui avait plutôt l'allure d'un sac de marin, et s'y accrocha comme une naufragée à une planche, sans savoir que dire. Timo, lui, s'efforçait de comprendre cette femme. Son physique, sa façon de s'habiller et de se coiffer donnaient l'impression d'une brave fille sympathique. D'un autre côté, elle fonçait comme une malade sur la route, et pas seulement sur l'autoroute, mais aussi bien en ville, dans la campagne et en traversant les villages. Sa voix douce et un peu rauque pouvait sembler agréable. Pourtant, elle se modifiait parfois subitement, et c'était alors comme si une harpiste se levait au beau milieu d'un morceau pour tirer un coup de carabine.

Leonie jeta un coup d'œil à Yasmin, qui ne pouvait pas les entendre.

– Timo, tu te rappelles quand Yasmin nous cassait les pieds pour qu'on aille se jeter devant les baleiniers avec un bateau pneumatique ? On n'y est jamais allé. Mais si on l'avait fait, elle aurait vomi tripes et boyaux.

Si elle est déjà malade en voiture... Et elle n'a pas supporté le ferry non plus.

– Tu ne l'aimes pas, constata Timo.

Elle répondit en cherchant ses mots :

– Eh bien, elle n'est pas précisément... Ce n'est pas facile de s'habituer à sa façon de parler, et puis, elle a un look pas possible, et... je ne sais pas, mais elle donne l'impression d'être quelqu'un de borné.

– Tu sais aussi bien que moi qu'elle n'est pas bornée et ne l'a jamais été. Au contraire, elle est très intelligente. D'ailleurs, je ne la trouve pas moche du tout. Elle a de beaux yeux, une belle silhouette... Ses fringues sont un peu spéciales, et alors, où est le problème ? Quant à sa façon de parler... elle dit ce qui lui passe par la tête, elle a toujours été comme ça.

– Si tu le dis.

– En tout cas, je trouve ça bien qu'elle n'ait pratiquement pas changé. C'est vrai, regarde-nous, nous autres : nous ne sommes plus du tout comme il y a quinze ans. Je parie que, pour ses soixante-dix ans, Yasmin aura la même allure que maintenant, et qu'elle soufflera soixante-dix joints sur son gâteau d'anniversaire.

Leonie rit de bon cœur et regarda Timo avec des yeux brillants.

– Au fait, as-tu une petite amie fixe ? demanda-t-elle.

La question le prit au dépourvu, et il répondit en grattant le sable avec ses orteils :

– Non. Je ne sors pas assez souvent pour trouver une femme, et, comme je travaille chez moi, je ne peux pas non plus rencontrer quelqu'un au boulot. Je ne vois que les copines de mes amis, et pour moi, elles sont taboues.

– C'est clair. Mais pourquoi ne sors-tu pas plus souvent ?

– D'abord, je préfère écrire le soir et la nuit. Et sinon, je bosse dans un cinéma pour gagner un peu d'argent. J'arrive tout juste à joindre les deux bouts. Je n'aurai donc d'admiratrices que quand je serai célèbre, c'est-à-dire seulement vers soixante-quinze ans, ou après ma mort. Mourir est ce qu'il y a de mieux pour faire progresser une carrière d'artiste.

Leonie rit.

– Et toi ? demanda Timo. Tu as un copain ?

Elle porta la main à son front.

– Mon Dieu, j'ai complètement oublié de rappeler Steffen ! Excuse-moi, Timo, je reviens tout de suite.

Tirant son portable de son sac, elle se leva et s'éloigna de quelques pas sur la plage. La réception était bonne. Elle écouta la sonnerie en tapotant nerveusement sur son ventre, mais elle tomba de nouveau sur le répondeur et dicta un message :

« Pas de chance, je n'arrive toujours pas à te joindre. En ce moment, je suis sur la plage à Hiddensee. Le temps est superbe, juste comme j'aime, pas trop chaud, avec un petit peu de vent. Yasmin est à côté de moi – et aussi Philipp avec sa fille. Je vais bien, ne t'inquiète pas. J'essaierai encore de te rappeler ce soir. Bisous. »

Elle avait fait exprès de ne pas mentionner Timo, sans trop savoir pourquoi. Elle aimait Steffen, elle en était dingue. Mais Timo était… enfin, c'était Timo. Son premier amour. Il aurait été un peu déplacé de parler de lui à un autre.

En rejoignant Timo, elle vit Yasmin debout près de lui, en train de bavarder. Ils riaient – sûrement d'elle, de qui d'autre, sinon ? À cet instant, Yasmin toucha du pied le sac de Leonie, qui se renversa, laissant échapper une partie de son contenu. Le pistolet tomba sur le sable chaud.

Yasmin resta pétrifiée, le regard fixé sur l'arme. Ce n'est qu'au bout de plusieurs secondes qu'elle osa regarder Leonie.

– Qu'est… qu'est-ce que c'est que ça ?

– Un pistolet, tu vois bien, répliqua sèchement Leonie.

– C'est… un vrai ?

– Ce que j'ai dans mon sac ne te regarde pas. Si tu ne l'avais pas flanqué par terre…

– Je n'ai rien fait, j'étais juste là, se justifia l'accusée.

– Rester là sans rien faire, ça, tu sais. Il ne te manque que la flûte de Pan.

– Tu déconnes ou quoi ? Je discutais avec Timo… Bon, c'est possible que mon pied ait touché ton sac, vraiment désolée.

– Tu l'as fait exprès.

Leonie rangea en hâte son pistolet. Elle regrettait soudain son mouvement d'humeur.

– Excuse-moi, je… je ne suis pas tout à fait moi-même sur ce sujet, depuis que j'ai été agressée il y a deux ans, expliqua-t-elle d'une voix nettement radoucie.

Même s'ils ne disaient rien, Timo et Yasmin avaient l'air de se poser des questions.

– C'est après ça que je me suis… J'ai un permis de port d'arme, tout est en règle. Mais je préférerais que Philipp et Vev ne soient pas au courant, d'accord ? Vous voulez bien faire ça pour moi ? Il ne faut pas risquer de gâcher ces belles journées.

Yasmin et Timo hochèrent la tête, mais ils étaient tout à coup graves et songeurs.

Leonie sentit quelque chose en elle se contracter, ou plutôt se durcir. C'était une sensation plus agressive que passive, tendue vers l'attaque, un peu comme la vipère qui s'enroule avant de frapper. À la différence que cette agressivité était dirigée contre elle-même.

Le Lexotanil, pensa-t-elle. Le Lexotanil. Mais comment justifier la prise d'un nouveau comprimé ? Impossible. Elle devait attendre.

À la place, elle se mit à pelleter le sable avec ses mains, puis déclara :

– Regardez, c'est de l'argile de Hiddensee. On en trouve partout ici, elle est réputée. J'ai lu ça dans le guide. Tiens, Timo, pour toi.

– Oh, pour moi ? Merci.

Il tendit la main vers la boule que lui offrait Leonie, un peu comme il avait accepté le gribouillage de Clarissa, mais, au dernier moment, elle lui colla la masse humide sur le front.

– Attrape-moi ! s'écria-t-elle en éclatant de rire.

Elle s'enfuit en courant, poursuivie par Timo.

– Attends un peu !

Il aurait pu la rattraper facilement – elle n'était pas très sportive, et il était agile –, mais, outre qu'il n'y tenait pas du tout, elle avait trouvé refuge dans l'eau froide, où elle s'était immergée jusqu'aux genoux. Avec ses chaussures.

– Attrape-moi si tu peux !

– Tu es folle, répondit Timo en s'éloignant du bord. Tu vas être trempée.

– Tu as peur ?

– Tu as gagné, je renonce à me venger.

Elle rit.

– J'allais te le conseiller. Parce que ma vengeance serait bien plus terrible que la tienne.

Revenue sur le sable sec, elle ôta ses chaussures et ses chaussettes en s'appuyant sur l'épaule de Timo et retroussa son pantalon presque jusqu'aux genoux.

– C'est formidable, gémit-elle avec délice en écartant la mèche de cheveux qui lui tombait sur le front. Après cette journée à la mer, je me sens complètement changée.

À leur retour, Vev les attendait sur la terrasse. Les glaçons tintaient dans le verre à whisky où son mince poignet les faisait tourner dans le sens des aiguilles d'une montre. Elle portait une petite robe noire qui semblait avoir été cousue sur elle, moulant ses formes d'une perfection à rendre jalouse Heidi Klum. Vev avait été une très belle adolescente, et il lui en restait quelque chose. Mais Timo était tout aussi fasciné par ce qui n'en était pas resté, par ce qui avait abîmé sa vie, mis en danger sa beauté, troublé son bonheur – le pli ironique de ses lèvres, l'éclair de tristesse dans ses yeux, une ride sur la peau lisse de son front, irrégulière comme un sillon dans un champ.

Vev donna une petite caresse à Clarissa, qui entra aussitôt en courant dans la maison – que ce soit dehors ou dedans, un enfant est toujours plus intéressé par ce qui se trouve derrière la porte. Pieds nus et le pantalon trempé jusqu'aux genoux, Leonie annonça qu'elle allait prendre une douche avant le dîner. Yasmin entra presque sans un mot. Depuis l'épisode du pistolet, elle était restée très silencieuse, comme quelqu'un qui aurait vu un fantôme.

– Salut, chérie, dit Philipp en embrassant Vev. Mme Nan a-t-elle fini de préparer le repas ?

– Elle est en train de faire rôtir des mangues. Je me suis enfuie devant tant de zèle.

– Elle a peut-être besoin d'aide ?

– Qui n'en a besoin ?

– Ma chérie…

Vev leva les yeux au ciel.

– Je lui ai posé la question, et elle m'a envoyée promener, après m'avoir chassée de tous les coins de la cuisine pendant deux minutes comme une boule de billard.

– Bon, d'accord. Peut-on dîner dans une demi-heure ? Je vois que tu as déjà pris l'apéritif.

Elle fit la grimace, car c'était visiblement une vieille histoire entre eux.

– Je sonnerai le gong le moment venu, milord.

– Je vais voir si tout se passe bien là-bas, dit Philipp.

Il disparut à l'intérieur, et Vev regarda Timo. Ils étaient seuls pour la première fois, avec pour toute compagnie le chant des cigales. Devant cette fascinante quadragénaire, Timo, à qui beaucoup de gens ne donnaient pas trente ans, eut une brève pensée pour Œdipe tombant par hasard amoureux de sa mère et donnant son nom à un complexe. Dans le cas inverse, lorsque des femmes jeunes s'intéressaient à des hommes plus âgés et souvent pleins aux as, on trouvait cela normal et personne ne parlait de complexe de Picsou. L'histoire d'Œdipe s'était d'ailleurs mal terminée. Mais Timo n'allait pas se laisser décourager par un mythe. Dans un accès de hardiesse, il dévisagea Vev avec une remarquable insolence.

– J'ai l'impression que tu veux me dire quelque chose, déclara-t-elle.

– Tu es belle.

Elle haussa les épaules.

– Oh, tu sais, il y a d'un côté les jeunes et jolies poupées, de l'autre les vieilles femmes pleines de dignité. Les jeunes séduisent, les vieilles fascinent, les deux ont leur charme. Mais entre les deux, tout ce qui va de quarante à soixante ans, c'est de la merde.

– Ne dis pas ça.

– Ton avis ne compte pas, tu es trop jeune. On en reparlera dans dix ans. Moi, au moins, je peux mettre une robe noire collante et me prendre pour Barbara Schöneberger. Mais toi…

– Je te promets d'essayer aussi, s'il faut en passer par là.

Elle rit doucement, et Timo insista :

– Mais vraiment, tu es belle.

Ils se turent un moment tandis qu'elle remuait son verre, contemplant la couleur dorée du whisky comme pour y chercher conseil.

Les mains dans les poches, Timo regardait ses pieds. Le courage l'avait quitté aussi vite qu'une vague qui reflue. Il n'était un Don Juan que dans ses romans. Comme c'est presque toujours le cas, il écrivait en partie pour connaître des sentiments et accomplir des actes dont il aurait été incapable ou qu'il s'interdisait dans la vraie vie. Ses personnages étaient pleins de passion et de fureur, ils connaissaient l'amour fou, misaient tout sur une seule carte et gagnaient ou perdaient, ils jetaient aux orties leur ancienne vie, montaient très haut et se brûlaient les ailes. Il était fier d'eux, il les enviait. S'il avait été l'un de ses personnages, il aurait fait à Vev une allusion osée, ou il l'aurait même touchée. Mais il n'en fit rien, malgré son envie.

Aurait-elle été d'accord, d'ailleurs ? Il craignait que non. En dehors du regard d'une intensité effrontée qu'elle posait sur lui, rien ne lui permettait de croire qu'il l'intéressait sérieusement.

– Allons, Timo, tu as besoin de boire un verre. Un whisky ?

– Je crois que j'en ai effectivement besoin.

Elle lui tint la porte ouverte.

– C'est la bonne attitude. Selon moi, les temps modernes ont commencé le jour où on a inventé le whisky.

Le Buena Vista Social Club chantait, les bougies clignotaient sur la table du repas, la glace tintait dans les verres et le rougeoiement du soleil couchant entrait à flots par l'immense porte-fenêtre de la terrasse. On avait l'impression de quitter subitement Hiddensee pour entrer dans la nuit tropicale. Les mains habiles de Mme Nan s'affairaient dans la cuisine, qui embaumait la citronnelle et le curry, tandis que le salon sentait le vin, le whisky et la cigarette, à quoi Leonie ajouta une odeur de shampoing lorsqu'elle arriva après sa douche. Mme Nan avait préparé une délicieuse salade et un plat de crevettes sur un lit de légumes verts et de riz. Pour le dessert, il y aurait des mangues rôties sur des feuilles de bananier.

Clarissa, qui devait aller se coucher, voulut aller dire bonsoir à « tante Nian », et Timo l'accompagna à la cuisine. Il s'inclina devant la Cambodgienne, imitant son salut, car il avait toujours tenu à respecter les règles de politesse des autres cultures. Il observa Mme Nian avec intérêt. Elle devait avoir entre soixante-cinq et soixante-dix ans, mais n'était pas plus grande que Timo à douze. Ses cheveux grisonnants un peu clairsemés étaient attachés en chignon, et elle avait de profondes rides et une petite bouche de star du cinéma muet. Mais Timo fut surtout frappé par ses poignets enflés, dont la teinte verdâtre rappelait celle de leur dessert. Il était apparemment le seul à avoir remarqué ces hématomes. Sous son tablier, Mme Nan portait une robe noire ordinaire à manches longues qui lui donnait l'air d'une veuve. Une seule fois, lorsqu'elle prit la petite Clarissa dans ses bras pour lui souhaiter bonne nuit, ses manches remontèrent, et, voyant ce que Timo regardait, elle les remit en place, lui jeta un coup d'œil réprobateur, bien que sans méchanceté, et ne tarda pas à quitter la maison.

La soirée fut très gaie pour tout le monde, car les tensions du début s'étaient dissoutes sous les effets conjugués de l'alcool, du bon repas, de l'air marin et de l'idée qu'il valait mieux ne pas commencer à se taper mutuellement sur les nerfs dès le premier soir, même si cela risquait de finir ainsi au bout de trois jours. Quant à Timo, il aurait pu regretter d'être venu, mais la présence de Vev lui procurait un sentiment d'exaltation jusque-là inconnu de lui.

Minuit vingt. Assise devant la coiffeuse, Leonie se brossait les cheveux depuis plusieurs minutes. Elle aimait le mouvement rythmé de la grosse brosse dans ses cheveux, se faire belle pour la nuit devant le miroir. Elle enduisit de lait d'amande son décolleté et ses seins abondants, épila ses sourcils un peu trop épais, passa un stick incolore sur ses lèvres et une crème sur ses mains trop potelées à son goût. Puis elle déposa derrière chaque oreille une goutte d'un parfum bien trop coûteux – pour son salaire d'éducatrice – et enfila un grand peignoir miroitant qu'elle jugeait élégant, même si elle s'y trouvait parfois l'air d'une chanteuse de gospel. Elle s'allongea, mais ne se couvrit pas et ne ferma pas les yeux.

Elle resta ainsi un moment, laissant défiler devant elle les images de la journée. La plupart concernaient Timo : Timo et elle la première fois qu'ils s'étaient revus à Berlin... Timo et elle dans la voiture... sur le ferry... sur la plage... Timo et elle...

Leonie n'avait jamais osé lui avouer ce qu'elle éprouvait pour lui. En dehors de sa mère, elle n'en avait parlé à personne. Elle craignait le ridicule plus que tout, depuis le jour où, au collège, la lettre qu'elle avait écrite à un camarade avait fait le tour de la classe. Deux ou trois fois, à l'époque du groupe d'action, elle avait caressé l'idée de parler à Timo, mais le courage avait toujours fini par lui manquer. Sans Timo, elle aurait quitté le groupe un an plus tôt, au lieu d'attendre sa dissolution.

D'ailleurs, elle y était entrée plus ou moins par hasard, en réalité surtout pour sortir de son isolement. Après la mort de son père – il y avait dix-huit ans déjà –, elle avait voulu tout quitter et était partie pour Berlin, où elle avait gagné sa vie en faisant divers petits boulots et n'avait pas tardé à se sentir un peu seule. Elle était venue à la protection de l'environnement par une association à laquelle elle avait adhéré par amour des chats, parce qu'elle avait pitié de ceux qui erraient dans les rues de la capitale. C'est là qu'elle avait fait la connaissance de Timo. Lorsqu'il avait parlé de s'engager davantage, elle l'avait suivi.

Contre toute attente, elle avait pris grand plaisir à leurs actions, à se tenir sous le jet d'une lance d'arrosage, à se laisser emporter par des policiers costauds, à porter une banderole appelant au boycott d'un grand magasin de textile, à taillader des chaluts à Bremerhaven… Cela lui donnait l'impression d'être quelqu'un de spécial, quelqu'un de fort, d'original. Jusqu'au jour où elle s'était réveillée lasse de tout cela. Pratiquement du jour au lendemain, visons, poules, grenouilles, aigles, dauphins, marais, eaux et forêts avaient perdu tout intérêt pour elle. De toute façon, on n'arrive à rien, se disait-elle. On ne fait que se l'imaginer, on passe des jours et des heures à sauver des moustiques qui vous tourmentent sans pitié, ou des poissons au cerveau gros comme une tête d'épingle. Elle restait à « Zora la Verte » – déjà alors, elle trouvait ce nom ridicule – à cause de Timo, mais, un jour, il était arrivé en disant qu'il allait passer deux semestres à l'université de Lille. Avant son départ, il avait encore organisé une grande fête où ils étaient quarante. Leonie n'avait tenu que six mois de plus à Berlin avant de regagner sa ville natale.

Elle jeta un coup d'œil sur son portable et poussa un soupir à réveiller un dormeur. Personne n'avait appelé. Il était une heure moins le quart, trop tard pour téléphoner à Steffen. Il travaillait dur. Il était second chef chez un traiteur, le poste qui donnait toujours le plus de boulot. Peut-être aussi était-il vexé qu'elle ne lui ait pas proposé de l'accompagner à Hiddensee ?

Elle avait pris la bonne décision. Elle était contente d'avoir fait ce voyage, d'avoir accepté de revoir les autres. Car une chose était claire : Timo s'intéressait à elle. Les signes ne trompaient pas. Cette façon qu'il avait de lui sourire sans cesse. Et ce n'était pas un hasard s'il s'asseyait toujours à côté d'elle. Il la taquinait, s'attardait avec elle sur la plage, l'appelait « aster ». À Berlin, il lui avait même offert un livre avec cette dédicace : *Pour ma Leonie. De tout cœur.* C'était on ne peut plus clair : Ma Leonie ! *Ma !* De tout cœur !

Remplie de bonheur, elle éteignit la lumière.

Elle la ralluma pour chercher son sac à main. Elle le trouva sur la chaise et le rapporta près de son lit, tout prêt pour le cas où… Enfin, pour aucun cas en particulier, juste comme ça.

Selon son habitude, elle jeta un dernier coup d'œil à l'intérieur.

Antalgique, allumettes, Lexotanil…

Elle sursauta. Ce n'était pas possible !

Le pistolet n'était plus dans son sac. Elle eut beau fouiller, rien.

Elle se leva, chercha dans le lit, sous le lit, puis dans sa valise, dans les poches de son imperméable, puis une deuxième fois sous le lit, sous la table de nuit, dans l'armoire, dans les poches extérieures de la valise... Elle sortit de la chambre, regarda dans la salle de bains, longea le couloir et descendit à tâtons l'escalier, regarda dans le salon partout où elle aurait pu poser son sac, même brièvement. Le pistolet n'était nulle part.

– Mon Dieu, murmurait-elle sans cesse.

Quand l'avait-elle vu pour la dernière fois ? Fais un effort, Leonie ! C'était sur la plage, quand il était tombé de son sac. Elle croyait se souvenir de l'avoir remis en place. Ou pas ? Était-il tombé de nouveau ? Peut-être sur le chemin entre la plage et la maison ?

Il fallait mettre Philipp et Vev au courant, bien sûr, au cas où elle aurait perdu l'arme dans la maison. C'était peu probable, mais elle ne pouvait pas l'exclure.

Quelle honte ! Quelle légèreté de sa part ! Jamais une chose pareille n'aurait dû arriver.

Elle était idiote. Une vraie conne, qui ne faisait jamais rien comme il fallait. Qui s'arrangeait toujours pour gâcher l'ambiance. Même pas capable de veiller sur un objet inerte.

Elle pleura, se frappa la tête du poing, quatre, cinq, six fois. Elle s'assit devant le miroir, prit sa lime à ongles de la main droite, et regarda la pointe s'enfoncer lentement dans le gras de son bras gauche.

7

Le mois d'août pesait lourdement sur la campagne, desséchant les blés, mais, dans le TGV qui me ramenait à Berlin, la climatisation pouvait faire illusion durant quelques heures. Je regardais défiler à la fenêtre le paysage agricole du nord de la Hesse, les parcelles carrées plantées de choux, de laitues, d'avoine et de maïs, avec ici et là des moissonneuses pareilles à des insectes géants avec leurs ailes déployées, des villages aux toits rouges et aux murs blanchis à la chaux, des forêts d'éoliennes immobiles entourées de prairies grillées par le soleil, et partout, des terrains de foot d'où montait une poussière rouge, comme de celui où jouait Benny.

Tout l'été, ses maillots étaient couverts de cette poussière, comme s'il avait tiré des buts sur la planète Mars. Il me laissait souvent le regarder courir après la balle avec les autres garçons. Cela lui faisait plaisir de me voir là, de me défendre quand quelqu'un faisait une remarque stupide sur mes grosses lunettes ou sur mon appareil dentaire. Il y avait certes dans son attitude un côté « moi Tarzan, toi Jane », mais cela ne me dérangeait pas. Benny était le premier héros de ma vie, je n'oublierais jamais la façon dont il me tenait par les épaules de son bras encore mouillé de sueur pour rentrer à la maison, le ballon coincé sous l'autre bras. Je crois que, dans ces moments-là, personne au monde n'était plus heureux que lui. Je ne me souvenais plus de ce qu'il me disait alors, mais le petit sourire satisfait sur ses lèvres était présent à jamais dans ma mémoire.

De Benny, mes pensées dérivèrent vers mon fils Jonas, et je me demandai ce qu'il faisait en ce moment. Il habitait à Marburg, à quelques kilomètres à peine de la ligne qui me ramenait vers le nord. Et si je lui faisais la surprise d'une visite éclair ? Serait-il en train de se creuser la tête sur un travail ? De se rafraîchir à la piscine sous l'œil vigilant de deux filles bronzées allongées sur une couverture voisine ? De coucher avec une camarade dans sa chambre du foyer d'étudiants ? Ou avec un camarade ? Une fois de plus, je pris conscience que j'en savais bien peu sur lui, déjà à l'époque où il vivait avec moi. Et que, tous, nous savions bien peu de chose de ceux que nous croyions connaître.

— Salut, Mom. Quelle surprise !

— Salut. C'est juste une idée qui m'est venue subitement. Je te dérange ?

— Tu parles, je suis à la piscine.

Je souris. Pour un peu, je lui aurais demandé qui était sur la couverture à côté de lui, et si les deux filles lui plaisaient.

— Et toi ?

— Je suis dans le train, quelque part du côté de Fulda.

— Super, passe me voir, alors ! Je te paie une glace.

J'étais contente qu'il m'invite, et plus encore qu'il prenne du bon temps à la piscine au lieu de rester le dos courbé sur ses livres, car, tel que je le connaissais, il n'avait dû faire que cela depuis plusieurs semaines.

— Et où dormirai-je ?

— Dans ma chambre au foyer. Je peux pioncer ailleurs.

– C'est autorisé ? Je veux dire, que je dorme au foyer ?

– Non, mais, maman, tu as l'air assez jeune pour qu'on te prenne pour une étudiante attardée.

– Flatteur ! dis-je en riant. Pas besoin d'en faire trop, même sans ça, tu auras ton virement à la date habituelle.

– Oh, ça ne presse pas. Tu peux passer me voir, je t'assure.

Je fus à deux doigts de dire oui. Déjà, l'exclamation de joie montait dans ma poitrine. Les mots affluaient, d'humbles mots d'affection, de reconnaissance pour tout le chemin que nous avions fait ensemble : les gâteaux d'anniversaire partagés avec ses petits camarades, les livres que chacun lisait de son côté et dont nous parlions ensuite, les vêtements qu'il avait fini par vouloir acheter sans moi, les posters de groupes pop et rock que je reconnaissais de moins en moins, ses débuts au théâtre amateur avec moi au premier rang des spectateurs, la balade sur son vélomoteur neuf où, pour la première fois, c'était moi qui m'accrochais derrière lui. Mais aussi le jour de son déménagement, quand, pendant une heure, le monde s'était arrêté de tourner, et le jour d'après, où je m'étais sentie si inutile.

Il vivait la jeunesse dont Benny avait été privé.

– Oui, mais, tu sais, j'ai cet article à écrire… dis-je, ne faisant que répéter ce que me dictait mon petit policier intérieur, le gardien de l'ordre qui m'astreignait au travail. Tu ne vas pas m'en vouloir, maintenant ?

– Non, tu rigoles ! Mais ç'aurait été sympa.

Nous nous tûmes quelques instants, puis il reprit :

– Bon, maman, je vais finir par prendre froid. Tu as autre chose à me dire ?

– Non, rien, tout va bien. À bientôt, alors ?

– À bientôt, salut, Mom !

– Je t'aime beaucoup, mon grand, lançai-je encore. Mais il avait déjà raccroché.

Le train fonçait maintenant à deux cent vingt à l'heure, le paysage et les gens défilaient plus vite encore qu'avant, passages à niveau, routes et arbres entremêlés d'émotions diverses. Dans un tunnel, je faillis me mettre à pleurer sans savoir pourquoi. Ce n'est vraiment pas ta semaine, Doro, me dis-je. Mais même cette idée m'échappait. Les sept derniers jours n'avaient pas été différents des semaines et des mois précédents. Ni des années.

Un gros homme s'assit à la place voisine de la mienne. Comme nous tous, il transpirait, et sa chemise désagréablement humide frôlait parfois mon bras. Lorsqu'il tenta de lier conversation, je sortis mon travail.

J'écoutai l'enregistrement de mon entretien avec Margarete Korn et pris des notes : pas heureuse depuis sa huitième année... lunatique... maux de tête... entichée de Timo S... Steffen Herold, beau garçon, froid... enfermée dans la remise par son père... mère : périodes d'apathie... Puis je rembobinai un peu la bande pour revenir à l'endroit où Margarete Korn avait répété plusieurs fois : « Dis-le, Leonie, dis-lui ! »

Tout en réécoutant ce passage, je feuilletai les documents que j'avais emportés avec moi. Il n'était mentionné nulle part, pas plus dans les rares communiqués du parquet et de la police que dans les dépositions des témoins survivants, que quelqu'un ait vu Leonie tirer. Yim aussi n'était arrivé sur place qu'après les coups de feu.

Dis-lui, Leonie, dis-le.

Je rassemblai tout ce que j'avais pu trouver sur les parcours de Philipp Lothringer, de Timo Stadtmüller et de Yasmin Germinal, particulièrement ce qui les avait réunis autrefois et conduits à l'action militante. Pour Philipp Lothringer, c'était simple : trois articles étaient parus sur lui entre 2005 et 2010 dans des revues d'architecture, ainsi que plusieurs interviews. On admirait beaucoup ses réalisations, même si un critique écrivait : « Lothringer refuse, à moins qu'il n'en soit pas capable, de construire un bâtiment en harmonie avec son environnement. Ses œuvres n'existent que pour elles-mêmes, sans relation avec le lieu. Il y a là quelque chose d'artificiel. »

Il venait d'un milieu modeste, avait grandi à Salzgitter dans les années 1970-80 avec cinq frères et sœurs, son père était ouvrier non qualifié, sa mère femme de ménage dans la même usine métallurgique. La famille avait du mal à joindre les deux bouts, surtout après l'accident du travail qui avait coûté au père son bras droit, le mettant au chômage. Philipp avait été le seul des six enfants à passer le bac. En 1993, il avait publié dans un journal étudiant berlinois un article enflammé contre l'exploitation de l'homme et de la nature et la montée du néolibéralisme, intitulé : « En finir avec ceux qui refusent de mettre fin à la pauvreté ! »

Après sa période militante, il y avait dans sa biographie un trou de plusieurs années pendant lesquelles il s'était visiblement calmé, quelle qu'en soit la raison. Sur la page d'accueil de son site, qui n'avait pas bougé depuis deux ans, je lus qu'entre 1998 et 2001 il s'était porté candidat dans pas moins de quatorze programmes nationaux d'habitat social, mais toujours sans succès. Ses projets me paraissaient accueillants, et d'une modernité rafraîchissante. La seule photo de lui disponible le montrait posant une main protectrice sur la tête de sa petite fille souriante, à côté d'une maquette exactement de la même hauteur qu'elle – sa dernière maquette, pour un centre commercial à Schwerin.

J'avais aussi réuni quelques informations sur Timo Stadtmüller, grâce au fait qu'Internet n'oubliait jamais rien. Il était né en 1976 à Wriezen, en Brandebourg. Sur un blog vieux de six ans, il laissait entendre qu'il avait été plutôt mauvais élève, peu sportif et donc peu apprécié des garçons de son âge. Il s'y plaignait aussi de ses parents, qui ne lui avaient jamais fait confiance, et parlait de peur de l'échec. Cela datait certes de deux ans avant la publication de son premier roman. Mais aucun des libraires que j'avais consultés ne connaissait ni l'auteur ni l'œuvre.

Il y a deux ans, il avait cent vingt-deux amis sur Facebook. Sur sa page d'accueil, restée en l'état comme celle de Philipp, il parlait avec humour de lui-même, de sa vie et de son travail. Il donnait l'impression de quelqu'un qui, tout en ne se prenant pas trop au sérieux, avait un besoin de reconnaissance. Sa photo montrait un jeune homme au visage sympathique, avec des mèches blondes tombant sur ses yeux bleus, un corps mince d'une taille un peu au-dessous de la moyenne. Spontanément, ma première réaction fut d'avoir envie de le protéger.

D'un point de vue journalistique, Yasmin Germinal était ce qu'on appelle un bon client. Sur ses origines, je pus seulement apprendre que les Germinal n'étaient pas n'importe qui en Sarre. Ils avaient un nom à particule, possédaient un cabinet d'avocats réputé et des parts dans une banque privée. Le frère et la sœur de Yasmin ayant grandi dans des internats, j'en conclus que c'était probablement son cas aussi. Après les événements de Hiddensee, son frère avait faxé (sur le papier à en-tête du cabinet) une brève déclaration où il précisait que

Yasmin avait cessé tout contact avec sa famille depuis son dix-huitième anniversaire, jour où elle avait quitté la maison de ses parents.

En relisant tout cela à la suite, je compris mieux comment ces trois personnes avaient pu se rencontrer dans les années quatre-vingt-dix et devenir des militants actifs du mouvement contestataire. Yasmin, qui rejetait ou même haïssait tout ce que représentaient ses parents, Philipp, élevé dans une famille pauvre et qui voulait lutter contre l'exploitation, Timo, qui faisait des pieds et des mains pour nouer des relations et se montrer à la hauteur.

Mais quel était le rôle de Leonie dans tout cela ? Pour moi, elle cadrait mal avec le reste du tableau.

Sur les photos que sa mère m'avait confiées, elle avait l'air sympathique. Sa façon de s'habiller, de se coiffer, l'endroit où elle habitait, celui où elle passait ses vacances, tout cela paraissait très ordinaire et conventionnel, et s'accordait bien avec les informations que j'avais recueillies sur elle. Élève moyenne, elle avait arrêté ses études à la fin de la première. Elle ne se faisait pas remarquer, n'avait pas de vocation particulière. Elle était devenue éducatrice un peu par hasard, sans avoir jamais manifesté d'intérêt pour les enfants auparavant. À mes yeux, son engagement radical en faveur des animaux et de l'environnement avait quelque chose d'artificiel. Il s'était achevé aussi brusquement qu'il avait commencé, sans que rien ne l'annonce ni ne le suive. Margarete Korn avait mentionné les sautes d'humeur de sa fille. Sa période militante avait été une lubie, de même que son départ pour Berlin, qu'elle n'avait pas tardé à rectifier en revenant dans sa ville natale.

J'essayai alors d'imaginer ce qu'avait pu être, deux ans plus tôt, en septembre, la confrontation entre ces quatre personnalités : Yasmin, toujours attachée à ses anciens idéaux, Philipp, l'architecte à succès dans son palais de verre, Timo, l'écrivain méconnu vivant de petits boulots, et Leonie, l'instable au quotidien bien réglé. Les faiblesses additionnées des uns et des autres avaient-elles pu mener à la catastrophe ?

L'air de *La Isla bonita* de Madonna m'arracha à mes réflexions.

– Oui ? Kagel.

– Bonjour, je suis le Dr Klaus-Werner Mierow, de l'hôpital de Bad Homburg. C'est moi qui m'occupe de Leonie Korn. Vous êtes au courant, n'est-ce pas ? Mme Margarete Korn m'a délié de mon devoir de réserve et m'a instamment prié de vous parler. Je ne le fais pas avec plaisir, mais je vais accéder à sa demande. La pauvre en fait bien assez comme cela. Elle m'a dit que vous aviez des questions à poser sur les blessures de Leonie.

Aucune question urgente ne me venait à l'esprit, la blessure par balle de Leonie n'était qu'un élément mineur de mon article, où je pensais surtout parler d'autres blessures, par exemple les coups que Leonie avait reçus dans son enfance et reproduits trente ans après mille fois plus brutalement. Qu'aurait à en dire Steffen Herold ? Et les anciens professeurs de Leonie, ses camarades de classe ? Ses collègues du jardin d'enfants ? Le médecin de la patiente dans le coma n'était qu'un témoin accessoire. Pour moi, Mme Korn ne l'avait fait intervenir que dans l'espoir qu'il soutiendrait sa thèse.

– Docteur Mierow, dites-moi tout de même quelles blessures votre patiente présentait à son arrivée aux urgences de Rostock, demandai-je d'une voix lénifiante.

– Une importante blessure par arme à feu dans la région de la bouche et du cerveau. Quand le coup est parti, le canon du pistolet se trouvait donc contre la mâchoire inférieure, dirigé vers le haut. Le projectile est entré dans le cerveau en passant par la bouche. Dès le début, les chances de survie de Leonie Korn étaient extrêmement réduites. C'est même un miracle qu'elle ait pu être stabilisée, surtout si on songe que les secours ne sont arrivés qu'au matin, à cause de la tempête. Les signes de vie étaient si faibles que les sauveteurs ont d'abord pensé qu'elle était morte.

– À quelle distance de la mâchoire se trouvait le canon du pistolet ? Le savez-vous ?

– Il ne peut pas avoir été à plus d'un ou deux centimètres.

– Portait-elle d'autres blessures ?

– Oui, d'après le procès-verbal, une perforation en haut du bras gauche, causée par un objet de faible épaisseur, peut-être un clou. La plaie était légèrement enflammée, elle devait donc dater d'au moins une journée avant le coup de feu. De plus, elle avait quelques écorchures sur les deux mains. Et aussi de légères brûlures sur les deux seins. Aucune de ces blessures n'était dangereuse, n'importe qui aurait pu les soigner avec de la teinture d'iode et un pansement. Il y avait en outre de nombreuses cicatrices depuis longtemps guéries. Soit Mme Korn avait un loisir particulièrement dangereux, soit elle avait été maltraitée – par quelqu'un d'autre, ou par elle-même.

– Je comprends.

– Sans oublier la contusion au coin droit de la bouche, qui avait enflé. Elle datait du jour du coup de feu, de même que les brûlures, et avait dû être causée par un coup ou une chute.

– Elle a donc pu se produire lorsque votre patiente est tombée après le coup de feu ? Ou lors d'une lutte ?

– Tout à fait.

– Merci de votre aide, docteur. Au revoir.

Les informations données par le Dr Mierow ne modifiaient ma position au sujet de la tuerie que dans la mesure où les petites blessures plus anciennes dispersées sur le corps de Leonie Korn devaient trouver place dans mon article.

Les indices étaient toujours contre elle, non seulement parce que c'était elle qui avait apporté le pistolet à Hiddensee, mais aussi à cause des incidents consignés dans le procès-verbal et rapportés par des personnes très diverses. Cela ne parlait pas en faveur de Leonie, au contraire, tout la désignait comme la meurtrière, à l'exception du fait que les coups de feu n'avaient eu aucun témoin. Tout ce qu'on avait, c'était une victime dans l'entrée, deux autres à l'étage, et la tentative de suicide de Leonie.

Et pourtant...

Ouvre les yeux. Regarde cette femme. Dis-lui la vérité.

– Vous devez être médecin, ou journaliste ? me demanda mon voisin.

Je vis luire dans ses yeux l'espoir d'une longue conversation qui l'aiderait à passer le temps, et mieux encore, avec un peu de chance.

– Non, répondis-je. Je travaille dans les pompes funèbres.

Après cela, il me laissa tranquille.

Un peu plus tard, mon portable sonna de nouveau.

– Bonjour, c'est Yim.

Je lui avais envoyé un message pendant le trajet Berlin-Francfort pour annuler notre rendez-vous.

– Où êtes-vous ? me demanda-t-il.

– Dans le train du retour, quelque part du côté de Göttingen.

– Alors, vous êtes à environ une heure et demie de Berlin. Je viens vous chercher à la gare, je vous emmène à mon restaurant, et vous aurez tout ce qu'il vous faut.

– En réalité, j'aurais surtout besoin de dormir. La journée a été fatigante.

– Vous n'avez donc pas faim ? À moins que vous ne préfériez vous soûler ?

Le fait est que j'avais faim. Il était près de neuf heures du soir, et je n'avais mangé qu'un demi-petit pain le matin et un autre à la cafétéria de l'hôpital. J'essayai de me souvenir du contenu de mon réfrigérateur : un œuf dur, un tube de concentré de tomate, un bocal de gelée de framboise, un sachet de fromage en tranches dont il ne restait plus que la dernière, déjà un peu racornie sur les bords. Et je devais avoir un paquet de riz quelque part. Que pouvais-je faire avec ça ? Du risotto gratiné aux fruits rouges ?

– Mais ce sera terriblement tard pour vous, objectai-je. Je ne veux pas vous obliger à…

– Alors, c'est d'accord. Je vous attends vers dix heures et demie à la gare, devant la boutique de chocolats au niveau 2 du centre commercial. Vous aimez le chocolat ?

– Je suis une femme.

– Tant mieux ! À tout à l'heure.

Laissant tomber mon travail pour quelques minutes, je m'adossai à mon siège, fermai les yeux et m'efforçai de me réjouir à la perspective de cette soirée. J'y parvins un peu au début, mais, très vite, les images de cette journée déprimante, bien que fascinante, revinrent m'assiéger : le spectacle de la chambre d'hôpital, la conversation qui avait eu lieu par-dessus la tête de Leonie, les allégations de la mère, ses faux-fuyants, la douleur, le deuil, la tristesse, le suicide du père de Philipp, Yasmin coupant les ponts avec sa famille, les complexes de Timo. Ces heures pesaient comme des pierres sur mon estomac, ainsi que dans ma tête. Impossible de les ignorer.

Yim m'attendait avec un bouquet de fleurs... en chocolat. Des roses blanches pailletées de rouge, si bien faites qu'on aurait dit de la porcelaine, avec des tiges de vingt centimètres enveloppées de cellophane.

– Ce n'était pas nécessaire !

– Si on ne faisait jamais que ce qui est nécessaire... répondit Yim sans achever sa phrase. Vous avez l'air fatigué, je vais vous remettre d'aplomb.

Je me sentais bien en sa compagnie, et c'était précisément pourquoi je pensais devoir me sentir mal à l'aise. Il était impossible de ne pas voir – et ce fut pour moi un petit choc de le réaliser – qu'il voulait un peu plus que s'excuser ou faire simplement connaissance, mais, en vérité, il n'était pas mon type. J'aimais les grands blonds aux larges épaules, le genre Suédois mâtiné de Klitschko. Le père de Jonas, avec qui j'avais eu une brève histoire vingt-trois ans plus tôt, était cette sorte de géant. Il avait tout le côté gauche tatoué de serpents, d'armes, d'une ancre et de plantes grimpantes, une tentative de résumé de sa recherche de soi, de la légion étrangère à une année sabbatique dans la jungle brésilienne, en passant par deux années en mer.

Les histoires mouvementées m'avaient toujours attirée, peut-être était-ce pour cela que je me sentais si proche de Yim. Mais son élégance sportive et exotique m'évoquait plutôt un acteur de Bollywood. De plus, il m'apparaissait encore plus clairement ce soir que je n'étais pas prête à faire entrer dans ma vie de nouvelles personnes – c'est-à-dire un nouvel homme –, ni à investir dans les sentiments. Un chagrin d'amour était bien la dernière chose que je pouvais me permettre d'ajouter à toutes mes autres angoisses, et je ne savais que trop qu'amour et chagrin d'amour étaient deux frères siamois que d'autres avaient en vain essayé de séparer. Pourtant, je ne parvenais pas à échapper complètement au charme de Yim.

– Oubliez cette journée fatigante, me dit-il dans le taxi. Réjouissez-vous du bon repas et des boissons fraîches qui vous attendent. Ne pensez à rien d'autre. Que préférez-vous, le fort ou le doux ?

– En cuisine, je suis du parti de la noix de coco : doux et crémeux. Pour la boisson, en temps normal, je serais plutôt du genre Campari : légèrement amer. Mais aujourd'hui, je boirais n'importe quoi.

– Le bar est à vous pour les deux prochaines heures ! Vous y ferez tout ce que vous voudrez.

– Vous êtes bien imprudent. Les clients pourraient ne pas être d'accord avec ce qui me tente le plus.

– C'est-à-dire ?

– Mettre un disque des Stones et l'écouter à fond.

Yim sourit, et je compris pourquoi dix minutes plus tard. Il n'y avait personne au *Sok sebai te*, le lundi était jour de fermeture. La première chose que fit Yim après avoir verrouillé la porte du restaurant fut de placer un CD des Rolling Stones dans le lecteur. La seule pensée qu'il avait ce disque...

– Le régulateur de volume, le bar et la salle tout entière vous appartiennent. De mon côté, je serai à la cuisine pour les vingt prochaines minutes.

Il décrocha du mur un chapeau de paille qu'il posa sur sa tête, s'inclina trois ou quatre fois avec la soumission d'un serviteur chinois et s'esquiva.

Yim était décidément un petit plaisantin. Et quelle idée magnifique ! Pour la première fois, je régnais sur un restaurant, j'étais libre de faire et de commander ce qui me plaisait. Devais-je me restreindre ? Je n'en avais pas envie. Je montai le son jusqu'aux trois quarts sur la chanson *19th Nervous Breakdown*, ce qui fit trembler les verres et me donna une nouvelle idée : j'allais me préparer un daiquiri-fraise. Je le mixai en bougeant au rythme de la musique, prenant des postures dont j'avais presque oublié l'existence, faisant voltiger mes longs cheveux et poussant des cris muets devant le verre à tonic qui me tenait lieu de micro.

Un quart d'heure plus tard, mon deuxième daiquiri à la main et un peu épuisée, je modifiai l'ambiance. Je mis un CD d'Enya, allumai deux bougies, m'assis sur un tabouret du bar et me laissai rafraîchir par le ventilateur rétro du plafond. Heureuse d'avoir accepté l'invitation, je ne redoutais plus que le retour dans mon appartement vide.

Quand Yim passa la tête par la porte de la cuisine pour me demander si tout allait bien, je répondis :

– Impeccable. Avez-vous aussi de la musique cambodgienne ?

– Évidemment. Mais êtes-vous sûre de vouloir entendre accorder un violon pendant qu'une femme se lamente ?

– Bon, question suivante. Pour combien de temps en avez-vous encore ?

– À votre service, madame. Maître Yim se dépêcher et apporter plat excellent dans cinq minutes. Préparez-vous à un événement culinaire.

– Je attendre avec impatience, répliquai-je tandis que Yim s'effaçait de nouveau derrière la porte.

Un second chapeau de paille en forme de pyramide était accroché au mur, et, saisie d'une impulsion, je le posai sur ma tête. Avec l'aide des deux daiquiris et d'un hôte qui m'encourageait à me laisser aller, j'étais redevenue une enfant tentée par toutes sortes de petites folies. Ainsi déguisée, je me regardai en souriant dans le miroir du bar.

Juste à côté, le mur était tapissé de plusieurs dizaines de photos, certaines en noir et blanc, la plupart en couleurs. On pouvait y suivre l'évolution de Yim de son enfance jusqu'au présent : Yim à l'ouverture de son restaurant il y avait quelques années, la tête entourée de ballons. Yim vers trente-cinq ans, faisant du ski nautique, une image pleine de joie de vivre. Yim randonnant en montagne avec une ravissante jeune femme blonde. Yim devant une tombe, l'air pensif. Yim auprès d'une petite femme asiatique assez âgée. Sa mère.

Sur les photos, Mme Nan avait toujours un air inaccessible, presque sévère, mais elle tenait la main de Yim pressée contre sa joue avec une tendresse dont je ne l'aurais pas crue capable, même si je ne l'avais pas connue, bien sûr. Cette femme et son fils s'étaient beaucoup aimés, on le constatait sur bien d'autres photos prises quand Yim était très jeune. Mme Nan figurait sur un bon tiers des photos, mais son mari n'était visible nulle part.

Je m'étonnais que la plupart de ces photos aient un caractère si intime. Dans d'autres restaurants et bars, on voyait presque toujours le patron en compagnie de personnalités ou riant avec des clients. Or, sur ce mur, Yim exposait toutes les facettes de sa vie. De même que les tatouages du père de Jonas racontaient son histoire. Cependant, comme toutes les bonnes histoires, celle-ci laissait une place à l'imagination pour remplir les vides.

C'est une petite photo dans l'angle supérieur droit qui me toucha le plus. On y voyait Yim vers l'âge de douze ans, en maillot jaune sur une pelouse, faisant danser un ballon sur sa tête levée. Rien ne pouvait me montrer plus clairement que nous étions de la même famille, celle des proches survivants. Je détachai la photo du panneau pour la regarder de plus près.

Deux personnes se tiennent derrière le but : Mᵐᵉ Nan et, oui, son mari. Il cherche à se détourner, mais il est trop tard, quelqu'un a appuyé sur le déclencheur. Pourquoi M. Nan refuse-t-il d'être photographié ? Il n'est certes pas très photogénique, il ressemble un peu à un menhir monté sur échasses, avec sa tête minuscule, ses épaules étroites, son ventre proéminent et ses jambes trop maigres qui ont bien du mérite à porter ce corps. D'un autre côté, il porte ses vêtements bien trop négligemment pour qu'on puisse le soupçonner de coquetterie. Sa chemise est sortie de son pantalon qui descend un peu, la raie dans ses cheveux est approximative. C'est comme si, malgré le fait qu'ils se tiennent côte à côte, tout un continent le séparait de sa femme apprêtée avec soin et qui regarde droit vers l'objectif. Entre eux, au premier plan, leur fils.

Pourquoi Yim avait-il choisi d'afficher précisément cette photo ?

Yim avait tenu sa promesse. Il apporta un *amok trei* : des filets de poisson cuits dans des feuilles de bananier, accompagnés de légumes aux oignons et au paprika et d'une sauce au lait de coco assaisonnée d'ail, de gingembre et de citronnelle. Tout ce que j'aimais. Dix bouchées suffirent à me rassasier, mais je continuai à manger par politesse. Le troisième daiquiri, lui, passa sans aucun problème.

– J'ai admiré votre mur d'images, dis-je. Votre famille, vos amis, votre jeunesse…

– Oui, je ne cesse de l'agrandir. Tout à l'heure, rappelez-moi de prendre une photo de vous.

– De moi ? Pour votre mur ? Dans l'état où je suis ? Grand Dieu !

– Vous aurez un droit de censure. Et puis, votre état n'a rien de scandaleux. De toute façon, si vous inclinez suffisamment le chapeau, on ne vous reconnaîtra pas.

– Ah bon, parce que je dois porter le chapeau ? dis-je en riant.

J'acceptai tout de même, ne voulant pas jouer les rabat-joie, puis je demandai :

– Qui est la ravissante créature avec qui vous… hic… randonnez en montagne ? Je crois que j'ai un petit coup dans le nez.

– Vous avez un petit coup dans le nez, répondit Yim avec un sourire indulgent. Et la ravissante créature est mon ancienne compagne. Elle s'appelait Martina.

– Elle ne s'appelle plus comme ça ?

– Euh… si, mais elle est morte il y a sept ans.

La grosse gaffe.

– Désolée, je… je devrais moins boire, et… Je ferais peut-être mieux de m'en aller.

– Non, pourquoi ? Parce que vous me posiez une question sur ma vie et que vous êtes tombée sur quelque chose de triste ? Ne vous tracassez pas pour ça.

– Bon. Je… je trouve ça vraiment émouvant que vous ayez mis une photo de sa tombe sur votre mur d'images.

– Pardonnez-moi, mais vous faites erreur. C'est la tombe de mon grand-père, en Angleterre. Le père de ma mère était un marin de Bristol qui a couché à droite et à gauche dans toute l'Indochine. Je suis en quelque sorte le petit-fils de Madame Butterfly.

C'était donc de lui que Yim tenait ce physique si européen.

– Votre mère ne semble pas avoir gardé grand-chose de l'apparence de ce marin, dis-je.

– C'est vrai. Je suppose que les gènes asiatiques ont pris le dessus chez elle, et que les gènes européens sont ressortis chez moi.

– Tel père, tel fils !

Je remarquai que Yim hésitait quelques secondes, comme s'il avait besoin de digérer cette phrase, avant d'approuver d'un sourire contraint. La conversation stagna momentanément, ce qui était dommage, car la soirée avait été si agréable jusque-là…

– Aujourd'hui, j'ai rencontré la mère de Leonie Korn, dis-je dans le silence.

Mauvaise pioche, pensai-je aussitôt. Qu'est-ce qui m'avait pris ? J'avais choisi le sujet le plus sensible, qui plus est après m'être plantée une première fois. J'aurais pu poser des questions sur n'importe quoi, la cuisine cambodgienne, le ski nautique, quel effet cela faisait d'être le petit-fils de Madame Butterfly, parler de ma vie ou de mon métier… Mais, sans réfléchir, j'avais enchaîné directement sur ce que j'avais en tête depuis le début. L'ambiance exotique, les feuilles de bananier, les cocktails, la musique, Yim, rien de tout cela n'avait pu empêcher le boulot de me faire redescendre sur terre.

– C'est ce que j'avais pensé quand vous m'avez parlé d'un rendez-vous en Hesse, répondit Yim sans se formaliser. À ce que je sais, l'hôpital de Leonie Korn se trouve quelque part dans le Taunus.

– À Bad Homburg. La mère de Leonie a insisté pour que l'entretien ait lieu près de son…

J'avais failli dire : son lit de mort.

— ... pour qu'il ait lieu en présence de sa fille. C'était assez dingue.

— Leonie Korn était déjà dingue de son vivant. Pendant ces deux jours à Hiddensee, je n'ai pas vraiment eu le temps de la connaître, mais elle était... Comment dire ? Dès le début, je l'ai trouvée un peu inquiétante, bizarre. Il y a eu une violente dispute entre elle et Vev à propos du pistolet disparu. J'y ai assisté par hasard.

— Aujourd'hui, la mère de Leonie Korn m'a affirmé que jamais sa fille n'aurait pu commettre un tel acte.

— Je n'irai pas le lui reprocher. Neuf mères sur dix refuseraient l'idée que leur enfant soit responsable de la mort absurde et brutale de trois personnes, sans compter le traumatisme de quelques autres. Mais vous ne croyez pas la mère, si ?

— Beaucoup trop d'indices parlent contre Leonie, dis-je, en partie pour m'en persuader moi-même. J'ai étudié le dossier, et j'en tire les mêmes conclusions que la police. Cependant... Il me semble que j'en sais encore trop peu sur ce qui s'est passé dans les jours précédant les meurtres. Comment en est-on arrivé à cette situation ? Je ne peux pas imaginer que Leonie soit venue à Hiddensee en ayant déjà l'intention de tuer. Quelque chose a donc dû se passer qui a déclenché sa rage.

— Je vous l'ai dit, j'ai à peine échangé dix phrases avec elle.

Je regardai dans mon verre vide, craignant que ma question suivante ne fâche Yim.

— Cela ne vous intéresse donc pas du tout de savoir ce qui a fait de Leonie Korn une meurtrière ?

Il donna des petits coups dans son assiette avec ses baguettes.

— Très peu. Vous comprenez, ça me ferait mal d'apprendre que la raison était tout à fait banale.

Peut-être quelqu'un a-t-il prononcé une parole blessante, ou lui a marché sur le pied, ou s'est moqué de sa chanson préférée… Quelle importance ? Elle a tué au hasard, et ma mère a eu la malchance d'être au mauvais endroit au mauvais moment.

– Peut-être. Mais il se pourrait aussi…

L'alcool aidant, je formulai l'idée qui mûrissait en moi depuis des jours sans que j'en aie conscience, et que je découvrais donc moi aussi :

– Il est possible que Leonie n'ait pas tué au hasard. Qu'il ne s'agisse pas d'une crise de folie meurtrière, ou pas seulement. Qu'elle ait eu en tête des gens qu'elle devait faire payer.

– Payer quoi ?

– C'est justement ce qui m'intéresse. J'aimerais aller à Hiddensee, observer les lieux, parler avec des gens, reconstituer certains événements, me faire une idée de l'ambiance…

– Il me semble entendre un « mais ».

– Mais il se peut aussi que je me trompe, que je délire, que je voie des fantômes.

– Il y a des fantômes partout dans cette histoire, dit Yim en buvant une grande gorgée de son Mekong Sunset, qu'il avait à peine touché jusqu'ici. Vous l'avez bien réussi, ajouta-t-il. Il est presque aussi bon que le mien.

– Nous sommes peut-être des âmes sœurs, plaisantai-je – mais était-ce une plaisanterie ?

Nous nous tûmes quelques instants, le temps que la dernière chanson d'Enya s'achève. L'atmosphère de la salle me paraissait soudain oppressante, j'étouffais sous un trop grand nombre de pensées. J'avais envie d'aller à Hiddensee, sans savoir si j'en rapporterais quoi que ce soit. De plus, je n'avais pas prévu une telle dépense, au moins deux cents euros pour le voyage et l'hébergement.

Enfin, j'allais soulever une poussière qui venait à peine de retomber. Cela pourrait faire du mal à Yim, donc indirectement à moi – si je voulais rester en relations avec lui. Le voulais-je ?

Pas vraiment.

En réalité, oui.

– De toute façon, je comptais aller à Hiddensee dans les prochains jours, dit-il. J'y vais chaque année. Vous savez comment est Berlin en août : tout le monde est en vacances, les affaires stagnent. Si vous voulez, je vous emmène.

– Sérieusement ?

– Bien sûr. D'ailleurs, il n'y a probablement plus moyen de se loger à Hiddensee, c'est du tourisme doux, les lits sont en nombre limité et c'est l'été. Si vous ne trouvez rien, je vous prêterai volontiers ma chambre d'enfant.

– Dans la maison de votre père ?

L'idée ne me plaisait guère. Tout ce que je savais du mystérieux M. Nan, c'était qu'il respirait très fort au téléphone au lieu de parler.

– Je ne sais pas, repris-je. Et vous, où dormirez-vous ?

– Sur le canapé du salon.

– Et si votre père ne veut pas de moi chez lui ?

– Je lui parlerai. Je suis sûr qu'il ne refusera pas.

Je ne me sentais toujours pas à l'aise. Mon petit gardien intérieur s'efforçait de me dissuader. Mais, comme tous les gardiens, on ne l'aimait pas beaucoup et on avait envie de le contrarier.

– Pourquoi faites-vous ça ? demandai-je.

Il répondit à ma question par une autre :

– Pourquoi êtes-vous ici ce soir ? Vous voyez bien.

8

Septembre 2010

Quand Timo descendit, vers huit heures et demie, Vev était occupée à mettre la table du petit déjeuner sur la terrasse, et il lui donna un coup de main, sans pouvoir se lasser du spectacle de ses gestes. Sa façon tranquille de prendre les objets et de les disposer, de redresser un couvert ou une assiette l'excitaient terriblement, il aurait pu se branler rien qu'en la regardant faire.

Le décor était une vraie carte postale : le ciel sans nuage, les églantiers en fleur, la brise légère, l'odeur des petits pains, la belle porcelaine, deux cafetières, une théière, une foule de confitures…

– J'ai lu ton livre, dit-elle.

– Mais je ne vous l'ai donné qu'hier…

Elle haussa les épaules.

– Deux cent trente-neuf pages, et j'ai lu jusqu'à trois heures du matin. Philipp n'a pas apprécié, mais je m'en fiche. Tes personnages ont de la répartie, ils sont sarcastiques, un peu dingues, ça me plaît. L'histoire est assez inquiétante, bien que ça se passe dans un milieu bourgeois. D'une certaine manière, cela me rappelle l'ambiance des films de Chabrol.

– Merci. Tu aimes Chabrol ?

121

– J'ai été prof de français avant d'épouser Philipp.

– Ah ! Et moi, j'ai étudié les langues latines.

– Tu vois, encore un point commun entre nous.

Elle n'expliqua pas quel était l'autre, puisque c'était justement le fait de ne pas avoir besoin de le formuler.

Timo se risqua à pousser son avantage :

– Notre ésotériste déclarée, Yasmin, dirait maintenant que nous sommes des âmes sœurs.

À son grand regret, Vev ne le suivit pas sur ce terrain.

– J'aime bien Yasmin. Elle ne simule pas, c'est une chose que j'admire. Si elle a envie de croire à la magie des pierres et aux cinq grandes religions à la fois tout en cultivant la marxiste en elle, elle a toute ma sympathie, même si rien de tout cela n'est ma tasse de thé.

Timo apprécia une fois de plus le tact de la réponse, même s'il n'avait pas vraiment eu l'intention de parler de Yasmin. Faute de trouver un biais pour ramener la conversation sur les âmes sœurs, il enchaîna :

– Philipp ne s'entend pas trop bien avec elle, non ? Est-il fâché que je l'aie fait venir sans lui demander son avis ?

– Oh, Philipp… Il est très attaché aux bonnes manières, mais pour Yasmin – du moins telle que je la vois –, c'est du superflu. J'ai connu des personnes comme elle, et je peux comprendre leur point de vue, même si je ne suis pas assez courageuse pour les imiter.

– Tu ne m'as pas encore dit si Philipp m'en voulait.

Elle n'eut pas le temps de répondre, car les concertos pour mandoline de Vivaldi retentirent soudain à l'intérieur.

– Philipp est descendu, dit Vev.

L'instant d'après, il était là.

Ils prirent le petit déjeuner ensemble. Morrison, le matou noir, lorgnait les genoux de Timo. Philipp chassa Nena, qui essayait de s'approcher du fromage, et Piaf vint se frotter contre Yasmin. Il ne manquait que Leonie. De la salle de bains des invités, elle leur cria de ne pas l'attendre, parce qu'elle en avait encore pour un moment. En revanche, il y eut un invité surprise : Yim, le fils du couple Nan, arrivé la veille de Berlin pour une visite à ses parents. La petite Clarissa insista pour qu'il lui fasse faire l'avion, ce qu'il accepta de bon cœur. Ils s'entendaient comme larrons en foire, et tout le monde se mit à rire en les regardant. Une scène si parfaite qu'une publicité pour de la margarine n'aurait pas fait mieux.

Ils attaquèrent avec appétit les petits pains aux graines de pavot et les confitures et avalèrent leur dose de caféine. Ils en auraient bien besoin pour suivre le programme prévu par Philipp pour la journée : une excursion à bicyclette jusqu'au phare au nord de l'île, suivie de diverses visites, du repas de midi dans un restaurant de poisson et d'une heure à lézarder au soleil.

– Et si on faisait un feu de camp sur la plage, ce soir ? proposa Yasmin.

– Je crois que c'est interdit, dit Philipp.

Yasmin le regarda comme s'il avait parlé chinois et reprit :

– Alors, c'est d'accord ! Yim, tu viens avec nous ? C'est bête que je n'aie pas pris mes maracas, on aurait pu faire de la chouette musique. Personne n'aurait une flûte de Pan, par hasard ?

– La mienne est chez le réparateur, répliqua sobrement Vev, faisant rire tout le monde.

À cet instant, Leonie sortit de la maison.

— Ah, tu es là, lui lança Vev, qui l'avait vue la première. Assieds-toi entre Philipp et moi. Au fait, je te présente Yim, le fils de Mme Nan.

Leonie salua distraitement Yim avant de déclarer :

— Je... je dois vous avouer quelque chose. À vous tous, mais surtout à Philipp et Vev. Il vaudrait mieux que...

Elle regarda Clarissa, et Vev comprit.

— Tu peux aller jouer maintenant, ma chérie, dit-elle en essuyant les doigts et la bouche de sa fille, maculés de trois sortes de confiture. Mais seulement jusqu'aux églantiers, d'accord ? Il faut que je puisse te voir.

Clarissa s'éloigna un peu et se mit à jouer avec l'un de ses animaux en bois dispersés dans le jardin. L'Étalon noir à Hiddensee.

Leonie s'assit entre Philipp et Vev, puis jeta un coup d'œil à Timo, comme s'il pouvait lui donner du courage, et commença laborieusement :

— J'ai perdu quelque chose... et je crois qu'il faut que vous soyez au courant.

— Un bijou ? demanda Philipp. Veux-tu que nous cherchions dans la maison ?

— Non, non. Je sais que vous aller trouver ça dangereux au premier abord... mais ce n'est pas dangereux du tout... je suppose.

— Leonie, et si tu nous disais simplement ce que tu as perdu ? suggéra Philipp.

— Une arme.

Des mouettes criaient. Clarissa faisait des culbutes sur le sable en chantonnant. L'espace de deux respirations, personne ne souffla mot. C'est long quand cinq personnes assises autour d'une table en regardent fixement une sixième.

– Une… arme ? répéta Philipp. Veux-tu dire un couteau suisse ?

– Non, un pistolet. Et il est chargé. Enfin, s'il n'était pas chargé, je n'en aurais pas besoin, ajouta Leonie avec un rire nerveux. J'ai déjà cherché partout, dans mon sac, dans ma valise, dans la chambre, dans la salle de bains… Il a disparu. Je ne comprends pas comment. J'ai…

– Un instant, coupa Philipp. On parle bien d'un pistolet *chargé* ? Bon sang, qu'est-ce que tu fabriques avec un truc pareil ?

– J'ai été agressée il y a deux ans. Depuis…

– Mais qui pourrait bien t'agresser ici ? Il ne se passe jamais rien à Hiddensee, ça doit faire cinquante ans qu'on n'y a pas tiré un coup de feu, et toi, tu débarques avec ton arsenal ? Tu aurais dû laisser cette arme chez toi.

– Tu as raison, Philipp, c'était idiot de ma part. Je me suis tellement habituée à l'avoir avec moi… Je suis terriblement désolée, je t'assure. Je te demande pardon. À toi aussi, Vev. J'aurais…

La gifle de Vev sonna si fort que tous sursautèrent. Elle avait frappé du plat de la main, en prenant son élan. Puis le silence revint, plus pesant encore.

Leonie se leva en se frottant la joue et recula de quelques pas, sans quitter Vev des yeux.

Philipp se leva aussi, si brusquement que sa chaise se renversa. Les chats s'enfuirent, effrayés.

– Vev, dit Philipp d'un ton à la fois consterné et réprobateur. Vev, je t'en prie.

– Qu'est-ce qui te prend ? cria-t-elle à Leonie sans se soucier de Philipp. Tu apportes une arme chargée dans ma maison, près de mon enfant ! Tu savais très bien que Clarissa était encore petite. Ça ne va pas dans ta tête ?

– S'il te plaît, ma chérie, calme-toi.

– Ce n'est pas moi qui devrais me calmer, mais toi qui devrais t'énerver un peu ! Un pistolet rempli de cartouches…

– Il n'y en a que quatre, marmonna Leonie, visiblement proche des larmes.

Vev la foudroya du regard.

– Ah, super ! Ça veut dire que nous sommes au maximum quatre à être en danger de mort. Quatre sur six, la proportion n'est pas si mauvaise, non ? Nous serons près de la moitié à survivre. Nous pourrions même inviter encore quelques personnes, afin de réduire la probabilité que cela tombe sur l'un d'entre nous. Yim, peut-être pourrais-tu faire venir tes parents, pour augmenter nos chances de survie ? Une minute, je vais chercher le champagne.

– Arrête ça, Vev, dit Philipp. Personne ne va mourir. Une arme s'est égarée, ça ne me plaît pas plus qu'à toi, mais cela signifie seulement qu'elle a disparu, pas que quelqu'un va s'en servir. Qui parmi nous voudrait tirer sur qui que ce soit ?

Timo intervint dans la discussion :

– Il faut tout de même chercher ce pistolet. Leonie, essaie de te rappeler où tu pourrais l'avoir perdu, dit-il d'un ton pressant, bien que compréhensif.

Elle était toujours sous le choc de la gifle, et il dut insister pour qu'elle réponde enfin :

– Eh bien, je… je crois que c'était sur la plage.

– Quelqu'un devrait vérifier auprès de la police, dit Timo en regardant Philipp. Au cas où l'arme aurait été retrouvée…

– Il n'y a qu'un tout petit poste de police sur l'île, une simple annexe.

– Alors, peut-être à Stralsund ?

Philipp hocha la tête.

– Je vais chercher leur numéro. Je ne veux pas appeler le numéro d'urgence, il ne s'est rien passé pour le moment.

C'était vrai, et pourtant, la peur leur coupait les jambes. Une arme chargée qui ne se trouvait plus là où elle était censée être, c'était un coup dur pour eux tous.

Yim proposa son aide. Il sortit son Smartphone et, après une brève recherche, composa le numéro de la police de l'île.

– Ils longent souvent la plage, expliqua-t-il.

– Leonie, où pourrais-tu avoir perdu le pistolet, à part sur la plage ? demanda Timo.

Elle réfléchit.

– Sur le chemin entre la plage et la maison ? Quand nous sommes rentrés, je suis allée prendre une douche, et, à partir de là, mon sac est resté dans ma chambre toute la soirée.

– Ça ne nous aide pas beaucoup, soupira Timo, qui avait pris la direction des opérations. Il va falloir chercher partout. Leonie, s'il te plaît, tu vas te charger avec Yasmin du chemin entre ici et la plage, et aussi des alentours de la maison.

Yasmin ne paraissait pas enchantée d'être assignée avec Leonie. Pourtant, elle ne protesta pas, et elles partirent ensemble.

Timo s'assit près de Vev, qui le regardait. Elle avait montré son énervement en giflant Leonie, mais on n'en voyait plus guère trace sur son visage. Elle alluma une cigarette, aspira une longue bouffée et tourna les yeux vers Clarissa.

Ils avaient eu la même pensée.

– Il faudrait fouiller soigneusement la chambre de Clarissa, dit Timo. Elle a eu amplement l'occasion de prendre le pistolet dans le sac, et les enfants sont comme les pies, ils adorent les objets qui brillent ou qui sortent de l'ordinaire.

Vev sourit imperceptiblement.

– Je suis contente que tu sois resté avec moi. Est-ce que je me suis conduite d'une façon odieuse ?

– Je dirais plutôt : comme une mère.

En prononçant ce mot, Timo prit conscience de deux choses. D'abord, que ce qu'il éprouvait pour elle sans pouvoir le nommer n'était pas un emballement passager. Il n'avait jamais été amoureux et ne savait donc pas si ce qui lui arrivait avait à voir avec l'amour. Tout lui disait le contraire : leur rencontre récente, la différence d'âge, Œdipe… Et maintenant, il réalisait tout à coup que Vev était une mère. Il le savait avant, bien sûr, mais il venait seulement de se rendre compte de l'importance de ce fait.

Vev avait une fille ! Or, certains jours, lui-même se sentait encore un enfant. Les femmes comme Vev étaient différentes de celles de son âge. Elles étaient sûres d'elles sans être arrogantes. Elles ne savaient peut-être pas toujours ce qu'elles voulaient, mais presque toujours ce qu'elles ne voulaient *pas*, et cela faisait déjà beaucoup de choses. Vev et lui ne vivaient pas dans le même monde. Ce n'étaient pas seulement les années qui les séparaient, mais plusieurs degrés d'expérience, et cela l'attirait terriblement tout en lui inspirant un grand respect.

Yim revenait vers eux.

– La police locale n'a entendu parler d'aucune arme, mais ils ont noté l'incident.

Philipp non plus n'avait obtenu aucun résultat, si ce n'est que, là aussi, la police avait pris note et ferait suivre l'information.

Ils décidèrent de fouiller la maison. Philipp et Vev se chargèrent du rez-de-chaussée, pendant que Timo et Yim retournaient la chambre de Clarissa.

La chambre d'enfant donnait l'impression de flotter au-dessus des nuages. Les murs étaient peints en bleu pâle, le sol couvert d'une moquette bleue moelleuse, et un grand soleil riait sur la housse de couette. Les meubles en pin lasuré de blanc étaient couverts d'animaux en peluche de tous les continents. Une telle chambre offrait de nombreuses possibilités de cachette, et ils soulevèrent tous les animaux, regardèrent dans tous les tiroirs, toutes les boîtes de Lego®. En vain.

En redescendant l'escalier, Timo et Yim entendirent Philipp et Vev se quereller. Aucun des deux n'élevait la voix, mais ils se parlaient avec la politesse glacée de deux adversaires politiques qui se haïssent.

– Tu ne comprends donc pas ? Leonie est mon invitée, et tu l'as frappée. Cela me met dans une situation déplaisante.

– Si quelqu'un se fait tuer, c'est lui qui se trouvera dans une situation déplaisante. Y as-tu seulement pensé ?

– Je ne vais pas cacher à Leonie mon avis là-dessus, tu peux compter sur moi. Mais ensuite, je voudrais qu'on en reste là.

– Qui va parler à Clarissa ?

– Moi. Tu es bien trop en colère pour ça.

– En colère contre ton invitée, Calamity Leonie. Pas contre Clarissa.

– Quand même, je préfère m'occuper de tout.

Le silence qui suivit ne fut troublé que par le bruit des glaçons s'entrechoquant dans un verre.

Yim avait quitté la maison. Encore dans l'escalier, Timo imaginait le verre à whisky. Il voyait Vev le tenir, y boire à petites gorgées. Il la voyait ouvrir la bouche, écarter une mèche noire de son front.

– Tu trouves que c'est le moment de boire du whisky ? dit Philipp.

Vev marqua une longue pause avant de répondre par une autre question :

– Veux-tu me faire plaisir ? S'il te plaît, arrête ces pizzicati de mandoline. Même avec la meilleure volonté du monde, je ne peux pas imaginer que Vivaldi ait écrit cette musique pour une telle circonstance. Je vais fouiller encore une fois la chambre de Clarissa, et après, je m'allongerai une heure.

– Et l'excursion ? Nous devions aller au phare à bicyclette avec les autres.

Vev ne répondit pas. Quelques secondes plus tard, elle monta l'escalier et jeta à Timo un de ces regards qui le faisaient frissonner. Le verre à la main, elle passa devant lui sans mot dire, et il la suivit longuement des yeux.

– Papa, on va tous mourir ? Et qui est Mé... Médée ?

Philipp faillit tomber du tabouret de cuisine où il venait tout juste de s'asseoir pour questionner sa fille. Mourir ? Médée ? Bon Dieu, où avait-elle entendu ce nom ? Il n'aurait pas été plus stupéfait si elle l'avait interrogé sur l'alcool méthylique ou sur le droit fiscal allemand.

– Pourquoi veux-tu savoir cela ? À cause de ce qui nous a tellement énervés tout à l'heure ?

– Oui, à cause de maman, et à cause d'autre chose aussi. Maman a dit quelque chose sur mourir.

– Oui, mais elle n'a pas parlé de Médée.

– Si ! Quand vous étiez tous partis, elle grognait tout bas, mais j'ai bien entendu. Elle a dit que cette Leonie, là où elle habite, elle s'occupe des enfants. Et alors… alors, elle a dit que c'est… c'est comme si Mé… Méd…

– Médée.

– … Médée travaillait dans un jardin d'enfants.

– Maman était un peu énervée, elle ne pensait pas ce qu'elle a dit.

– On doit vraiment mourir ?

– Non, mon trésor.

– Mais un jour, oui ?

– Oui, mais dans très, très longtemps. Mamie est quinze fois plus vieille que toi, et tu vois, elle va encore très bien.

L'inquiétude le saisit, et il éprouva le besoin urgent de serrer sa fille contre lui.

– Viens près de moi, mon trésor.

Il lui caressa les cheveux tandis qu'elle s'accrochait des deux mains à la chemise de son père. Son petit ventre se soulevait régulièrement sous son joli pantalon à bretelles, au rythme de son souffle léger.

– On fait « à dada » ? demanda-t-elle.

Il la prit aussitôt sur ses genoux et la fit sautiller.

– Encore, papa ! Plus vite ! dit-elle en riant, ses boucles s'agitant en cadence.

– Pour toi, c'est facile. Mais moi, j'ai encore besoin de mes jambes pour pédaler jusqu'au phare !

– Leonie va venir aussi ?

– Pourquoi poses-tu cette question ?

– J'aime bien Leonie.

– Oui, moi aussi, ma chérie.

Clarissa lui avait servi la transition sur un plateau. Puisque Leonie et Yasmin n'avaient pas retrouvé le pistolet, il devait absolument s'assurer que Clarissa n'était pour rien dans sa disparition.

– Écoute-moi bien, p'tit bout de nez.

Elle aimait ce surnom qu'il lui donnait parfois à cause de son petit nez retroussé.

– Je crois que tu as déjà compris que Leonie a perdu quelque chose, et j'aimerais que tu me dises si tu l'as trouvé. Parce que c'est un objet très dangereux, qu'il ne faut pas toucher. Est-ce toi qui l'as ?

Clarissa fit non de la tête.

– Es-tu allée dans la chambre de Leonie ?

– Non.

– Tu me dis bien la vérité, p'tit bout de nez ?

Clarissa réfléchit.

– Si je dis la vérité, j'aurai une tartine à la banane ?

– D'accord.

– Et au chocolat ?

– Et au chocolat. Mais il faut que ce soit vraiment la vérité.

Elle hocha la tête avec ardeur et demanda :

– D'abord la tartine.

Il prépara la tartine dans les règles de l'art, exactement comme elle l'aimait.

– Tiens, voilà. Et maintenant, dis-moi où tu as caché ce que tu as pris dans la chambre de Leonie.

– J'ai rien pris dans la chambre de Leonie.

– Mais tu viens juste de me laisser entendre que…

– J'ai dit que je dirais la vérité. C'est la vérité.

La petite le regarda comme si elle venait de faire l'affaire de sa vie. Elle avait été plus maligne que lui.

– Petite coquine ! Alors, maintenant, tu dois au moins me dire l'autre chose dont tu parlais tout à l'heure. Quand tu m'as demandé si nous devions mourir, tu as dit que c'était à cause de maman, et aussi à cause d'autre chose.

Clarissa avait un trop gros morceau de tartine dans la bouche pour répondre. Elle prit Philipp par la main et l'entraîna dans le jardin en passant par la terrasse. Sous un pin, il découvrit une mouette ensanglantée, le cou brisé, sans doute tuée par l'un des chats.

– Jonathan est mort, dit Clarissa. Est-ce que je le reverrai un jour ?

Philipp soupira :

– Oh, ma chérie, je suis désolé. Nous l'enterrerons tout à l'heure. Mais... tu sais, ce n'était pas Jonathan. Jonathan est beaucoup plus jeune, plus petit.

– Comme moi ?

– Comme toi.

Philipp souriait de soulagement. En soi, la situation restait tout aussi inquiétante, mais la menace lui semblait avoir reculé. Clarissa ne lui avait encore jamais menti effrontément, et il était convaincu que, si elle avait réellement volé quelque chose, elle le lui aurait avoué au plus tard lorsqu'il l'avait questionnée.

– Va te laver les mains, mon trésor. Nous partons tout de suite.

9

Après une brève discussion pour savoir si nous devions prendre la voiture de Yim ou la mienne, ou les deux, il avait été décidé que le voyage se ferait avec Tante Agathe. Dès qu'il avait compris que je préférais utiliser ma voiture, Yim avait abondé dans mon sens. Voyager séparément paraissait ridicule, nous étions d'accord là-dessus. Mais je tenais à rester autonome, ou du moins à garder un semblant d'indépendance. Après tout, je faisais ce voyage à l'initiative de Yim, on pouvait même dire sur son invitation. Je logerais chez ses parents, je dormirais dans son ancienne chambre. Surtout, j'allais être plongée dans son existence, et particulièrement dans ce qu'il avait vécu deux ans plus tôt. Il était donc indispensable de préserver une certaine distance, et j'avais l'impression que ce serait plus facile si nous partions avec Tante Agathe.

Pendant la première demi-heure du voyage – le temps de quitter les limites de l'agglomération berlinoise –, nous passâmes en revue tout le catalogue des sujets peu compromettants, car la densité de la circulation ne permettait pas d'approfondir. J'aurais voulu demander à Yim ce que cela lui faisait que je me balade dans son histoire, ou comment son père allait réagir à ma présence, mais il aurait été absurde de poser de telles questions au milieu des voitures qui changeaient de file sans prévenir, des ambulances qui vous forçaient à coups de sirène à vous ranger sur le côté et des cyclistes faisant des expériences sur la théorie du chaos.

De plus, Yim ne semblait pas apprécier ma conduite, même si elle n'avait rien d'agressif. En tout cas, il s'accrochait des deux mains à son siège et restait remarquablement silencieux. C'était la réaction de la plupart de mes passagers, mais la coupable était Tante Agathe : pour l'arrêter, il fallait littéralement enfoncer la pédale de frein, et, au moindre virage, je devais tourner le volant comme si je manœuvrais un transatlantique. Pour corser le tout, le levier de vitesses était particulièrement récalcitrant, comme s'il cherchait à me faire comprendre que sa place n'était pas dans cette voiture. Mon fils m'avait demandé un jour si j'avais couché avec le vérificateur du contrôle technique pour obtenir le renouvellement de ma vignette.

Dès que nous fûmes en Brandebourg, Yim redevint plus loquace. Nous roulions fenêtres ouvertes sur des routes secondaires bordées de chênes et de tilleuls, de grandes avenues toutes droites qui incitaient à la rêverie. Nous commencions à nous tutoyer.

– Il y a des gens qui voudraient qu'on coupe ces arbres magnifiques, dit Yim. Tu te rends compte ! Tout ça parce que deux ou trois jeunes chaque année se plantent dedans en sortant de boîte ivres à trois heures du matin. Comme si c'était la faute des arbres !

J'étais contente que ces belles avenues menacées par la bêtise de quelques-uns nous aient permis de passer à des sujets essentiels. Je ne pouvais que supposer pourquoi il en était ainsi, mais, chaque fois que j'étais avec Yim, j'avais envie d'aborder les questions de la vie et de la mort, du destin. Peut-être parce que cela le concernait tout autant que moi.

On ne peut parler de destin que lorsque quelqu'un a déjà vécu au moins une fois une expérience hors du commun, une prise de conscience, un choc ou un événement fondateur. C'était le plus souvent dans mon activité de journaliste que je rencontrais ces gens bousculés par la vie. Je faisais leur connaissance rapidement, au cours d'un unique entretien qui durait rarement plus d'une demi-heure. J'en sortais galvanisée, mais la brièveté du contact ne me laissait que le souvenir d'un frémissement sur ma peau. Avant Yim, aucun d'eux n'était jamais monté avec moi dans une voiture.

– L'être humain a tendance à toujours chercher la faute ailleurs, dis-je. Ces garçons roulent avec un gramme et demi d'alcool dans le sang et deux filles sur la banquette arrière, au moment de l'accident, la testostérone et la vitesse sont au plus haut. Les parents le savent, mais, pour eux, il faut que l'arbre soit responsable au bout du compte. S'il n'avait pas été là, leur fils serait encore en vie.

Je parlais certes toujours des allées d'arbres, mais, depuis un moment, je pensais à bien d'autres choses. Comme tous ceux dont un proche avait péri de mort violente, je connaissais les mécanismes de l'accusation et du remords. J'aurais dû... j'aurais pu... si seulement j'avais...

Si seulement... Combien de parents de victimes et de criminels avaient été rongés par ces simples mots ? S'ils sont si destructeurs, c'est parce qu'ils se proposent à nous comme une illusion, qu'ils nous représentent l'idéal qu'on aurait voulu voir se produire. Ainsi, on les laisse entrer en soi, alors que ce sont des monstres qui nous dévorent insidieusement.

Je me remémorai ce qui s'était passé après la mort de Benny. Si l'entraîneur n'avait pas décidé un entraînement supplémentaire ce jour-là, mon frère n'aurait pas traversé la forêt pour se rendre sur le terrain. Pourquoi cet entraînement spécial ? Était-il vraiment nécessaire ? J'entendais encore mes parents se poser ces questions, plusieurs semaines après le malheur. Mais d'autres spectres rôdaient. Si ma mère avait insisté pour que Benny fasse ses devoirs cet après-midi-là au lieu d'aller taper dans un ballon… Si mon père avait demandé au conseil municipal de construire enfin la route pour accéder au terrain de foot… Quant à moi, si j'avais accompagné Benny ce jour-là comme il me le demandait, l'assassin aurait probablement renoncé au dernier moment. Mais j'avais refusé, me disant qu'après tout mon frère n'était jamais venu m'écouter jouer de la flûte. Et il était parti seul.

Par la suite, je m'en étais voulu de cela, au moins pendant un temps, mais, sans pouvoir en apporter la preuve, je suis presque certaine que ma mère, en tout cas, avait souvent été tentée de me faire ce reproche. Elle ne l'avait certes jamais formulé, mais il transpirait dans toute son attitude : son impatience envers moi, sa désapprobation envers mes amis, son incompréhension quand j'étais tombée enceinte très jeune, et aussi quand j'avais choisi mon métier.

Aujourd'hui encore, lorsqu'elle m'appelle au téléphone pour mon anniversaire, je crois entendre cette amertume dans sa voix, et cela me serre douloureusement le cœur. Parfois, je voudrais qu'elle le dise enfin, et pouvoir la gifler avant de la prendre dans mes bras pour l'embrasser.

Yim gardait la tête tournée vers le défilé sans fin des arbres. Peut-être craignait-il que je ne lui demande s'il se faisait lui aussi des reproches ? Si j'étais arrivé plus tôt à la Maison des brouillards... Et il y en avait sans doute d'autres que je ne pouvais imaginer. Car je ne savais toujours pas pourquoi Mme Nan avait débarqué chez ses voisins, par une nuit de tempête, à une heure où les gens ordinaires dormaient.

Au moment où je m'apprêtais à amener la conversation sur ce sujet, Yim demanda :

– Au fait, à quoi ressemblaient les meurtriers que tu as rencontrés ?

– La plupart sont bien différents de ce qu'on imagine.

M'échauffant aussitôt, je me lançai dans une longue démonstration. Mais nous avions le temps, et Yim m'écoutait avec attention.

De fait, les meurtriers ne correspondent pour ainsi dire jamais à l'image du monstre autrefois si populaire. L'assassin monstrueux inventé par les journaux et par la littérature n'a jamais vraiment existé, et cette fable est aujourd'hui largement battue en brèche. Les meurtriers et meurtrières qu'on voit passer dans le journal du soir, menottes aux poignets et visage masqué de noir, sont d'une normalité effrayante. Ce sont des voisins avec qui on a discuté par-dessus la haie, des collègues de travail qui ont aidé à organiser la fête de l'entreprise, le cousin avec qui, enfant, on jouait au badminton dans le jardin et qui, aujourd'hui encore, vous envoie une carte postale à Noël et aux anniversaires. Ce pourrait être n'importe qui.

Leur altérité tient plutôt à la motivation profonde de leur acte, au vrai mobile du meurtre. Si on met de côté les meurtres vulgaires pour toucher l'héritage, les crimes de pervers sexuels et les crimes passionnels, il reste des hommes qui tuent subitement leur femme et parfois leurs enfants, des femmes qui enterrent leur bébé vivant, des frères qui poignardent leur sœur sur l'ordre du père parce qu'elle a osé vivre sa vie, des collégiens qui tirent tout à coup sur ceux qui les entourent, des jeunes qui assassinent leur famille entière.

Dans ces moments-là, ce sont toujours les mêmes mots qui reviennent : rage, fureur, vide, absence d'espoir, folie, jalousie, vengeance, et on imagine les tueurs remplis de ces émotions. Un seul mot, hélas, n'apparaît que très rarement, alors qu'il est pour moi la clé de ces histoires : la peur.

Tous ces assassins ont peur, une peur terrible. On ne la voit pas, bien sûr, parce qu'elle est cachée sous des strates de colère, de folie et de vide, et c'est de là qu'elle exerce sa force destructrice. Aux côtés de l'amour et de la haine, elle est la principale pulsion humaine, et en même temps la moins visible, parce qu'on ne l'avoue pas facilement. On préfère haïr, c'est socialement plus conforme, la figure de l'ennemi est connue de tous. Mais on se cache sa propre peur, on la masque, on la travestit sous d'autres noms.

La plupart des hommes qui tuent leur femme ont en réalité peur d'elles, du pouvoir qu'elles ont de les quitter ou de leur tenir tête. Ce sont les faibles qui croient devoir prouver leur virilité par la violence, y compris dans les prétendus « crimes d'honneur ». Leur acte n'est pas dicté par l'honneur, comme ils voudraient le faire croire, mais par la peur de voir s'écrouler leur modèle patriarcal oppressif et vain. Quant aux femmes qui tuent leur bébé, c'est par définition la peur de la vie qui les fait agir : une nouvelle vie, c'est encore un peu plus de peur. En enfouissant ces petits êtres dans un bac à fleurs ou un congélateur, c'est leur peur de l'avenir que les modernes Médées cherchent à faire disparaître. Mais c'est dans la folie meurtrière que se manifeste la quintessence de la peur. Le terme « amok » employé dans beaucoup de langues vient du mot malaisien qui désigne une peur panique. Au moment de leur acte, sous la rage, ceux qui « courent l'amok » n'éprouvent plus que de la peur. S'ils retournent ensuite leur arme contre eux-mêmes, c'est bien par peur des humains qui resteront, de tous ceux qu'ils n'auront pas pu tuer.

Tout le temps que je discourus ainsi sans reprendre haleine, Yim regarda en silence par la vitre latérale, comme s'il comptait les tilleuls au bord de la route. Mais je savais – je le voyais à ses mains – qu'il m'écoutait avec attention.

On n'en est pas toujours conscient, mais nos mains en disent long sur notre état d'esprit. Celles de Yim réagissaient nettement à mes paroles. Il les cacha d'abord entre ses genoux, puis sous ses aisselles, enfin sous ses cuisses. Ce sujet le bouleversait. Pourtant, c'était lui qui l'avait abordé.

– As-tu rencontré beaucoup d'assassins ? me demanda-t-il quand j'eus terminé.

– Beaucoup. Peut-être une centaine. Et toi, en as-tu déjà rencontré ? À part Leonie Korn, bien sûr.

– Non, répondit-il pensivement.

Il avait hésité un instant, comme s'il passait en revue à toute vitesse dans sa tête les gens qu'il connaissait, aussi ne fus-je pas absolument convaincue par ce « non ».

– Alors, tous ces assassins que tu as rencontrés tuent par peur ? demanda-t-il, se hâtant de revenir au sujet principal.

– La plupart. C'est ma théorie, en tout cas. De même qu'on a eu pendant des siècles une conception étroite de ce à quoi devait ressembler physiquement et moralement le meurtrier typique, on s'est trompé sur les motivations du meurtre. On croyait que l'enjeu devait toujours être énorme, la fortune, le grand amour… Et voilà qu'un gentil garçon discret de seize ans tue ses parents conservateurs pour qu'ils ne découvrent pas qu'il est homosexuel. Il ne faut pas nécessairement être violent, dépravé, cupide, jaloux ou cinglé pour devenir un assassin. La peur peut suffire.

Yim réfléchit à ce que je venais de dire.

– Et Leonie Korn ? A-t-elle aussi tué par peur ?

Je choisis mes mots avec précaution. Leonie Korn était un sujet sensible.

– Tout ce que je peux dire pour le moment, c'est qu'elle a souvent eu peur dans son enfance. Ce n'est pas encore grand-chose, mais même le puzzle le plus compliqué a besoin d'une première pièce. Ce ne serait pas professionnel de ma part de tirer des conclusions tant que je n'aurai pas une idée claire de ce qui s'est passé ce week-end-là, il y a deux ans. Je dois d'abord répondre à certaines questions. Pourquoi Leonie ne s'est-elle pas plutôt suicidée au jardin d'enfants ? Ou dans la zone piétonne de sa ville natale ? Pourquoi justement pendant ce week-end à Hiddensee, où elle était entourée de gens qu'elle avait connus des années plus tôt ? Tant que je n'ai pas ces réponses… Voilà pourquoi, à notre première rencontre, je t'ai posé des questions sur les invités de ce week-end.

Nous étions revenus au point où Yim avait mis fin à l'entretien une semaine plus tôt, et je n'insistai pas davantage. Je ne voulais pas franchir une nouvelle fois la ligne rouge.

Yim se plongea dans la carte routière, et nous nous tûmes pendant un moment. J'allumai la radio, cherchai une station en harmonie avec les paysages du Brandebourg et du Mecklembourg, et m'arrêtai sur la radio nationale, qui diffusait des ballades de Chopin.

Dès lors, ce fut en musique que défilèrent les jeux de lumière et d'ombre des arbres le long des interminables lignes droites, les mirages de chaleur qui reculaient sans cesse devant nous sur l'asphalte, le fugace miroitement d'argent en fusion des lacs, le vol plané des hérons au-dessus des marécages. Nous contemplions avec la même admiration les images que nous offrait la nature, nous avions les mêmes raisons de nous taire. Une seule fois, nos regards se croisèrent et cherchèrent aussitôt refuge dans une autre direction, presque honteusement. Chopin disait les choses que ni Yim ni moi ne pouvions encore exprimer. Et elles étaient nombreuses.

L'arrivée à Hiddensee fut pour moi un peu comme si j'entrais dans *Le Ruban blanc*. Le film se passe en 1913, dans un village de l'est de l'Allemagne aux routes non pavées et aux maisons modestes. La lumière est diffuse, le silence tour à tour apaisant et angoissant, et il y est aussi question de meurtre.

Le mince voile nuageux d'un gris jaunâtre uniforme me sembla oppressant. Chose rare sur une île, l'air était immobile, et je n'entendais que le bruit de nos pas. Nous suivîmes un sentier sinueux entre les herbes roussies, passant devant quelques maisons de Neuendorf. La poussière du chemin se déposait sur mes sandales, comme autrefois sur mes chaussures d'enfant quand je rentrais du terrain de foot avec Benny par le bois et les prés. Je gardais la tête baissée. Yim aussi se taisait. Pour moi, c'était comme de marcher vers un cimetière.

Elle apparut soudain devant nous. La Maison des brouillards. À elle seule, son architecture la destinait à être une attraction, comme si son concepteur avait voulu édifier un monument à sa propre gloire. Un petit

Khéops, Philipp Lothringer ? De fait, il y avait aussi des formes pyramidales dans cette profusion anguleuse de murs de verre. J'avais vu des photos de la maison, mais tous ces surplombs, ces murs penchés, ces structures de verre et de pierre ne prenaient leur sens que lorsqu'on se tenait devant elle : la Maison des brouillards était un gigantesque cristal brut, qui, à n'en pas douter, devait étinceler et briller de mille feux dès que le soleil se montrait. Pourtant, il était totalement déplacé sur cette île à laquelle la nature avait imposé la modestie, et où les habitants vivaient avec la même simplicité. Mais peut-être cela aussi avait-il finalement un sens – les pyramides n'avaient-elles pas été bâties dans le désert ?

– Veux-tu la visiter dès aujourd'hui ? me demanda Yim.

– La visiter ?

– Excuse-moi, ce n'est peut-être pas le bon mot.

– Non, le mot ne pose aucun problème. Seulement, je ne comprends pas… On peut y entrer ?

– Oh, tu ne savais pas ? Mon père a le double des clés. En quelque sorte, il est responsable de la maison, uniquement au cas où… où quoi, d'ailleurs, je n'en sais rien. Mais il n'a touché à rien, c'est du moins ce qu'il m'a dit. La Maison des brouillards est exactement dans l'état où la police l'a laissée à la clôture de l'enquête, il y a donc près de deux ans, le 30 septembre, je crois. À part mon père, plus personne n'y est entré depuis.

– Mon Dieu ! murmurai-je.

L'idée que j'allais réellement pouvoir examiner une scène de crime me bouleversait. Cela ne m'était jamais arrivé, et maintenant que Yim me l'offrait sur un plateau, j'étais effrayée.

Lorsqu'un crime a été commis, la plupart des gens qui vivent sur les lieux, que ce soit la famille de la victime, les héritiers ou les nouveaux propriétaires, refusent les visites des journalistes, qui ne se bousculent d'ailleurs pas pour cela. Souvent, même dans les magazines sur papier glacé, les photos ne restituent pas totalement l'effet produit. En outre, la plupart des reportages se focalisent sur le meurtrier et non sur le lieu du crime ou sur les victimes, et je n'avais pas toujours réussi à éviter ce travers. Les éditeurs de magazines ne s'intéressent guère aux scènes de crime qui n'ont pas l'air tout droit sorties d'un roman d'Agatha Christie. Avec la Maison des brouillards, au moins, j'avais mes chances.

Après ma première réaction de recul, il ne me fallut que quelques secondes pour savoir avec une certitude absolue que j'allais accepter la proposition. Mon article tournerait autour de trois axes principaux : l'entretien dans la chambre d'hôpital, les événements de la nuit du meurtre, le lieu du crime deux ans plus tard.

Comparée à la Maison des brouillards, celle des parents de Yim était comme un caillou à côté d'une montagne. Une fenêtre ici et là, une façade qui avait dû être blanche, des chéneaux rouillés et un exemplaire typique de ces hideuses portes d'entrée « aspect aluminium ». Mais le tout dans un magnifique décor floral auprès duquel mon idée stéréotypée des jardins potagers de Hiddensee faisait pâle figure. Monet aurait aussitôt sorti ses pinceaux. Il fallait voir les glaïeuls ! Leurs bouquets géants s'élevant à hauteur d'œil n'étaient dépassés que par les lavatères. Des capucines rouge feu grimpaient le long des croisillons d'une clôture en bois, et le chemin était bordé de buissons d'hortensias bleu roi entre lesquels poussaient des roses anglaises dont les lourdes grappes s'inclinaient devant le visiteur. Des orpins jaunes occupaient un mur de pierres sèches. Le lilas était bien sûr fané depuis longtemps, mais, juste à côté, c'était la meilleure saison pour les boules-de-neige. Une carpe koï solitaire et une famille de libellules régnaient sur une mare ronde pas plus grande qu'un trampoline, où poussaient de magnifiques lis des marais.

Mon attention fut particulièrement attirée par un vieil appentis éloigné d'une vingtaine de mètres à peine de la maison. Bien que très grand, il était presque entièrement recouvert de clématites violettes et blanches, de lierre, de vigne vierge et de toutes sortes de vieux rosiers grimpants, comme si les plantes avaient voulu protéger son contenu du monde extérieur – ou l'inverse.

– C'est beau, hein ? dit Yim.

Debout devant l'affreuse porte d'entrée, il avait décidé de sonner plutôt que d'utiliser la clé qu'il tenait à la main.

– Extraordinairement beau, acquiesçai-je. On a peine à croire qu'un seul individu ait pu faire tout cela.

– Je t'avais bien dit que mon père aimait les fleurs. Ce jardin est toute sa vie.

Après une telle splendeur, on aurait pu s'attendre à voir la porte s'ouvrir sur quelqu'un de gai, accueillant ou au minimum équilibré. Une personne capable d'imaginer un tel jardin et de s'en occuper devait être habitée d'un grand amour de la vie, qui rayonnait vers l'extérieur. Mais, ayant déjà « rencontré » M. Nan par téléphone, je ne m'y fiais pas.

Il allait confirmer en tout point ma sinistre impression.

10

Dans sa cuisine, Mme Nan préparait le repas de midi, qu'ils prenaient tôt. Salade, crevettes, mangues, citronnelle, une boîte de lait de coco entamée, huile de sésame, riz et quelques autres ingrédients, la plupart rapportés la veille au soir de chez les Lothringer-Nachtmann. Ils ne leur manqueraient pas, puisqu'ils les auraient jetés de toute façon, et même s'ils avaient remarqué quelque chose, ils étaient trop polis ou trop indifférents pour le lui reprocher. Qu'était-ce pour eux qu'un reste de riz et un peu de citronnelle ? Des gens qui vivaient dans une maison aussi immense… Alors que, pour Mme Nan, économiser sur tout ce qu'elle pouvait était une question de survie.

Pendant que le repas cuisait, elle entra dans la salle de séjour où son mari était, comme souvent, assis dans la pénombre, les volets roulants à moitié baissés, le livre sur ses genoux éclairé par le mince faisceau de la lampe posée à côté de lui. Elle connaissait ce livre, toujours le même : un album rempli des fragiles photos fanées de son enfance et de sa jeunesse. Il les regardait souvent, parfois si longtemps que c'était comme si cette enfance avait duré cinquante ans et qu'il en eût des milliers d'images.

– Yim est-il déjà rentré ? demanda-t-elle en allemand.

Le couple ne se parlait jamais en cambodgien, alors que c'était la langue dans laquelle ils rêvaient tous deux. Le jour, ils évitaient comme la caverne d'un dragon cette langue maternelle qu'ils affrontaient seuls presque chaque nuit, chacun de son côté.

Le visage de M. Nan apparut un instant dans la faible clarté de la lampe, et elle fut frappée une fois de plus par la couleur et la consistance de sa peau, ce cuir épais que rien ne semblait pouvoir traverser, ni le froid ni l'humidité, rien. Un vieux char d'assaut de soixante-sept ans. Depuis quarante ans, toute la beauté de M. Nan, comme l'extraordinaire vitalité de sa jeunesse, s'était lentement retirée dans ses yeux, toujours d'une vivacité étonnante. Chaque fois qu'elle les regardait, Mme Nan se voyait au commencement – même maintenant que c'était la fin.

– Non, il n'est pas encore là, répondit M. Nan.

Elle retourna à la cuisine et contempla ses poignets, marbrés d'un vert clair de banane pas mûre, parce que Viseth, son mari, les avait brièvement serrés trop fort, une seule fois. Comme sa peau était devenue mince et fragile avec l'âge ! Cette peau n'oubliait aucune blessure, elle réagissait à tout, comme si elle dialoguait avec le monde, comme si elle raisonnait.

– Il n'est toujours pas rentré ? redemanda-t-elle au bout de quelques minutes.

– Non.

Ils déjeunèrent sans se parler. Dans ce silence, qu'un observateur aurait facilement pu interpréter comme un signe soit de très bonne entente, soit de profond ennui, leurs pensées s'agitaient à grand bruit, presque théâtralement.

Mᵐᵉ Nan était entrée dans la dernière phase de son existence, celle où ses plus grandes erreurs lui apparaissaient à leur paroxysme et fondaient sur elle toutes ensemble comme des démons. La plus grave était d'avoir épousé M. Nan. Même si les deux premières années passées avec lui avaient été les plus belles de sa vie, les trois suivantes avaient été les pires, celles dont elle n'avait cessé de souffrir jusqu'à ce jour. Mᵐᵉ Nan n'avait pas oublié le bien qu'il lui avait fait, mais elle n'avait jamais pardonné le mal. Elle haïssait son mari, tout en sachant qu'elle resterait près de lui jusqu'à la mort.

M. Nan devinait ce qui se passait en elle, il en souffrait et le lui montrait en la faisant souffrir.

– Tu as volé de la nourriture aux voisins, dit-il. J'ai vu les paquets entamés.

Mᵐᵉ Nan ne réagit pas.

– Ça te permet d'économiser pour d'autres choses, celles que tu caches dans le hangar. Je t'interdis de continuer à travailler chez les voisins et de gagner de l'argent avec eux. Ce que tu fais là, c'est honteux.

Alors qu'elle évitait son regard depuis plusieurs minutes, Mᵐᵉ Nan fixa son mari droit dans les yeux. Elle ne devait pas dire un mot, si elle voulait qu'il comprenne à quel point celui qu'il venait d'employer était grotesque. Et même indécent. M. Nan n'avait plus le droit de prononcer ce mot. Pas plus qu'elle-même.

Elle essuya la table, sortit en silence de la cuisine, puis de la maison. Ce n'est qu'à la porte de l'appentis qu'elle s'aperçut que son mari l'avait suivie.

– Tu n'entres plus là-dedans, ordonna-t-il en lui barrant le chemin.

Elle essaya de passer malgré lui, mais il la saisit et la fit reculer. Elle se défendit, et un combat muet s'engagea, dont les poignets douloureux de Mme Nan constituaient la ligne de front.

Elle parvint enfin à se dégager – une secousse, une brûlure sur sa fine peau blessée. Durant quelques secondes, ils se regardèrent fixement, le souffle court.

Puis, dans un brusque élan, elle se précipita vers l'appentis, vers la montagne de fleurs qu'en avait fait M. Nan. Elle n'avait rien à voir avec cette apparence, son monde commençait à l'intérieur.

Elle parvint à entrouvrir la porte, à aspirer une bouffée de cet air qu'elle aimait passionnément, saturé d'odeurs chimiques. Mais son mari fut le plus rapide. Il tira violemment la porte, trop tard pour le bras gauche de Mme Nan, qui resta coincé à hauteur du coude.

Elle poussa un cri. Son visage pâlit, les larmes jaillirent de ses yeux. De la main droite, elle serra son coude blessé.

– Ce n'est pas ce que je voulais, dit-il avec un regret sincère inhabituel, devant lequel n'importe qui d'autre lui aurait pardonné. Mais c'est de ta faute, reprit-il sur un tout autre ton. Je t'avais dit…

Elle se mit à le frapper au hasard, sans ménager son bras blessé, avec des ahanements désespérés. Ses coups étaient bien trop faibles et désordonnés pour lui faire mal, mais la surprise le fit reculer un instant. Puis il se ressaisit, attrapa sa femme par les épaules et commença à la secouer.

Nian Nan ne sentait plus son corps. Toute la douleur qu'un être humain peut éprouver se concentrait au-dedans d'elle, dans son cœur et son âme. Elle ne cria pas, n'ouvrit même pas la bouche. Ses lèvres esquissaient un sourire sur lequel coulaient les larmes salées.

C'est alors que Yim arriva. Avec une détermination farouche, il saisit les poignets de son père à l'endroit même où sa mère essayait de dissimuler ses hématomes verdâtres, et les arracha violemment des épaules qu'ils torturaient, prenant le dessus avec une facilité déconcertante.

Yim força le vieil homme à s'agenouiller avant de l'envoyer à terre d'une dernière bourrade. Viseth Nan s'accroupit sur le sol, se jeta des poignées d'herbe sur la tête et se mit à marmonner en gémissant interminablement, un filet de bave au coin de la bouche.

– Je regrette. Je regrette tellement !

– Cela lui arrive-t-il souvent de t'attraper comme ça ? demanda Yim à sa mère.

– Non, c'était la deuxième fois.

Yim se retourna vers son père.

– Si tu le fais une troisième fois, je te casse les côtes. Tu m'as bien compris ?

Quand il voulut s'assurer que sa mère n'avait plus besoin de rien, elle avait déjà disparu dans l'appentis. Son domaine où nul n'avait accès – pas même lui.

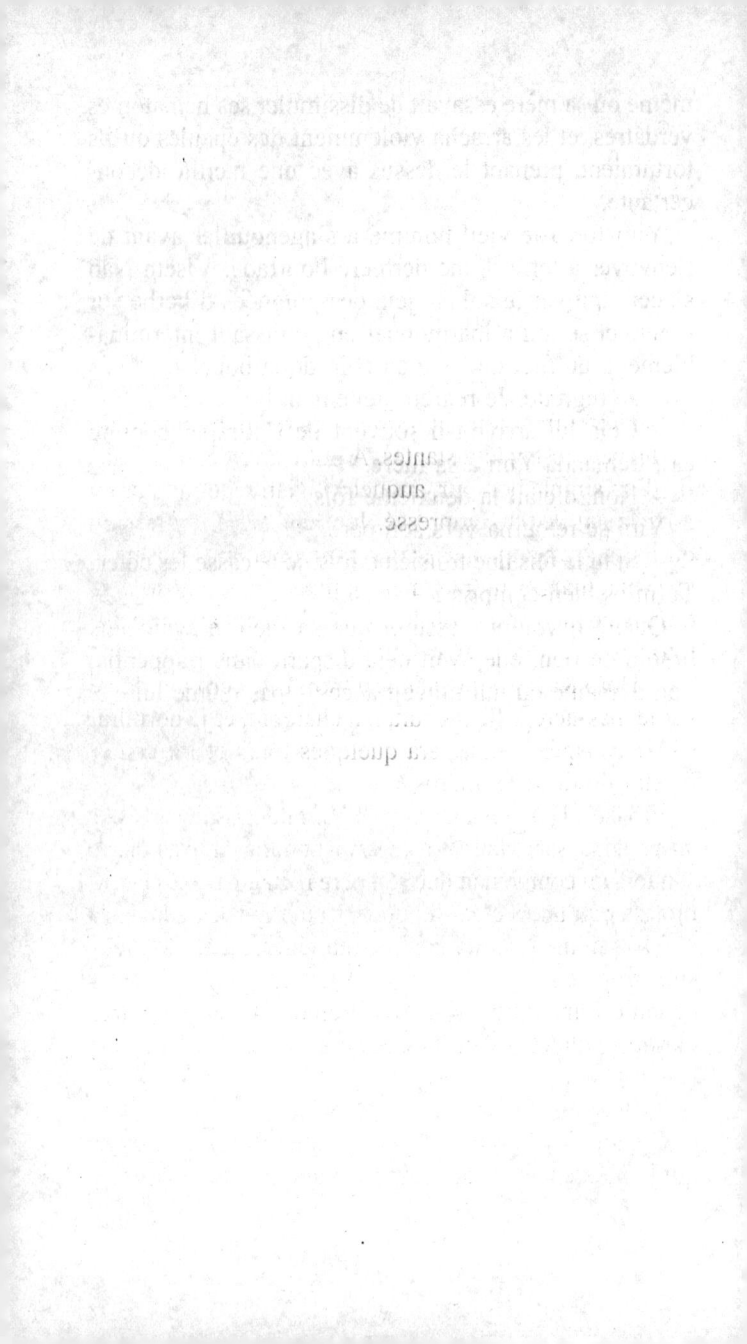

11

Sans être franchement hostiles, les relations entre Yim et son père restaient distantes. À notre arrivée, il le gratifia d'un simple bonjour, auquel M. Nan répondit par un hochement de tête empressé. Je n'eus pas l'impression qu'ils se seraient salués différemment en mon absence, et j'imaginai qu'ils n'avaient jamais grand-chose à se dire. Au bout d'une demi-heure, ils devaient avoir épuisé tous les sujets de conversation.

– Doro Kagel est une amie à moi. Elle écrit un article sur le massacre. Elle prendra ma chambre, et je dormirai sur le canapé. Elle restera quelques jours et ira visiter la Maison des brouillards.

Et vlan ! D'autres questions ? Yim ne laissait subsister aucun doute sur le fait qu'il en serait comme il l'avait dit. À son ton, on comprenait que son père n'était pas plus censé protester qu'une recrue s'opposer à un ordre de l'adjudant.

M. Nan me regarda et s'inclina légèrement. Son tee-shirt trop serré, qui faisait ressortir ses épaules étroites et son estomac proéminent, lui remontait sur le ventre, et son pantalon avait glissé, comme sur la photo du restaurant.

– Bonjour, dis-je.

C'était bien l'homme à la respiration laborieuse avec qui j'avais « parlé » au téléphone une semaine plus tôt.

Je ne jugeai pas nécessaire de mentionner cet épisode devant Yim, mais M. Nan ne parut pas m'en savoir gré. Derrière les salutations et les gestes polis avec lesquels il me conduisit vers la cuisine, me fit asseoir à la table et m'apporta un verre d'eau, je le sentais pour le moins mal à l'aise en ma présence.

– Parle-t-il allemand ? demandai-je tout bas à Yim alors que M. Nan quittait la pièce un instant.

– Presque parfaitement.

– Il est bien avare de mots.

– Il est toujours comme ça au début. Quand il te connaîtra mieux…

Je n'y tenais guère, même si cela pouvait me faciliter le travail. À mon avis, un entretien avec M. Nan devait être à peu près aussi enthousiasmant et détendu qu'avec le comte Dracula. Cet homme me rendait nerveuse, et même ses gestes les plus anodins, comme de faire chauffer de l'eau pour le thé, me mettaient en alerte. Je me demandai tout à coup si Yim aurait encore une clé de son ancienne chambre à me donner.

Plus tard, alors que nous buvions le thé vert, Yim demanda à son père :

– Dis-moi, où est le carnet blanc dans lequel maman écrivait ses poèmes ?

– Parti, disparu, répondit laconiquement M. Nan.

À l'entendre, on aurait pu croire que le carnet avait un beau jour décidé de lui-même de s'en aller.

– Tu es sûr ?

– Tout à fait sûr.

Les yeux noirs de M. Nan lancèrent soudain à son fils un regard étrange, où il y avait à la fois de la peur et de la rancune, et je me sentis très mal. Je ne m'étais pas attendue à trouver une atmosphère spécialement accueillante dans cette maison, mais ce que je voyais depuis une demi-heure me donnait envie de crier : « Taxi ! »

Au lieu de cela, je vidai d'un trait ma tasse de thé vert et décidai de ne pas attendre plus longtemps un éventuel affrontement père-fils.

– Je suis un peu fatiguée, j'aimerais aller faire un tour, dis-je, ne m'apercevant qu'après coup de l'absurdité de cette phrase.

– Veux-tu que je t'accompagne ? As-tu besoin de la clé de la Maison des brouillards ?

– Non, merci, ça ne presse pas. Ton père et toi, vous avez sans doute beaucoup à vous dire, mentis-je. Merci pour le thé, monsieur Nan. À tout à l'heure, Yim.

Sans le vouloir, je l'avais pour la première fois appelé par son prénom. Au bout d'une demi-heure chez son père, j'étais devenue tributaire de lui, il était comme un protecteur, un rempart contre le petit vieux qu'il savait tenir en respect. Il était impensable pour moi de m'asseoir dans la cuisine seule avec Viseth Nan ! Je résolus de m'adapter à l'emploi du temps de Yim, afin d'exclure tout tête-à-tête avec M. Nan. De toute façon, il ne m'accorderait aucun entretien, ne me donnerait aucune information. Il était même décidé à ne pas me faciliter le travail, comme le montrait sa réaction à la question de Yim sur le carnet de poèmes.

J'avais besoin d'espace et d'air pur. Depuis le jardin, j'aperçus la mer entre les arbres et me dirigeai vers elle, mais sans y trouver le réconfort espéré. Le ciel était bas, les vagues paresseuses. Une trentaine de personnes s'ennuyaient sur la petite plage de la baie, déçues de ne pas pouvoir attraper un coup de soleil. Un jeune couple jouait au softball tout en s'efforçant stupidement de bouger le moins possible.

Je m'assis sur un banc de bois qui était encore sur la propriété des Nan. C'était facile à deviner, car M. Nan était le seul habitant de Neuendorf à avoir délimité son terrain. Par une clôture certes basse et en mauvais état, mais hautement symbolique. Ceci est territoire Nan, disait-elle. Je m'efforçai d'imaginer M. et Mme Nan assis main dans la main sur ce banc, admirant un coucher de soleil. Impossible. Pas avec ce vieux-là.

La seule image qui me vint fut celle de la mère de Yim, cette vieille femme fragile, avec sa petite bouche et son chignon, cette Cambodgienne qui portait encore dans les yeux son pays natal. C'était son banc, il avait été placé là pour elle seule, pour que son regard vienne, le soir, une fois la plage désertée, contempler par-dessus la mer je ne sais quelles visions. Peut-être le village de sa jeunesse, une maison bien différente de celle à la porte en imitation aluminium avec ses petites fenêtres, peut-être aussi le tournant de son existence, son mariage, la naissance de Yim, leur fuite du Cambodge, ou un avenir dont elle attendait encore quelque chose.

Comme toutes les victimes de meurtre, Mme Nan avait été flouée.

Ceux qui meurent de mort naturelle ou par accident n'ont pas été floués, car on n'est pas trompé par son propre corps, il ne fait que refléter notre vie, et le destin n'a pas de volonté criminelle, il est ce qu'il est. Mais le meurtrier est un escroc, parce qu'il prive sa victime de ce qu'elle avait épargné, mis de côté pour l'avenir. Il n'est pas le destin, il usurpe le rôle du destin, les croyants diraient qu'il se prend pour Dieu. Qu'il tue un enfant ou une femme de soixante-sept ans, il tue toujours un espoir.

À l'époque, plus encore que la personne de mon frère, j'avais pleuré l'avenir dont on l'avait privé. Mes parents regrettaient leur fils, sa présence, son insolence, son goût pour le jus de banane, ses maillots trempés de sueur, et même ses mauvaises notes à l'école. Il me manquait aussi, bien sûr – j'avais perdu mon grand frère –, mais ce n'était pas vraiment cela qui me minait. Depuis sa mort, pas un jour ne s'écoulait sans que je me demande : Que ferait Benny en ce moment s'il était toujours en vie ? De quelle femme serait-il amoureux, quel examen aurait-il passé, quel métier aurait-il choisi, où passerait-il ses vacances ? Je n'aurais jamais la réponse, et, à chaque fois, ce constat me transperçait le cœur comme une flèche.

Cette fois encore, sur mon banc avec vue sur la mer, je tressaillis en songeant combien j'aurais aimé que Benny soit là avec moi. Puis je m'avisai que c'était peut-être à cause de ce qui lui était arrivé que j'étais à Hiddensee, sur ce banc, et je me sentis encore plus mal.

Je me levai et allai explorer le terrain derrière la maison. Il était plus étendu que je ne l'avais cru, mais largement à l'abandon. Le merveilleux jardin n'en constituait qu'une petite partie, le reste était fait d'herbes folles et de sable, avec çà et là des bouleaux et des peupliers. Seul l'appentis captait le regard sous sa floraison luxuriante. J'en fis le tour, m'étonnant à nouveau qu'une telle splendeur ait pu être créée par ce petit homme difforme et antipathique, avec ses dents jaunes, son pantalon de travers et ses manières soupçonneuses. Mais je devais bien m'y résoudre.

Je faillis ne pas voir la porte d'entrée, à demi cachée sous la végétation. Une clématite blanche et un rosier grimpant jaune poussaient en travers de l'ouverture, et je me demandai pourquoi le maître de maison, à l'évidence, ne les taillait plus. Un hangar de cette taille aurait sans doute permis de ranger toutes sortes de choses dont on pouvait avoir besoin à l'occasion. Je m'étais toujours intéressée aux vieilleries, surtout quand elles ne servaient plus : râteaux, pelles rouillées, hideux lampadaires, repaires à vers du bois… Tout cela respirait l'Histoire et les histoires du temps passé. De plus, j'espérais trouver là une partie des objets ayant appartenu à Mme Nan.

J'écartai donc quelques rameaux pour tenter de pousser la porte. C'est alors que je vis le verrou. Un vieux verrou rouillé, très gros et si bien coincé que j'eus beaucoup de mal à le tirer seulement d'un centimètre. Pas étonnant que M. Nan ne se soit pas donné la peine d'y mettre un cadenas que n'importe quel professionnel aurait sectionné en un clin d'œil avec une pince coupante. La porte était mieux protégée ainsi, et j'étais épuisée avant d'avoir fait la moitié du travail.

– Allons, ouvre-toi, idiot ! pestai-je.

Je dus m'escrimer encore une bonne minute avant que le verrou ne cède tout à coup en protestant bruyamment – et en me coinçant l'index, mais la satisfaction d'avoir réussi me fit vite oublier la douleur.

Je poussai la porte avec précaution, un siècle de grincements dans les oreilles et de poussière sur le bout des doigts. Howard Carter avait dû éprouver ce genre d'émotion en pénétrant dans le tombeau de Tout-Ankh-Amon. J'attendais une odeur de pourriture, une bouffée humide de moisissure, la moiteur d'un air confiné, tout le remugle des choses finissantes. Or, l'odeur qui me frappa le nez était violente, agressive. De quoi pouvait-il s'agir ? D'un insecticide ? De pétrole ? De peinture ? D'un dissolvant ? D'un mélange de tout cela ?

Je cherchai à tâtons un interrupteur. Il y en avait forcément un, d'un côté ou de l'autre de la porte, car la seule faible clarté dans cette obscurité provenait d'une unique lucarne, à environ deux mètres du sol, dont la vitre était grise de poussière et verte de je ne sais quoi que je préférai ignorer.

J'avais trouvé l'interrupteur, de ce modèle ancien qu'il fallait tourner, mais, à l'instant où je le prenais entre le pouce et l'index, quelqu'un derrière moi retint mon bras.

– Non ! cria M. Nan, qui m'avait fait un peu mal, probablement sans le vouloir. Ne touchez pas à ça ! Il n'y a rien pour vous ici. Vous avez compris ?

Nous étions tous deux dans l'encadrement de la porte, entre l'obscurité d'un côté et les vrilles des plantes grimpantes de l'autre. À ma gauche, une puanteur qui prenait à la gorge, à ma droite les lourds parfums du mois d'août. Et, face à moi, ce petit vieillard aux yeux noirs en boutons de bottine.

– Vous n'avez pas le droit. Laissez ça.

– J'ai compris, répondis-je, un peu paralysée par la culpabilité.

– C'est privé. Vous avez compris ? Privé.

– Oui, bien sûr. Je suis désolée, je…

Je me sentais comme un enfant pris en faute, à la fois honteuse et déçue de ne pas avoir atteint mon but.

– C'est interdit d'entrer ici.

– Cela ne se reproduira pas. Vous savez, je n'avais aucune idée que… Pardonnez-moi si je vous ai fâché, ce n'était pas volontaire. Je ne pensais pas à mal, après tout, ce n'est qu'un vieux hangar – et il est si beau, avec ces plantes magnifiques ! Vous avez manqué votre vocation de jardinier. À moins que vous ne l'ayez été ?

Pendant qu'il me regardait en silence, je réfléchis à la façon de me sortir de là sans trop de dégâts, car je préférais éviter qu'il se plaigne de moi à Yim. Le plan que je concoctai à la hâte prévoyait que je le couvre de compliments sur son jardin, mais c'est alors que mon portable sonna.

– Excusez-moi, je dois répondre.

– Allez-vous-en. Sortez de là.

Je ne me le fis pas dire deux fois. Je retrouvai la lumière du jour et pris mon téléphone, tout en adressant un dernier sourire à M. Nan. Sans y répondre, il se tourna vers la porte et repoussa violemment le verrou.

– Doro Kagel, dis-je en décrochant.

– Bonjour, madame Kagel. Je suis Arielle Meissner. Vous m'avez laissé un message hier au sujet de Leonie Korn.

– Ah, oui… euh… oui, c'est vrai.

J'avais un peu de peine à retrouver le ton normal de la conversation. Après la peur que m'avait causée M. Nan en me surprenant dans cet appentis sombre, avec toute l'hostilité qui émanait de lui, j'entendais maintenant les cris joyeux d'enfants qui jouaient. En une seconde, je basculai de Mme Nan assassinée à la meurtrière Leonie Korn.

– Merci de m'avoir rappelée, madame Meissner. Je crois que Leonie Korn travaillait chez vous ?

– Oui, enfin, pour la ville. J'étais sa supérieure hiérarchique, si vous voulez. Je suis la directrice du jardin d'enfants, mais nous nous considérions plutôt comme des collègues.

– Est-il vrai qu'au moment de son… du massacre dont elle est accusée, Leonie Korn ne travaillait déjà plus chez vous comme éducatrice ? Vous l'aviez licenciée sans préavis ?

– Oui, c'est cela.

Sa voix affichait une tristesse de circonstance, mais on y décelait aussi une certaine fierté, et le soulagement d'avoir pris la bonne décision au bon moment. Pour elle, il aurait été totalement inconcevable que l'une de ses éducatrices soit prise de folie meurtrière. Arielle Meissner n'avait rien à cacher, au contraire, et je n'eus donc pas besoin de lui tirer les vers du nez. C'était comme de percer avec une épingle un ballon rempli d'eau.

– Peu de temps avant cette histoire, il y a eu un incident. À la vérité, ce n'était pas le premier, mais vous savez ce que c'est, la goutte d'eau, etc. Leonie devenait de plus en plus irritable. Et une éducatrice ne peut pas se permettre cela, vous comprenez ? Non seulement il faut savoir se maîtriser, mais il ne doit même pas vous venir à l'idée de brutaliser les enfants. Pendant des années, je n'ai rien eu à redire au comportement de Leonie Korn, son travail était toujours impeccable. Nous ne nous voyions que rarement à l'extérieur, tout au plus allions-nous parfois manger une pizza ensemble. Toujours est-il qu'elle m'a avoué un jour qu'être éducatrice n'était pas sa vocation première, et pourtant, elle faisait parfaitement son boulot. Vous comprenez, c'est un métier où il faut de la patience, et, bon…

Arielle Meissner poussa un soupir annonciateur de tragédie, et j'attendis avec curiosité ce qui allait suivre.

– Il lui est arrivé une ou deux fois d'empoigner un enfant un peu brutalement. Je m'en suis aperçue, et je lui ai dit que cela devait cesser. Mais ça ne s'est pas arrêté, comprenez-vous ? Il y a eu cet incident décisif, en août. Oui, ce doit être ça, il y a donc presque exactement deux ans. Nous n'avions pas trop de travail, car beaucoup de parents étaient en congés d'été. Les enfants jouaient dehors, sous la surveillance de Leonie. Elle a… elle a brutalisé un petit garçon, vous imaginez ça ? Elle l'a secoué jusqu'à ce qu'il se mette à pousser des hurlements. Ensuite, comme il ne voulait pas cesser de crier, elle l'a fait tomber dans le bac à sable. J'étais à l'intérieur, je suis arrivée trop tard pour intervenir. Le petit est tombé assez doucement, mais il aurait aussi bien pu se casser ou se fouler quelque chose. L'incident était trop grave pour que je puisse me contenter d'un simple avertissement. Leonie n'était pas d'accord, elle m'a menacée d'un procès. Selon elle, le licenciement sans préavis était nul, et elle est revenue travailler comme si de rien n'était. J'ai dû interdire qu'on la laisse entrer. Je crois qu'elle n'en a parlé à personne. Quand sa mère a appelé ici pour lui parler, elle est tombée des nues. Quelques jours plus tard, j'ai appris la nouvelle de la tuerie de Hiddensee. J'ai été très choquée, bien sûr. Dire que, si peu de temps auparavant, je travaillais aux côtés de cette personne – une meurtrière, vous vous rendez compte ? Au début, j'ai même eu du mal à réaliser. Imaginez que ce soit arrivé ici, chez nous ! Quand on y réfléchit, il y aurait presque de quoi se mettre à croire en Dieu.

J'attendis trois secondes pour être certaine que Mme Meissner avait bien mis un point final à sa déclaration, et non un point-virgule comme elle l'avait déjà fait plusieurs fois.

– Je dois retourner travailler maintenant, c'est l'heure où les parents viennent chercher les enfants. Après cela, j'aurai terminé ma journée.

– Je n'ai plus que deux petites questions à vous poser, si vous le voulez bien.

– D'accord. Mais très rapidement.

– Pourquoi Leonie avait-elle secoué ce petit garçon ?

– Il lui avait menti.

– C'est tout ?

– Il avait affirmé devant elle qu'un objet était à lui, alors qu'il appartenait à une petite fille. Quand Leonie l'a su, elle a pété les plombs.

Le geste de Leonie n'aurait certes pas été justifié si le garçon avait commis un acte plus grave. Mais la banalité, le côté dérisoire de ce mensonge me laissèrent pantoise.

– Et la deuxième question ? me pressa Arielle Meissner. Je dois m'en aller.

– Avez-vous déjà rencontré l'ami de Leonie, Steffen Herold ?

– Ah, lui ? Il est venu quelques fois chercher Leonie au travail, enfin, assez rarement, peut-être trois fois en toutes ces années. C'est un type musclé, agréable à regarder. Mais je n'ai jamais vraiment discuté avec lui, c'était juste bonjour et au revoir. Leonie n'arrêtait pas d'en parler, Steffen par-ci, Steffen par-là… Pourtant, je n'ai pas eu l'impression qu'ils allaient bien ensemble. Mais cela ne me regardait pas. Est-ce tout ce que vous vouliez savoir ?

– Je vous remercie beaucoup d'avoir pris le temps de me répondre. Au revoir.

Si j'avais interrogé la directrice à propos de Steffen Herold, c'était parce que cet homme restait pour moi un fantôme. Il ne décrochait pas quand je l'appelais, et, après que je lui eus laissé deux messages, il avait apparemment débranché son répondeur. Il n'était malheureusement pas tombé dans le panneau de l'appel masqué, autrement dit, je ne parvenais pas à le joindre. Peut-être en avait-il tout simplement assez du bruit fait autour de cette histoire ? Pourtant, il n'apparaissait sur aucun des procès-verbaux ni dans aucun résultat de recherche, il n'avait donc guère dû être importuné par la presse. Voulait-il clore le chapitre Leonie parce que cela l'avait trop affecté ? Ou avait-il au contraire le cœur sec, comme l'avait décrit Margarete Korn, et se fichait-il complètement de ce qu'était devenue Leonie ? Quelle sorte d'homme était-il ? Quelle relation entretenait-il avec Leonie ?

Je lui envoyai un SMS pour lui demander de m'accorder un entretien. Mon flair de journaliste me disait que je devais absolument parler avec Steffen Herold. Comme le hangar de Hiddensee, j'avais l'impression qu'il était la clé pour comprendre, même confusément, l'un des protagonistes de cette histoire. L'appentis cachait un secret concernant Mme Nan, je n'en doutais pas un instant. La réaction du veuf à ma tentative d'effraction était trop éloquente. Cet endroit n'était pas le sien, sinon, pourquoi l'aurait-il laissé envahir par la végétation ? Non, seule Mme Nan franchissait autrefois cette porte, et, depuis sa mort, elle devait rester à jamais fermée.

Steffen Herold aussi était – métaphoriquement parlant – une porte que je devais pousser.

Et il y avait deux autres morts dont je voulais parler dans mon article. Décidément, cette affaire me passionnait de plus en plus. Dire que j'avais été si près de la laisser tomber…

Sans y prendre garde, j'avais marché un peu au hasard en parlant avec la directrice du jardin d'enfants, et, quittant la propriété des Nan, j'avais traversé un petit bois de bouleaux pas plus grand qu'un terrain de football. Je m'aperçus alors que j'étais tout près de la Maison des brouillards. Le bois de bouleaux longeait sur un côté le palais de verre. En approchant, je faillis trébucher sur un petit tertre.

Je l'examinai avec étonnement. La tombe avait la même taille que si on y avait mis un cercueil d'enfant. Elle n'était pas entretenue. Toutes sortes d'herbes y poussaient, et la croix de bois maladroitement confectionnée avec des branches liées ensemble penchait sur le côté comme le symbole masculin. Une photo était fixée à la croix. Je m'agenouillai sur le sol pour la prendre. Malheureusement, la pochette en plastique qui la protégeait n'était pas étanche, et l'eau de pluie l'avait détrempée. Tout ce qu'on pouvait encore distinguer, c'étaient des fleurs à l'arrière-plan, mais le temps avait effacé le sujet de la photo.

Avec un mélange de tristesse et de curiosité, je reportai mon regard sur l'amas de terre.

C'est alors que j'entendis une branche craquer derrière moi.

12

À travers la fenêtre fermée de sa chambre, Timo entendait le brouhaha d'une excursion familiale sur le départ : sonnettes de vélos, bruits de ferraille, rires, des phrases qu'on se lance, as-tu emporté ceci, pourrais-tu prendre cela avec toi… Deux bicyclettes restaient inutilisées, celle de Vev et celle qu'on lui aurait prêtée en tant qu'invité. Il avait changé d'avis au dernier moment. Il n'avait pas menti en affirmant qu'il voulait écrire parce qu'une histoire lui trottait dans la tête. Quand les premières phrases lui venaient, que les personnages se mettaient à parler, il n'y avait plus pour lui ni beau temps ni règles sociales. Dans ces moments-là, écrire était ce qu'il avait de plus précieux au monde, c'était comme l'amour, le désir, l'ivresse. Ceux qui n'écrivaient pas ne comprenaient pas cela, ce qui les attirait, c'était le soleil, la nature, la baignade, s'amuser entre amis ou aller au centre commercial.

Pourtant, il se sentait un peu comme un traître, surtout quand il regardait la cloison qui le séparait de la chambre voisine, celle où, il le savait, se trouvait Vev.

Alors qu'il venait d'allumer son ordinateur portable et d'y noter une nouvelle idée, on frappa à la porte.

– Entrez.

C'était Leonie. Elle s'était mise sur son trente et un : ombre à paupières, rouge à lèvres, poudre, mascara, le maquillage de gala. Les cheveux bouffants et laqués comme pour une distribution des prix. En tout cas, le nœud qu'elle avait fait à sa chemise à carreaux jurait avec le maquillage, et le maquillage avec la balade à bicyclette.

– Vous n'êtes pas encore partis ? demanda Timo.

– Nous partons tout de suite. Mais je viens seulement d'apprendre que tu ne venais pas avec nous.

– Je viens d'avoir une idée d'histoire.

– C'est vraiment dommage. Je ne me sens pas à l'aise sans toi.

– Pourquoi donc ?

– Tu es le seul à ne pas me faire de reproches. Tu sais bien, à cause du pistolet. De toute façon, Vev est contre moi, et Philipp m'a passé un savon.

– Et Yasmin t'embête aussi ? Ça ne lui ressemblerait pas.

Leonie haussa les épaules.

– Oh, elle…

– Tu vois trop les choses en noir, Leonie. Bien sûr qu'ils sont tous un peu énervés, mais ça va passer. Il n'y a pas de danger avec le pistolet, il n'est pas dans la maison, c'est certain. Ça va se tasser au cours de la journée, tu verras.

– Alors, tu ne penses pas de mal de moi ?

– Ne dis pas de bêtises.

Comme elle semblait encore avoir grand besoin d'être protégée, il la prit dans ses bras.

– Écoute, je parlerai à Vev pendant votre balade.

– Tu seras mon champion, en quelque sorte ?

Il se mit à rire.

– Oui, je serai ton chevalier.

– Merci, tu es vraiment gentil.

Quand Leonie fut sortie, il ouvrit l'immense fenêtre de sa chambre pour assister au départ. Yim s'était joint à l'excursion. Clarissa, assise dans une remorque accrochée au vélo de Philipp, fit au revoir à Timo en bougeant seulement les doigts, comme souvent les enfants. Leonie aussi lui fit signe, avec exactement le même geste que Clarissa. Finalement, tout le monde s'arrêta pour dire au revoir à Timo.

Enfin, il était seul. Presque seul, pensa-t-il en posant les yeux sur le mur qui le séparait de la chambre de Vev.

Après deux heures à taper sur le clavier, Timo avait mal aux poignets. Ils lui semblaient fragiles, et en même temps, il aimait sentir en eux – en lui – la douleur, parce qu'elle prouvait qu'il avait travaillé. L'une après l'autre, des pages étaient nées, le vide se remplissait. Le plus grand moment était celui où les personnages commençaient à prendre vie, où il connaissait leurs goûts, leurs espoirs, leurs blessures. Grisé, il se rejeta en arrière sur sa chaise, les mains croisées derrière la tête, et expira lentement à fond. Il avait peine à se retenir de sourire. C'était comme lorsqu'on a bien fait l'amour.

– Ça a l'air d'aller, on dirait.

Vev se tenait devant la fenêtre ouverte, le haut de son corps se découpant sur ce grand carré avec le paysage en arrière-plan, comme dans le plus célèbre tableau de Léonard de Vinci. Une Mona Lisa en débardeur noir.

– Ça alors ! Je ne t'ai pas du tout entendue frapper.

– Je n'ai pas frappé.

– Ah…

– Comme tu ne faisais aucun bruit, j'ai cru que tu dormais.

– J'étais en train d'écrire.

– Tu te livrais à ton péché favori. D'où la bonne humeur.

Ils rirent tous deux.

– Je nous ai fait quelque chose à manger. Il est plus d'une heure, tu dois avoir faim. Que dirais-tu d'aller pique-niquer ? Je connais un joli endroit pour ça.

Sa voix était moderato cantabile.

– Les autres ne vont peut-être pas tarder à rentrer ?

– Non, ils en ont encore pour un bon moment. Après le phare, Philipp va les emmener à la maison Gerhart-Hauptmann[1]. Philipp est un obsédé de culture, en voyage, il faut qu'il visite les églises de tous les villages, qu'il fasse respectueusement le tour de chaque monument... Il croit donc que c'est pareil pour les autres. Bref, en ce moment, ils doivent être chez un prix Nobel du début du siècle dernier, il y a plus de cent ans.

– C'est loin.

– Très loin.

Il éteignit son ordinateur.

– Alors, pique-nique ? demanda Vev.

– Pique-nique.

L'endroit dont Vev avait parlé se situait dans la réserve ornithologique, à un demi-kilomètre environ de la Maison des brouillards. Il était défendu de pénétrer dans cette zone, comme le précisaient sur un ton mi-menaçant, mi-suppliant les panneaux de tôle peints en jaune accro-

---

1. Ancienne maison de l'écrivain Gerhart Hauptmann (1862-1946), transformée en musée.

chés le long de la clôture. Vev contourna l'interdiction en retroussant son pantalon jusqu'aux genoux pour passer dans l'eau, toujours suivie de Timo. Elle riait comme si elle prenait plaisir à faire un pied de nez à l'administration des parcs nationaux et aux hirondelles de rivage. Ils marchèrent encore quelque deux cents mètres avant d'atteindre une crique étroite, bordée de pins bizarrement tordus, où l'eau glougloutait entre les pierres et les arbres tombés.

– Je n'ai jamais amené personne ici, dit Vev.

– Même pas Philipp ?

– Surtout pas Philipp. Mis à part le fait qu'il a horreur de faire des choses défendues, j'ai besoin d'un endroit à moi. Même Clarissa n'y est jamais venue.

Oui, Vev pouvait se sentir la maîtresse de ce lieu minuscule, de ces quelques mètres carrés de sable face au léger clapotis de la mer, entourés d'herbe et adossés à la pente raide de la dune. D'une certaine manière, cette crique n'était plus un lieu public. Elle se l'était appropriée. Genoveva Bay.

– Déshabille-toi, dit-elle. On va se rafraîchir dans l'eau.

– Mais je... je n'ai rien apporté pour me baigner.

– Qui peut partir sur une île sans maillot de bain ?

– Un écrivain.

– Mon Dieu ! Tu as au moins un caleçon ?

– Oui, bien sûr...

– Alors, pas de problème.

Sous son tee-shirt et son pantalon, Vev était tout à fait renversante en maillot de bain. Elle s'habillait toujours en noir, ce qui n'avait rien de très original, mais lui allait parfaitement.

Ils s'éloignèrent un peu du rivage, et Timo éprouva le besoin de frimer en exhibant son meilleur crawl.

– Tu nages vraiment bien. Pour la vitesse, tu pourrais battre Philipp.

– Et m'en faire un ennemi ?

Elle rit.

– Oui, ça pourrait bien arriver. Philipp déteste que les choses ne se passent pas comme il l'a imaginé. Il est vrai que tu ne risques plus grand-chose, Timo. Il ne peut déjà plus te supporter.

– Ah bon ? À cause de Yasmin ?

– Il n'a pas besoin d'avoir une raison. Il ne t'a pas invité en souvenir du bon vieux temps, ni même parce qu'il t'aimait bien.

– Là, tu m'intéresses. Pourquoi, alors ?

Flottant au gré des vagues comme deux bouchons, ils se parlaient dans l'endroit le plus privé du monde, une solitude où chaque parole prononcée tombait au fond de la mer. Cette conversation ne pourrait ni continuer ni se renouveler à terre ; au besoin, ils feraient comme si elle n'avait jamais eu lieu. Sans s'être concertés, ils étaient d'accord là-dessus.

– Parce qu'il aime être en représentation, pour le dire poliment. Ceci est ma maison, ma femme, ma vie, poursuivit-elle en imitant la façon de parler de Philipp. J'ai tout conçu moi-même. En verre, bien entendu, afin que chacun puisse voir ma réussite. Que fais-tu dans la vie, déjà ? Ah oui, tu écris des livres. Ils se vendent bien ? Non ? Quel dommage ! Au fait, préfères-tu dormir dans la suite princière ou dans la chambre Louis XVI ? Ne fais pas comme si ça ne te faisait pas gerber, conclut Vev en reprenant sa voix normale.

– C'est vrai que ça m'a un peu gêné.

– Ça t'a fait gerber, je te dis.

– Pourquoi me parles-tu de ça ?

– Tiens, qu'est-ce que tu as là ? demanda Vev, changeant de sujet.

Elle montrait un tatouage gris-bleu, une sorte de chaîne qui entourait le mince biceps de Timo, avec une inscription en caractères asiatiques dont il avait oublié la signification.

– Je me le suis fait faire juste après ma première expérience sexuelle. J'avais vingt ans.

– C'est vrai ? Tu as drôlement pris ton temps, selon les normes actuelles.

– Oui, j'ai toujours un peu de retard à l'allumage. J'ai besoin de temps.

– Pas pour grimper sur des cheminées. Alors comme ça, à l'époque, tu as fêté ton allumage sexuel par un tatouage ?

– Je sais, c'est idiot.

– En tout cas, il y a des idiots qui ne sont pas vilains du tout, dit-elle en lui tâtant le bras comme à l'étalage d'une boutique, s'approchant de lui pour cela jusqu'au point où leurs jambes qui battaient l'eau se touchèrent en se croisant. Ça me plaît.

Sur la plage, elle lui lança une serviette et, pendant qu'ils se séchaient, Timo devina son regard sur son dos. Il se sentait un peu mal à l'aise, non à cause de ce regard en soi, mais parce qu'il ne pouvait pas compter sur son corps pour l'impressionner. Il était très mince, sinon franchement osseux, et avait gardé un côté juvénile, comme si la nature l'avait fait grandir malgré lui. De plus, il était gêné de son caleçon. Un caleçon en coton n'est pas un maillot de bain, une fois mouillé, il colle au corps, et Timo n'était pas sûr non plus de pouvoir se vanter de ce qu'il y cachait.

Ils s'allongèrent sur les serviettes humides posées sur le sable et se chauffèrent quelques minutes au soleil, dont l'après-midi de septembre atténuait la violence. La lumière était blanche sous le voile nuageux.

Puis Vev sortit de son sac des serviettes, des boulettes de viande, deux verres, une bouteille d'eau et… du whisky.

– Je te préviens, je n'ai rien emporté de bon pour la santé, déclara-t-elle. Ni salade ni pommes ni jus d'orange. Philipp n'aime que les choses saines, du muesli aux fruits rouges et du pain intégral jusqu'à la bicyclette, en passant par les exercices pour la mémoire et autres joyeusetés. Mais moi, je ne supporte ça que jusqu'à un certain point. Des boulettes et du whisky, c'est juste ce qu'il nous faut maintenant.

Ils se servirent copieusement des deux, Timo coupant tout de même son whisky de pas mal d'eau, afin qu'il lui monte à la tête moins vite qu'à elle. Ils devenaient plus loquaces à chaque verre. Chez Timo, l'alcool dénouait bien des nœuds.

– Comment as-tu rencontré Philipp ? demanda-t-il.

– Ce que tu veux vraiment savoir, c'est pourquoi j'ai rencontré Philipp, et pas un autre.

Comme il était trop stupéfait pour réagir, elle poursuivit :

– Bon, je vais te répondre quand même. Avant, j'étais traductrice, et j'ai eu à faire je ne sais plus quel boulot commandé par Philipp. J'avais quarante ans, je voulais enfin avoir un enfant, et je l'ai eu, Dieu merci. Philipp voulait une femme qui s'occupe de l'enfant, une maison, et habiter à Hiddensee coûte que coûte – *et voilà*[1], c'est arrivé. Mais il ne lui fallait pas n'importe quelle maison, tu comprends ? Philipp avait de grands projets. Il voudrait devenir le Karl Lagerfeld de l'archi-

1. En français dans le texte.

tecture, avoir sa cour. Il est ambitieux, et moi, j'aime les hommes ambitieux. À part ça, c'est un bon père, et comme homme, il a toujours été correct…

Bien qu'elle l'ait retenu au dernier moment, on devinait qu'il y avait un « mais ». Une ombre de tristesse passa sur son visage.

– Je ne sais pas encore ce que je ferai quand Clarissa aura atteint la puberté, dit-elle plus tard. À cet âge, on idolâtre les pop-stars qui passent sur MTV et les beaux garçons qui leur ressemblent dans la cour de récréation. Je deviendrai alors plus ou moins inutile, je serai la Krystle Carrington de Hiddensee. Je le suis déjà un peu. J'inviterai à dîner les Möller et les Müller, les Schneider et les Schreiner, et je serai invitée chez eux. Je prendrai le thé assise entre deux épouses d'architectes au visage aussi lisse et coloré qu'une tranche de mimolette, qui feuilletteront *Vogue* et *Elle* de leurs mains manucurées. Ce sera comme dans *Sex and the City*, mais sans sexe ni City. Puis, un après-midi, je repenserai à un joli voyou d'écrivain avec qui j'étais allongée sur la plage, à parler de la vie. Je ne sais pas… Ça ne t'arrive jamais d'avoir l'impression de t'être trompé de vie ? D'avoir loupé une bifurcation quelque part, malheureusement sans savoir où ? D'être seulement en train de jouer un rôle ? Ce qui me fait le plus peur, c'est que mon rôle puisse un jour devenir la réalité.

Elle remplit son verre.

– Oh, tant pis. Oublie ce que je viens de dire.

Elle but une longue gorgée, et, lorsqu'elle se tourna de nouveau vers Timo, sa voix avait complètement changé.

– Alors, qu'est-ce que tu penses de tout ça ? J'imagine ce qui peut te passer par la tête en ce moment : la femme qui s'ennuie, la crise de la quarantaine, le jeune héros, une petite crique en septembre… Tu crois que j'ai envie d'un garçon mince et lumineux. Tu me vois un peu comme la courtisane de la Baltique, qui t'aurait amené sur cette plage pour te séduire. Baiser en site protégé. C'est ce que tu crois, hein ?

— Oui, dit-il, stupéfait de sa propre audace. Oui, c'est vraiment ce que je crois, sauf que tu n'es pas la courtisane de la Baltique. Pour moi, tu es plutôt la... la Vénus de la Baltique.

Elle versa dans le sable le liquide doré de son verre.

— Vénus, tu veux rire ! D'ailleurs, qu'est-ce que je fiche ici ? Pourquoi je te parle, justement à toi ? Je ne te connais pas du tout. Je ne peux pas rester ici plus longtemps, je me suis rendue suffisamment ridicule.

— Non, absolument pas.

Elle se leva malgré tout et rassembla en hâte ses affaires.

— Ne pars pas, supplia-t-il. J'aimais bien cette conversation.

— Cette conversation me fait penser à une scène d'un film dont j'ai oublié le titre. Nous sommes face à la mer, je suis Deborah Kerr, et toi Charlton Heston, non, Burt Lancaster.

— *Tant qu'il y aura des hommes*, se souvint Timo en la prenant par les épaules.

— Oui, *Tant qu'il y aura des hommes*. Lâche-moi, Timo. Je ne peux pas... Il faut que je m'en aille.

Avec force et douceur, il l'attira contre lui. Maintenant, ils étaient à genoux sur le sable, face à face, corps contre corps, et il embrassa sa bouche qui avait un goût de mer et de larmes. Tour à tour un goût de whisky, puis de mer et de larmes.

— Que voulais-tu me montrer avec ce baiser ? demanda-t-elle en scrutant son visage. Ta sympathie ? Était-ce un baiser de condoléances ?

– Je suis désolé si je t'ai donné cette impression. Je pensais… Je ne suis pas très bon pour ces choses-là. Très honnêtement, sans un clavier devant moi, je suis totalement incapable d'exprimer des sentiments tendres.

– Si c'est le cas, tu as une merveilleuse façon d'être incapable, dit Vev en posant la main sur lui.

Elle toucha son visage, sa poitrine, ses hanches, et enfin son sexe.

Leurs doigts s'enlacèrent, et Timo la renversa sur le sable. Ils s'embrassèrent, ôtèrent leurs maillots, avec des gestes au ralenti.

Timo sentait le soleil sur son dos. Les mouvements de Vev répondaient exactement aux siens. Ils restèrent silencieux, poussant des cris muets. Aucun son, aucun mot ne sortit de leurs gorges quand le plaisir vint.

– Avec Philipp, nous nous étions juré fidélité.

– Mouais… fit Timo, haussant les épaules évasivement.

– Tu te sens un peu plus grand maintenant, non ?

– Un tout petit peu, je l'admets.

Ils rirent, encore enivrés de la passion avec laquelle ils s'étaient aimés, de même qu'on ne revient pas à la réalité sitôt bue la dernière gorgée d'alcool.

Debout sur la petite plage de Vev, Genoveva Bay, ils regardaient la mer. De petites vagues venaient mourir à leurs pieds, emportant à chaque fois un peu de sable. C'était une sensation agréable et troublante, l'impression de perdre pied peu à peu tout au bord d'une masse infinie et puissante, de s'abandonner, de ne plus pouvoir se passer de ce picotement, de le désirer encore…

– Tu ne diras rien à Philipp, je suppose ? demanda-t-elle. Ce n'est pas ton genre.

– Tu as donc l'intention de lui dire ?

Elle ne répondit pas. Au-dessus d'eux, le ciel s'était refermé. Une sinistre couverture nuageuse ternissait les bleus et les verts.

– Tu es une drôle de femme, dit Timo.

– Alors, je serais bien dans un de tes romans. Une folle et une buveuse, ajouta-t-elle en souriant. Viens, rentrons à la maison. Les autres ne vont pas tarder.

Timo se demanda ce qui allait se passer maintenant avec Vev. Était-ce une simple aventure d'un après-midi, ou plus que cela ? Les pensées tournoyaient dans sa tête, allant de *Dirty Dancing* au *Lac des cygnes* en passant par la valse, la lambada et la *Marche funèbre* – quelques notes seulement de chaque air, puis cela repartait du début. Qu'était-il pour Vev ? Et elle pour lui ? Cet alphabet qu'il épelait en silence était-il celui des tourments de l'amour ?

Sur la mer, deux garçons qui pouvaient avoir treize ans faisaient les fous sur un bateau pneumatique, et Timo s'avisa qu'il avait leur âge quand Vev avait commencé à enseigner. Il n'était jamais tombé amoureux d'une de ses profs, même les plus jolies. Et aujourd'hui, il aimait une femme qui aurait pu être sa prof de français à l'époque. Quel curieux hasard, songea-t-il, que, dans cette langue à laquelle Vev recourait si volontiers, le même mot désigne une enseignante et une amante : *maîtresse*.

Il avait une maîtresse.

Ils quittaient tout juste la réserve ornithologique quand Timo aperçut au loin Leonie venant à leur rencontre.

– Tu vois, dit-il à Vev. On nous a trouvés.

Elle eut un petit rire méprisant.

– Leonie te trouverait même si on t'envoyait en orbite autour de Jupiter.

Timo la regarda avec étonnement.

– Que veux-tu dire ?

Mais, après avoir prononcé ces paroles mystérieuses, Vev accéléra l'allure et dépassa Leonie sans lui accorder la moindre attention. Timo et Leonie la suivirent à quelque distance. Avant de rentrer, Vev avait enfilé une robe de plage qui flottait maintenant au vent comme un voile de fée, et, plein de fierté et de désir, Timo pensa : Cette femme te voulait, Timo, et tu l'as eue. Il croyait sentir sur ses lèvres le goût de la mer, les larmes, le whisky, l'ivresse…

À côté de lui, Leonie bavardait gaiement et lui posait des questions auxquelles il répondait distraitement. Par bonheur, elle ne lui demanda pas s'il avait intercédé en sa faveur auprès de Vev. Il aurait menti à Leonie, bien sûr, sans quoi il aurait dû lui dire que l'excitation sexuelle lui avait fait complètement oublier son problème. Mais certaines vérités ne regardent personne, pas même ceux qu'elles lèsent.

Leonie était d'assez bonne humeur, ses inquiétudes du matin semblaient s'être apaisées.

– L'excursion était vraiment bien, résuma-t-elle avant d'apporter aussitôt quelques restrictions. Enfin, le phare ressemble juste à un phare, ce n'est pas le Colisée. Au restaurant de poisson, Clarissa m'a tellement accaparée que j'ai laissé refroidir mon assiette. Yasmin n'a pratiquement parlé qu'avec Yim pendant des heures, tout y est passé : bouddhisme, pouvoir de guérison des pierres, Lénine et le communisme, l'anarchisme, la flûte de Pan, Hildegard von Bingen… Ça partait dans tous les sens, comme dans son cerveau. Et Philipp a joué les Baedeker ambulants. Il m'a farci la tête d'informations sur Hiddensee, comme si j'avais manifesté l'intention d'acheter l'île.

– Tu devrais être contente qu'il te parle. Ce matin, tu craignais surtout que plus personne ne veuille avoir affaire à toi.

– Oui, mais cette façon qu'il a de te faire comprendre qu'il sait tout mieux que toi… Je t'assure, c'est lui qui s'est le plus amusé de nous tous, alors qu'il a déjà dû raconter tout ça une bonne centaine de fois.

Timo trouvait réconfortante l'idée que Philipp ait pu s'amuser, comme si cela diminuait sa propre faute.

– Et toi, comment s'est passée ta journée ? Ton roman a avancé ? Vous êtes allés à la plage, Vev et toi ?

Vev venait de passer derrière la dune, et c'est alors qu'ils entendirent un cri terrible, comme sorti d'un film d'horreur, suivi d'un cri de détresse à demi étouffé. Timo échangea un regard avec Leonie.

– C'était Vev, non ?

– Je crois aussi.

Il s'élança aussitôt. La dune était basse, et il prit au plus court en montant tout droit à travers la maigre végétation. La Maison des brouillards n'était qu'à une centaine de mètres de là.

Tout d'abord, il ne vit que Vev. Le dos tourné, elle regardait fixement une chose noire à terre, sous un poirier. Son panier lui glissa des mains, puis la serviette de plage qu'elle tenait sous le bras. Timo s'approcha et reconnut l'un des chats.

– C'est Morrison, dit Vev. Oh, mon Dieu, qu'est-ce qui a pu lui arriver ?

Le chat était étendu de tout son long, les yeux ouverts, la langue à demi sortie.

Comme Vev ne bougeait pas, Timo s'approcha de l'animal avec précaution et s'agenouilla pour le toucher. Malgré les nuages qui cachaient le soleil, sa fourrure était encore chaude, sa tête et son cou poisseux d'un liquide tiède. Il avait le côté gauche du crâne défoncé.

– Il vit toujours ? demanda Vev d'une voix tremblante.

Les yeux de Morrison avaient ce regard vitreux qu'on n'attribue généralement qu'aux humains. Timo secoua la tête.

– Non, mais il ne peut pas être mort depuis longtemps, il est encore chaud.

Les derniers mots avaient failli lui rester dans la gorge. Cette pauvre créature sous sa main, les larmes qui coulaient sur les joues de Vev et tombaient goutte à goutte sur le sable près de Morrison, tout cela l'attristait autant que s'il avait perdu un vieux compagnon.

– Qu'est-ce qui a bien pu se passer ? fit derrière eux la voix de Leonie.

Ils avaient presque oublié sa présence.

– Il est tombé de l'arbre ? demanda-t-elle en se rapprochant. Ou c'est un chien qui l'a attaqué ? Pauvre bête !

Elle s'arrêta près de Vev et ajouta sans la regarder :

– Ce doit être terrible pour toi.

– As-tu vu quelque chose ? lui demanda Timo, car elle était forcément dans les parages quand le malheur s'était produit.

– Eh bien, j'ai entendu des cris bizarres, mais j'ai pensé que c'était une mouette, en tout cas, ça y ressemblait. Ah oui, j'ai aussi vu un drôle de type, très petit, qui portait un pantalon de bateau et cachait ses mains dans ses poches. Il est passé à côté de moi en baissant la tête, sans dire bonjour. Il avait l'air d'un étranger…

– Je n'ai pas l'impression que Morrison soit tombé de l'arbre ni qu'il ait été mordu par un chien, dit Timo. Je ne suis pas spécialiste, mais je ne vois aucune trace de morsure. Et un chat qui tombe d'un arbre atterrit généralement sur ses pattes. De plus, comment aurait-il pu se fracasser le crâne en tombant sur le sable ? Le poirier n'est pas si haut que ça. Je…

— Il faut l'enterrer, coupa Vev. Ici, tout de suite, avant que Clarissa ait pu le voir dans cet état.

Trop tard. Au moment où Timo, sur les indications de Vev, allait chercher une pelle dans l'appentis, Clarissa sortit de la maison et découvrit le chat mort. Elle se mit à pousser des sanglots déchirants. Leonie essaya de la calmer, la gardant longtemps serrée dans ses bras comme si c'était son propre enfant, posant sans cesse de petits baisers sur sa tête et lui récitant tout le répertoire des paroles consolatrices : Morrison est au ciel maintenant, il a eu une belle vie, il aurait voulu que… il n'aurait pas aimé que… nous ne l'oublierons jamais, nous allons faire un dessin pour lui…

Pendant que Timo creusait la tombe, Vev réunit quelques-uns des objets favoris de Morrison : une balle de tennis, une souris en peluche au bout d'un fil, des miettes de sa nourriture préférée… Elle les déposa autour du chat mort, comme dans le tombeau d'un pharaon.

— Maman, il faudra lui mettre une croix, demanda Clarissa. Avec une photo dessus.

Vev hocha tristement la tête. Timo la prit par les épaules et se rapprocha d'elle. Il aurait tant voulu pouvoir la couvrir de baisers, prendre sur lui la moitié de son chagrin et le remplacer par sa tendresse !

13

Tournant le dos à la tombe, je me trouvai face à une vieille femme qui devait avoir dans les quatre-vingts ans. De chaque côté de son visage, des mèches de cheveux gris-blanc encadraient des pommettes nettement saillantes, et les années avaient tissé autour de sa bouche un réseau de fines rides qui lui donnaient l'air d'avoir été cousue.

– Bonjour !

– Bonjour.

Par-dessus une robe démodée, elle portait une blouse tablier sur laquelle on voyait encore les traces d'une récente tarte aux quetsches. Dans l'ensemble, elle me rappelait beaucoup la veuve Bolte de *Max et Moritz*.

– J'habite juste là, vous savez. La maison derrière les arbres. Quand je vous ai vue rôder du côté de la Maison des brouillards, je me suis dit qu'il fallait que je vienne voir ce que vous faisiez ici. On n'est jamais trop prudent de nos jours.

– Vous avez bien raison.

Je lui tendis la main et me présentai. Cette femme ne me paraissait pas spécialement soupçonneuse, c'était plutôt une personne seule qui avait envie de parler. Je l'imaginai aussitôt assise devant la fenêtre de sa cuisine pendant qu'un gâteau cuisait dans le four, et se jetant, telle une araignée, sur tout ce qui se prenait dans le filet de son champ de vision.

– C'est un chat qui est enterré là, m'expliqua-t-elle sans que j'aie posé la question. On ne le distingue plus sur la photo, mais c'était un chat noir. Il a été assassiné.

– Assassiné ?

– Oui, on lui a brisé le crâne. C'est Mme Nachtmann elle-même qui me l'a dit le lendemain. Je voulais savoir qui étaient les drôles de gens que j'avais vus chez elle, et c'est là qu'elle m'a parlé du meurtre du chat. Et vous savez ce qu'elle a dit d'autre ? Qu'elle croyait que c'était la folle qui avait fait ça. Enfin, elle n'a pas exactement dit ça, mais que ce devait être une de leurs invitées. J'ai demandé : « Pourquoi ? Pourquoi un invité ferait-il une chose pareille ? » Et elle m'a répondu : « Pour se venger. » Deux jours plus tard, cette Leonie je ne sais quoi leur a tiré dessus. Vous êtes au courant ?

– Oui.

– Je dois reconnaître humblement que je n'ai tout d'abord pas cru Mme Nachtmann. Il faut quand même une bonne dose de cruauté pour attraper un chat par les pattes de derrière et le fracasser contre un arbre, tout ça parce qu'on a un compte à régler avec quelqu'un. Il faut déjà être bien malade dans sa tête, et des gens comme ça, il n'y en a pas autant que du fumier dans une étable, si vous me passez l'expression. Non, au début, j'ai soupçonné quelqu'un d'autre.

– Qui donc ?

– Vous avez entendu parler des Nan ?

– Oui, je loge chez eux en ce moment, je suis plus ou moins leur pensionnaire. Je connais un peu le fils, mais le vieux M. Nan seulement depuis aujourd'hui.

– S'il vous plaît, ne leur répétez pas ce que je vais vous dire.

– Promis.

– À l'époque, j'ai cru que c'était sa femme.

– Nian Nan ? m'écriai-je, surprise.

– Oui, c'est bien comme ça qu'elle s'appelait. Je n'arrive pas à retenir leurs noms bizarres. En tout cas, elle était au moins aussi folle que cette Leonie Machin, dans son genre. Elle s'enfermait souvent dans son hangar. Personne n'avait le droit d'y entrer, son mari non plus, même pas son fils. Une fois, je suis venue lui demander quelque chose pendant qu'elle était là-dedans. J'ai frappé à la porte, je suis entrée, et elle s'est précipitée comme une folle pour me pousser dehors. En m'insultant dans son charabia asiatique. Elle m'insultait, ça, j'en suis sûre. Et pourtant, elle connaissait l'allemand. Je ne suis pas restée assez longtemps pour voir de quoi il retournait, parce qu'il y avait des cloisons en bois partout, vous savez, comme pour faire un labyrinthe. Ça servait sûrement à cacher le plus important, et effectivement, on ne voyait rien. Mais l'odeur, ça, je l'ai bien sentie – des produits chimiques en veux-tu en voilà, que j'en étais encore tout étourdie dix minutes après ! Et elle, elle y passait des heures chaque jour, même le dimanche ! Alors, vous savez ce qu'elle faisait là-dedans ?

– Non, quoi ?

– Elle tuait des animaux !

– Pardon ?

– Oui, parfaitement. Ici, sur l'île, il y avait tout le temps des chats et des petits chiens qui disparaissaient. Elle les attrapait, puis elle les tuait et les faisait dissoudre dans un bain chimique.

Je n'avais jamais entendu de telles sornettes, mais je restai aimable et continuai d'écouter, car je pouvais encore avoir besoin de cette voisine bavarde comme source d'information.

– Pourquoi Mme Nan aurait-elle fait une chose pareille ?

– Eh bien, les Asiatiques mangent des chiens et des chats, tout le monde sait ça. Et il fallait bien qu'elle se débarrasse des os. Si elle les avait enterrés, on l'aurait vue. Donc, elle utilisait des produits chimiques.

– Et quel rôle M. Nan jouait-il dans cette affaire ?

– Aucun, je pense. Vous avez vu son jardin ? Il faut être un brave homme pour créer de ses propres mains un jardin comme celui-là. D'accord, il est un peu bizarre. Mais qui ne le deviendrait pas avec une femme pareille ? Elle rôdait constamment dans l'île à des heures impossibles. Elle m'inquiétait. Je vous le dis, ce n'était pas une bonne personne.

Malgré ma consternation, je fis un effort sur moi-même pour prendre en considération ce que je venais d'entendre.

– Si Mme Nan capturait des chiens et des chats et les abattait dans son hangar, comment se fait-il qu'on n'ait entendu ni aboiements ni miaulements ? demandai-je.

Je n'eus pas l'impression que mon objection tracassait outre mesure la veuve Bolte, mais j'étais convaincue qu'elle trouverait une explication satisfaisante d'ici quelques jours, quitte à prétendre que les animaux étaient chloroformés et maintenus inconscients jusqu'à ce que leur dernière heure ait sonné.

En attendant, elle préféra reprendre son récit sous un autre angle :

– En tout cas, Mme Nan n'est probablement pas responsable de la mort du pauvre matou. C'était plutôt cette Leonie… Son nom de famille ne me revient pas.

– Korn. Avez-vous eu affaire à elle ?

– À elle, non, Dieu merci. Seulement à la jeune femme aux cheveux de toutes les couleurs. Une personne épouvantable, sans aucun respect. Sans aucun respect ! J'aime bien le jeune Nan, il a toujours été gentil avec moi, mais pour ce qui est des femmes, il a un goût déplorable.

Je me sentis offensée, même si je n'étais pas concernée. Yim n'était rien pour moi, et, jusqu'ici, ses tentatives d'approche s'étaient limitées à des chocolats et à un repas cambodgien. Mais cette remarque de la veuve Bolte me déplaisait.

– Voulez-vous dire que Yim et Yasmin Germinal étaient… ensemble ?

– Oh, qu'est-ce que j'en sais ? admit-elle dans un accès de lucidité tardif et assurément peu fréquent. Je ne comprends plus rien aux jeunes d'aujourd'hui – encore moins ceux qui ont ce genre de cheveux. Si vous voulez mon avis, c'était une dévergondée. Elle faisait les yeux doux à Yim, et ils se promenaient ensemble le soir, je les ai vus. Notez qu'il avait bien droit à une nouvelle femme, après la mort de son amie dans ce malheureux accident. Elle s'est noyée ici, devant l'île, en tombant de son bateau. Elle a voulu à toute force sortir par gros temps, jouer les héroïnes. Mais la remplacer par une comme celle-là, avec ses cheveux bariolés… il n'a quand même pas besoin de ça, avec son physique. À condition qu'on aime les étrangers, évidemment. Au fait, vous n'êtes pas sa petite amie, je suppose ?

– Non.

– Pourquoi parlions-nous de ça ? Ah oui, à propos de l'autre insolente avec ses cheveux de toutes les couleurs. Elle a fumé du hasch sur mon terrain ! De la drogue, presque sous la fenêtre de ma cuisine ! Elle était juste là, sous l'arbre, à regarder fixement l'appentis. Ce n'est pas souvent que je fais respecter les limites de ma propriété, mais là, je l'ai chassée en menaçant d'appeler la police.

– Quand cela s'est-il passé ?

– Le matin du fameux jour. Bon, il faut que j'aille voir ma cuisine. Ravie d'avoir fait votre connaissance.

L'envie me démangeait de questionner Yim au sujet de Yasmin, mais je m'abstins ce soir-là, afin de ne pas gâcher la bonne ambiance. Dans le petit restaurant de poisson, nous parlions de tout sauf de l'affaire et échangions des anecdotes. Yim se montrait un conteur plein d'humour. Par exemple, il s'amusa à parodier des acteurs, avec entre autres une imitation de Sky du Mont[1] à pleurer de rire. Plus tard, il passa en revue les incidents les plus drôles auxquels il avait assisté dans son restaurant.

Les autres convives nous jetaient des coups d'œil, certains parce que nos rires les dérangeaient, d'autres parce qu'ils nous enviaient, n'ayant rien à se dire. Mais Yim n'avait pas l'intention de s'arrêter en si bon chemin. Au contraire, le rôle d'amuseur semblait lui plaire, et je me surpris tout à coup à me sentir fière de mon compagnon de table.

Ce n'est qu'à notre retour, sur les cinq cents mètres qui nous séparaient de la maison – il faisait nuit noire maintenant, et, en l'absence de réverbères, on voyait beaucoup plus d'étoiles qu'à Berlin –, qu'il devint brusquement silencieux.

Oh, oh, me dis-je. Soit il prépare une nouvelle tentative d'approche, soit…

---

1. Acteur allemand né en 1947, qui a joué de nombreux seconds rôles dans des films allemands et américains et des séries télévisées (*Tatort, Inspecteur Derrick*…).

Ce fut l'autre chose. Il me tendit la clé de la Maison des brouillards et dit sans me regarder :

– Tu devras y aller seule. Même avec la meilleure volonté du monde, je ne peux pas t'accompagner.

Le lendemain matin, après un petit déjeuner solitaire, je me rendis à la Maison des brouillards. Yim m'avait laissé sur la table de la cuisine une note disant qu'il allait faire un jogging, et, par chance, M. Nan était déjà dans son jardin, sarclant à quatre pattes les mauvaises herbes autour des massifs, avec le même acharnement que si sa vie en dépendait. Son pantalon était de nouveau descendu, laissant voir un bout de ses fesses. Cela aurait pu être parfaitement ridicule, mais je ne parvenais à rire de rien de ce qui le touchait.

Quand je quittai la maison, il était occupé derrière de magnifiques bambous, si bien que je pus franchir le portail de la maison sans lui parler. Je me demandai s'il me suivait du regard, lui ou la veuve Bolte d'à côté. Préférant ne pas le savoir, je poursuivis mon chemin sans me retourner.

La Maison des brouillards faisait honneur à son surnom. À cette heure matinale, il est vrai, un léger voile d'humidité montait du sol sur toute l'île, mais il était bien plus épais dans la direction où j'allais. Des lambeaux de brume venus de la réserve ornithologique s'arrêtaient contre la maison et s'y empilaient en couches successives, l'enveloppant peu à peu d'un manteau de grisaille. Dès le petit bois de bouleaux, on se sentait dans un lieu de désolation, mais devant le palais de verre, juste après la tombe du chat, l'impression devenait si prégnante que j'éprouvai le besoin urgent d'une présence humaine. Le brouillard se reflétait si parfaitement sur les façades de verre qu'il semblait se confondre avec la maison, toute frontière entre les éléments solide et gazeux abolie. À quelques mètres de l'entrée, il me vint l'idée étrange que la maison se changerait un jour en brouillard et ne reprendrait plus jamais sa forme première. Elle disparaîtrait complètement, comme dans *La Chute de la maison Usher* d'Edgar Allan Poe, et avec elle tous ceux qui y avaient jamais vécu.

À peine avais-je chassé ce fantasme dû à l'angoisse que je vis la première morte.

À demi effacées, mais encore très reconnaissables, les marques à la craie dessinaient sur le sol les contours des membres inférieurs d'un corps humain. Je savais par le communiqué du procureur qu'il s'agissait de Mme Nan. C'est là, à l'entrée de la maison, qu'elle avait été abattue. Ses jambes étaient repliées comme si elle s'était recroquevillée sur elle-même dans un dernier réflexe de protection, ou comme si, à cet instant suprême, elle était revenue au tout début de sa vie.

Mon cœur battait déjà la chamade, alors que le pire était encore à venir. Je tournai la clé dans la serrure, poussai lentement la porte, et découvris le torse, les membres supérieurs et la tête de la victime. Ici, les marques étaient aussi nettes que si on venait de les tracer. Je m'immobilisai sur le seuil, la main sur la bouche, incapable de faire un pas. J'assistais à l'instant d'une mort.

Mme Nan avait placé son bras gauche sur ses yeux, dans un geste à la fois de terreur et de dignité. Durant bien des siècles – et aujourd'hui encore dans certaines cultures –, il a été d'usage que les mourants se voilent la face. On a ainsi retrouvé à Pompéi de nombreux cadavres de gens qui, saisis d'horreur à l'instant d'être ensevelis, s'étaient souvenus de l'ancienne dignité romaine. Quant au bras droit de Mme Nan, il était étendu, les doigts écartés, dans une dernière tentative de défense.

Cette vision était pire que tout ce que j'avais pu imaginer. Je n'avais absolument pas envisagé que les marques puissent être encore présentes. Et ces gestes terribles… Répugnant à enjamber le dessin comme un simple graffiti, je cherchai un moyen de le contourner.

Comment M. Nan s'y prenait-il ? me demandai-je soudain. Comment pouvait-il piétiner le corps de son épouse ? Il le faisait nécessairement, car, ainsi que je le constatai très vite, il était impossible, même en se contorsionnant, d'entrer dans la maison sans poser le pied à l'intérieur du dessin. Je pus finalement m'y résoudre, parce que je n'avais pas connu Mme Nan, mais je comprenais mieux Yim à présent. Pas étonnant qu'il ait dû déclarer forfait. J'aurais bien aimé savoir ce que ressentait le veuf lorsqu'il passait sur ces marques à la craie, avec son corps gauche et ses courtes jambes.

Une fois dans le couloir, mon angoisse ne fit qu'augmenter. Plusieurs vestes légères étaient encore accrochées au vestiaire, un sweat-shirt à capuche, un anorak rose de petite fille… Des chaussures d'enfant étaient alignées dessous, ainsi qu'une paire de bottes de cow-boy rouges, des bottillons, des chaussures basses d'homme, des escarpins, une vieille paire de tennis et des sandales noires. On aurait cru que les habitants s'étaient seulement absentés pour peu de temps. À la variété des tailles, je compris que certaines des chaussures étaient celles des invités du week-end, et je cédai à la tentation macabre de les classer dans ma tête. Les escarpins mauves de princesse avaient dû appartenir à Leonie, les bottes de cow-boy rustiques et décontractées, peut-être à Yasmin, les élégantes sandales à Vev, les tennis usées à Timo, les sages chaussures d'homme à Philipp.

Dans l'immense espace de vie, formé de grandes pièces en enfilade autour de la maison, un autre genre d'horreur m'attendait. Ici, on aurait dit que des cambrioleurs avaient été à l'œuvre. Des dizaines de feuilles de papier étaient éparpillées sur le plancher, certaines écrites, d'autres vierges, ainsi que des livres, des verres à vin et à whisky, des coussins, une nappe chiffonnée et tout un fatras d'objets. Il y avait un lampadaire renversé, une commode aux portes béantes, des tableaux de travers, un rideau blanc à demi arraché de son rail, comme si quelqu'un avait voulu s'y retenir en tombant. Je ne vis aucune marque à la craie, mais je savais que j'en trouverais ailleurs dans la maison.

Où qu'on se tournât dans cet espace central de près de quatre-vingts mètres carrés, on voyait la brume tourbillonner derrière les baies vitrées hautes de plusieurs mètres. Poussée par le vent marin qui venait de se lever, elle semblait porter la maison comme une forteresse des dieux.

J'ouvris la porte de la terrasse et fis un pas dans le jardin imparfaitement enclos par la haie d'églantiers. Depuis deux ans, personne n'avait pris la peine de ranger les meubles de jardin à l'abri des intempéries. Des animaux en bois mutilés gisaient sur l'un des fauteuils, des vaches Holstein décolorées, un cheval à trois jambes, et un peu plus loin, sur le sable, une cigogne sans tête. Des goélands criaient au-dessus de moi. Je frissonnai tout à coup et rentrai dans la maison.

Je m'attendais à chaque tournant à découvrir sur le sol le prochain dessin à la craie, et cela ne faisait qu'ajouter au sentiment d'oppression causé par le brouillard, la douleur et l'angoisse de ce lieu de cauchemar. Dans la cuisine, je fus accueillie par une odeur de moisissure. Le 5 septembre 2010, quelqu'un avait rempli le lave-vaisselle, mais on ne l'avait pas mis en marche. La cocotte en fonte abandonnée sur la cuisinière était tapissée d'un dépôt écœurant.

Dans une petite salle de bains d'appoint, une vitre complètement éclatée dont les morceaux gisaient sur le sol avait été sommairement remplacée par une feuille de plastique.

Avec un respect mêlé de crainte, je m'apprêtai à monter à l'étage supérieur. J'hésitai sur la première marche de l'escalier en spirale, me sentant soudain un peu claustrophobe, alors que cela ne m'arrivait jamais en temps normal. L'escalier n'était ni raide ni étroit, on pouvait aisément s'y croiser, mais, à l'exception de petites ouvertures, il était entièrement fermé par un mur qui lui donnait l'aspect d'un tube. Au bout de deux tours complets, je n'avais toujours pas atteint le premier étage. En revanche, je tombai sur le deuxième dessin à la craie, encore plus terrifiant que le premier.

Les marques s'étendaient sur plusieurs marches. Le corps apparaissait bizarrement découpé, étiré en longueur comme dans un miroir parabolique, parce qu'il est impossible, sur un escalier, de reporter une position autrement qu'en la projetant sur les surfaces tant horizontales que verticales. La forme sous mes yeux n'avait plus rien d'humain. J'eus peine à reconnaître les bras, les jambes, les épaules, la tête, et il me fallut un moment pour comprendre dans quelle posture le corps était tombé. Le déchiffrage de ce code fantomatique m'absorba tellement que je ne vis pas tout d'abord ce qui allait ensuite me frapper d'autant plus brutalement.

Sur la paroi de l'escalier en spirale, il y avait une grosse tache de sang, entourée de centaines d'autres plus petites, et qui n'étaient pas toutes rouges. Une partie du liquide avait coulé le long du mur.

Incapable d'en supporter davantage, je dévalai l'escalier et me précipitai dehors, trébuchant à l'endroit même où Mme Nan était tombée. Près d'un buisson, je vomis longuement une bile amère.

Je ne me redressai qu'au bout de plusieurs minutes. Le brouillard s'était un peu levé, et on commençait à distinguer de vagues contours, un arbre majestueux, deux maisons au loin, les ondulations des dunes, tout cela si paisible, si trompeur. C'était ce calme qui avait séduit Philipp Lothringer quand il avait voulu bâtir sa maison, ce paysage qu'il avait voulu faire entrer chez lui. Le dehors et le dedans devaient constamment se toucher, s'interpénétrer. Chaque jour, à chaque saison, le couple et son enfant pouvaient contempler ce que leur offrait le monde alentour, la mer, les herbes courbées par le vent, le petit bois de bouleaux, la lande, la serviabilité des habitants de Hiddensee. En contrepartie, la famille s'exposait sur un plateau. Lorsque les rideaux n'étaient pas tirés, chacun pouvait voir à l'intérieur de la maison comme dans un aquarium. Ce choix de Philipp témoignait d'une grande assurance : Regardez, disait-il, c'est moi, c'est ma femme, c'est mon enfant, ma maison, ma vie, je n'ai rien à cacher.

Mais quelque chose avait sérieusement déraillé, et personne n'avait vu venir la catastrophe, ni dedans ni dehors, malgré les parois de verre.

Je retournai dans cette maison qui était devenue pour moi une chambre de torture. Je n'avais pas encore tout vu, et il le fallait, si je voulais pouvoir en parler. Après avoir pris quelques photos, je montai donc jusqu'au premier étage. Je me trouvai face à un long couloir avec deux portes à gauche, trois à droite et une autre à l'extrémité. Deux d'entre elles étaient ouvertes, celle du fond et une porte latérale.

Je m'avançai lentement et jetai un coup d'œil par la première porte ouverte. C'est là que je découvris le troisième schéma. Tracé à la craie verte, ce qui me bouleversa. Le corps de Leonie, comme mort mais en réalité encore vivant, avait été découvert en position assise, tassé contre le mur. On n'avait donc pu en tracer les contours que sommairement, et en vert. Le sang avait éclaboussé les meubles en pin et la moquette bleu lavande.

Dispersés sur l'étage, des fanions numérotés indiquaient les endroits où s'étaient trouvées les pièces à conviction enlevées. Sur la table de nuit d'une chambre d'amis, près du lit en désordre, il restait un verre et une bouteille de jus d'orange entamée deux ans plus tôt. Juste à côté, un livre ouvert : celui de Timo Stadtmüller, *L'Ivrogne*, avec les pages centrales arrachées. Dans un coin de la pièce, un cahier de coloriages pour enfants, ouvert lui aussi. Sur la double page, quelques pingouins violets et verts étaient perchés sur un rocher qui attendait encore ses couleurs.

Enfin, pour la première fois, je touchai quelques objets, et ils me touchèrent. Mon sentiment d'horreur se doublait maintenant d'une profonde tristesse, celle que m'inspiraient parfois les caveaux funéraires.

Je découvris la troisième silhouette à la craie là où je l'attendais : dans la chambre au fond du couloir. Le corps était tombé au pied du lit, bras écartés et jambes fermées, pareil à un Christ en croix, dans une attitude de totale impuissance qui n'en était que plus poignante. Aucune trace de sang. Près de la tête, on avait trouvé des lunettes de lecture, signalées par le numéro 14.

Quatre coups de feu avaient été tirés cette nuit-là. Trois avaient tué sur-le-champ, le quatrième avait plongé Leonie dans le coma.

Les marques sur le sol, l'attitude des corps, le sang, le désordre dans le salon, la fenêtre brisée dans les toilettes, les lunettes, le cahier de coloriages… Je photographiai soigneusement toutes ces traces du drame, avec l'idée d'en faire un collage par la suite.

Je me réjouissais presque de tout ce travail qui m'attendait. Malgré son côté sinistre et effrayant, ce projet m'attirait de plus en plus, et depuis plus longtemps que je n'en étais consciente.

Tel un coup de tonnerre sorti de l'enfer, une musique assourdissante vint me surprendre en pleine résolution. Les accents de la *Symphonie pastorale* de Beethoven montèrent soudain du rez-de-chaussée, avec une force et une intensité qui m'ébranlèrent au sens le plus littéral du mot. Ma première pensée fut : Qui peut faire cela ? La deuxième : Je ne suis pas seule dans cette maison. Il y a quelqu'un en bas, quelqu'un qui m'attend.

On ne peut pas dire que je me précipitai pour voir qui était là. Je descendis l'escalier marche après marche comme une aveugle, évitant les marques à la craie. Je posai la main par mégarde sur la tache rouge du mur et la retirai en hâte. Ma gorge s'était subitement desséchée. Mes sens, déjà exacerbés par l'atmosphère pesante de la maison de l'horreur, devenaient d'une sensibilité inquiétante, et je croyais même sentir l'odeur du sang séché.

La dernière marche franchie, j'entrai au ralenti dans le grand salon.

À trois pas de moi, les mains dans les poches de son pantalon de toile maculé de terre, M. Nan souriait, la tête légèrement penchée de côté.

14

Non loin de la Maison des brouillards, il y avait un if, un vieil arbre haut d'un mètre à peine. Le vent l'avait contraint à se développer au ras du sol, et un creux s'était formé dessous, une sorte de petite grotte idéale pour se cacher ou dissimuler un objet. Clarissa y avait déjà surpris deux garçons en train de fumer, qui l'avaient chassée avec des gestes agacés. Une autre fois, c'étaient deux filles très gaies qui s'embrassaient et buvaient tour à tour au goulot d'une bouteille. Dans l'imagination de Clarissa, la caverne de l'if était un lieu où il se passait des choses fascinantes, celui où Störtebeker[1] avait caché son trésor et Ali Baba les quarante voleurs.

Elle rampa jusqu'à la caverne. Il n'y sentait pas très bon, elle l'avait constaté lors de ses précédentes visites. De plus, ses parents lui avaient défendu d'y aller. Mais elle n'en aurait pas pour longtemps. Pleine d'espoir, elle plongea les mains dans la terre mêlée de sable.

Il fallait réparer son erreur. Elle n'aurait pas dû voler ce trésor dans le sac de tante Leonie. Le voler et l'enterrer. C'était sûrement pour ça que le bon Dieu était fâché

---

1. Célèbre pirate allemand du XIVe siècle.

et qu'il avait tué Morrison, pour la punir. Le pauvre Morrison, qui était son préféré.

Elle avait déjà creusé très profond, et elle ne trouvait pas le trésor. Peut-être s'était-elle trompée d'endroit ?

Elle reboucha le trou et creusa là où elle était assise auparavant. Sans résultat.

Qu'est-ce qui s'était passé ? Un trésor pareil ne disparaissait pas tout seul. Et elle n'en avait parlé qu'à une personne.

— Clarissa ? appela la voix de sa mère, de plus en plus proche. Clarissa, sors d'ici, s'il te plaît.

Elle obéit, bien sûr. Elle n'insistait jamais pour faire ce qui était défendu. Même au supermarché, Vev pouvait passer avec elle devant le rayon des confiseries sans qu'elles se disputent. Mais elle aimait jouer à des choses lues dans des livres, c'est cela qui la conduisait parfois à braver des interdictions.

— Je t'ai pourtant dit de ne pas sortir du terrain sans moi ni papa. Et il ne faut surtout pas aller sous cet if. Les chiens y font leurs besoins et des gens font pipi aussi.

— Je sais, mais la balle de tennis jaune est tombée dedans, la balle de papa.

— Cette balle est une coquine d'aller se cacher comme ça. Mais ça ne fait rien, mon trésor. Papa a tellement de balles qu'il ne sait plus combien il en a.

— Mais c'est celle où tante Leonie a dessiné un bisou.

— Tu veux dire un smiley, ma chérie.

Sans le vouloir, Clarissa avait dit quelque chose de très juste. Car Vev trouvait peu crédibles les tentatives de Leonie pour se faire bien voir d'elle dans l'espoir qu'elle lui pardonnerait d'avoir apporté, puis perdu le pistolet. La façon dont Leonie avait voulu la consoler de la mort de Morrison, pris son parti et celui de Yasmin, contre les scrupules de Philipp, pour qu'on organise un feu de camp sur la plage, bref, cherché à se concilier ses bonnes grâces, tout cela ne marchait pas avec Vev. Leonie était grillée auprès d'elle, et pas seulement à cause du pistolet.

Malgré tout, l'inquiétude de Clarissa pour une simple balle de tennis décorée lui parut un peu suspecte, aussi alla-t-elle vérifier si sa fille n'avait pas caché sous l'if quelque chose qu'elle n'aurait pas dû avoir en sa possession.

Mais elle ne trouva rien, ni balle de tennis ni pistolet. Elle prit Clarissa par la main.

– Dans une heure, nous ferons un feu sur la plage. Ce sera la première fois. Tu es contente ?

Clarissa hocha la tête sans grande conviction. Elle se rendait bien compte qu'elle devrait retourner sous l'if et chercher de nouveau. En creusant un peu plus profond, cette fois.

– Et la balle ? demanda-t-elle.

– Laissons tomber ce bisou, répondit Vev avec un dernier coup d'œil à l'if. Il fera sûrement plaisir à quelqu'un.

Philipp et Vev achevaient les préparatifs du pique-nique. Il y aurait trois sauces différentes pour les pommes de terre qu'on ferait cuire dans des papillotes d'aluminium, des saucisses, de la salade, de la bière, du vin, des jus de fruits, et en prime, selon Philipp, un bon savon assorti d'une amende de la part de la police de l'île. Yasmin avait qualifié le tout de « parfait menu militant », sur quoi Philipp avait détourné la tête en levant les yeux au ciel.

– Ce long week-end ne se passe pas comme je l'avais imaginé, confessa-t-il à sa femme quand ils furent seuls dans la cuisine.

– Ah oui ? commenta-t-elle laconiquement. Le tsatsiki est prêt ?

– Tu ne me prends pas au sérieux ?

– Veux-tu dire maintenant, ou en général ? Le moment est mal choisi pour chercher à te faire plaindre, Philipp. Je n'ai plus de papier d'alu, et il reste quatre pommes de terre à envelopper. Sans compter la mayonnaise qui ne prend pas. Alors, ce tsatsiki ?

– J'ai presque fini, dit Philipp en râpant le concombre dans le yaourt. Je voulais seulement que ce soit dit.

– Eh bien, tu l'as dit.

– Tu ne veux pas connaître mes raisons ?

– Vont-elles aider la mayonnaise à monter ?

– Décidément, tu ne me prends pas au sérieux. Mais, au cas où, deux de ces raisons te concernent.

– Bon, vas-y, je t'écoute, dit Vev en s'adossant au plan de travail, les bras croisés.

Tout heureux de pouvoir enfin se plaindre devant sa femme, Philipp commença :

– Premièrement, Leonie et son pistolet.

– D'accord. À quoi je répondrai que j'ai clairement fait comprendre à Leonie ce que nous en pensions, pendant que tu te contentais de l'emmener faire du vélo et de jouer les guides touristiques. Mais peu importe, continue.

– Deuxièmement : je ne m'entends pas du tout avec Yasmin. Elle me tape sur les nerfs avec sa voix rauque, ses cheveux ridicules, ses stupides fringues et tout son baratin ésotérico-anarcho-bouddhiste. Timo n'aurait pas dû l'amener. Troisièmement : Yasmin fume des joints.

– Et alors ? Tant qu'elle ne le fait pas dans la maison et qu'elle n'en propose pas à Clarissa, ça devrait t'être égal.

– Quatrièmement : Timo fait bande à part. Il n'est pas venu faire l'excursion avec nous. Si c'était pour écrire, il pouvait rester chez lui. Moi aussi, j'ai rangé mon bloc à dessin pour m'occuper de mes invités. Mais non, *monsieur* Stadtmüller joue les artistes, il a absolument besoin de son jardin secret.

– D'un autre côté, il participe au feu de camp, il était là au petit déjeuner, il nous a aidés à chercher le pistolet, et cet après-midi, il est venu pique-niquer avec moi.

– J'allais justement y venir. Cinquièmement...

– Penses-tu avoir achevé le décompte avant qu'ils soient tous repartis ?

– Cinquièmement, poursuivit Philipp sans se laisser démonter. Tu as entraîné *monsieur* Stadtmüller dans la réserve ornithologique. Notre commère de voisine me l'a raconté avec le plus grand plaisir en nous apportant des gâteaux.

– Entraîné ? À t'entendre, on croirait que je l'ai attrapé au lasso pour l'emmener de force.

– Tu sais très bien ce que je veux dire.

– C'était un pique-nique.

– Mais vous ne pouviez pas faire un pique-nique à deux. Que vont penser les gens ?

– Qu'ils auraient bien pique-niqué soit avec moi, soit avec Timo.

– Vev ! Je n'attache aucune importance à des bavardages oiseux, mais tout de même, sur une si petite île, on doit respecter un minimum les usages locaux. La réserve est taboue, et un pique-nique entre un homme et une femme qui ne sont pas mariés ensemble... Enfin, disons que ce n'est pas l'idéal.

– Tu n'es tout de même pas jaloux, par hasard ?

– De ce petit emmerdeur de Stadtmüller ? Sûrement pas. Mais je viens de te le dire, les gens d'ici...

– Y a-t-il un sixièmement ?

– Oui : Morrison. Tu l'as enterré, simplement, comme ça. Pourquoi ne m'as-tu pas attendu ? Je l'aurais porté à l'équarrissage.

– Super ! Et pendant ce temps, j'aurais expliqué à Clarissa que les os de Morrison allaient devenir du savon.

– La police municipale…

– Si tu prononces encore *une fois* le mot « police », je pique une crise. Ce sont juste trois gros types chauves qui ont un rapport quasi fétichiste avec le décamètre. Clarissa voulait un vrai enterrement, tu comprends ? Et moi aussi.

– Bon, bon, concéda Philipp d'une voix penaude. Mais j'aurais au moins dû être là. C'était mon chat aussi.

Vev se retourna vers les pommes de terre.

– Tu ne t'es jamais intéressé à lui, sauf pour lui interdire des choses et refuser de lui donner de ce que nous mangions à table.

– C'est comme ça que les chats deviennent obèses.

– Je voulais qu'il soit enterré par des gens qui l'aimaient.

– Comme Timo ?

Vev se débattait rageusement avec ce qui restait du rouleau d'alu. Elle ne parvenait pas à envelopper les deux dernières pommes de terre, mais ne renonçait pas.

– Tu ne peux pas dire ça. Timo a été très touché par la mort de Morrison. Devant le corps, je crois même qu'il a pleuré.

– Il a *quoi* ?

– Pleuré. C'est comme ça qu'on dit lorsqu'un liquide salé et transparent vous vient au coin des yeux et déborde sur vos joues. Ça irrite la peau et on a le visage qui gonfle. L'émotion qui déclenche ce phénomène s'appelle douleur, chagrin ou tristesse.

– S'il te plaît, ne me parle pas comme si tu expliquais le mot « pleurer » à un extraterrestre.

– Et toi, ne me parle pas comme si tu avais des raisons d'être jaloux de cet enterrement. Si tu veux pleurer Morrison, je t'en prie, la tombe est juste devant le petit bois de bouleaux. Tu ne peux pas la rater, il y a un tas de sable fraîchement remué. Vas-y si ça te chante. Mais je doute que tu réussisses à pleurer. La seule fois où je t'ai vu le faire, c'est quand tu t'étais tapé sur l'index avec un marteau.

– Arrête ça, Vev, dit Philipp, parlant non de la querelle, mais du verre de whisky que Vev venait de remplir au tiers. Quand tu as bu, tu es triste et fatiguée.

– Faux, répliqua-t-elle d'une voix calme, presque éteinte. C'est quand je suis triste et fatiguée que je bois. Juste pour ton information, aujourd'hui, j'ai moins bu que d'habitude. Y a-t-il un septièmement ?

Soudain, il perdit toute envie de se quereller. Il ne voulait même plus avoir le dernier mot. Il s'approcha de Vev et la prit dans ses bras.

– Je suis désolé, je… Je ne sais même pas ce que j'ai, j'ai invité des gens qui me déplaisent, je suis en colère contre moi-même, et dans ces cas-là, je deviens insupportable. Pardonne-moi.

Il lui releva doucement la tête, vit qu'elle avait les yeux humides.

– Mon Dieu, qu'est-ce que j'ai encore fait ?

– Qu'est-ce que tu as fait ?

– Un liquide salé et transparent vient au coin de tes yeux et risque de déborder sur tes joues. Ça va t'irriter la peau, ton visage va gonfler. L'émotion qui déclenche ce phénomène s'appelle peut-être… Oui, comment s'appelle-t-elle ? Qu'est-ce qui se passe, Vev ? Allons, dis-le-moi. C'est à cause de moi ? J'ai été tellement odieux ?

Elle réfléchit un instant avant de répondre :

– Oui. Mais moi aussi, j'ai été odieuse, ce n'est pas la question. Simplement, je suis… J'ai…

Elle cherchait ses mots, et il attendit, le cœur lourd, brûlant de savoir. Il aurait tant voulu revenir en arrière, que rien de tout cela ne soit arrivé, depuis le premier moment, celui où Timo l'avait contacté sur Facebook. Car alors, il en était sûr, Vev ne serait pas en train de pleurer devant lui. Et même Morrison – mais là, ce n'était qu'une impression confuse, qu'il ne pouvait expliquer –, Morrison serait encore en vie.

– Tu sais, dit-il à Vev, le problème n'est pas tant qu'on se dispute à cause d'un enterrement de chat, de la réserve ornithologique, des voisins, d'une jardinière d'enfants armée d'un Colt ou que sais-je encore…

– Sans oublier « monsieur Stadtmüller ».

– C'est plutôt la façon dont nous… dont je…

Là-dessus, Yasmin entra en coup de vent dans la cuisine.

– Dites, vous n'avez pas des escalopes de tofu, des beignets de légumes ou un truc de ce genre ? Parce que moi, les saucisses grillées, ça me fait partir en courant.

– Même faites maison ? demanda Philipp sans sourciller.

Il y eut un silence de quelques secondes pendant lequel personne ne bougea, puis Yasmin reprit :

– Désolée, je vous ai dérangés ?

– Tu n'emploies pas le bon temps, répondit Philipp. Tu devrais essayer le présent plutôt que le passé, si tu vois ce que je veux dire.

– Je vois parfaitement, répliqua Yasmin en se redressant. Je…

Vev s'avança vers elle et l'entraîna vers le réfrigérateur.

– J'ai du halloumi, ça te dirait ?

Mme Nan remarqua l'odeur de brûlé à l'instant où elle mit le pied hors de l'appentis. Avec une hâte inaccoutumée, elle courut jusqu'à la maison et regarda dans toutes les pièces, cherchant d'où venait la fumée. La maison était vieille, c'était d'ailleurs grâce à cela qu'ils ne l'avaient pas payée cher. Mme Nan pensait à un court-circuit dans le téléviseur ou un appareil ménager, mais l'incendie qu'elle finit par découvrir était d'une tout autre nature.

Dans l'évier, quelqu'un avait empilé une quantité de vieilles photos avant d'y mettre le feu. L'œuvre de destruction était achevée, les derniers morceaux s'en allaient en minces filets de fumée, noirs comme le chagrin, brûlants comme la colère.

Mme Nan ouvrit toutes les fenêtres. Elle attendit dehors plusieurs minutes au milieu des glaïeuls, regardant le passé s'enfuir par les ouvertures de la maison et se dissiper dans le ciel de Hiddensee, où les nuages s'amoncelaient peu à peu. Elle ne vit pas M. Nan, mais elle savait qu'il était là, quelque part, à l'observer.

De retour dans la cuisine, elle fouilla en tremblant parmi les cendres et en sortit un petit bout de papier. Le coin supérieur droit d'une photo représentant la maison de ses parents. On distinguait encore le faîte du toit de palmes, mais la petite construction et la famille qui posait devant elle avaient succombé au bûcher sacrificiel. Le peu que Mme Nan avait sauvé de sa jeunesse formait une masse carbonisée et puante.

Une seule photo s'en était sortie presque intacte, noircie seulement en quelques endroits. Mme Nan la tira de sous le tas de cendres. C'était celle de son mariage, un vieux cliché en noir et blanc datant d'une quarantaine d'années.

M. Nan et elle sont assis côte à côte sur deux immenses fauteuils décorés, raides comme un couple royal, mais souriants. Il y a des fleurs partout : dans leurs cheveux, autour de leur cou, sur leurs vêtements, sur ceux des invités qui, autour d'eux, font des signes de la main en direction de l'objectif. M. Nan tient l'horoscope établi en vue du mariage, qui leur promet une union heureuse.

Mme Nan soupira. Son mari croyait aux horoscopes alors, il avait toujours cru aux mensonges, surtout ceux qu'il disait lui-même. Mais ce que cette photo ne montrait pas, ce que nul ne pouvait deviner en la regardant naïvement, c'était que ces mains qui s'agitaient gaiement seraient celles qui, bientôt, pousseraient le couple Nan vers un destin sinistre et tragique.

Elle empocha la photo, puis, ouvrant le robinet, chassa la vase noire dans le conduit d'évacuation.

Mme Nan marcha jusqu'à la mer. Elle n'avait que quelques pas à faire pour l'atteindre, et le crépuscule la tenait juste assez à distance du mari qui l'épiait de derrière le massif de bambous pour qu'elle puisse se croire seule. Elle s'assit tout au bord de l'eau. De temps à autre, une vague caressait le petit corps de Mme Nan, et, en se donnant un peu de peine, elle pouvait imaginer que c'était le Mékong.

Si peu de choses à Hiddensee lui rappelaient son pays natal ! Il manquait presque tout : les cris des singes la nuit quand le python approchait, les grandes fleurs des canneliers, le parfum de la forêt à l'aube, les poissons de vase frétillants que filles et garçons attrapaient par milliers pour leurs mères, qui les travaillaient avec de la saumure pour en faire une pâte, les beaux noms des villages et des villes, Kampong Cham, Krouch Chmar, Ratanakkiri, Angkor Chey, des sonorités qui suffisaient à faire renaître sa patrie. Elle était si loin de tout cela, dans l'espace et le temps !

Elle songeait souvent au retour, tout en sachant qu'il était impossible. La honte qui la liait à M. Nan, à ce mari qu'elle avait autrefois aimé, durerait toujours.

– Si seulement j'avais une mère comme la tienne, dit Yasmin en contemplant la petite Mme Nan assise sur le rivage sous la clarté lunaire, à quelque distance d'eux.

Elle s'était éloignée du feu de camp pour se promener avec Yim. Le crépuscule, le crépitement des flammes, la compagnie de ses vieux amis, tout cela l'avait rendue sentimentale, et Yim lui semblait être un bon auditeur. Dès le début, elle avait eu confiance en lui.

– À huit ans, ma mère m'a envoyée dans un internat catholique très strict. Les sœurs me farcissaient la tête de leur vision du monde, pour elles, rien n'était possible sans le Christ. Un jour, je leur ai balancé en pleine figure que je me créais mon propre monde, et que le type sur la croix n'avait rien à faire dedans. Ça leur a coupé le sifflet. Elles n'arrêtaient pas de me punir. À quinze ans, elles m'ont fichue dehors parce que je distribuais des préservatifs dans la cour de l'internat. Pendant un an, ma mère ne m'a pour ainsi dire pas adressé la parole, mais je m'en fichais, puisque, de toute façon, elle ne me disait jamais rien de gentil ni d'intéressant. Elle ne faisait que brasser de l'air, et elle était froide comme un serpent. Une hypocrite au visage de marbre. Quant à mon père, il était occupé du matin au soir à défendre des pontes qui s'étaient fait surprendre à frauder. Les

205

rares fois où il parlait avec ses enfants, c'était toujours pour qu'ils l'aident à préserver les apparences. Mes frères et sœurs sont devenus comme eux. Alors que ta mère... Il y a quelque chose qui rayonne d'elle, elle a du caractère. Je suis sûre que c'est une bonne mère.

– Oui, je tiens beaucoup à elle. Quand je viens à Hiddensee, c'est pour elle, pas pour voir mon père.

– D'un côté, elle a l'air raisonnable, disciplinée, stoïque même, et d'un autre, on dirait qu'elle cherche à profiter de la vie, qu'elle a développé une sorte d'art de la survie. Qu'est-ce qu'elle fait, là ? Elle prie ?

– Comment savoir ? Parfois, elle est simplement triste. Alors, elle s'assoit au bord de la mer, ou bien elle va dans l'appentis.

– Je la comprends. D'une certaine façon, je me sens un peu comme elle. Est-elle bouddhiste pratiquante ?

– Oui.

– Super, moi aussi. Imagine un peu, Yim, si chaque personne essayait seulement d'en rendre une autre heureuse, on le deviendrait tous, ce serait la paix mondiale. Au fait, qu'est-ce qu'il y a dans cet appentis ? C'est bien celui qu'on voit là-bas, sous les plantes grimpantes ? Comme c'est mystérieux ! Franchement, qu'est-ce qu'il y a dedans ?

– Je n'en sais rien.

– Tu n'as qu'à demander à ta mère.

– Je préfère pas.

– Alors, je lui demanderai.

– Elle ne te répondra pas.

– Oh, elle n'a sûrement pas ouvert une fumerie d'opium là-dedans ! Et si on allait voir, tout simplement ?

– Même selon les usages européens, ce serait trahir sa confiance. Et pour un Cambodgien, ce serait un sacrilège.

– Seulement si quelqu'un l'apprend. Mais personne ne saura rien.

– Je suppose que l'appentis est son temple privé, et ça, c'est sacré, tabou. Si j'y entrais, je ne pourrais plus regarder ma mère dans les yeux, je perdrais la face. Dans le pays de mes parents, peu de choses sont plus graves que perdre la face. Cela a brisé des familles entières. Parce que la honte des enfants rejaillit sur les parents, et inversement.

– Tout ça parce qu'on aurait jeté un coup d'œil dans un appentis ?

Yim hocha la tête, et ils reprirent leur promenade.

L'horizon était couleur de rouille sombre, les cigales chantaient dans la bruyère. Timo et Vev restaient seuls dans le petit cercle intime délimité par la lueur du feu de camp.

Vev se massa la nuque.

– Je peux ? demanda Timo.

Vev sourit et lui présenta son dos.

– Un grand classique de la drague sur la plage. Le jour, c'est la crème solaire, et la nuit, les massages. Tu as de la force dans les mains ?

– Si tu le veux.

– Vas-y.

Il ne connaissait rien aux massages, mais il fit de son mieux. La peau de la nuque de Vev était souple et bronzée, le soleil l'avait piquetée de taches de rousseur. Accroché au cou, elle portait le symbole celtique de fertilité offert par Yasmin.

– À ce que je vois, tu songes à avoir d'autres enfants.

– Tu veux dire que ce truc marcherait ?

– Qui sait ?

– Alors, je préfère l'enlever, dit-elle. On n'est jamais trop prudent.

Ils rirent, et Timo mit le pendentif dans sa poche avant de continuer le massage.

– Tu n'es pas jalouse que Clarissa ait voulu que ce soient Leonie et Philipp qui l'emmènent se coucher, et pas toi ? demanda-t-il.

Les yeux fermés, Vev s'abandonnait aux mains de Timo.

– La personne qui serait jalouse de Leonie serait vraiment bien à plaindre, répondit-elle pensivement. Clarissa aime voir de nouvelles têtes, et elle a remarqué que j'étais un peu distraite ces jours-ci. Elle préfère se faire lire son histoire du soir par quelqu'un qui a un sac à main grand comme un sac de marin et qui a l'habitude de construire des tours en Lego®, c'est bien normal. Et Philipp n'aime pas lire. Il n'a regardé que les premières pages de ton livre. Veux-tu entendre son commentaire ?

– Dis toujours.

– « Certains passent leur temps au boulot à baiser leurs assistantes, Timo fait la même chose en littérature. » Ne me demande pas ce qu'il a voulu dire par là. Je suppose qu'il n'aime pas tes personnages principaux, tous des cinglés, des ivrognes, des bagarreurs, des salopes bourgeoises. Philipp préfère les héros classiques, ceux qui défendent la morale et la vertu et en sont récompensés par le ciel. Pour lui, un écrivain doit vivre dans sa tour d'ivoire.

– Dis-lui que la tour d'ivoire n'existe plus depuis l'invention du téléphone et d'Internet. Et toi, que penses-tu de mes personnages ?

– Il me semble qu'autrefois, quand on était forcé d'être hypocrite, un auteur ne pouvait être reconnu que s'il parlait de héros et de dieux. Mais aujourd'hui, on a aussi le droit – et même presque le devoir – d'écrire sur les cinglés et les hommes violents. Les fous ont pris la place des dieux. J'aime bien tes personnages imprévisibles. Les gens prévisibles m'ennuient, les mathématiques ne sont pas érotiques. Ça me plairait d'être un personnage d'un de tes romans.

– Mais nous ne sommes pas dans un roman, dit-il en l'embrassant sur la nuque.

– Va savoir.

– Tu dis toujours des choses tellement formidables, tellement dingues.

– C'est juste que je suis soûle.

Il se pencha par-dessus son épaule et lui couvrit le visage de baisers, comme s'il voulait le dessiner point par point tandis qu'elle contemplait les étoiles.

– Veux-tu être ma muse ? demanda-t-il.

– Est-ce couvert par la sécurité sociale ?

– Je demanderai à la caisse des auteurs, répondit-il en riant.

En amant romantique, Timo coucha sa bien-aimée sur le sable et écarta une mèche de cheveux de son front pour l'admirer.

– Je t'aime, dit-il juste au bon moment.

– C'est un bien grand mot, répliqua Vev. L'amour. Si je devais être amoureuse un jour, je le serais totalement. Un demi-amour, un amour avec une assurance annulation, pour moi, ça ne vaut rien. L'amour sanctifie, il tue, il détruit. Quand on lui ouvre la porte, on ne peut pas savoir si ce sera un ange ou un tueur.

– Je ne suis pas un tueur.

– Tu l'es dans tes livres. Tantôt charmant, tantôt effrayant.

    – Le côté charmant le jour, le côté sombre la nuit. Le Dr Jekyll et Mr Hyde de l'écriture. Mais dans la vie, je ne suis pas du tout comme ça.

    – Surtout pas !

    Ils s'embrassèrent, se caressèrent. Vev déboutonna la chemise de Timo, il fit glisser les bretelles le long de ses épaules. Quand ils rouvrirent les yeux, la brume montait de la mer pour entourer leurs corps, et ils entendirent des voix au loin. Ils se détachèrent peu à peu l'un de l'autre à mesure qu'elles se rapprochaient, Vev prenant finalement l'attitude de la sirène de Copenhague au bord de l'eau tandis que Timo posait des saucisses sur le gril. Le temps d'échanger un dernier regard, ils n'étaient plus seuls.

15

J'aimais me réveiller dans la chambre d'adolescent de Yim. La petite pièce me rappelait l'ancienne chambre de Jonas, les meubles en contreplaqué se ressemblaient, la décoration sur les murs aussi : fanions et insignes sportifs, posters, affiches de concerts. Quelle mère ne rêve de dormir dans la chambre de son fils en son absence ? Il m'était arrivé de le faire, et j'imaginais maintenant qu'il en était allé de même pour Mme Nan. Yim avait beau être parti depuis vingt ans, sa chambre restait celle d'un garçon de dix-huit ans. Cependant, j'étais convaincue que ce n'était pas Yim qui avait accroché les photos au-dessus de son lit, mais sa mère, après son départ. Quel garçon afficherait des photos de lui bébé ?

L'une d'elles le montrait à quelques semaines, une autre vers l'âge d'un an, une troisième sur la berge d'un grand fleuve tropical, enveloppé de langes et un gentil sourire aux lèvres, comme si on venait juste de le changer. Sur la photo suivante, il avait déjà sept ou huit ans et posait à côté d'un bonhomme de neige dont seul un enfant pouvait être fier.

J'avais la ferme conviction que cette pièce avait longtemps été le musée privé de Mme Nan, un musée que celui à qui il était dédié consacrait régulièrement par sa présence. Mais la tragédie de la nuit sanglante avait modifié sa destination. C'était maintenant le musée de Yim en mémoire de sa mère. Ce qu'il voyait en regardant ces photos, ce n'était probablement pas tant lui-même que la personne qui les avait prises et leur avait donné cette place.

Grâce à ce mélange de normalité et de sentimentalité, je parvenais à me sentir en sécurité dans cette pièce où je m'endormais et me réveillais. Pourtant, la seule perspective d'aller aux toilettes m'angoissait. Je devinais que M. Nan n'entrerait pas dans le domaine privé de Yim, mais, dès que j'en franchissais la porte, je savais que je pénétrais dans celui de son père, autrement inquiétant.

J'avais été éprouvée par la scène dans la Maison des brouillards. Objectivement, il ne s'était rien passé, si ce n'est que M. Nan avait mis en marche le mouvement le plus dramatique de la Sixième Symphonie de Beethoven. Mais la seule idée de faire cela dans un tel endroit, en sachant que j'étais sur les lieux, avait quelque chose de malsain. Et son sourire ! J'avais laissé la clé en place et j'étais partie.

Depuis, M. Nan m'inspirait plus que du malaise, il me faisait peur. Était-ce son intention ? Était-il seulement un vieil homme qui perdait la tête ? L'un n'empêchait pas l'autre.

Je me comportais désormais comme un animal aux aguets chaque fois que je me déplaçais dans la maison ou à proximité. Je tendais l'oreille, regardais sans cesse de tous côtés, passais la tête par la porte pour reconnaître le terrain avant d'entrer dans une pièce. J'allais aux toilettes et en revenais à pas de loup, de même pour la cuisine, où je mangeais en hâte un petit pain et buvais un peu de thé, épiant les bruits avant de ressortir… Je ne me détendais un peu qu'en présence de Yim. Une ou deux fois par heure au moins, je songeais à quitter l'île.

Je sortais tôt le matin et restais dehors toute la matinée, cherchant à glaner quelques informations auprès des habitants de Neuendorf et de Vitte, le principal village de l'île. Dans le petit café, la vendeuse de la boulangerie et un buveur de bière déjà assez mal en point assis à une table voisine de la mienne ne se firent pas prier pour me renseigner – ils furent les seuls, il est vrai. Je posais surtout des questions sur la « nuit sanglante », de la façon habituelle : Connaissiez-vous certaines des victimes ? Pouvez-vous me parler d'elles ? Comment avez-vous vécu le lendemain de la tuerie ? Quelle ambiance régnait sur l'île ? Y a-t-il eu une cérémonie publique ? Comment s'est-elle déroulée ? Le drame a-t-il eu des conséquences durables pour l'île ?

Cependant, dès que la conversation venait sur Mme Nan, j'essayais aussi d'en savoir un peu plus sur son mari. La « veuve Bolte » m'avait certes parlé de lui, mais avec elle, il s'en était tiré à trop bon compte selon moi. Je n'appris malheureusement pas grand-chose. Les Nan étaient des gens discrets, ni spécialement aimés ni détestés, et on attribuait leur laconisme à une connaissance imparfaite de la langue – ce qui était faux, Yim me l'avait assuré. M. Nan avait été quelques années jardinier municipal et employé à la maison Gerhart-Hauptmann. Il avait continué après la réunification et pris une retraite anticipée à la fin des années 1990, avec une maigre pension qu'il améliorait en travaillant au noir – par exemple en taillant des haies. Il n'avait noué aucune amitié durant toutes ces années, mais s'entendait bien avec tous, de même que sa femme. Alors que tout le monde se connaissait à Hiddensee, très peu de gens savaient, avant le drame, qu'elle faisait la cuisine et le ménage à la Maison des brouillards. D'une façon ou d'une autre, malgré leurs origines exotiques, M. et Mme Nan s'étaient arrangés pour ne pas se faire remarquer.

Il en allait tout autrement de Yim. Il était non seulement membre de trois associations sportives – j'appris cela du buveur de bière –, mais aussi le roi du coup de tête dans l'équipe de foot du collège, et le seul « étranger » parmi les pompiers volontaires. Beaucoup de gens avaient regretté son départ de l'île en 1994, surtout, me sembla-t-il, la boulangère rondelette, qui rougissait et ricanait comme une adolescente en parlant de lui.

Tout ce que j'appris de Yim durant ces quelques jours me produisit une impression favorable. Je souriais, je pensais à Jonas, à Benny, à ce qu'il y avait eu de bon dans ma vie. J'avais plaisir à suivre ses traces, à chaque fois, cela me donnait envie d'en savoir davantage, et je n'étais jamais déçue. On aurait dit qu'il n'avait jamais fait que du bien. Il s'était intégré, investi. Le fait qu'il ait un restaurant montrait qu'il aimait prendre des risques calculés. Il avait de l'humour, mais la perte prématurée d'êtres chers, la cruauté de la vie lui avaient donné cette profondeur qui le rendait si attirant.

Sa mère aussi continuait d'exercer sur moi une fascination à laquelle je cédais sans retenue. Comme avec Yim, bien que pour d'autres raisons, je suivais ses traces avec plaisir. C'était une sorte de Sphinx asiatique, et, sans trop savoir pourquoi, je lui attribuais un rôle central dans la tuerie. Je regrettais donc d'autant plus que l'appentis me soit interdit.

Ce matin-là, en passant par hasard devant celui-ci, je constatai qu'un cadenas flambant neuf avait été ajouté au verrou.

L'après-midi, Yim m'invita à faire de la voile avec lui, sur un bateau emprunté à un vieux camarade d'école.

Pendant que nous glissions en apesanteur sur la mer, je sentis s'intensifier toutes les émotions accumulées les jours précédents, ce qui me surprit d'autant plus qu'elles étaient en partie contradictoires. J'avais l'impression de vivre une expérience extraordinaire. C'était la première fois que je tenais le gouvernail d'un bateau, la première fois que je partais aussi longtemps pour une enquête, et aussi qu'un homme se mettait en quatre pour moi à la manière incomparable de Yim. J'avais envie de laisser la nouveauté entrer dans ma vie. Pourtant, au bout de quelques minutes, le gouvernail commença à me peser. La course au ras de l'eau, la voile gonflée, l'impression de fragilité du bateau sur l'immensité de la mer m'apparurent tout à coup comme des dangers, comme si les forces de la nature environnante s'alliaient aux miennes contre moi, et je pris peur. Je devais gagner ma vie. Je ne pouvais pas m'offrir le luxe d'une enquête prolongée, sans même parler de vacances. Mais cette crise d'angoisse ne dura que quelques secondes.

– Garde le cap, me dit Yim, qui virevoltait autour du mât et accomplissait au moins trente gestes par minute tout en gardant un œil sur les trois cent soixante degrés de l'horizon.

– Mais il y a un bateau qui vient vers nous, objectai-je.

– Il nous évitera, nous avons la priorité.

– Et s'il ne le sait pas ?

– Alors, je regretterai de ne pas t'avoir écoutée.

– Maigre consolation.

– Dois-je comprendre que la sortie ne te fait pas plaisir ?

– Si, si. C'est vraiment formidable, mais… Peux-tu reprendre la barre un instant, s'il te plaît ? Je me sens un peu inquiète.

Yim me rejoignit d'un bond, empoigna le gouvernail, fit un signe de la main à l'homme en casquette de marin qui passait à côté de nous, évalua le vent d'un regard au fanion en haut du mât et corrigea la trajectoire.

– Tu navigues bien, le complimentai-je.

– Je navigue comme tu conduis : sans accident, mais de façon quelque peu chaotique. La seule différence est qu'en mer cela se remarque moins.

Je ris. J'avais toujours eu un faible pour les hommes sûrs d'eux qui restaient modestes avec leurs qualités. De plus, même invisible, la vulnérabilité de Yim était toujours présente. Je crois que c'est dans ce moment où nous étions côte à côte à la barre que je commençai à le désirer. Jusque-là, je n'avais fait que jouer avec l'idée que cela pourrait arriver, mais à présent, j'y pensais vraiment. Et son regard me fit comprendre qu'il ressentait la même chose. Quand je posai mes mains à côté des siennes sur le gouvernail et qu'il me sourit, le symbole fut clair. Nous nous trouverions un jour ou l'autre, et peut-être très vite.

Nous restâmes silencieux de longues minutes, aspergés par les embruns.

Puis, peut-être pour dire quelque chose, mais peut-être aussi parce qu'il voulait tout savoir de ma vie et de mon passé, il demanda :

– Doro, cela vient de Dorothea, non ?

– Seulement pour l'état civil.

– Je comprends. J'ai toujours détesté les diminutifs et les surnoms moqueurs. Sans doute parce que, pendant mes premières années à Hiddensee, certains garçons m'appelaient « Mini-Yimi ». J'étais assez petit à l'époque, mais je me suis rattrapé par la suite.

– Tu avais sûrement moins de problèmes avec les filles, pas vrai ? Au fait, avant que j'oublie, tu as le bonjour de Bente Wohlfahrt. Elle a été déléguée de classe avec toi, elle vend des pâtisseries à Vitte, et elle est encore libre. Pour le dernier point, note que ce n'est pas elle qui m'a chargée de te le dire, mais elle m'a paru soulagée d'apprendre que j'étais seulement une connaissance et pas ta petite amie. Je suis sûre qu'elle ne t'a jamais appelé « Mini-Yimi » !

– C'est vrai, dit-il en souriant. Bente est très gentille. Chaque fois que je passe à la boulangerie en faisant mon jogging, même si je n'achète qu'un petit pain, elle ajoute toujours un escargot au sucre[1] dans le sachet. Comme elle héritera de toute façon un jour de la boutique de ses parents, ça ne me gêne pas qu'elle leur fauche des trucs.

– L'escargot est probablement une manière pour elle de te dire qu'elle t'attend.

Il prit le temps de réfléchir au sens de ma phrase.

– Peut-être.

Une fois de plus, je me rendais compte à quel point Hiddensee était à bien des égards vieux jeu. Une femme qui n'était plus de la première jeunesse glissant une pâtisserie à celui qu'elle aime en secret et attendant de septembre à juillet les quelques semaines d'août où il serait dans les parages… C'était digne d'un roman de Fontane. Et on était en 2012. Le choc de la nuit sanglante n'avait dû en être que plus grand.

Un tel événement aurait provoqué l'effroi n'importe où en Allemagne, et le chagrin était le même partout. Mais, à Hiddensee, il s'y ajoutait l'irruption violente d'une autre époque. L'île ne connaissait ni les accidents de voiture ni les viols, et pour ainsi dire pas les cambriolages. La plupart des insulaires ne fermaient même pas leur porte à clé le soir, comme au « bon vieux temps ». Et soudain, au matin du 6 septembre 2010, ils avaient

1. Pâtisserie enroulée en spirale.

été arrachés à leur rêve. Un accès de folie meurtrière, quatre coups de feu, trois morts, et tout un siècle volait en éclats du jour au lendemain.

— Dis-moi, as-tu gardé le contact avec les autres victimes survivantes et leurs proches ? Vous soutenez-vous entre vous ?

Je vis que ma question le décevait. Il aurait préféré ne plus jamais parler de cet événement, et, en cela, il ressemblait aux habitants de l'île. Ils ne comprenaient plus le monde, ne voulaient plus rien savoir de lui. Je pouvais les comprendre, eux comme Yim, mais je devais poursuivre ma tâche.

— Pourquoi me demandes-tu cela ?

— Parce que j'ai l'adresse et le numéro de téléphone de toutes les personnes concernées, sauf Yasmin Germinal, et je pensais que tu pourrais…

— Ce n'est pas ce que je voulais savoir. Pourquoi me poses-tu cette question, *à moi* ?

— Parce que j'ai entendu dire que vous aviez fait une promenade ensemble. Ce n'est donc pas trop tiré par les cheveux de supposer que tu as son adresse et son numéro de téléphone.

— Peux-tu reprendre le gouvernail un instant, juste pour le tenir ? Je dois manœuvrer.

Il sauta sur le pont avant et, pendant deux minutes, s'occupa uniquement de perches et de cordages, dans un monde sans coups de feu ni traumatismes.

En revenant à la barre, il n'essaya même pas d'esquiver ma question, ce dont je lui fus très reconnaissante, car il m'aurait été difficile de la reposer.

— Tu oublies que, peu après cette promenade, il s'est passé un événement qui a bouleversé nos vies, dit-il. Tu peux bien imaginer que nous avions autre chose à faire que de cultiver une amitié vieille de deux jours.

– Dis-moi simplement si tu as ses coordonnées ou non.

– Je ne les ai pas.

J'acceptai sa réponse. Je considérais Yim comme quelqu'un d'honnête, ou en tout cas qui s'efforçait de l'être.

– Dommage, soupirai-je. Tu étais mon dernier espoir. Yasmin Germinal a disparu de la surface de la terre. On pourrait croire...

Je m'interrompis, effrayée par ce qui venait de me traverser l'esprit.

– Qu'est-ce qu'on pourrait croire ? insista Yim.

– Qu'elle n'est plus en vie.

Même s'il essayait de ne pas le montrer, cette idée parut le troubler tout autant que moi.

– D'après ce que je sais, Yasmin protégeait sa vie privée comme une vraie mère poule, dit-il. Elle n'était pas sur Facebook, n'avait pas de messagerie... Elle n'aimait pas ce genre de réseau, tu vois ce que je veux dire, *Big Brother is watching you* et compagnie. Elle n'a pas dû changer ses habitudes depuis deux ans. Il faut l'accepter, ajouta Yim après une petite pause. De toute façon, elle refuserait probablement de te parler. Elle veut simplement être en paix, tu comprends ? Nous voulons la paix, tous. Ne pas raconter cette histoire à n'importe qui. À la rigueur à des thérapeutes, mais, dans ce cas, ce que nous leur dirions ne te regarderait pas. Ne peux-tu vraiment parler que de ça ?

– Non, mais c'est pour ça que je suis venue sur l'île, je ne l'ai jamais caché.

– D'accord. Mais est-ce uniquement pour cela que tu es encore ici ?

Je le regardai, et la réponse faillit ne pas sortir de ma gorge nouée.

– Non, dis-je enfin, le cœur bondissant de joie.

Il sourit comme si je venais de lui accorder un bon point. Les nuages s'étaient dissipés dans son cœur, le soleil brillait de nouveau.

Comment aurais-je pu en vouloir un seul instant à Yim de s'être montré un peu cassant ? Pouvais-je lui reprocher de fuir ce sujet ? Je le comprenais trop bien. Plus encore, je *voulais* le comprendre.

C'était dans ma chambre d'enfant que j'avais appris la nouvelle de la mort de Benny, dans cet environnement familier, de la bouche de mes parents bien-aimés en larmes. Mes amies et mes camarades de classe s'étaient occupées de moi d'une façon touchante. Pendant un an, j'avais été invitée à presque tous les anniversaires dans un rayon de quatre kilomètres. Je n'avais pas vu le corps de Benny. Il était devenu pour moi un fantôme sans avoir jamais été un cadavre. Mais il en allait tout autrement de Yim. Qui s'était soucié de lui alors ? Sa compagne était déjà morte, et son père me paraissait totalement défaillant pour tout ce qui était deuil et consolation. Sans oublier que c'était Yim qui avait trouvé sa mère mortellement blessée, qui l'avait tenue dans ses bras, une image qui avait dû s'imprimer au fer rouge dans son cerveau. Et que dire de la peur qu'il avait dû éprouver, dans cet instant où il ne pouvait pas savoir si l'assassin était encore là ?

– Nous sommes arrivés. Je vais amener la voile.

– Arrivés ? Mais nous sommes en pleine mer !

– Tu vois ce bout de côte devant nous ? C'est la réserve ornithologique, la pointe sud de l'île. Avec un peu de chance, je pourrai te montrer les premiers hérons cendrés de la saison, des migrateurs qu'on attend pour bientôt. J'ai apporté des jumelles… et aussi, comme par hasard, de quoi manger et trinquer. Ça te dit ?

– Et comment !

Il amena la voile et descendit dans la cabine.

Le bateau se balançait doucement dans un léger clapotis, la blancheur du pont irradiait de lumière. Je m'adossai à mon siège, fermai les yeux et me laissai rêveusement bercer par la mer le temps de quelques respirations. Yim était doué pour me distraire de mon travail, et il se donnait beaucoup de mal pour cela. Mais le seul fait d'être à côté de lui pouvait aussi m'y ramener très vite. Cette fois, ce fut un trousseau de clés posé près de la barre qui éveilla ma curiosité. Une couronne argentée de plus d'une douzaine de clés, dont deux de cadenas. Identiques, flambant neuves, et de la même marque que le nouveau cadenas de l'appentis.

Jusque-là, j'avais cru que c'était M. Nan qui l'avait posé, mais je n'en étais plus aussi sûre à présent.

Je parvins à retirer l'une des deux clés du trousseau avant le retour de Yim sur le pont.

– J'ai apporté des sandwichs au concombre, plus deux ou trois tapas, une petite tarte au citron et une mousse au chocolat. D'accord, la seule mention du mélange peut donner des brûlures d'estomac…

– Je trouve ça super.

– Et du champagne de R.D.A. pour faire descendre le tout. Un verre plein pour toi, la moitié pour moi. Je préfère être prudent. Les capitaines qui boivent ont vite leur nom dans le journal.

Être sur ce bateau d'emprunt avec un sandwich dans une main et un verre dans l'autre me donnait l'impression de faire partie de la jet set. En même temps, je me sentais un peu minable d'avoir volé Yim. Je l'avais trompé. J'aurais remis la clé en place si l'occasion s'était présentée, mais ce ne fut pas le cas. Yim rangea le trousseau dans la poche de sa veste, la veste dans son sac à dos, le sac dans la cabine. En quelques instants, trois lignes de défense s'étaient élevées entre ma bonne conscience et moi. J'aurais dû lui avouer ce que j'avais fait, mais le courage me manqua.

Pendant le pique-nique, Yim me montra régulièrement les oiseaux de la réserve à travers les jumelles. Au début, je me forçai un peu, mais sa décontraction m'aida à tout oublier – et, qui sait, peut-être l'aidait-elle lui aussi. Au bout d'un quart d'heure, je n'étais plus une voleuse, seulement une femme à qui on cherchait enfin à faire plaisir et qui se dépêchait d'en profiter.

Entre deux cuillerées de mousse au chocolat, je distinguai un mouvement et repris les jumelles. Un homme et une femme marchaient dans la réserve, sans doute pas des protecteurs des oiseaux, à moins que ceux-ci n'aient l'habitude de se promener main dans la main. Ils s'assirent dans un recoin de la côte visible seulement depuis la mer et commencèrent un jeu amoureux auquel, par discrétion, je préférai ne pas assister plus longtemps.

Par la suite, je me souviendrais de ce jeune couple comme de notre double dans le miroir. Car à peine avais-je reposé les jumelles depuis quelques secondes que Yim s'asseyait près de moi et m'embrassait avec autant de fougue que de tendresse. Ce baiser me sembla le plus beau de ma vie, peut-être à cause de la mer, du soleil et du vent, du léger bercement des vagues, de notre lente dérive sur le courant, de la torpeur engageante de cette fin d'été.

Yim aurait pu m'embrasser bien plus longtemps sans que je me lasse, mais cela ne lui aurait pas ressemblé, je savais au moins cela de lui. Il voulait d'abord être sûr de ce qu'il faisait, et je ne pouvais qu'être d'accord.

– Je voulais encore te dire ça, déclara-t-il.

– Et c'est bien dit, répondis-je en le regardant longuement.

16

Septembre 2010

Le matin, le premier regard de Philipp était pour le réveil posé à sa droite, sur la table de nuit. Ce 5 septembre, il indiquait six heures quarante-cinq. Le réveil était invariablement programmé pour sonner à sept heures, cela ne changeait jamais. Pour Philipp, c'était son premier défi de la journée, une course contre le réveil, ou peut-être contre le temps, et ce jour-là, comme presque chaque jour, il avait gagné.

Un sourire victorieux aux lèvres, il regarda vers sa gauche. Vev dormait encore. Il était convenu entre eux qu'elle se levait tôt cinq jours par semaine pour s'occuper de Clarissa, et Philipp les deux autres jours. Aujourd'hui, c'était son tour. Il embrassa Vev sur les cheveux noirs qui couvraient sa joue et la contempla avec amour, mais aussi un peu de scepticisme.

Puis il se leva. En sortant, déjà habillé, de la salle de bains, il tendit l'oreille. Tout était tranquille dans la maison. Ce silence était sa récompense suprême. C'était l'ordre dont il avait besoin pour pouvoir travailler. Quand il pénétrait dans son atelier, tout en haut de la maison, et embrassait d'un seul regard circulaire les dunes et la mer, il était convaincu que rien ne lui résisterait. Ce jour-là encore, il fit un bref tour d'atelier, longeant la façade de grandes baies triangulaires. Il respira à fond et se demanda combien d'heures il restait avant le départ de ses invités. Vingt-huit, calcula-t-il rapidement.

Un peu plus tard, il passa la tête par la porte de la chambre de Clarissa. Elle en était déjà à son dix-huitième dessin de chat d'affilée, et les portraits de Morrison jonchaient la moquette. Elle regarda son père.

— Papa, pourquoi le bon Dieu a emporté Morrison ?

— C'était un accident, p'tit bout de nez, dit-il en la prenant dans ses bras. C'est pour cela qu'il faut toujours être prudent. Et que je ne veux pas que tu fasses des choses dangereuses. Mais on ne peut pas empêcher un chat de le faire. C'est naturel pour eux de grimper aux arbres.

— De tomber aussi ?

— Eh bien, cela arrive parfois quand on vit dangereusement. C'est le prix à payer.

— Alors, c'est la faute de Morrison ?

— Euh, oui, d'une certaine façon. Il a été imprudent.

— Timo dit que Morrison a peut-être été tué.

— Il t'a dit ça, à toi ?

— Non, il l'a dit à maman.

— Timo est un conteur. Parfois, il raconte de bonnes histoires, et parfois de mauvaises. L'histoire qu'il a racontée à maman était très mauvaise. N'y pense plus, ma chérie. Tu t'es déjà débarbouillée ? Non ? Alors, va vite te laver les dents, les mains et la figure. Je sais que tu peux le faire toute seule. Tu veux bien mettre le tee-shirt jaune avec les trois chats, aujourd'hui ? Et quand tu seras lavée et habillée, tu iras réveiller maman, d'accord ? Mais ne lui dis pas que c'est moi qui t'ai envoyée, s'il te plaît.

— Et après, je pourrai jouer avec Leonie ?

– Seulement si elle est réveillée.

Philipp descendit l'escalier tournant jusqu'au rez-de-chaussée, où cela sentait le produit nettoyant au citron et où on entendait de légers bruits dans la cuisine – signes sûrs de la présence de Mme Nan.

– Bonjour, madame Nan. Vous êtes bien matinale aujourd'hui.

– Je vous ai vus faire des grillades sur la plage hier soir. J'ai pensé que vous voudriez que la vaisselle soit faite rapidement.

Philipp aurait préféré qu'on ne lui rappelle pas ce feu de camp. Il était déjà en bonne voie d'oublier qu'il avait jamais eu lieu, ayant commencé à l'évacuer de son esprit sitôt après l'avoir éteint, vers onze heures du soir, et avoir passé une demi-heure à effacer les traces du délit. Il avait emporté les cendres dans un grand seau, sans rien en laisser, et les avait jetées à la poubelle pendant que les autres recommençaient à se la couler douce dans sa maison. Cela le contrariait que Mme Nan ait remarqué quelque chose.

– Vous êtes formidable, madame Nan. Franchement, il n'y a pas de meilleure femme de ménage que vous. Au fait, Clarissa est en train de se laver toute seule dans la salle de bains, vous savez déjà à quoi ça va ressembler ensuite.

– Je monterai dès que j'aurai fini ici.

– Merci. Il suffira que vous reveniez mardi. Je vous mets l'argent sur la boîte à pain, comme d'habitude. Et...

Le téléphone sonna. Philipp regarda sa montre en secouant la tête.

– Qui peut bien appeler un week-end à huit heures moins le quart ? se demanda-t-il avant de prendre l'appareil sur son support. Lothringer.

– Allô ? Je suis bien chez M. Lothringer ? demanda une voix de femme qu'il ne reconnut pas.

– Oui, ici Lothringer, répéta-t-il.

– Philipp Lothringer ?

À force d'entendre répéter son nom, il allait finir par s'énerver.

– Oui, soupira-t-il. Philipp Lothringer. Et qui êtes-vous, si je puis me permettre ?

– La mère de Leonie. Je m'appelle Korn. Margarete Korn.

– Madame Korn, comme c'est gentil, dit-il d'un ton nettement plus aimable.

Il ne la connaissait que par une photo qu'il avait vue chez Leonie à l'époque. Chaque dernier vendredi du mois, le groupe se réunissait à tour de rôle dans l'appartement d'un de ses membres pour planifier les prochaines actions. Philipp ne s'était jamais senti à l'aise dans celui de Leonie, avec ses épais stores aux fenêtres, les couleurs sourdes des capitonnages, la massive armoire en chêne presque aussi large qu'un but de football – tout cela lui rappelait un peu l'étroit logement de son enfance, la propreté en plus. Quelque part sur un mur, une photo un peu triste de sa mère la montrait s'efforçant de sourire, mais ne parvenant qu'à avoir l'air d'une apoplectique : une grosse femme prématurément vieillie, la peau trop rose et les cheveux blancs clairsemés, seule devant une haie. L'autre moitié de la photo avait été déchirée, et Philipp ne s'en souvenait qu'à cause de son piteux état.

– Je vous ai trouvé par les renseignements, s'excusa Mme Korn. Je savais que votre nom venait d'une province française, mais j'ai d'abord cru que c'était l'Alsace[1]. J'espère que cela ne vous ennuie pas que je vous appelle ?

Sa voix semblait tout à coup sur le point de se briser.

1. *Lothringer* signifie « Lorrain ».

– Non, non, pas du tout, dit Philipp en regardant de nouveau sa montre. Mais votre fille dort encore.

– Ah, dommage.

– Avez-vous essayé sur son portable ?

– Oui...

Philipp l'entendit commencer un « mais » qu'elle n'acheva pas.

– Je lui dirai que vous avez appelé, bien sûr.

– Merci...

De nouveau, il sentit derrière les mots de Mme Korn une pensée informulée.

– J'espère qu'il ne s'est rien passé de grave ? demanda-t-il.

– Non. Chez vous non plus ?

Il fut frappé de l'étrangeté de la question, même compte tenu du fait que Mme Korn avait probablement plus de soixante-dix ans et pouvait être devenue un peu distraite.

– Tout va bien, répondit-il poliment et à vrai dire en mentant, puisque Leonie avait perdu son pistolet, que Vev l'avait giflée et que Philipp ne pouvait plus la supporter. Nous avons fait une balade à vélo hier, et Leonie s'entend très bien avec ma petite fille.

– Vous avez une fille ?

– Clarissa a cinq ans et demi, bientôt six. Leonie et elle sont devenues très amies.

– Ah...

– Oui...

Ces phrases inachevées commençaient à le déstabiliser. Il se mettait maintenant à parler comme Mme Korn ! Il reprit :

– En tout cas... il vaut mieux que Leonie vous raconte tout cela elle-même.

– Ce serait peut-être mieux si… si vous ne lui disiez pas que j'ai appelé. Elle est un peu…

Silence sur la ligne. Philipp prit une profonde inspiration.

– Un peu quoi, madame Korn ? demanda-t-il avec la patience d'une bombe à retardement.

– Un peu susceptible, vous comprenez ? Je ne veux pas qu'elle croie que je la surveille. J'essaierai seulement de la rappeler sur son portable. Et puis… maintenant que je sais que Leonie va bien… Encore une fois, excusez-moi.

Ce coup de téléphone éprouvant inquiéta Philipp. Mme Korn lui avait fait repenser à ce maudit pistolet dont il s'efforçait de refouler le souvenir. Il s'aperçut qu'il était maintenant sur le qui-vive en traversant une pièce, qu'il observait les meubles, s'attendant à chaque instant à y voir quelque chose qui n'aurait pas dû y être. C'était comme si un serpent s'était introduit dans la maison.

Il n'avait pas prévu cela, mais, après cet étrange appel, il se décida subitement à parler du pistolet à Mme Nan. Et si elle l'avait trouvé, et qu'elle l'ait… jeté ? Une hypothèse invraisemblable, mais les autres étaient trop intolérables pour qu'il les pousse jusqu'au bout.

Mme Nan avait l'habitude de ne rien montrer pendant qu'on lui parlait. Avec d'autres personnes, on pouvait, au moins par moments, savoir ce qu'elles pensaient, mais pas avec elle. Pour obtenir d'elle une réaction, il fallait attendre d'avoir dit tout ce qu'on avait à dire. Peut-être, songeait Philipp, était-ce de sa part une façon d'obliger les autres à faire court ?

Il fit court, Mme Nan aussi. Elle secoua énergiquement la tête, une fois à gauche, une fois à droite, faisant osciller le chignon posé sur son crâne comme une coupole.

– Merci, dit-il faute de mieux.

Il la suivit du regard pendant qu'elle sortait de la cuisine, et, pour la première fois, s'aperçut qu'il ne savait presque rien d'elle, de sa vie hors de cette maison. Il ne connaissait son mari que de vue. Quant à Yim, il ne parlait jamais de ses parents, comme s'il avait honte d'eux, ou comme s'il craignait de bavarder à tort et à travers.

« Tu pourrais me rappeler de temps en temps. Je comprends que tu aies beaucoup à faire, mais tu as quand même bien deux minutes pour moi, non ? »

À demi allongée sur son lit, Leonie parlait dans le répondeur de Steffen.

« C'est la quatrième ou la cinquième fois que j'essaie de te joindre depuis mon départ. Tu es vexé ou quoi ? Je peux tout de même bien partir *une fois* en voyage sans toi. Tu n'arrêtes pas d'aller dans des tas d'endroits sans moi, et je ne te reproche rien. D'ailleurs, ce week-end ici est une vraie catastrophe, je ne me sens pas bien du tout. Vev est une sale conne qui se pinte au whisky, Philipp un frimeur, quant à Yasmin, je ne sais même pas qu'en dire. Et cette idiote de petite fille qui reste collée après moi ! Vraiment, quelques mots gentils ne me feraient pas de mal, et voilà que tu te mets à bouder, juste au moment où j'ai besoin de toi. Tu m'as beaucoup manqué ces derniers jours. Mais ça ne peut pas continuer comme ça. À ton tour maintenant. »

Elle raccrocha et jeta le portable sur le lit.

– Steffen peut vraiment être un beau salaud, dit-elle pour elle-même.

Une minute plus tard, renonçant à sa colère, elle prit le livre de Timo, avec un sourire destiné davantage à l'auteur qu'au roman. Elle en était déjà à la page 188, plus de la moitié, et n'avait toujours pas vraiment compris de quoi il retournait. Comme on pouvait s'y attendre d'après le titre, *L'Ivrogne*, le personnage principal buvait trop. Un homme d'affaires à qui tout réussit connaît une crise existentielle après le meurtre de sa fille de vingt ans. Il jure de se venger du meurtrier, dont on ne sait pas qui il est, et se lance à sa recherche. Jusque-là, pas de problème. Puis, pendant cent pages, il part en chasse dans les quartiers les plus chics de Berlin, titubant tantôt sous l'effet de l'alcool, tantôt de faim, et se met pratiquement tout le monde à dos.

Leonie n'avait pas pu aller plus loin. Elle était gênée par l'agressivité qui imprégnait tout le roman, malgré sa façade bourgeoise. Quand elle lisait des polars, elle préférait ceux où les détectives étaient du genre inspecteur Barnaby, des types sympa qui enquêtaient dans de jolis villages ou de vénérables universités et menaient leurs interrogatoires autour d'une tasse de thé. Mais elle aimait encore mieux les romans d'amour.

Ce matin-là, Leonie attaqua sa lecture non pas avec ardeur, mais avec acharnement. Elle était déterminée à achever le roman avant la fin du week-end – et à finir par le trouver formidable. Il n'était pas question qu'il en soit autrement. Ensuite, elle lirait *Le Cinglé*, qui serait évidemment encore plus formidable et plus abouti, c'était clair. Elle avait déjà collé un smiley jaune sur chacun des deux livres.

« Timo est mon seul ami sur cette île, écrivit-elle une heure plus tard sur un bout de papier. Il va se passer quelque chose. » Elle plia la feuille et la mit dans son sac. Puis elle prit une douche en fredonnant, reprenant sans cesse le refrain de la même chanson de Céline Dion, tandis que la salle de bains s'emplissait de vapeur et que les gouttes d'eau ruisselaient sur le miroir.

Au bout d'un quart d'heure, Leonie se sentit suffisamment purifiée. Sur une impulsion, elle ne s'essuya pas, mais enfila le peignoir de Vev accroché au mur. Il était noir comme une soutane, et elle s'étonna qu'il lui aille si bien, étant donné la minceur de Vev. Les cheveux humides et pieds nus, elle traversa le couloir et s'arrêta devant la chambre de Timo. Elle allait frapper à la porte, quand elle entendit des voix étouffées. Timo parlait tout bas avec une femme, et Leonie sut aussitôt qui ce devait être.

Elle retourna à la salle de bains, sortit les ciseaux de sa trousse à ongles, raccrocha le peignoir au mur et se mit à le lacérer consciencieusement.

Timo ouvrit brusquement les yeux.

– Que... qu'est-ce que tu fiches là ?

Yasmin était assise en tailleur sur son lit, près de ses pieds, fumant une cigarette.

– J'attendais que tu te réveilles.

– Pourquoi ?

– Quelle question ! Pour ne pas te réveiller, tiens.

– Non, pourquoi tu es là ? Il... il s'est passé quelque chose ?

– Bien sûr, Timo. La maison brûle. Les autres sont déjà dehors.

– Ha, ha. D'abord, tu me coinces le pied gauche avec ta fesse droite.

– Pas du tout, c'est ton pied qui s'est glissé sous mon cul.

Timo se laissa retomber sur son oreiller et s'écria, les mains sur le visage :

– Maman, qu'est-ce que j'ai fait pour mériter ça !

Imperturbable, Yasmin laissa passer l'orage. Elle écrasa sa cigarette sur le couvre-lit, fourra le mégot éteint dans la poche arrière de son pantalon et effaça la saleté sur le couvre-lit avec un peu de salive, visiblement sans s'inquiéter du petit trou qui restait.

S'étant plus ou moins résigné à son sort, Timo soupira :

– Alors, qu'est-ce qui se passe, Yasmin ?

– Tu n'es pas du matin, hein ?

– Pour que je laisse quelqu'un fumer sur mon lit et me souffler sa fumée au visage, il faut d'abord qu'il se soit passé quelque chose d'érotique entre nous. Viens-en au fait, s'il te plaît. Est-ce à propos de Yim ? Tu es tombée amoureuse de lui hier soir pendant votre promenade ?

– Yim ? Mais non, ça n'a rien à voir avec lui. Enfin, presque. Il n'est pas vraiment mon genre, je ne suis pas son genre non plus, enfin, j'en sais rien. De toute façon, c'est très mauvais pour le karma d'être infidèle, et je…

– Comprends-moi bien, Yasmin. J'adore être sur mon lit avec toi à…

Il jeta un regard ensommeillé à son portable.

– … huit heures onze du matin, à parler de ton karma. Mais je suis vraiment crevé. J'ai une nouvelle histoire qui me trotte dans la tête, et hier soir, il fallait absolument que j'écrive un premier jet de quelques pages. De plus, je suis sans défense, je ne peux même pas m'enfuir, vu que mes affaires sont sur le fauteuil en face…

– Tu es tout nu là-dessous ?

– Tu dors en combinaison de ski, toi ?

– Tu n'as pas besoin de te gêner devant moi. Tu te souviens, la fois où on était tombés dans ce bassin de décantation près de l'usine chimique, et où on avait dû se déshabiller pour…

– Yasmin ! s'écria Timo. Vas-tu enfin me dire ce que tu fais ici ?

– Ah ouais, j'allais oublier. Je veux entrer dans un hangar, et j'ai besoin de ton aide. C'est pas de l'effraction, puisqu'il n'y a pas de cadenas. Il faut juste entrer sans autorisation. Ça n'alourdit pas le karma.

– C'est bien pratique quand on peut écrire ses propres dix commandements. Mais tout de même, tu ne peux pas entrer n'importe où, juste parce que ça t'arrange.

– Bon sang, Timo, autrefois, on n'arrêtait pas de franchir des panneaux « Accès interdit à toute personne non autorisée », et là, il n'y a même pas de panneau.

– Il n'y en a pas non plus sur la porte de chez moi, ça ne veut pas dire que je suis d'accord pour que n'importe qui entre comme ça. Écoute-moi, à la fin. Les temps changent, les gens aussi. Je ne fais plus ces choses-là maintenant.

Elle alluma une nouvelle cigarette, et, le visage soudain grave, fixa Timo d'un regard perçant qui n'avait plus rien de son étrange flou habituel. Yasmin était particulièrement intelligente, elle était capable de choisir ses mots et d'agir avec détermination, mais elle ne recourait à ces facultés que dans des circonstances spéciales, comme on sort le beau service en porcelaine de grand-mère.

– Faux, répliqua-t-elle d'une voix douce et ferme. Les gens ne changent pas, en tout cas pas sur l'essentiel. Ils gardent leur personnalité. Rappelle-toi. Philipp, par exemple, pinaillait toujours très longtemps pour préparer les actions. Il passait des heures et des jours à chercher des informations, tout était minutieusement planifié, comme pour une évasion. Et que fait-il aujourd'hui ?

Il continue à pinailler, à dessiner des croquis, à fixer des règles. Et toi, qui crois-tu tromper ?

Surpris d'être brusquement redevenu l'objet de la discussion, Timo resta quelques secondes sans voix avant de répondre par une autre question :

– De quoi parles-tu au juste ?

– Dois-je te rappeler l'histoire de l'élevage de poulets ? Nous étions entrés une nuit pour filmer les conditions dégueulasses dans lesquelles ils vivaient. Toi devant, bien sûr, pour donner l'exemple. Puis un gardien a débarqué, et tu lui as balancé un tel coup avec ta torche qu'il s'est écroulé, assommé. Et qu'a fait notre Timo aussitôt après ? Il s'est mis à filmer tranquillement, la caméra n'a pour ainsi dire pas tremblé. Avec ces mains-là, tu aurais pu opérer à cœur ouvert. Le film a été envoyé anonymement à une télévision, l'entreprise a été fermée et le bâtiment transformé. Tout s'est donc déroulé parfaitement. Je me souviens très bien de ce que tu as dit ensuite, qu'il fallait parfois un mal pour un bien.

– Pourquoi ramènes-tu ces vieilles histoires ? À quoi ça sert ?

– Ce n'est pas pour te faire des reproches. Je veux seulement dire par là que le Timo d'autrefois est toujours en toi. Timo le cambrioleur, Timo l'attaquant, le fer de lance de « Zora la Verte ».

– On ne s'est pas vu ni parlé depuis quinze ans, comment peux-tu savoir ? Comment saurais-tu quoi que ce soit de moi ?

– C'est très simple : depuis, j'ai lu tes deux livres.

Timo rabattit la couette et se leva, nu comme un ver, pour se diriger vers le fauteuil. Provisoirement, sa toilette du matin consista à vaporiser en direction de ses aisselles un nuage de déodorant qui enveloppa son torse au passage. Il enfila ses vêtements de la veille : un jean et un vieux tee-shirt distendu.

– Tu m'énerves, tu sais ? dit-il.

– Bien sûr que je le sais. Je suis Yasmin Germinal et, jusqu'ici, j'ai toujours énervé tout le monde. Je veux entrer dans cet appentis, mais pas seule. Ça me met mal à l'aise. Qu'est-ce qui arriverait si le sale nabot de mari me surprenait ? Je l'ai vu de loin hier, ça m'a suffi. Ce type est un peu timbré, ça se voit au premier coup d'œil. Il faut que tu fasses le guet pour moi.

– Je ne comprends toujours pas. Mme Nan n'élève sûrement pas des visons là-dedans, ni des poules pondeuses en batterie. Alors, pourquoi veux-tu y entrer ?

– Yim m'a laissé entendre que c'était son lieu de culte personnel, son temple privé, où elle fait sa puja. J'ai toujours voulu voir ça, une pièce remplie de moulins à prières, de clochettes, de tambours de bois, d'autels en bois de santal...

– Tu peux ajouter quelques ossements d'extraterrestres, pour bien faire.

– Moque-toi si tu veux, mais il faut absolument que je voie ça. Je n'aurai peut-être pas l'occasion deux fois.

– Tu ne veux pas laisser tomber ?

– Je ressemble à Winona Ryder ?

– D'accord, j'entrerai avec toi dans ce foutu appentis. Mais pas un mot à personne !

– Compte sur moi. T'es vraiment super. Je vais juste fumer un joint en vitesse et on y va !

Timo secoua la tête. Il ne connaissait que Yasmin pour pouvoir concilier dans sa tête bouddhisme, ésotérisme, les joints, le marxisme-léninisme et la violation de domicile, et croire à chacune de ces choses à cent pour cent. Dans le monde où elle vivait, tout ce mélange avait un sens.

17

Une clé à peine plus grande que l'ongle de mon pouce était devenue mon cauchemar. Au lieu de m'aider à avancer, elle me renvoyait aux doutes fondamentaux de ma profession. Qu'est-ce qui était permis, qu'est-ce qui ne l'était pas ? Avais-je moralement le droit de pénétrer dans un lieu – fût-ce un « simple » appentis – sans même savoir ce que je cherchais ni si c'était important ? Jusqu'à quel point pouvais-je m'introduire dans la vie privée de quelqu'un ?

M. Nan m'avait clairement fait comprendre que je n'avais rien à faire dans l'appentis, et on l'avait cadenassé aussitôt après. Entrer avec une clé volée revenait à peu près au même que défoncer la porte, briser une vitre ou fracasser la serrure. Sans compter que je trahissais la confiance de Yim.

Ce qui me décida finalement à faire usage de la clé, ce fut la pensée que non seulement M. Nan, mais Yim aussi voulait m'empêcher de savoir ce que dissimulait cette porte. L'homme que je désirais comprendre avait des secrets pour moi. Sur le bateau, à propos de Yasmin Germinal, il m'avait dit que cela ne me regardait pas. Mais il était question alors de la façon dont ils essayaient de surmonter le traumatisme, et c'était donc compréhensible.

Ici, il s'agissait de tout autre chose, de la personne même de Nian Nan, en tant qu'être humain et pas seulement mère ou épouse. Or, à l'évidence, le père et le fils ne voulaient pas qu'on sache ce qu'elle avait laissé derrière elle. Parce qu'ils en avaient honte ? Ou parce que cela leur faisait encore peur, au-delà de sa mort ?

Le début de la soirée me paraissait le meilleur moment pour ma tentative. Yim me déposa au port et repartit rendre le bateau à son propriétaire. À vélo, il mettrait un certain temps à revenir de Vitte, et il ne pensait pas être de retour avant huit heures. Ensuite, nous devions sortir pour dîner.

Du jardin, je vis que M. Nan regardait un film policier à la télévision, assis dans le salon et toujours aussi inquiétant. Il se tenait comme un pharaon sur sa chaise, raide et figé, les mains posées sur ses cuisses, l'air indifférent à ce qui se passait devant lui. On pouvait tirer des coups de feu, crier, pleurer, mourir, il ne tressaillait même pas. En l'observant par la fenêtre, je me dis : C'est maintenant, Doro ! Va à l'appentis tout de suite.

C'est alors que mon portable sonna – un appel d'une amie. Je coupai aussitôt, mais trop tard. M. Nan tourna la tête vers moi, sans bouger le reste de son corps. Je reculai et sus que je n'oserais jamais entrer dans l'appentis en plein jour.

Comme prévu, j'allai au restaurant avec Yim. Si le baiser échangé sur le bateau n'avait rien changé à notre façon de nous parler, nous nous regardions différemment. Il y avait dans son sourire quelque chose d'érotique qui me plaisait beaucoup. Yim se gardait certes d'appliquer les recettes de séduction des manuels : pas de main s'avançant vers la mienne sur la table, pas de compliments sur mes yeux bleus, et il ne fut pas question de commander un seul dessert avec deux cuillères. Le contact au moment de nous souhaiter bonne nuit fut bref, et je préférais cela. Malgré mon envie de le toucher – contraire à mes bonnes résolutions précédentes –, toute manifestation de tendresse de sa part m'aurait été pénible ce soir-là. J'avais même insisté pour payer l'addition au comptoir du restaurant. Cela me donnait au moins l'impression de compenser un peu ma trahison.

Après avoir éteint la lampe, j'attendis dans ma chambre jusqu'à une heure du matin. La porte de M. Nan était fermée quand je descendis l'escalier sur la pointe des pieds. Dans le salon où Yim dormait sur le canapé, j'éprouvai fugitivement un sentiment délicieux, malgré ma tension, en entendant le bruit régulier de sa respiration. Il y avait bien longtemps que je n'avais pas vu un homme dormir.

J'allai chercher dans la cuisine la lampe de poche que j'avais remarquée au déjeuner. Dehors, j'entendis les voix de jeunes gens assis autour d'un feu de camp sur la plage. Je resterais certes assez loin d'eux, mais je préférais ne pas me faire remarquer, et le quartier de lune éclairait suffisamment mon chemin. Je n'allumai la lampe que lorsque j'en eus besoin pour essayer la clé.

Elle entra aussitôt dans la serrure. Jusque-là, je n'étais pas encore certaine que M. Nan ait parlé à son fils de ma visite à l'appentis. C'était donc bien Yim qui avait posé le cadenas.

La porte grinçait, et je l'ouvris avec une infinie lenteur. Malgré l'odeur piquante qui prenait à la gorge, je fis quelques pas à l'intérieur, me heurtant à des toiles d'araignées qui prouvaient que personne n'était entré depuis longtemps. Devais-je allumer le plafonnier ? J'aurais pu prendre le risque, car l'unique fenêtre se trouvait du côté opposé à la maison. Mais un rai de lumière aurait pu filtrer sous la porte d'entrée, et, après avoir hésité un peu, je m'abstins.

Le mince faisceau de la lampe de poche ne me permettait pas encore de comprendre l'usage de l'appentis. Comme la voisine me l'avait appris quelques jours plus tôt, des cloisons mobiles de toutes tailles formaient une sorte de labyrinthe qui empêchait de voir l'essentiel, quel qu'il fût. Je me faufilai entre eux avec précaution. C'est alors que mon pied heurta bruyamment une petite boîte en fer-blanc. Je poussai un juron, mais, en m'accroupissant pour écarter la boîte du passage, je frôlai une cloison qui se mit à vaciller. Je tendis la main pour la retenir, puis me redressai et reculai d'un pas pour regarder, ma lampe de poche réglée en mode éclairage large. J'en eus le souffle coupé.

18

Au retour de son heure de travail à la Maison des brouillards, Mme Nan s'assit à la petite table de sa cuisine, immobile, les quatre-vingt-dix-sept pages rédigées la nuit précédente posées devant elle. Il lui avait fallu environ cinq heures pour les cinquante premières, et deux autres heures pour le reste. La seconde moitié n'était pas moins monstrueuse et révoltante que la première, mais, à partir du moment où Mme Nan avait trouvé le langage pour exprimer la douleur, la honte, le remords, les mots s'étaient mis à couler comme d'une fontaine. À l'aube, complètement épuisée, plus encore moralement que physiquement, elle était allée se changer les idées en faisant le ménage à la Maison des brouillards.

Quatre-vingt-dix-sept pages, le poids d'un testament. Des souvenirs qu'elle gardait en mémoire depuis quarante ans. Quatre-vingt-dix-sept fantômes. Quatre-vingt-dix-sept images.

Yim entra dans la cuisine, en sueur après son jogging.

– Tu vas bien ? lui demanda-t-il en la regardant dans les yeux.

– Je vais bien.

– Tu as pris ton petit déjeuner ?

– Non, pas encore.

– Veux-tu que je te prépare du thé ?

– Si tu veux.

Elle suivit ses gestes d'un regard tendre. Cela lui faisait du bien de le voir aussi plein d'énergie. Au moins, il ne s'était pas laissé abattre par le sort, contrairement à elle et à M. Nan, qui avaient traversé la vie lestés de plomb, jusqu'à ce présent totalement figé.

– Cette femme t'intéresse ? demanda-t-elle. Celle qui a les cheveux de toutes les couleurs. Je vous ai vus ensemble hier, par hasard. On dirait que tu l'aimes bien.

Yim prit la boîte de thé dans le placard.

– C'était juste une promenade, rien d'autre !

– Quand même. Ça me fait plaisir que tu te laisses enfin approcher un peu, cinq ans après Martina.

– Je fais quelques pas à côté d'une femme, et tu te vois déjà avec trois petits-enfants…

– Une relation sérieuse te ferait du bien, dit Mme Nan en hochant la tête. Tu es malheureux.

– Je t'en prie, maman, pas maintenant.

Yim mit trois cuillerées de thé vert dans la théière et versa l'eau bouillante.

– Fuir pendant cinq ans, c'est suffisant, Yim. Crois-moi, les jambes deviennent plus lourdes chaque année, et à la fin, tu ne peux plus bouger du tout.

La tasse que Yim venait de sortir du placard lui échappa des mains et se fracassa sur le sol. La mère et le fils restèrent silencieux quelques secondes, puis Mme Nan reprit :

– Martina s'est noyée dans la mer quinze jours après t'avoir quitté. Je ne peux qu'imaginer ce que tu as pensé et ressenti alors, peut-être des choses très dures. Cela a dû être une période difficile pour toi.

– Je préférerais ne pas en parler, dit-il à sa mère sans se retourner.

Mme Nan se leva avec lassitude pour balayer les débris.

– C'est de notre faute, la mienne et celle de ton père. Nous ne t'avons pas appris à parler, mais à te taire. Si seulement, à l'époque…

Yim sortit de la cuisine sans mot dire, grimpa l'escalier en courant et claqua la porte de sa chambre.

Mme Nan posa sur le buffet la balayette et la pelle pleine de débris, se servit le thé vert préparé par son fils et se rassit devant la table, où elle resta un moment, tenant la tasse près de ses lèvres pour boire de temps à autre une petite gorgée.

Remarquant qu'il commençait à pleuvoir, elle se leva une nouvelle fois pour ouvrir la fenêtre.

Un vent léger souffla sur son visage, quelques gouttes de pluie se posèrent sur ses joues comme des larmes, et elle crut entendre le chant de la mousson, auquel se mêlait un rire d'enfant. Elle ne saurait jamais si ce rire avait soixante ans ou s'il venait de naître.

Elle se mit à fredonner une chanson, la première qui lui vint, la répétant sans cesse, et ne s'arrêta qu'en sentant que quelque chose avait changé dans la pièce. Elle ferma la fenêtre et se retourna.

M. Nan était sur le pas de la porte.

Elle alla prendre sur la table les quatre-vingt-dix-sept feuillets et les cacha sous son tablier.

– Alors, tu as écrit cette histoire, dit-il en la foudroyant du regard. Ça ne te suffit pas, ce que tu fais dans l'appentis, il faut maintenant que tu écrives des romans.

– Si seulement c'en était un ! Laisse-moi passer.

– Donne-moi ce que tu as écrit.

– Pour que tu le brûles, comme les photos ! Non, Viseth, non. Tu n'as toujours pas compris ? Tu crois que nous sommes encore vivants ? Nous sommes morts ! Autant de ce que nous avons fait que de ce que nous n'avons pas fait. Pendant quarante ans, nous avons été comme des herbes sèches qui répandent encore leur parfum alors qu'elles sont coupées depuis longtemps, et nous ne l'avons même pas remarqué.

– Tais-toi ! dit-il en se bouchant les oreilles, le visage froncé.

Mme Nan lui écarta les mains pour qu'il écoute encore.

– Il faut que cela cesse, Viseth. À moins que tu ne veuilles continuer ainsi pendant dix ans, quinze ans ? Pas moi. Je n'en peux plus. Je suis finie. J'ai tout essayé, mais rien à faire. En voulant l'oublier, nous n'avons réussi qu'à redoubler notre faute. Nous avons fait de Yim quelqu'un qui fuit, qui se tait, qui…

Il la poussa si violemment qu'elle chancela. Les papiers se répandirent sur le carrelage, et M. Nan fit un pas en avant pour les ramasser.

– N'y touche pas ! cria-t-elle.

Elle tenait tout à coup à la main le pistolet qu'elle portait sur elle depuis deux jours, depuis qu'elle l'avait déterré sous l'if. Elle avait réellement l'intention de tirer. Trois coups, et le dernier pour elle. C'était peut-être mieux ainsi. Peut-être devait-elle donner cette fin violente à l'histoire de Nian et Viseth.

Mais, quelque part dans toute cette folie et cette culpabilité, il lui restait une étincelle d'amour pour cet homme.

Timo et Yasmin voulaient sortir discrètement de la Maison des brouillards, mais Philipp les trouva devant le vestiaire.

– Où allez-vous donc ?

– Oh, juste nous balader un peu, répondit Yasmin.

– Vous balader ? Vous n'avez pas entendu les infos ? Le temps se dégrade. La radio annonce une tempête pour ce soir. Le cyclone norvégien se déplace vers le sud-est, contrairement à ce qui avait été annoncé.

– Ce qui signifie ? demanda Timo.

– Que votre dernier jour ici sera pluvieux. Avec de la chance, le service normal du ferry aura repris d'ici demain midi et vous pourrez traverser comme prévu. Mais le plus probable est que vous devrez rester ici toute la journée de demain pour attendre la fin de la tempête.

– Merde, dit Yasmin.

– Tu peux le dire, approuva Philipp, pour une fois d'accord avec elle. Demain, je dois absolument aller sur le continent pour discuter avec un client potentiel. Il y a quatre-vingt-dix mille euros en jeu. Pour vous, bien sûr, ce n'est pas dramatique, reprit-il en voyant que Yasmin et Timo ne lui manifestaient qu'une compassion limitée. Ça ne change rien que vous partiez un jour plus tard, vous n'avez pas un boulot normal. Ta couverture à pierres magiques ne va pas se sauver, Yasmin, et Timo ne travaille que quand ça lui chante. Mon rêve.

Comme aucun des deux ne répondait, Philipp éprouva le besoin de se défouler sur eux. Son rendez-vous avec ce client était réellement important, et, à l'idée qu'il allait devoir rester enfermé deux jours sous la pluie avec des invités qu'il n'aimait pas, il n'avait plus du tout envie de faire du sentiment.

– Vous voulez quand même aller vous promener ? Vous êtes fous. Mais vous êtes libres. Il y a des parapluies ici, si vous voulez en emporter. Ramenez-les entiers si possible, d'accord ? Petit déjeuner dans une heure, à neuf heures et demie. La ponctualité, vous connaissez ?

Ils sortirent. La pluie légère ne les gênait pas. Timo rabattit la capuche de son sweat-shirt, Yasmin brava les éléments tête nue. Elle attendit qu'ils se soient éloignés d'une dizaine de pas avant de s'écrier :

– Quel salaud ! Il se conduit comme… Mais il est con ou quoi ? On croirait qu'il parle à des gamins. Comme si on ne comprenait rien à rien. Des types pareils, ça me débecte. Comment, vous n'avez pas de fric ? Alors, bouclez-la. Oh, je te jure ! Le fric, le fric, le fric, il n'y a que ça pour eux. Et à chaque fois qu'ils ajoutent un zéro, ils te regardent d'un peu plus haut. Ça fait dix mille ans que c'est comme ça, et rien ne change. Vivement que quelqu'un supprime ce foutu argent ! C'est un moyen diabolique de réduire les gens en esclavage, et les esclaves sont trop cons pour vouloir l'abolir, ils préfèrent essayer de devenir des esclavagistes eux-mêmes. Une vraie relation sado-maso.

Timo haussa les épaules. La philosophie politique de Yasmin l'intéressait encore moins aujourd'hui que d'habitude.

– Tu te rappelles comme Philipp était remonté autrefois ? poursuivit Yasmin. Il manifestait contre la politique sociale de Kohl, il voulait qu'on monte le taux d'imposition à 75 % pour la tranche supérieure, qu'on taxe la propriété, qu'on nationalise les banques, qu'on redistribue les revenus. C'était un petit Robespierre, notre Philipp, et il avait raison. Il n'y a qu'à voir la crise financière, les mesures Harz IV et compagnie. Et aujourd'hui, il joue les pontes ! Regardez comme j'ai bien réussi, je me fais quatre-vingt-dix mille euros en un seul rendez-vous, alors que vous, pour gagner la même somme, vous devriez rester quatre-vingt-dix ans sur une couverture à vendre des pierres magiques. Ou écrire quatre-vingt-dix mille pages. Rien que la façon dont il a fait la grimace le premier jour, quand on lui a dit ce qu'on faisait ! Et cette voix nasillarde qu'il prend dès qu'il parle de son boulot !

– Tu interprètes peut-être un peu, objecta Timo avec un calme prudent. Il ne s'est pas tant vanté que ça.

– Tu parles ! Il fait ça d'une façon plus subtile. Il ne dit pas : Regardez ma super maison, regardez comme je vis bien, je peux faire ci, j'ai ça et pas vous, tralala ! Non, il te fait visiter sa baraque, les mains dans les poches, air blasé, voix nonchalante… Il ne te crache pas brutalement sa supériorité à la figure, il te la diffuse modestement, au brumisateur. Il se plaint tout le temps : J'ai trop de travail, tous ces contrats, il faut que je fasse les plans de cette villa à Majorque, de cette maison des artistes à Rome, et une grande banque me met la pression pour que je réalise un centre de séminaires au bord du lac de Constance. Je ne sais plus où donner de la tête, tout le monde me réclame, il va même falloir que j'aille à New York, un truc pour l'O.N.U., bon Dieu, rien que de penser au décalage horaire… et je vais encore devoir caler une interview sur Arte au milieu de tout ça, ça ne m'arrange pas du tout… Vraiment, Timo, j'ai du mal à comprendre comment tu fais pour rester aussi calme.

Timo avait trois raisons de rester sur la réserve pendant qu'ils se dirigeaient vers l'appentis. D'abord, Yasmin parlait pour deux et ne le laissait pas placer un mot. Ensuite, elle avait tort de croire qu'il supportait aussi stoïquement les manières de Philipp. Mais celles-ci le contrariaient pour d'autres raisons que Yasmin, dont une qu'il ne voulait pas étaler devant elle. Pour le dire simplement, il était jaloux de Philipp, et avant tout de son aisance matérielle. Certes, il racontait partout que l'écriture était pour lui l'essentiel, qu'il ne rêvait pas de faire autre chose – et c'était la vérité. Mais, contrairement à Yasmin, à qui c'était apparemment égal de ne presque rien gagner et de passer ses journées sur une couverture dans la rue, cela le minait d'être si pauvre que, certains mois, il ne pouvait même pas se permettre d'aller manger une pizza avec des amis. Les miettes que lui rapportaient ses efforts ne lui suffisaient pas. Dans ses mauvais jours, il se considérait comme un raté. Son frère cadet, qui vendait des tapis, gagnait beaucoup plus que lui. En outre, il voyageait beaucoup, parce qu'il avait une liaison avec une jolie hôtesse de l'air grâce à qui les billets d'avion ne lui coûtaient que le trajet en taxi. Timo, lui, n'avait réussi qu'à aller une fois à Grande Canarie. Tout ce qu'il avait à montrer, c'était deux romans qui n'avaient pas dépassé la première édition.

Mais il avait une troisième raison de ne pas prendre parti devant Yasmin : il enviait Philipp à cause de Vev. Il ne cessait de penser à elle. Lorsqu'il avait dit à Yasmin qu'il avait passé la moitié de la nuit à écrire, ce n'était qu'une partie de la vérité. Il avait écrit sur son aventure avec Vev, puis, s'étant enfin endormi, il avait rêvé d'elle. En sa présence, il se sentait bien, comme si des ondes d'énergie circulaient dans ses veines. Lorsqu'elle riait, il riait avec elle, lorsqu'elle pleurait, il pleurait aussi, et si elle s'énervait, son cœur battait la chamade. Il n'avait encore jamais rien connu de semblable.

Il bandait de nouveau chaque fois qu'il pensait à l'heure qu'il avait passée à Genoveva Bay, aux mouvements lents et rythmés de son propre corps, au moment où il avait pénétré celui de Vev, à ses cris muets. Pour la première fois, il s'était masturbé non avec des fantasmes, mais en se souvenant d'un événement réel, plus encore, en écrivant cet événement. Il faisait l'amour avec leur histoire. Il aurait voulu garder pendant deux ou trois semaines le coup de soleil qu'il avait pris sur le dos ce jour-là. Le départ prévu lui faisait si peur qu'il avait accueilli comme une alliée la nouvelle de la tempête qui lui promettait vingt-quatre heures de plus avec Vev.

C'était à tout cela qu'il pensait ce matin. En dehors de l'image de Vev, qui ne le quittait jamais, les deux seules qui lui venaient régulièrement à l'esprit et lui apparaissaient même en rêve étaient, bizarrement, celle des chiens dormant sur la couverture de Yasmin à Berlin, et les poignets enflés de Mme Nan. Il ne s'expliquait pas le lien entre ces deux images – si lien il y avait –, mais elles le bouleversaient. Dans un rêve, les chiens somnolents s'étaient transformés d'une seconde à l'autre en fauves menaçants qui le poursuivaient en grondant dans les rues de Berlin. De ses mains couvertes d'hématomes, Mme Nan lui avait fait signe d'approcher et lui avait donné refuge.

– Bon, à partir d'ici, il va falloir être prudent, lui souffla Yasmin en s'accroupissant. Le vilain bonhomme pourrait être quelque part à bricoler dans ses plates-bandes, et Yim en train de faire son qi gong ou je ne sais quoi. Tu vois quelqu'un ?

– Non. Mais, même si nous atteignons l'appentis sans nous faire remarquer, Mme Nan pourrait être à l'intérieur.

Ils se faufilèrent jusqu'à la porte, et Yasmin y colla son oreille.

– Je n'entends rien.

– Tu t'attendais à ce qu'elle joue des percussions en priant ?

– Qu'est-ce que tu as aujourd'hui ? Tu râles tout le temps. Sois un peu positif.

– Si tu vois tout positivement, il ne peut rien t'arriver et tu n'as pas besoin de moi. Salut.

– Attends. C'est moi qui prends le risque. Au pire, qu'est-ce qu'elle me ferait ? Elle est bouddhiste, elle ne me touchera pas. À moins d'appartenir à une tendance militante qui…

– Fais-moi plaisir, Yasmin. Entre, et finissons-en.

– O.K.

Elle disparut à l'intérieur, et Timo alla attendre à quelques pas de la porte, regrettant de ne pas être fumeur, car ses mains ne tenaient pas en place. Ce qui l'énervait n'était pas tant cette action que le fait de perdre son temps ici pendant que, peut-être, Vev préparait déjà la table du petit déjeuner. Il s'imagina l'aidant, enclenchant le levier du grille-pain, se penchant vers elle tandis qu'elle ouvrait un pot de miel, l'embrassant jusqu'à ce que le pain s'éjecte… mettant un terme provisoire au jeu amoureux.

– Merde ! jura-t-il à cause de son caleçon mouillé, et parce que cela l'agaçait d'avoir éjaculé pour un simple fantasme.

À cet instant, Yasmin émergea de l'obscurité.

– Il faut que tu voies ça, dit-elle, la tête environnée de clématites.

– Je suis totalement athée, les tapis de prière me laissent froid. On peut partir, maintenant ?

– Il faut que tu voies ça, répéta Yasmin.

Alors seulement, il remarqua sa pâleur.

– Qu'est-ce qui se passe ? Dis-moi.

– C'est… c'est terrible.

Plein d'appréhension, Timo entra dans le hangar.

Un corps gît sur le sol, courbé dans un spasme, les yeux et la bouche grand ouverts. Il lui manque plusieurs dents, et du sang dégoutte de son nez. Les endroits déchirés de son maigre vêtement laissent entrevoir les croûtes noires de plaies purulentes, et quelques autres plus récentes. Les poignets sont lacérés, les pieds aussi. Comment pouvaient-ils encore lui servir à marcher ? Il y a une marque de brûlure sur son front. La fillette ne peut pas être morte depuis longtemps. Tout près d'elle, une femme âgée, couchée sur le côté comme si elle dormait, tourne le dos à l'enfant, qui pourrait être sa petite-fille. Leurs pieds se touchent. Le chignon de la vieille femme a glissé et laisse voir un trou béant dans son crâne. Elle a étendu un bras devant elle, comme on le fait parfois dans un geste tendre en dormant. Le bras repose sur un squelette.

La scène a l'aspect un peu flou d'un reflet dans l'eau. À certains endroits, la peinture est d'une netteté si étonnante qu'on dirait une photographie, à d'autres, elle est tailladée jusqu'à rendre le motif presque méconnaissable. Il en est ainsi de tous les autres tableaux. Disposés en labyrinthe dans l'appentis, ils constituent une exposition d'horreur.

Un adolescent agenouillé dans la boue regarde le spectateur avec des yeux pleins d'angoisse. Trois hommes dont on ne voit que les jambes et les mains encerclent le garçon, leurs pistolets braqués sur sa tête. On sent que les trois coups vont partir dans les secondes suivantes.

Au centre d'une cour qui pourrait être celle d'une école, un soldat met le feu à un bûcher de livres. Quatre poteaux dépassent du bûcher, auxquels sont attachés deux hommes et deux femmes. Quelques enfants constituent le public requis pour ce spectacle. Un petit garçon qui pleure est menacé par un homme en uniforme armé d'une machette.

Des êtres dont il est impossible de reconnaître l'âge ni le sexe luttent contre la mort. On leur a attaché des sacs en plastique sur la tête. Les mains liées dans le dos, tourmentés de diverses façons par un groupe de soldats déchaînés, ils errent au hasard, marchant vers une mort lente par asphyxie.

19

Je me trouvais au milieu d'un documentaire de cauchemar. Les images étaient presque insoutenables. Il devait y en avoir une cinquantaine, la plupart peintes sur des toiles d'environ un mètre quatre-vingts de hauteur, moyennant quoi beaucoup des personnages – tous des Asiatiques – étaient représentés grandeur nature. La technique particulière employée, avec des parties d'une netteté de calligraphie et d'autres floues, conférait à chaque tableau à la fois une immédiateté criante de vérité et une atmosphère irréelle. Il n'y avait pas la moindre consolation sur ces images, seulement la peur et la haine. Pas un oiseau sur une branche, pas un rayon de soleil, pas un bol de riz pour apaiser la faim. Une tristesse plombée émanait des couleurs elles-mêmes, toutes dans des tons jaunes, verts et bleus mêlés de gris. J'étais saisie par la souffrance et l'absence de pitié qui se dégageaient de chacune des images. J'éprouvais du dégoût pour les bourreaux, j'aurais voulu tendre la main aux victimes et les ramener dans mon monde, dans la chaleur d'une nuit de l'été 2012 à Hiddensee, à des années-lumière du Cambodge entre 1975 et 1979.

Durement éprouvée, je m'assis sur un tabouret de bar poussiéreux et couvert de taches de peinture qui ressemblait à ceux du restaurant de Yim. Peut-être Mme Nan se l'était-elle procuré auprès de son fils, sans lui dire à quel usage elle le destinait.

Pour moi, il était évident que la personne qui avait peint ces tableaux avait assisté à ces scènes, qu'elle était une victime de ce régime – ou qu'elle lui appartenait. En tout cas, il ne faisait aucun doute que le peintre était Mme Nan.

Après avoir pris un moment pour me calmer et tenter de m'habituer à cette horreur, j'observai de plus près les tableaux. À première vue, les scènes m'avaient pour ainsi dire sauté au visage, avec une violence qui m'avait empêchée de remarquer certains détails. Sur la plupart des images, un homme vêtu de noir se tenait à l'arrière-plan, un civil dont on ne distinguait pas le visage. Il apparaissait souvent dans des parties floues ou entrecoupées de centaines de hachures. Lorsqu'il était dessiné nettement, sa tête était masquée par un objet ou par un autre personnage. Sur l'un des tableaux, c'était lui-même qui tenait sa main devant son visage, comme quelqu'un qui refuse d'être photographié.

Il appartenait sans doute possible aux assassins et devait même occuper un poste important, car on le voyait souvent l'index et le bras tendus. Mais je fus encore plus surprise en remarquant la femme qui se tenait presque chaque fois à ses côtés. Simplement vêtue de noir elle aussi, elle était très petite, âgée d'une trentaine d'années… Même confondu dans la masse, son visage était toujours dessiné très nettement, et je le connaissais. Mme Nan s'était représentée sur le lieu des événements, et du côté des bourreaux.

Même avec la meilleure volonté du monde, je ne parviens pas à retrouver tout ce qui me traversa l'esprit et le cœur à cet instant où je la reconnus. Je me souviens seulement de ma stupéfaction et de ma déception. Sans l'avoir jamais connue, je me sentais plus proche de cette femme depuis quelques jours, je commençais à l'aimer, malgré la sécheresse qui émanait d'elle, peut-être aussi, ou surtout, parce que je ne supportais pas son mari. Pour les mêmes raisons, je m'étonnais de ma propre attitude. Comment avais-je pu m'attacher à une complice des Khmers rouges ? L'homme caché semblait jouer un rôle de chef, tandis que Mme Nan n'était là qu'en spectatrice, mais son visage non plus ne trahissait pas la moindre émotion.

Ce lieu où je m'interrogeais avec horreur, assise sur un tabouret de bar, avait-il été son confessionnal, son divan d'analyse ? Avait-elle peint pour chasser de son esprit les images qui la hantaient ? Ou avait-elle fait cela uniquement pour comprendre ? S'était-elle jugée et condamnée elle-même – condamnée à cette rencontre quotidienne avec les victimes ? Avait-elle voulu donner une voix aux assassinés ?

Peut-être était-ce tout cela à la fois, peut-être rien de tout cela, comment savoir ? Une chose était certaine : Mme Nan avait trouvé la force de faire face, au moins à sa propre conscience. Elle avait cherché un moyen d'expression, puis en avait appris le langage. Aurait-elle aussi trouvé la force de l'exposer aux yeux du monde ?

Ce n'est qu'en voyant la lampe de poche s'éteindre que je réalisai combien de temps j'étais restée dans l'appentis. Il était trois heures passées. Je dus chercher à tâtons la sortie du labyrinthe d'images apocalyptiques. Alors que je n'étais habituellement pas claustrophobe, cela me parut si long que, durant quelques secondes de panique, je fus tentée de tout renverser pour être plus vite dehors. Je me contrôlai juste à temps. Une fois la porte enfin refermée, je me laissai lentement glisser contre elle et restai un moment assise par terre. Puis j'inspirai à fond et pris ma décision.

Tout était calme dans la maison. Yim dormait profondément sur le canapé, couché en chien de fusil. Il avait repoussé la couette, et, à la faible clarté lunaire qui entrait par la fenêtre, je vis qu'il ne portait qu'un short bleu clair.

J'étais consciente de l'influence que ce que je venais de découvrir aurait nécessairement sur notre relation. Yim était né en 1972, il avait donc trois ans lorsque les Khmers rouges avaient pris le pouvoir, sept quand les Vietnamiens avaient mis fin à leur domination et que de nombreux protagonistes du régime de terreur étaient retournés à la clandestinité. Il n'avait rien à voir avec cette horreur, et il n'est pas trop difficile, en se donnant un peu de mal, de cacher le pire à un enfant de cet âge afin de l'empêcher de se rendre vraiment compte de ce qui se passe autour de lui. Je portais tout cela au crédit de Yim. Mais il m'avait menti, à moi et probablement à tout le monde, sur la date de son entrée en Allemagne.

Il n'était pas arrivé en R.D.A. dès 1975, mais en 1979 seulement, et il ne pouvait pas prétendre l'ignorer. Un enfant de cinq ou six ans est très capable de distinguer s'il grandit sous un climat tropical, au milieu des rizières et de la jungle, ou s'il fait des bonshommes de neige en Europe. Si aucune des photos au mur de sa chambre d'enfant ne le montrait entre quatre et six ans, c'est parce que c'était la période interdite. Ses parents lui avaient imposé le silence, puis, un jour, ils lui avaient tout expliqué, ou bien il avait compris de lui-même ce que cela signifiait. D'une façon ou d'une autre, il était dans le secret.

Je n'avais pas l'intention de le clouer au pilori – après tout, ceux qu'il protégeait étaient ses parents. Mais je ne pouvais pas non plus faire comme s'il avait bien agi envers moi. Je m'attendais à mieux de sa part, ou, plus exactement, de celle d'un homme avec qui je m'engageais dans une relation aussi intime.

Voilà pourquoi je devais partir. Non, il y avait encore autre chose. Je ne pouvais pas rester un jour de plus, à plus forte raison une nuit, sous le même toit que M. Nan.

J'écrivis une note que je laissai sur le lit. Yim ne la découvrirait que dans quelques heures, probablement vers dix heures, quand il s'étonnerait de ne pas me voir descendre. La feuille ne portait que trois mots, mais ils m'avaient pris du temps : *Je suis désolée.* J'y joignis la petite clé de cadenas. Yim comprendrait.

Je quittai la maison sans bruit, sous la clarté grise de l'aube. Sur le port, j'attendis le premier ferry dans une nappe de brume, la tête farcie de pensées, le corps las. Pourtant, une idée me vint subitement qui m'arracha à ma torpeur épuisée. Était-ce un hasard si trois personnes avaient été tuées dans la Maison des brouillards, à quelques pas de celle d'un tueur de masse ? M. Nan pouvait-il avoir commis le massacre de Hiddensee ?

20

Timo entra dans l'appentis à la suite de Yasmin. Dès qu'il eut refermé derrière lui la porte branlante, il tourna l'interrupteur. La pièce, basse de plafond, n'était que faiblement éclairée, mais un seul regard suffisait pour comprendre qu'il ne s'agissait pas d'un lieu de prière. Son centre était entièrement occupé par un labyrinthe de tableaux, la plupart accrochés à des supports, d'autres posés sur de vieilles couvertures à même le sol inégal. Contre les murs, sur des étagères métalliques poussiéreuses et rouillées, étaient posés dans le plus grand désordre des centaines de pots et de bombes de peinture et de produits dissolvants dégageant une odeur nauséabonde, ainsi que des tamis, des spatules et des éponges. Une bonne centaine de pinceaux, mélangés à des brosses dont la plupart n'avaient pas été nettoyées, étaient placés dans des chopes à café, tournés vers le haut comme des fleurs. Dans un angle, un énorme évier en faïence teinté de rouille ne tenait plus droit sur son support. Deux robinets qui n'invitaient guère à se laver les mains gouttaient à intervalles variables.

Le lieu défiait tous les clichés sur les ateliers de peintre. Où étaient les flots de lumière, les palettes multicolores ?

– Comment peut-on peindre quoi que ce soit ici ? s'étonna Yasmin.

Timo savait d'expérience qu'il était possible de créer dans beaucoup d'endroits, certains aussi banals que la salle d'attente d'une agence pour l'emploi, certains sans vie, comme l'arrêt de bus en face de chez lui le soir, d'autres dangereux, ce que devenaient beaucoup de quartiers ou de parcs de la ville au milieu de la nuit. Pourquoi pas dans un lieu où régnait la décrépitude ?

– Peut-être ce que peint Mme Nan ne peut-il naître que dans un tel endroit, répondit-il. Peut-être est-ce malgré tout un lieu de prière. Mais différent de celui que tu attendais.

– Ce doit être quelqu'un de très torturé, déclara Yasmin à voix basse, comme le requéraient le lieu et ses propres paroles. Il faut être malade pour peindre de telles horreurs, non ? Quand je pense aux merveilleux dessins de Jonny...

– On peut aussi créer de belles choses en étant malade. Tout dépend de la maladie, je suppose.

– Qu'est-ce que tu veux dire ? Tu insinues que Jonny est malade dans sa tête ? Ou moi ?

– Je n'ai rien insinué du tout.

– À d'autres !

– Écoute, ce n'est pas l'endroit pour discuter de ce que tel ou tel a dans la tête. Quoi qu'il en soit... peut-être ce que nous voyons ici est-il le remède, plutôt que la maladie ?

– Tu déconnes. On ne peut soigner personne avec des images pareilles, Timo. Elles ne font que détruire. Mme Nan a besoin de se retrouver. Il lui faudrait de l'harmonie.

– Et peut-être un joint, non ?

– Oh, fous-moi la paix. Comment veux-tu parler de ces choses-là avec un athée et un cynique ?

– Toi qui refuserais d'écraser un moustique, où est l'harmonie quand tu dis que Philipp devrait être collé au mur s'il y avait la révolution ?

– Je n'ai jamais dit ça !

La dispute était venue comme une vague qui vous prend par surprise, et elle cessa aussi vite qu'elle avait commencé. C'étaient les tableaux qui les rendaient agressifs. Ils communiquaient le plus vieux poison de l'humanité, un passé malade, et Yasmin et Timo y étaient tout aussi réceptifs l'un que l'autre.

– Je veux sortir, dit Yasmin.

Timo acquiesça. C'est au moment où ils se retournaient pour partir qu'ils virent soudain une forme émerger d'un coin obscur de l'appentis.

– Merde, murmura Yasmin.

Timo fit un pas en avant, pour la protéger au cas où les choses tourneraient mal.

Quand Leonie entra dans la cuisine, Vev montrait justement à Philipp le peignoir lacéré. Ils se turent aussitôt, et Leonie ignora ostensiblement tant le peignoir que sa propriétaire.

– Bonjour, Philipp. Pourrais-je avoir un verre d'eau ?

– Bonjour. Prends tout ce qu'il te faut, répondit-il en désignant le réfrigérateur et les verres sur leur étagère.

Vev et Philipp restèrent silencieux pendant que Leonie se servait, mais elle remarqua qu'ils se faisaient des signes dans son dos et qu'ils n'étaient pas d'accord entre eux.

– Dis-moi, Leonie, as-tu une idée de ce qui est arrivé à mon peignoir qui était accroché dans la salle de bains ? demanda Vev.

— Mon Dieu, dans quel état il est ! Tu ne l'avais pas mis depuis longtemps, et il s'est déchiré quand tu l'as enfilé ?

— Il n'est pas déchiré du tout. On distingue parfaitement les marques des ciseaux.

— Ah oui, c'est vrai, je les vois aussi maintenant. Enfin, les enfants ne sont souvent pas conscients du mal qu'ils font. Ne punis pas trop sévèrement Clarissa.

— Je ne crois pas que Clarissa y soit pour quoi que ce soit. Elle n'a jamais fait une chose pareille.

— Crois-moi, les enfants nous surprendront toujours. Mais tu as peut-être raison, qui sait ? Yasmin n'était peut-être pas d'accord pour que de malheureux enfants empoisonnés par les pesticides et travaillant dix-neuf heures par jour fabriquent ces peignoirs au Bangladesh…

— Alors, tu ne sais vraiment rien ?

Avant de répondre, Leonie sortit de son sac son premier Lexotanil de la journée, prenant son temps pour le chercher.

— Mais non. Ce n'est pas parce que je trouve un vêtement hideux que je vais le découper en petits morceaux.

Les deux femmes se faisaient face, Vev roulant en boule le peignoir de soie noire, Leonie jouant avec son comprimé pendant quelques secondes avant de l'avaler.

Philipp se racla la gorge et profita du silence qui s'était installé pour interrompre une conversation qui menaçait de tourner à la querelle :

— Leonie, ta… ta mère a appelé tout à l'heure, c'est moi qui lui ai répondu. En fait, elle ne voulait pas que je…

— C'est incroyable ! s'écria Leonie en posant brutalement son sac sur le buffet. Qu'est-ce qui lui prend de m'espionner comme ça ?

– Ce n'est pas cela. Elle ne m'a pratiquement pas posé de questions, elle voulait seulement s'assurer que tu allais bien. Elle a peut-être entendu parler de la tempête qui se dirigeait vers nous... Ah, c'est vrai que tu n'es pas au courant. On attend une tempête pour la nuit prochaine. Le réseau des portables sera provisoirement coupé, c'est sans doute pour cela qu'elle...

– Blablabla, tu ne la connais pas ! Embêter les gens, c'est sa passion. Dommage qu'on ne puisse pas avorter de sa mère, sans quoi je l'aurais fait depuis longtemps !

– Mais elle a été vraiment gentille au téléphone, elle s'inquiétait seulement pour toi.

– Eh bien, tu n'as qu'à la rassurer toi-même, puisque tu t'entends si bien avec elle. Tu peux même lui demander tout de suite de t'adopter. Elle le ferait probablement. Tu serais exactement le fils dont elle a toujours rêvé – un fils qui a réussi, avec une femme et un enfant, et vous pourriez vous inviter mutuellement à boire le thé en mangeant des gâteaux...

– Leonie, je...

– Oui, oui, je sais. Pouvons-nous parler d'autre chose, s'il te plaît ? Vous n'avez pas vu Timo ? Il n'est pas dans sa chambre. J'aimerais lui parler.

– Mais peut-être pas lui, répliqua Vev. En tout cas, pas dans l'état d'esprit où tu es actuellement.

– C'est plutôt à lui d'en décider, ma chère Vev, répondit Leonie d'une voix doucereuse.

– Parce qu'il a le choix ?

Leonie ferma les yeux. Lorsqu'elle les rouvrit, elle hurla :

– Où est Timo ? Je veux savoir, tout de suite !

Durant trois secondes, Vev et Philipp restèrent pétrifiés tandis que Leonie les fixait, les yeux anormalement écarquillés. Un courant d'air frais, signe avant-coureur de la tempête, entrait par la fenêtre inclinée, apportant avec lui une chanson enfantine fredonnée par Clarissa.

Vev ayant perdu la parole, Philipp finit par répondre, de sa voix la plus douce :

– Timo est parti se promener avec Yasmin. Je ne sais pas où.

Leonie empoigna son sac et, sortant de la cuisine, se précipita dehors sans se couvrir davantage, sous la pluie qui tombait de plus en plus fort.

Ce n'est qu'en entendant la porte se refermer que Philipp et Vev reprirent leur discussion.

– Elle débloque complètement, dit Vev.

– Une vraie furie.

– Une furie qui débloque complètement, alors. Je parle sérieusement, Philipp, ça ne va pas bien dans sa tête.

– En tout cas, elle est terriblement énervée, quelle qu'en soit la raison.

– Il me semble qu'elle l'est un peu trop souvent. J'ai jeté un coup d'œil sur ces comprimés qu'elle prend à tout bout de champ. J'ai vu sur Internet que le Lexotanil est un calmant très puissant, qui vient probablement juste après le coup derrière la tête – que, soit dit en passant, j'ai de plus en plus envie de lui donner.

– Tu n'as tout de même pas fouillé dans son sac ?

– Je tenais à savoir si son arsenal était épuisé. Je m'attendais à tout, jusqu'aux grenades à main. À la place, je tombe sur un anesthésiant capable d'assommer un éléphant.

– Tu exagères, comme d'habitude. Il y a sûrement une bonne raison pour qu'on ait prescrit ce médicament à Leonie. En tout cas, nous devons faire attention à ne pas la provoquer.

– Nous, ne pas la provoquer ? répéta Vev. Très bien, c'est ce que nous allons faire, parce qu'elle va ficher le camp d'ici. Je ne veux pas passer une heure de plus avec cette sociopathe. C'est un danger public.

– D'accord, elle est insupportable. Mais dangereuse… non, je n'irais pas jusque-là.

– Je te demande pardon, elle transporte avec elle un pistolet chargé de quatre balles, c'est la réincarnation de Ma Baker, cette femme-là ! Le pistolet a disparu, mais c'est elle qui le dit. Et si elle mentait ?

– Pourquoi inventerait-elle une chose pareille ?

– Aucune idée. Tout ce que je sais, c'est qu'un pistolet a disparu, qu'un chat est mort et que mon peignoir a été lacéré.

– Tu ne crois tout de même pas… Cette fois, tu exagères vraiment, Vev. Tout ce que tu veux, mais de là à dire que Leonie a tué Morrison… Comment aurait-elle fait ?

– Évidemment pas en le braquant avec son pistolet pour le forcer à se jeter du haut d'un arbre. Mais tu n'as pas remarqué les griffures sur ses mains ?

– Ça ne veut rien dire. Elle est tombée pendant la balade à bicyclette.

– Eh bien, n'est-ce pas le camouflage parfait ? Elle attrape Morrison par surprise par les pattes de derrière et le fracasse contre l'arbre.

Philipp était sidéré.

– Ça alors, je… Imaginer un truc pareil, c'est tout de même… c'est… Vraiment, Vev, cette fois, je craque. Premièrement, tu ne peux rien prouver…

– Je ne suis pas la nouvelle commissaire de *Tatort*, je n'ai rien à prouver, ce que je peux supposer me suffit. Leonie était dans les parages quand Morrison est mort, elle a des griffures sur les mains, et elle était tôt ce matin dans la salle de bains, où elle a eu tout le temps de découper mon peignoir.

– Deuxièmement, ta théorie de l'escalade ne fonctionne pas. Tuer un chat, et le lendemain découper un peignoir, ça va dans le mauvais sens. Le contraire aurait été plus logique, parce que c'est bien plus grave de…

– Je ne te demande pas de valider ma thèse de doctorat en psychologie, l'interrompit Vev en se massant les tempes. Je te fais seulement observer qu'il se passe des choses bizarres depuis deux jours, et que Leonie, qui loge chez nous depuis deux jours, est quelqu'un d'extrêmement bizarre. À mon avis, il doit y avoir une relation entre les deux.

Philipp réfléchit un instant, puis soupira :

– Je ne peux tout de même pas la mettre à la porte comme ça. Premièrement, le ferry du matin est déjà parti, deuxièmement, celui de cet après-midi sera probablement annulé à cause de la tempête, et troisièmement, à cette époque de l'année, il n'y a plus aucune chambre à louer à Neuendorf. Dois-je l'envoyer en chercher une jusqu'à Vitte ou même Kloster, dans le vent et la pluie ? Écoute, nous allons être très gentils avec Leonie, nous ferons une soirée diapos avec les vieilles photos de notre période militante – je dois en avoir toute une boîte au grenier –, demain, toute la smala s'en va, et le tour est joué.

– Et si nous demandions aux Nan d'héberger Leonie pour une nuit ? Yim peut dormir chez nous et lui laisser sa chambre. Ses parents seraient sûrement d'accord, je n'aurais qu'à donner un petit supplément à Mme Nan pour arranger l'affaire.

– Je ne suis pas d'accord. Premièrement, elle ne serait qu'à quelques mètres de chez nous…

– Je t'en prie, Philipp, arrête avec tes « premièrement, deuxièmement, troisièmement », je ne peux plus les supporter. Ceci est un peignoir lacéré. Je suis convaincue que Leonie l'a lacéré délibérément, et tout ce que tu trouves à proposer, c'est une soirée diapos !

– Mais je veux seulement… C'est simple, je veux éviter que les voisins racontent des choses sur nous, et c'est ce qui va nécessairement arriver si nous mettons des invités à la porte.

– Tu ne comprends pas. Tu ne comprends pas ! Ce n'est pas comme si tu mettais à la porte une vraie amie ! Au fond, tu ne connais pas du tout cette femme. Nous l'avons reçue aimablement, et elle se comporte comme une épouse de dictateur. Il faut qu'elle parte. Si tu ne lui parles pas, c'est moi qui le ferai.

– Vev !

– Et dès le petit déjeuner.

– Oh, mon Dieu ! Non, je lui parlerai. Mais seulement après le petit déjeuner, d'accord ? En privé. Faire ça en présence des autres, d'un point de vue pédagogique, ce serait une catastrophe, ça ne pourrait que dégénérer en dispute générale.

Vev accepta, bien qu'en levant les yeux au ciel.

– Si ça peut te faire plaisir… Et après, j'appelle les Nan. Tu verras, nous avons pris la bonne décision.

Sous la lumière floue de l'appentis, l'ombre de Mme Nan s'avançait vers Timo et Yasmin à travers le labyrinthe des tableaux, courbée et le regard fixé sur le sol, de sorte qu'ils distinguaient mal son visage. Elle serrait les bras contre sa poitrine, et sa main droite tripotait quelque chose sous sa veste déboutonnée.

– Je vous prie de nous pardonner, commença Timo, inquiet. Nous n'avons pas d'excuse pour ce que nous avons fait – si ce n'est que nous admirons beaucoup votre religion. Nous pensions que…

Soudain, elle releva la tête, et Timo se tut. Mme Nan avait les yeux rouges et les paupières gonflées, son nez coulait. Quand elle ouvrit la bouche, ses lèvres tremblaient. Elle ne jeta qu'un bref regard à Yasmin, pour lui dire tout bas :

– Sortez, s'il vous plaît. Je ne veux parler qu'à vous seul, ajouta-t-elle en s'adressant à Timo.

Il acquiesça d'un hochement de tête. Quelques secondes plus tard, il était seul avec Mme Nan. Elle n'avait pas bougé, comme si elle tenait d'abord à s'assurer que Yasmin ne reviendrait pas.

– Asseyez-vous sur le tabouret, là-bas. Oui, le tabouret de bar.

Timo attendit que Mme Nan reprenne la parole. Sa propre situation et cette pièce lui semblaient de plus en plus irréelles. Il connaissait bien cette sensation, mais il ne l'avait plus éprouvée depuis longtemps. À l'époque, il y avait quinze ou seize ans, il s'était introduit dans une propriété privée, comme aujourd'hui, et le lieu lui avait donné cette même impression d'irréalité : une usine qui fonctionne presque sans aucun être humain, des machines hautes comme des maisons de trois étages et qui ne s'arrêtent jamais. Un hangar gigantesque peuplé d'animaux esclaves qui ne verraient jamais le soleil. Une cour de déchargement avec trente camions remplis chacun de quatre-vingt-dix veaux, chœur puissant lançant vers la lune son chant funèbre. Timo était préparé à la cruauté que dissimulaient tant de belles façades, mais non à la surprenante beauté qui se cachait parfois sous l'horreur.

Des années après, il se trouvait de nouveau dans un de ces endroits irréels et surprenants, à la fois sinistres et fascinants, entouré d'images de l'enfer, certaines pourtant si belles qu'on osait à peine le dire tout haut. Comme celle qui lui faisait face en ce moment, où des rizières s'étendaient à perte de vue sous le disque rouge du soleil couchant. Au deuxième regard seulement, on remarquait les gardiens armés de pistolets mitrailleurs qui forçaient les paysans à travailler, et les deux ou trois morts couchés dans l'eau parmi les plants de riz.

Mme Nan remuait la main sous sa veste, hésitant à sortir ce qu'elle y cachait. Elle mit une longue minute à se décider. Puis elle tendit à Timo une liasse de feuillets.

– Lisez cela.

– Je… je ne comprends pas. Qu'est-ce que c'est ?

– Vous comprendrez plus tard. Lisez maintenant. Ici.

– Si vous avez écrit un livre, je ne suis pas éditeur. Je ne peux pas vous…

– Lisez.

Malgré le ton impérieux et peu amène, Timo céda, après un regard aux yeux rougis de Mme Nan.

Les textes concernaient le camp 17 dirigé par frère Viseth Nan, installé en novembre 1975 quelque part dans la campagne cambodgienne. Les détenus étaient enseignants, commerçants, banquiers, artistes, petits entrepreneurs, moines bouddhistes, prêtres chrétiens, scientifiques ou propriétaires terriens, des citoyens connaissant des langues étrangères, des monarchistes, des démocrates, bref, tous ceux qui avaient à voir de près ou de loin avec l'argent, la matière grise ou la spiritualité. Il y avait aussi des paysans et des pêcheurs considérés comme saboteurs du régime de Pol Pot, et pour cela, il suffisait d'arriver en retard au travail ou de posséder un livre.

Les détenus étaient enchaînés à leur lit ou au mur, dans des cellules de un à deux mètres carrés infestées de milliers d'insectes, dont les toilettes étaient des seaux qui restaient souvent des semaines sans être vidés. Pendant la saison de la plantation ou de la récolte, frère Viseth Nan les envoyait aux champs, douze heures de travail par jour sans pause, des semaines durant. Il leur était interdit de parler, de gémir, de pleurer, même lorsqu'on les battait. S'ils pleuraient malgré tout, on les frappait de nouveau. S'ils tombaient, on les fusillait sur place, dans la rizière. Lorsqu'il n'y avait pas de travail pour eux, ils végétaient dans leur cellule. De temps en temps, on les torturait, parfois pour leur faire dénoncer d'autres « saboteurs », parfois sans raison : électrochocs, doigts écrasés, supplice de la planche à eau, salage des blessures, simulacres d'exécution par pendaison jusqu'à la perte de connaissance.

Lorsque leur corps était à bout, ou lorsqu'on attendait une nouvelle livraison de matériel humain qui dépasserait la capacité du camp, on les tuait. Pour épargner les munitions, frère Viseth Nan ordonnait qu'on les étouffe avec des sacs en plastique ou qu'on leur brise la nuque avec un manche de pelle. Viseth Nan faisait entasser tous les livres sur lesquels il pouvait mettre la main, jusqu'à ce qu'il y en ait suffisamment pour un bûcher sur lequel on brûlait leurs propriétaires. Il faisait la même chose avec ceux qui avaient de l'argent, à la seule différence que le bûcher était constitué des billets de banque trouvés chez eux. Il avait gardé en vie deux sculpteurs à qui il avait ordonné de fabriquer continuellement des statues de Frère numéro un, Pol Pot.

Tous les récits, tous les souvenirs de Mme Nan parlaient de la mort au camp 17, car il n'y avait là aucune vie. Les bourreaux aussi mouraient un peu chaque jour, chaque fois qu'ils tuaient une nouvelle victime. Un seul récit concernait la personne de Viseth Nan, sa peur de ne pas atteindre le quota de riz imposé par Frère numéro un, ce qui aurait fait de lui un saboteur. Chaque soir, avant de s'endormir, il pleurait contre la poitrine de sa femme, mais le jour, dès qu'il quittait sa maison près du camp, il faisait tirer sur ceux qui pleuraient. Un autre récit parlait de Nian, la femme de Viseth, qui aimait beaucoup son mari, raison pour laquelle, au début, elle n'avait pas cru qu'il puisse commettre de telles atrocités. Une fois forcée de le croire, elle avait commencé à lui chercher des excuses, puis, ne les trouvant pas, elle avait détourné les yeux de l'horreur, et quand cela n'avait plus suffi, elle avait regardé à travers. C'est ainsi qu'elle était morte elle aussi, jour après jour, pendant quatre ans, jusqu'à ce qu'il ne reste presque plus rien de son amour ni de sa vie. S'il n'y avait pas eu son fils, elle aurait tué son mari, puis elle-même.

Quatre-vingt-dix-sept pages de récit, quatre-vingt-dix-sept destins de deux millions d'humains, quatre-vingt-dix-sept démons dont le nombre avait crû régulièrement jusqu'à ce jour. De temps à autre, un nouveau démon émergeait, chaque fois qu'une bribe de souvenir sortait de la cachette où elle s'était tapie pendant des décennies. Combien d'histoires Mme Nan écrirait-elle encore ? Même elle ne pouvait le savoir.

Timo abaissa la liasse de feuillets. Ses yeux étaient fatigués de lire sous la faible lumière, d'autant que cette lecture était la plus triste, la plus repoussante, la plus saisissante qu'il ait faite depuis longtemps. Peu importait que l'on puisse ou non appeler cela de la littérature. C'était tout à la fois un acte d'autoaccusation, une description de la monstruosité humaine et le récit d'une abdication. Insupportable.

Il se frotta les yeux et demanda :

– Pourquoi m'avez-vous donné cela ? D'ailleurs, pourquoi l'avez-vous écrit ? Vous avez vos tableaux, vous pourriez en peindre encore mille. Et tout à coup… Pourquoi maintenant ?

Mme Nan, qui était restée tout ce temps à regarder le mur, se balançant d'un pied sur l'autre pendant une heure comme une simple d'esprit, se tourna alors vers Timo, et ce fut comme si elle brisait ses chaînes. Durant quelques secondes, elle sourit, libérée.

– Il fallait que ce soit écrit et lu, dit-elle. Les tableaux ne sont que des instants, ils laissent trop de choses dans l'ombre. Maintenant, quelqu'un sait enfin ce que je sais.

– Mais votre mari…

– Parler avec mon mari, c'est comme d'être sourd et de parler tout seul.

– Et Yim ?

– Diriez-vous à votre enfant que vous avez tué des milliers de personnes ?

– Mais vous n'avez tué personne, vous.

– Laissez tomber. Ne me défendez pas. J'ai répondu par la froideur à des regards torturés, j'ai donné des tapes pour écarter des mains qui se tendaient vers moi, j'ai fait la fête avec des assassins. C'est comme si j'avais torturé et assassiné moi-même. Des années plus tard, j'ai écrit des poèmes, de jolis vers inoffensifs sur les merveilles du Cambodge. Ces poèmes étaient comme les fleurs que cultive mon mari, tout cela servait à nous dissimuler à nous-mêmes l'horreur de ce que nous avions fait. Pendant dix mille jours, j'ai gardé la vérité pour moi, et c'est un miracle qu'elle ne se soit pas perdue en chemin, car c'est le sort de bien des vérités déplaisantes.

Entre-temps, elle est devenue si vieille et si laide que mon fils ne veut plus la voir. Je ne peux pas le lui reprocher.

Timo essaya un moment de comprendre avant de reprendre la parole :

– Vous ne m'avez toujours pas dit pourquoi vous m'avez choisi.

– Parce que vous écrivez. Et parce que vous êtes venu ici, dans cette pièce, le jour même où je venais de tout écrire, à l'heure même où je venais de décider de rompre le silence.

– C'est le hasard.

– C'est la Providence.

– Je ne crois pas à la Providence.

– Ce n'est pas la question. Pendant toutes ces années, je me suis retirée ici pour ne pas croiser mon mari. Je voulais être seule. Et tout à coup, cette femme est arrivée…

– Yasmin.

– Je n'ai pas fait de bruit, parce que je ne voulais pas qu'elle me voie ainsi, aussi… désespérée. Puis vous êtes entré, et je vous ai entendu dire que mon appentis était un lieu de prière, un confessionnal, et mes peintures un remède. J'ai senti quelque chose. Je ne saurais pas vous l'expliquer, mais nos chemins ne se sont pas croisés sans raison. Cela devait arriver.

Timo secoua la tête, sceptique.

– Et maintenant ? Que suis-je censé faire de votre confession ?

– Je ne sais pas.

– Dois-je tout garder pour moi ? Envoyer votre texte à un journal ? Le donner à Yim ? Vous attendez-vous à ce que j'en fasse un livre ?

– Je n'attends rien du tout. Je ne peux pas vous aider.

– Vous savez vraiment ce que vous me mettez sur le dos ?

Pour la dernière fois de sa vie qui s'achèverait dans quelques heures, Mme Nan sourit, mais avec un peu d'amertume.

– Qui peut le savoir mieux que moi ? dit-elle.

Quand, quelques minutes plus tard, Timo prit congé de Mme Nan à la porte de l'appentis et se dirigea vers la maison, les quatre-vingt-dix-sept feuillets à la main, quelqu'un l'observait. M. Nan, caché derrière un arbre dont les premières bourrasques annonciatrices de la tempête secouaient la cime.

Tout près de là, à la fenêtre de sa chambre au premier étage de la maison, Yim vit ce que son père avait vu.

21

Je les trouvai sur la Wittenbergplatz, à côté du KaDeWe, assis sur un assemblage de vieilles couvertures râpées. Quatre hommes, trois femmes et trois chiens. Ces sit-in en place publique n'étaient pas ma tasse de thé, mais, malgré la chaleur de midi, je les regardai un moment bavarder, rire et se moquer les uns des autres, ou tout simplement somnoler. Qu'est-ce qui me les rendait sympathiques ? Leur petit coin ombragé, leur désinvolture ? N'ayant aucune obligation, ils ne pouvaient pas y manquer. Ils n'avaient pas de délais à respecter, ne se souciaient pas plus de la veille que du lendemain. Ils s'endormaient sans penser à rien, se réveillaient le cœur léger et n'attendaient rien de leur journée. C'est du moins ainsi que j'imaginais leur vie.

Je n'étais pas de ceux qui trouvent toujours l'herbe plus verte de l'autre côté de la barrière. Mon travail me passionnait. Les lecteurs appréciaient mes articles, ils leur reconnaissaient une finesse d'analyse, des qualités d'intuition empathique. On me confiait régulièrement des reportages. Il y avait tout un monde entre moi et ces gens sur leurs couvertures. De plus, il aurait été naïf de ma part de croire qu'ils ne manquaient de rien, financièrement, par exemple. Malgré tout, je me surprenais à regretter de ne pas pouvoir, ne serait-ce qu'un an, peut-être pas partager leur mode de vie, mais au moins avoir comme eux le cœur léger et l'esprit libre.

Je comprenais, sans porter aucun jugement ni positif ni négatif, ce qui avait pu pousser Yasmin Germinal à atterrir un jour sur cette couverture de la Wittenbergplatz. Mais, à ma grande déception, elle n'était pas là. Je m'étais donné beaucoup de peine pour la retrouver, appelant même à la rescousse un de mes contacts dans la police, à qui j'étais maintenant redevable. Il n'avait certes pas voulu me fournir l'adresse de Yasmin, mais son ordinateur avait tout de même fini par cracher une information utile. Quelques années plus tôt – donc avant les événements de Hiddensee –, Yasmin avait souvent eu affaire aux forces de l'ordre. Elle et ses amis avaient toujours refusé de déménager leurs couvertures. Deux noms revenaient régulièrement dans le dossier : Yasmin Germinal et Jonny Hartmann. Une fois, une plainte avait été déposée contre eux pour résistance à l'autorité publique, mais le juge débordé l'avait classée pour cause d'importance mineure. Tous les incidents s'étaient déroulés autour de la place Wittenberg.

J'avais donc trouvé des gens sur une couverture, mais pas Yasmin. Étaient-ils seulement ses amis ? Et si oui, accepteraient-ils de m'aider ? Wittenbergplatz était mon dernier recours, je n'avais pas le droit de me tromper si je ne voulais pas qu'elle devienne le terminus prématuré de ma recherche de traces. Je réfléchis aux solutions possibles.

Mon contact dans la police m'avait envoyé une photo de Jonny Hartmann. Et je le vis justement débarquer à cet instant, ce qui mit un terme à mon indécision.

Âgé de trente-cinq ans environ, coiffé de façon extravagante, il portait un jean sale et de vieilles baskets. Les gens assis sur la couverture le saluèrent, mais j'eus l'impression qu'ils ne l'acceptaient pas complètement. Il s'installa à deux mètres d'eux et déballa une bouteille de vin, puis huit cannettes de bière qu'il disposa autour d'elle comme des pions autour d'un roi d'échecs. Ainsi paré pour la journée, il entreprit de compléter le tableau commencé sur le trottoir.

– Bonjour, dis-je en lui tendant la main. Je m'appelle Doro.

– Jonny. Salut.

Il sentait fortement la bière et avait déjà les yeux vitreux à midi et demi, mais son habileté ne s'en ressentait pas. Il dessinait comme un possédé. Je ne comprenais d'ailleurs pas du tout ce que représentait son tableau, chose qui peut arriver avec l'art moderne. Pour moi, son œuvre ressemblait à un organe enflammé et gonflé d'une manière plutôt inquiétante, et je me surpris à me demander avec ironie si Jonny n'était pas en train de dessiner son propre foie malade.

Ses autres œuvres déjà achevées, dispersées sur toute la place, étaient de la même veine.

– Ce sont des auras, m'expliqua-t-il devant mon air perplexe.

– Ah, d'accord. Mais les auras de qui ?

– Des gens qui me donnent de l'argent pour que je la dessine. Je te fais voir la tienne pour cinq euros.

Je n'étais pas certaine de vouloir que Jonny me montre mon aura, ni qu'elle doive être étalée à la vue des passants, mais je devais parler avec lui, et s'il ne m'en coûtait que mon aura et cinq euros, qu'à cela ne tienne.

Quand j'eus déposé mon obole dans le gobelet en plastique, Jonny m'invita à prendre une craie dans le sachet en fermant les yeux. Je tirai le noir, mauvais présage, selon lui. Il fut un peu plus satisfait des deux autres couleurs que je choisis les yeux ouverts : rouge et ocre.

Il commença aussitôt, comme s'il lisait dans mon aura à livre ouvert, et je m'installai à l'ombre sur un banc tout proche. J'attendis une minute avant de déclarer :

– Je cherche Yasmin.

Il me regarda d'un air surpris, posa ses craies et but une gorgée de vin avant de se remettre au travail.

– Tu la connais ? demanda-t-il.

– Non.

– Flic ?

– Non, je suis journaliste.

– Les flics font ce boulot pour jouir du pouvoir que ça leur donne. Les journalistes le font pour être publiés, pour le fric, et c'est encore plus dégueulasse.

– Alors, dis-je sans me laisser démonter, les cinq euros que tu viens de me demander sont dégueulasses aussi ?

– On a beau essayer, on ne peut pas avoir une vie juste dans un système injuste. On en fait nécessairement partie. Sartre l'a dit, et il avait raison.

– Tu as fait des études ?

– Philo et histoire. Tu sais ce qu'on est quand on a fait des études ?

– Diplômé, je suppose.

– Faux. On est quelqu'un qui s'est fait baiser. Si tu es un connard d'économiste, tu peux plus ou moins trouver du boulot. Mais il n'y a pas de place pour les philosophes et les historiens dans ce monde pourri par le fric, à moins de lécher quelques culs, et même là, ce sera pas facile.

– Je pourrais me renseigner…

– Je ne veux pas de ta pitié, si jamais c'en est. Je suppose que tu me fais de la lèche uniquement pour me soutirer des infos sur Yasmin. Laisse tomber, ça ne marche pas avec moi. Fous-moi la paix ! cria-t-il soudain, faisant se retourner vers nous les passants. Fous le camp. Prends ton putain d'argent et tire-toi, connasse !

Aux regards que lui jetèrent ses amis depuis leur couverture, j'eus l'impression qu'ils n'approuvaient pas une telle agressivité. Même eux qui n'hésitaient pas à se faire remarquer se sentaient gênés.

– Es-tu toujours avec Yasmin ? S'il te plaît, pourrais-tu lui dire que je voudrais parler avec elle ? Et quand je dis « parler », ce n'est pas pour l'interviewer. Je...

– Je ne te parle plus. Tire-toi ! Tiens, prends ça !

Il vida le contenu du gobelet, ma pièce et quelques autres, sur le dessin de mon aura. Une sorte de huit en trois couleurs qui ne me disait absolument rien. Je laissai l'argent et me levai. Jonny but au goulot de sa bouteille de vin jusqu'à ce que je ne supporte plus de le voir faire ça. Il avait beau m'avoir insultée, j'aurais aimé faire quelque chose pour lui, mais quoi ?

En parcourant les quelques mètres qui me séparaient des occupants de la couverture, je remarquai une femme de mon âge qui était restée pendant tout ce temps sur le pas de la porte de la boutique ésotérique devant laquelle campait le groupe. Elle me fit un discret signe de tête pour que je m'approche.

Conformément aux vieux clichés, je m'attendais à découvrir une ésotériste entourée de tout un attirail magique, telle une diseuse de bonne aventure – vêtements extravagants, objets symboliques et ainsi de suite. Mais Karin avait une apparence tout à fait normale, et sa simplicité me mit à l'aise. Contrairement à sa boutique, qui étalait sur vingt mètres carrés les attributs de cinq grandes religions (une seule aurait suffi à m'alarmer) et d'au moins trois civilisations disparues, des mystiques, diverses techniques de guérison et de relaxation, les symboles des peuples premiers et mille autres choses. Montezuma cohabitant avec Hildegard von Bingen.

– Il n'a pas toujours été comme ça, dit Karin avec un coup d'œil vers Jonny, qui s'était assis sur mon aura et ruminait sombrement. Il y a seulement deux ans, il ne buvait presque pas, et il ne dessinait pas des auras, mais des licornes dans une forêt au clair de lune. Il est vrai qu'à l'époque Yasmin dessinait encore avec lui.

– Ils ne sont plus ensemble ?

– Pas vraiment. Enfin, on ne peut pas dire ça. Ils continuent à se voir, mais ils ne sont plus comme avant. D'une façon ou d'une autre, ils ont changé. Yasmin s'est repliée sur elle-même, je ne la vois plus que rarement. Quand elle passe ici, elle discute avec moi deux ou trois minutes, elle échange quelques mots avec le groupe et elle repart. Ça me fait de la peine de la voir comme ça… tombée aussi bas… ne s'intéressant plus à personne. Plus rien ne la touche, pour moi, c'est ça le plus grave. Depuis dix ans que je la fréquente, je la connais bien, même si je ne fais pas partie de son groupe de sit-in. C'était une de mes meilleures amies. De plus, c'est à elle que je dois d'avoir ce magasin.

– Ah bon ? Comment cela ?

– Quand l'ancienne propriétaire a voulu fermer, j'étais prête à prendre la suite, mais il me manquait les vingt-cinq mille euros pour le pas de porte. Yasmin m'a donné l'argent, comme ça, cadeau. C'était seulement deux ou trois mois après cette affreuse histoire de Hiddensee – mais vous êtes déjà au courant.

– Il y a deux ans, Yasmin vous a donc donné vingt-cinq mille euros ?

– Oui. Et elle n'a jamais voulu entendre parler de remboursement.

– D'où lui venait cet argent ?

– Je ne sais pas. Elle n'en avait jamais eu beaucoup. C'était son credo : se contenter de peu, n'avoir besoin de rien. Un travail à mi-temps lui suffisait pour l'essentiel. Le reste du temps, elle flemmardait, elle dessinait ou traînait avec le groupe, elle vendait ses pierres de guérison, elle étudiait l'ésotérisme, voilà ce qu'était sa vie. Et subitement… Je lui ai bien dit qu'elle devrait plutôt utiliser l'argent pour faire un long voyage qui lui changerait les idées, par exemple en Inde ou au Tibet, ou sur les hauts plateaux boliviens. Elle en parlait, avant. Elle aurait aussi pu faire une cure ou un séjour en clinique, pour digérer ce qu'elle avait vécu à Hiddensee, ou passer trois mois dans un couvent… Mais elle s'est contentée de me faire le chèque en disant que si je n'en voulais pas, je pouvais le jeter. Alors, je l'ai encaissé.

– Vous avez son adresse ?

Karine hésita.

– J'ai un bon feeling avec vous, et, en temps normal, je sais que je peux m'y fier. Mais quand même… vous êtes journaliste. C'est surtout votre article qui vous intéresse, pas Yasmin.

– Là, vous vous trompez. Et vous le savez, au fond, sans quoi vous ne m'auriez pas raconté tant de choses. Je reconnais qu'au début il s'agissait seulement d'un article. Mais depuis… Il arrive trop souvent qu'on finisse, au bout de très peu de temps, par ne plus parler que des criminels. Les survivants, ceux qui ont été traumatisés, n'ont pas la parole, ou bien on ne les écoute pas. Je veux montrer que, même deux ans après, les victimes souffrent encore, je veux leur donner une voix. Récemment, un jeune homme qui a perdu sa mère dans la tuerie m'a dit qu'il ne voulait pas en parler, et il n'est sûrement pas le seul. Mais je veux parler pour lui. C'est peut-être prétentieux. Mais j'ai moi-même connu de très près des personnes touchées, l'isolement progressif dû au silence qui se fait autour d'elles et la façon dont cela finit par les détruire. S'il vous plaît, donnez-moi une chance de rencontrer Yasmin. Même si elle ne me dit rien, je lui donnerai une voix, et dans le meilleur des cas, qui sait, je pourrai peut-être la sortir de sa léthargie.

Karin réfléchit une minute, semblant chercher conseil auprès d'une statue de Bouddha, puis finit par prendre un stylo. Elle avait une très belle écriture.

– J'espère que je ne me trompe pas, dit-elle. Yasmin ne voit aucun thérapeute, ne parle pas avec ses amis… Elle vous parlera peut-être. Qui sait, si vous vous y prenez bien… De toute façon, il n'y a plus grand-chose à détruire. Et je fais ça pour elle, pas pour vous.

Histoire de remercier modestement Karin de sa compréhension, je lui achetai pour un an de bâtons d'encens fabriqués par des artisans népalais, et une boîte de thé des yogis.

Puis je pris le métro pour Kreuzberg et la porte de Cottbus[1], où habitait Yasmin.

Je mis plusieurs minutes à trouver le nom de Yasmin sur l'interphone, car il y avait une bonne trentaine de boutons, et les nouveaux locataires s'étaient souvent contentés d'inscrire leur nom par-dessus ou à côté des précédents. Certains boutons étaient cassés et on voyait les fils de l'installation par les trous. Une locataire serviable me fit comprendre par signes que la plupart des

---

1. Quartier réputé « chaud » de Berlin.

sonnettes ne fonctionnaient pas de toute façon, et que je n'avais qu'à entrer.

– Je cherche Mme Germinal, lui dis-je. Savez-vous où je peux la trouver ?

– Connais pas, répondit-elle en haussant les épaules.

– Merci.

Je finis malgré tout par découvrir le nom, inscrit en tout petit entre deux noms turcs rayés. Le logement était situé dans la deuxième arrière-cour, en sous-sol – Yasmin se terrait, dans tous les sens du mot. Le couloir sentait le moisi, et la porte à laquelle je frappai était battante.

Je crus que j'avais tiré Yasmin du sommeil, mais il me suffit de quelques instants pour comprendre qu'elle était sous l'effet d'une substance quelconque.

– Oui ?

– Bonjour. Je m'appelle Doro Kagel, c'est Karin qui m'a donné ton adresse.

Je la tutoyai immédiatement. D'après ce que je savais d'elle – et devant le spectacle qu'elle offrait –, il me semblait qu'elle prendrait le vouvoiement pour un signe de mépris.

– Es-tu la guérisseuse dont elle me rebat les oreilles ?

– Non.

– Bien sûr ?

– Absolument sûr. Je suis journaliste. Mais, avant que tu me fermes la porte au nez, je…

Elle s'éloigna sans mot dire, laissant la porte ouverte.

J'hésite à dire que son état me donnait l'avantage, mais c'est bien ce qui se passa. Sans cela, elle ne m'aurait probablement pas laissée entrer. Quand je franchis le seuil de sa chambre-salle à manger, elle s'était déjà recouchée sur le canapé, devant un miroir et une paille posés sur la table à côté d'une bouteille de whisky à moitié pleine.

– Je peux entrer ?

Comme elle ne répondait pas, je fis un pas en avant, mais un seul, avant d'être prise de scrupules. Je restai là un moment, à regarder autour de moi. Des bouteilles vides servaient de bougeoirs, le lit, un simple matelas en mousse, était défait, il y avait des trous de cigarette dans la moquette, des traces de moisissure noire au plafond, des vêtements éparpillés, un disque noir qui tournait muettement sur un vieux tourne-disque...

Elle leva les yeux vers moi. Pauvre Yasmin, pensai-je aussitôt. Je ne souhaitais à personne ce qu'elle vivait, et je me sentais minable de m'être ainsi introduite chez elle. Pourtant, je n'étais pas responsable de sa souffrance, et même si je partais maintenant, cela ne changerait rien. Comme l'avait dit Karin, je ne pouvais plus détruire grand-chose. L'aider ? Oui, peut-être un peu. En tout cas, je pouvais au moins raconter l'histoire de Yasmin Germinal.

Toute sa vie, elle avait fui. Quoi exactement, c'était difficile à dire. D'abord le milieu où elle avait grandi, symbolisé par ses parents, leur argent, leur influence, leur réputation, leur prestige. Yasmin avait d'autres mots pour décrire le mode de vie de ses parents : avidité, égoïsme, hypocrisie, vacuité. Le jour de son dix-huitième anniversaire, elle avait fui tout cela pour la liberté, puis, peu après, le militantisme, la résistance à toute forme d'exploitation. Ceux qui pensaient comme elle étaient devenus sa famille. C'était sans doute là qu'elle avait connu ses plus grands moments de bonheur. Selon moi, ses mobiles n'avaient jamais été le désir de détruire ni la vengeance, ou seulement pour une faible part. Elle cherchait avant tout une identité propre, un air respirable, un sentiment d'appartenance.

Mais ce combat d'amazone avait débouché sur la lassitude de Sisyphe. Quelques succès isolés au fil des années n'avaient pas suffi à lui donner l'illusion que le monde était devenu plus juste. Comment savoir quelles images l'avaient finalement fait renoncer ? Les camions emportant les bêtes vers l'abattoir ? Les réfugiés noyés en Méditerranée ?

Yasmin avait fui vers l'ésotérisme et la religion, vers un monde désincarné qui, contrairement à la réalité, ne pouvait pas décevoir. Vers les nuits de pleine lune qu'elle dessinait avec Jonny sur un trottoir au cœur de notre société de consommation. Elle ne s'acharnait plus à changer un monde qui la dégoûtait toujours, mais elle voulait lui ajouter une dimension spirituelle, le survoler, en quelque sorte.

Puis il y avait eu Hiddensee, et la chute.

C'était après Hiddensee qu'elle avait commencé à se détruire, à prendre des drogues, le dernier et le plus vieux recours de ceux qui souffrent.

– Qui est-ce qui t'envoie, déjà ?

– Karin.

– Karin est une fille bien. Mais quand elle a commencé à vouloir faire le ménage ici, je l'ai fichue dehors. Tu ne viens pas faire le ménage ?

– Je suis journaliste, répétai-je.

– Ça ne répond pas à ma question.

– C'est vrai, dis-je en souriant. Je ne suis pas venue pour faire le ménage. Mais si tu veux…

– Tu n'as pas intérêt… euh… j'ai oublié ton nom.

– Doro.

– Doro… Ah, c'est toi ! On m'a prédit que tu viendrais. Yim m'a appelée ce matin, j'avais presque oublié.

– Yim est en contact avec toi ?

Et il m'avait dit qu'il ne savait pas où vivait Yasmin !

– Enfin, plus tellement. Il est venu une ou deux fois ici, mais ça fait longtemps, l'année dernière ou celle d'avant, j'en sais rien. Je l'ai fichu dehors, comme Karin. Whisky ?

– Non, merci, je ne veux rien.

– Pas question ! Si tu ne veux pas boire avec moi, tu peux repartir tout de suite.

– Bon, d'accord.

Elle alla chercher deux tasses à café pour nous servir.

– J'aimais pas tellement ce truc-là avant, mais depuis... Encore un souvenir de Hiddensee. Vev n'arrêtait pas d'en boire. Ça te dit quelque chose ? Vev, Hiddensee, la Maison des brouillards, la nuit sanglante ? Oui, bien sûr que ça te dit quelque chose, je l'entends d'ici, je sais lire dans les pensées. Et qu'est-ce que j'ai lu dans tes pensées depuis tout à l'heure ? Oh, elle me laisse entrer, oh, elle va me dire ce qu'elle n'a jamais dit à personne, oh, je vais l'avoir, cette pauvre poivrote droguée de Yasmin G., ouvrez la parenthèse, quarante ans, fermez la parenthèse. Diling, diling, diling ! Les morts vous excitent, et vous utilisez les survivants comme des jouets pour vous les fourrer là où je pense !

Elle tendit la tasse vers moi et me jeta le whisky au visage.

– Dehors ! cria-t-elle. Non, attends, je ne veux pas être impolie.

Et elle versa la deuxième tasse sur moi.

– Voilà. Maintenant, dehors !

Mais ce qui me brûlait les yeux, ce goût amer sur mes lèvres, ces gouttes qui tombaient de mes cheveux et de mon menton, mouillant mon chemisier et jusqu'à mon ventre, en vérité, c'était le désespoir de Yasmin. Je ne pouvais pas lui en vouloir une seule seconde. Pas plus que je n'en avais voulu à Yim quand il s'était mis en colère lors de notre première rencontre. Ni même à la femme qui, des années plus tôt, m'avait craché au visage parce qu'elle n'avait pas aimé l'article où je parlais de l'acquittement par un tribunal de l'homme accusé du meurtre de sa fille. Je n'en avais pas voulu non plus à mon père quand, six ans après le meurtre de Benny, il s'était suicidé en se jetant à cent à l'heure contre un mur d'usine. Dans sa lettre d'adieu, il écrivait qu'il n'avait plus rien qui vaille la peine de vivre. Il n'avait pas eu un mot pour moi.

Avant de pouvoir songer à me mettre en colère contre une victime ou l'un de ses proches, je le suis d'abord contre moi-même, au moins pendant quelques secondes, pour ce que j'ai pu faire ou omettre de faire. Mais ensuite, je me dis – et c'est grâce à cela seulement que je peux encore exercer mon métier – qu'au fond, tous ces gens accusent le destin. Puisqu'il est par défi-nition impensable, leur colère doit se diriger contre les journalistes, les autorités, le pouvoir politique, tous ces instruments supposés. J'accordais à Yasmin Germinal le droit de m'insulter en tant que représentante du destin et de tous les journaleux.

Je m'essuyai les yeux avec un mouchoir. Quand je les rouvris, Yasmin était toujours assise en face de moi. Elle s'était resservie et considérait son whisky avec un sourire mauvais.

– Je suis allée là-bas, dis-je. À la Maison des brouillards.

Le sourire de Yasmin disparut. Elle me regarda et, à partir de cet instant, ne me quitta plus des yeux. Soit je l'intéressais particulièrement, soit elle me jugeait digne de respect, ou peut-être même dangereuse.

– J'ai vu les contours à la craie là où les morts étaient tombés. Dans l'entrée de la maison, dans l'escalier, et en haut, dans les chambres. Je savais par le communiqué du procureur où les coups de feu avaient été tirés, mais, partout, je voyais d'abord le corps de mon frère, assassiné dans une forêt il y a trente ans. À l'époque, j'étais allée sur les lieux. Pas tout de suite, mais deux ou trois semaines plus tard. Je savais où c'était, parce que j'y avais souvent joué avec lui. Il restait encore quelques traces, des panonceaux, des numéros, un ruban de signalisation. Et alors, je l'ai entendu. Il riait, il m'appelait. Puis, soudain, sa voix s'est étranglée, comme si quelqu'un appuyait de nouveau sur sa gorge.

Je me tus un moment. Yasmin continuait à me regarder sans rien dire. Je repris :

– Depuis, il est sur toutes les scènes de crime où je vais. Je ne peux pas y aller sans lui. Bien sûr, il n'est là que dans ma tête. Mais je ne peux pas être dans un endroit où un crime a été commis, même pas m'y transporter en pensée, sans entendre un rire, puis des cris, puis le silence… En même temps que les voix, je vois des images, c'est un film qui se déroule. Comme tous les films, ce n'est qu'une fiction, et c'est pourtant la réalité. Je vois les gens recevoir les coups de feu ou se faire étrangler, j'imagine l'instant de leur mort. C'est dur, très dur, mais je ne peux pas faire autrement. Depuis Benny. Mon frère est toujours là avec moi.

Je fis une nouvelle pause.

– Je suis allée à Hiddensee. J'ai vu les contours à la craie, j'ai vu Benny, j'ai vu les corps, le film, la tempête, l'inquiétude…

– Clarissa, murmura Yasmin en s'adossant au canapé. Disparue.

– Clarissa avait disparu ?

– On la cherche. Moi aussi. Seule Leonie ne vient pas, elle reste dans la maison. Je pars avec Timo, mais dehors, on y voit à peine, et je le perds. Ensuite…

Yasmin but une gorgée à la bouteille, puis, sautant une étape, reprit son récit un peu plus loin.

– Quand je rentre, je vais directement à la salle de bains. Je laisse par terre mes fringues mouillées et je prends une douche chaude. Je ne sais pas combien de temps ça dure, mais, au moment où je vais me sécher, j'entends un grand bruit. Au début, je crois que c'est une porte qui a claqué…

Une fois de plus, Yasmin s'interrompit au milieu d'une phrase. Je gardai le silence, n'osant pas bouger de peur de lui faire perdre le fil. Et de fait, elle ne tarda pas à reprendre :

– Mais ensuite, j'ai comme un pressentiment. Je ne sais pas d'où ça vient, mais ce claquement m'inquiète tout à coup. Je regarde la porte de la salle de bains, elle est fermée, et je tends la main vers le verrou. Juste au moment où je le touche, j'entends un deuxième claquement, et des pas rapides dans le couloir. Je colle mon oreille à la porte, et j'ai l'impression que quelqu'un fait la même chose de l'autre côté. Je ne sais pas pourquoi, je retourne vers la douche et je la fais couler, en restant à côté. Puis c'est le troisième claquement, et, peu après, le quatrième. Subitement, je suis tout à fait sûre que ce sont des coups de feu. J'ouvre la fenêtre. La pluie me frappe en plein visage, il fait nuit, mais la maison est éclairée, je vois l'entrée juste au-dessous de moi, avec l'éclairage extérieur qui jette une lumière blanche sur le corps qui gît sur le seuil. Je ne vois que des jambes, et une robe noire, comme celle que portait Mme Nan. Je sens une douleur dans ma tête. Je referme aussitôt la fenêtre et je glisse lentement sur le sol, devant le lavabo. Je regarde fixement la poignée de la porte. J'étends encore le bras pour mettre en marche un lecteur de CD portable et pousser le volume à fond. Là non plus, je ne sais pas pourquoi je fais ça. Je me dis que je devrais l'éteindre, mais je ne le fais pas, je ne bouge plus. La poignée de la porte et peu à peu toute la salle de bains disparaissent lentement dans la vapeur chaude qui sort de la douche. Le bruit de la musique couvre tout – c'est de la samba. Est-ce que quelqu'un cogne à la porte ? J'ai l'impression, mais je ne suis pas sûre. Je ne fais rien. Mon nez coule. La serviette se décolle de moi, je suis nue. Je ne fais rien. Je ne fais rien. Je ne fais rien. La samba. La vapeur, le bruit de l'eau. Soudain, la porte s'ouvre avec un grand bruit et je crie. La musique, l'eau qui coule, la pluie battante, tout disparaît, il n'y a plus que mon cri qui ne veut plus s'arrêter. Yim est là, il se penche vers moi et…

De nouveau, Yasmin se tut. Peut-être, dans la salle de bains, se tenait-elle dans la même position que maintenant sur ce canapé. Les jambes repliées, regardant dans le vide. Un court instant, je me demandai même si elle n'allait pas crier, mais elle ouvrit simplement la bouche.

Enfin, elle revint au présent et me jeta un bref coup d'œil.

– Mon film à moi, c'est ça, dit-elle.

Peu après, elle sortit un petit sachet d'une fente dans le canapé. Elle versa tranquillement la poudre blanche sur le miroir en traçant une jolie ligne, et l'aspira dans sa narine quelques secondes plus tard.

Je restai assise là, à me demander que dire et que faire. Je ne fis ni ne dis rien. Le film de Yasmin se déroulait nuit et jour, son cri n'avait jamais pris fin. Pour l'étouffer, elle s'envoyait du whisky et une jolie poudre neigeuse.

– C'est fou, mais, pendant quelques secondes, j'ai cru que Yim était le tueur. Mon cri, ma peur, son visage, tout ça restera toujours associé dans ma tête, même s'il est apparu plus tard que c'était Leonie qui avait tiré. Au début, Yim est passé me voir deux ou trois fois, c'était sympa de sa part, mais je ne supportais plus sa vue et je l'ai fichu dehors.

J'avais besoin d'une pause, pour bien des raisons, et Yasmin aussi, sans doute.

– Où puis-je me laver ? lui demandai-je.

– Te laver ?

Elle semblait avoir oublié qu'elle avait renversé sur moi deux tasses de whisky.

Je trouvai les toilettes sans son aide et passai plusieurs minutes à m'asperger le visage d'eau froide, que je laissai sécher à l'air, faute de serviette propre. Je m'assis sur la lunette des W.C., le seul endroit qui n'était pas couvert de poussière ou de crasse, pour tenter de remettre de l'ordre dans mes idées. Il y avait beaucoup à trier : le film de Yasmin et le rôle qu'y jouait Yim, les demi-vérités de Yim, la drogue que Yasmin avait prise sous mes yeux, les choses que je voulais absolument lui demander avant de partir, enfin le fait que, devant elle, je m'étais racontée comme je ne l'avais encore jamais fait pour personne. Tout cela me prit un bon quart d'heure.

Quand je ressortis, il ne restait plus qu'un fond de whisky doré dans la bouteille que j'avais vue à moitié pleine en arrivant, et je me dis qu'il valait mieux cesser de poser des questions et laisser Yasmin tranquille. Cependant, j'aurais eu du remords à m'en aller en la laissant ainsi. Elle s'était ouverte à moi, cela l'avait bouleversée, même si la drogue le dissimulait. Je préférais ne pas la quitter des yeux pendant au moins une heure encore.

– J'ai soif, dis-je.

– Tu veux du whisky ?

– Merci, j'en ai eu ma dose, répondis-je en voyant à son expression qu'elle plaisantait. Tu n'as pas du café ?

– Pff… je ne touche pas à des trucs aussi durs. Ça se peut qu'il m'en reste quelque part, regarde toi-même. Mais ne dérange rien, hein ?

Encore une drôle de blague. La cuisine était nettement pire que le reste de l'appartement. C'était en réalité une sorte d'alcôve donnant sur la pièce principale. On n'y tenait pas à deux, et les filets de harengs entamés, les restes de riz au lait séchés et les dizaines de boîtes de conserves ouvertes n'arrangeaient rien. Résistant à la tentation de ranger un peu, car je ne voulais pas subir le sort de Karin, je parvins tant bien que mal à préparer un café instantané dans cette pagaille.

Pendant ce temps, Yasmin fredonnait une chanson de Nina Hagen. La drogue l'avait rendue euphorique.

– En fait, tu veux vraiment me cuisiner, me lança-t-elle entre deux couplets.

– Je voudrais raconter toute l'histoire. La nuit de la tempête n'en est que le milieu. J'en sais encore beaucoup trop peu sur ce qui s'est passé dans les jours précédents. Et sur les répercussions jusqu'à ce jour. Voilà pourquoi je suis ici.

Je revins avec deux tasses de café. Yasmin ignora délibérément celle que je lui tendais.

– On s'est bien tapé sur les nerfs, tous. Je ne m'entendais pas avec Philipp, Philipp ne s'entendait pas avec Timo, et personne avec Leonie. Vev et Philipp se chamaillaient pas mal aussi, d'après ce que j'ai compris. Philipp jouait les bons bourgeois, un type complètement coincé. Il voulait même flanquer Leonie à la porte. Enfin, avec le recul, j'admets que ce n'était pas si idiot de sa part. Mais c'est peut-être ça aussi qui a tout déclenché…

Elle but le fond de la bouteille de whisky, tendit la main à côté du canapé et en ramena une pleine qu'elle s'efforça en vain d'ouvrir.

– Essaie, toi, me dit-elle.

Cela me mettait mal à l'aise de la regarder boire et se droguer, comme si j'étais complice, mais, pour apaiser mes scrupules, je me dis que ma présence ne faisait pas vraiment de différence. Si je partais, Yasmin allait continuer à se soûler, si je refusais de déboucher la bouteille, elle s'arrangerait pour l'ouvrir en la cognant quelque part, ou bien elle en prendrait une autre. Je l'ouvris donc, et, remarquant au passage qu'elle semblait avoir coûté cher, je regardai la marque et l'année.

– J'aimais bien Vev, elle contrait souvent Philipp et il ne savait pas toujours quoi lui répondre, alors qu'elle avait de la répartie. C'était vraiment un esprit libre, elle faisait ce qu'elle voulait. J'aimais bien Timo aussi, naturellement. Un super copain, je pouvais l'énerver sans qu'il monte aussitôt au plafond, c'était même un plaisir de se disputer avec lui. Clarissa, c'était la belle… elle était si mignonne…

À partir de cet instant, Yasmin se mit à ponctuer ses paroles en buvant – trois mots, une gorgée, une demi-phrase, une gorgée…

– Depuis le début, ce week-end prolongé a été une catastrophe. Ce foutu pistolet… La première fois que je l'ai vu, j'ai tout de suite eu un pressentiment. Il avait glissé du sac de Leonie… je me souviens parfaitement d'avoir senti l'énergie négative qu'il dégageait. À l'époque… ça m'avait énervée de ne pas avoir la bonne pierre avec moi pour la neutraliser.

Elle se mit à ricaner.

– Comme si une pierre aurait pu y changer quelque chose ! Les forces de guérison, les énergies, les auras, les anges gardiens, tout ça, c'est de la foutaise. Qu'est-ce qu'on peut être bête ! Les religions aussi, c'est du vent, des promesses en l'air. Soit Dieu n'existe pas, soit, s'il existe, c'est un pervers qui jouit en regardant les humains souffrir.

L'image la fit rire à gorge déployée. Puis elle reprit :

– Il y a deux ans, j'étais tellement branchée sur la religion que je me suis même introduite en cachette dans l'appentis de Mme Nan en espérant y trouver un temple privé.

– Tu es allée dans l'appentis ? Moi aussi.

– Alors, tu sais que ce qu'il y a là-dedans avait de quoi foutre en l'air quelqu'un. Encore un mauvais présage. D'abord le pistolet, puis le chat mort, et enfin ces tableaux. La mort nous entourait, et nous n'avons même pas vu qu'elle était déjà si proche, qu'elle ne cessait de se rapprocher.

Elle se tut brusquement, et je demandai :

– Qu'en est-il au juste de cette histoire de disparition de Clarissa ?

Yasmin se coucha lentement sur le canapé, me tournant le dos. Avais-je posé la mauvaise question, une question qui réveillait le film cruel dans sa tête ? Je m'excusai, sans réaction de sa part. Elle resta recroquevillée, les yeux ouverts.

J'attendis encore quelque temps près d'elle. Au bout d'un moment, je dis :

– Je vais partir maintenant. À moins que je ne puisse faire quelque chose pour toi.

Comme elle ne répondait pas, je me levai. J'étais déjà à la porte quand elle me rappela :

– Ces tableaux, les tableaux de Mme Nan…

– Oui ?

– C'était comme un avertissement. Comme si cette pauvre femme avait pressenti ce qui allait lui… ce qui allait nous arriver à tous.

– Je crois que ces tableaux étaient le cri de Mme Nan, dis-je.

Sans cesser de regarder le dossier du canapé, Yasmin hocha la tête.

– Timo a dit quelque chose de ce genre.

– Timo était avec toi dans l'appentis ?

– Oui. Mme Nan nous a surpris, mais elle n'a voulu parler qu'à lui. Qu'est-ce qu'elle a bien pu lui dire ?

La voix de Yasmin était lasse. Je me disposai à partir, songeuse, quand elle me demanda tout bas, à ma grande surprise :

– Tu repasseras un de ces jours ?

– Avec plaisir. La semaine prochaine ?

– Oui, ce serait bien. Je suis presque toujours ici. Salut.

– Salut.

Je ne devais jamais la revoir.

22

– Timo !

– Leonie ? Qu'est-ce que tu fais dehors par ce temps ?

Il avait cessé de pleuvoir, mais le vent avait nettement fraîchi. Timo revenait de l'appentis, serrant contre lui les quatre-vingt-dix-sept feuillets accusateurs de Mme Nan.

– Je te cherchais partout. Il faut absolument que je te parle, et seul. Tu sais que c'est difficile de te trouver seul ?

Il n'avait pas très envie de bavarder avec Leonie.

– Ça ne peut pas attendre ? J'aimerais bien me recoucher une petite heure.

– Mais c'est vraiment très, très important. On va dans ta chambre, ou dans la mienne ?

Bien que la trouvant trop insistante, il n'osa pas l'envoyer balader. Il choisit la chambre de Leonie, pensant qu'il lui serait plus facile de s'en aller, lui, que de la faire sortir de la sienne.

– Assieds-toi sur le lit à côté de moi, demanda-t-elle, et il obéit.

Il n'avait toujours pas la tête à cette conversation avec Leonie, ses pensées naviguaient sans cesse entre Vev et Mme Nan.

Mais Leonie ne lui épargna rien. Au contraire, elle le submergea d'un flot de paroles dans lequel il se sentit ballotté comme un ludion. Tout le lexique des déclarations d'amour y passa : coup de foudre, emballement, rêves, désir, passion, espoir, tendresse, serre-moi dans tes bras, être près de toi, larmes, oublier, ne pas pouvoir oublier… Il ne suivait pas toujours. Par moments, il ne comprenait plus s'il était question du passé, du présent ou de l'avenir. Elle parlait très vite, s'échauffant au fur et à mesure jusqu'à une sorte d'orgasme verbal.

Timo n'avait réellement retenu qu'une seule chose : Leonie l'aimait, elle le désirait, elle l'avait toujours aimé et désiré, déjà quinze ans plus tôt.

Cela seul aurait suffi à lui saper le moral. Deux confessions en une journée, c'était beaucoup trop pour lui, sans compter celle qui l'obsédait et dont il avait l'intention de se libérer le jour même.

Mais le pire était encore à venir. À la logorrhée de Leonie se mêlèrent tout à coup des paroles clairement issues d'une réalité différente, et Timo comprit enfin la gravité de la situation. Leonie semblait persuadée qu'ils étaient faits l'un pour l'autre, qu'il l'aimait comme elle l'aimait. Alors qu'il en était encore à se demander comment lui faire comprendre le plus délicatement possible qu'elle déconnait, elle se déclara sa muse. La petite chambre d'amis fut soudain peuplée de grands artistes dont l'inspiration avait été magnifiée par des muses, de Salvador Dalí à Picasso en passant par Hemingway. Timo se retint de faire observer à Leonie que Picasso et Hemingway en avaient souvent changé au cours de leur vie.

Qu'est-ce que j'ai bien pu lui faire ? se demandait-il devant l'absurdité de la situation. Il lui était arrivé de prendre amicalement Leonie dans ses bras. Il lui avait souri, l'avait consolée, lui avait offert un livre... Aux yeux de Leonie, cela prouvait apparemment assez sa passion pour elle. Elle lui faisait l'effet de ces adolescentes de l'époque victorienne convaincues que, pour faire un enfant, il suffisait d'un regard aimable entre un homme et une femme ou de boire à la même tasse de thé.

Il n'avait toujours pas trouvé le point faible du mur de paroles derrière lequel elle s'était retranchée, ni l'arme qui pourrait le percer. C'est alors qu'un secours inattendu arriva.

Clarissa entra dans la chambre. Avec une lenteur et une hésitation que démentait son sourire décidé.

– Tante Leonie, j'ai fait une maison en Lego® pour nous ! De toutes les couleurs ! Viens voir comme elle est jolie !

– Je viens dans deux minutes, affirma Leonie.

– Mais elle va s'écrouler si tu ne viens pas tout de suite.

– Si elle s'écroule, c'est que tu ne l'as pas bien construite. Refais-la.

– Tu veux avec un garage ?

– Oui, j'ai besoin d'un garage aussi.

– Tu viens m'aider ?

– Clarissa, je dois parler avec Timo. Tu veux bien y aller d'abord ? Je viendrai tout de suite après.

– Non, maintenant.

Leonie se leva brusquement et tira Clarissa par le bras.

– Aïe !

– C'est de ta faute. Veux-tu que je me fâche ? Je t'ai dit que je viendrais dès que j'aurais fini. Ça ne veut pas rentrer dans ta tête ?

Elle donna à Clarissa une tape sur le front nettement audible, puis referma brusquement la porte.

De nouveau tout à fait détendue, Leonie se rassit sur le lit, cette fois un peu plus près de Timo. Sans lui laisser le temps de reprendre la parole, il lui fit comprendre qu'il avait lui aussi quelque chose à dire.

Il bafouilla épouvantablement, comme une vieille voiture qui refuse de démarrer. Il recommença quatre ou cinq fois avant de réussir à faire une phrase un peu compréhensible. Les deux ou trois suivantes sortirent à peu près correctement, puis il cala de nouveau et s'efforça péniblement de repartir.

Cependant, le message faisait peu à peu son chemin entre ses mots et ses silences, parvenant à Leonie par petits bouts. Lorsqu'il s'aperçut qu'elle avait compris, il se tut aussitôt et fixa le sol.

Il s'abstint de phrases toutes faites telles que « Cela ne change rien à notre amitié » et autres banalités. Car il était évident au contraire que cette conversation changeait tout entre Leonie et lui, au point qu'il ne la reverrait plus jamais après ce week-end. Ils n'étaient pas amis intimes. Ils ne s'étaient pas vus depuis quinze ans et n'avaient aucune raison de se rappeler au téléphone à l'avenir. En revanche, ils avaient désormais une bonne raison de ne pas le faire.

– Regarde, tante Leonie…

Clarissa entrait de nouveau, tenant devant elle un cahier de coloriages ouvert.

– J'ai fait une maison comme celle-là.

Sans le moindre signe apparent d'agitation, Leonie déchira la page en bandes de quelques centimètres de largeur.

– Je ne t'avais pas dit de m'attendre ? Alors, je l'avais dit, oui ou non ? Voilà le résultat ! s'écria-t-elle en jetant les bandes de papier au visage de Clarissa, et le reste du cahier dans un coin. Dehors maintenant, et tout de suite !

Elle poussa la fillette, la faisant tomber. Clarissa se mit à pleurer tout bas.

– Je vais la ramener dans sa chambre, déclara Timo, bouleversé.

– Non. Nous n'avons pas encore fini.

– Je crois que tu devrais prendre une petite heure pour réfléchir à ce que je t'ai dit. Ensuite, si tu veux qu'on en reparle…

Il quitta la chambre sur cette proposition. Dans le couloir, il prit Clarissa dans ses bras.

– Leonie ne va pas bien, lui dit-il. Elle est un peu… retournée… triste. Elle ne voulait pas être méchante. Tu verras, tout à l'heure, elle s'entendra de nouveau bien avec toi.

Comme cela ne suffisait pas à arrêter les larmes de Clarissa, il frotta son nez contre la joue de la petite.

– J'ai entendu ton papa t'appeler « p'tit bout de nez ». Je peux te le dire moi aussi ?

Elle hocha la tête et un léger sourire apparut sur ses lèvres. Timo se détendit. Il avait tout à coup l'impression d'être un sauveur, lui qui venait en si peu de temps de se retrouver successivement confesseur, puis oiseau de malheur.

Mme Nan sortit de l'appentis, son lieu d'expiation. Pour la première fois, elle se sentait libre. Délivrée non pas de sa faute, mais du poids de sa faute. Depuis qu'elle les avait couchés sur le papier, ses souvenirs n'étaient plus des fantômes. Mme Nan s'en était remise à la volonté du ciel, elle pouvait enfin se reposer. Son sort, littéralement, était entre les mains d'un autre.

Elle traversa le jardin, où son mari attachait les glaïeuls pour que la tempête ne les renverse pas. Il la suivit de son regard dur jusqu'à ce qu'elle soit entrée dans la zone de calme de la maison. Dans la cuisine, elle s'aperçut que Yim avait lavé les casseroles et les poêles, et elle eut un hochement de tête approbateur. Bon garçon, pensa-t-elle avant de s'asseoir dans la bonne odeur de propre. C'est là qu'elle prit ses dernières résolutions.

Quand le téléphone sonna, elle décrocha, tout à fait détendue, presque somnolente.

C'était Vev Nachtmann. Elle demandait si l'une de ses invitées pouvait venir passer la nuit prochaine chez eux, en échange de quoi Yim dormirait à la Maison des brouillards. Mme Nan ne demanda pas de qui il s'agissait.

– Je suis désolée, madame Nachtmann, mais ce n'est pas possible. Non, vraiment pas. Pour des raisons familiales. Le moment est très mal choisi. Oh, je suis certaine que Yim serait d'accord, mais, comme je vous l'ai dit, j'ai mes propres raisons. Oui, je regrette beaucoup. Bonne journée.

Elle monta frapper à la porte de Yim.

Il était allongé sur son lit, un livre à la main, image même de la paix. Elle le regarda avec fierté et amour, mais sans sourire.

– Papa s'en sort ? demanda Yim.

– L'aide dont il a besoin, tu ne peux pas la lui apporter.

À cette réponse, il montra quelques signes de nervosité – sans raison, puisqu'elle n'avait aucune intention de lui parler de son père. Elle avait renoncé à ce projet-là, elle utiliserait son courage à autre chose maintenant.

– Je vais passer voir si je peux aider Philipp et Vev en quoi que ce soit, dit Yim. Ils ont un petit bateau sur le port, il faudrait peut-être l'attacher plus solidement. Et la porte du jardin d'hiver. On l'entend battre d'ici.

– Oui, la tempête approche.

– Bon, alors, j'y vais, dit-il en embrassant sa mère sur la joue. À moins que tu n'aies besoin de moi ici.

– Non, ici, tout est fait, répondit-elle après un instant d'hésitation.

Puis, pendant qu'il enfilait ses chaussures, elle ajouta :

– Si tu veux me rendre un service, tu peux porter ça là-bas.

Elle lui tendit un sac en plastique où elle avait mis deux petites boîtes en carton, de celles qui servent à emballer les pâtisseries ou les cadeaux de peu de valeur.

– Celle du dessus est pour Clarissa. J'y ai mis des gâteaux de riz, ça l'aidera pendant la tempête.

– C'est vraiment gentil de ta part, elle sera contente. Et l'autre ?

– Elle est pour l'éducatrice, celle qui est en ce moment à la Maison des brouillards.

– Tu veux dire Leonie ? Leonie Korn, je crois que c'est son nom.

– Oui, celle-là.

– Qu'est-ce qu'il y a dans la boîte, des gâteaux de riz aussi ?

– Non, dit Mme Nan. Un pistolet.

23

En sortant de chez Yasmin, je respirai à fond. L'air du dehors me parut presque frais, malgré la circulation de la fin d'après-midi. Tante Agathe était garée au coin de la rue, et, en me dirigeant vers elle, je vérifiai sur mon Smartphone que la marque de whisky préférée de Yasmin n'était pas un produit discount à six euros quatre-vingt-dix-neuf. Effectivement, il n'y avait pas une bouteille à moins de cinquante euros.

Après le généreux cadeau fait à Karin deux ans plus tôt, c'était la seconde preuve que Yasmin disposait de ressources importantes, ou d'un bienfaiteur fortuné. Cela venait-il de sa riche famille, ou y avait-il une autre explication ? J'aurais pu interroger Yasmin sur ces vingt-cinq mille euros, mais mon attitude envers l'argent était aussi bizarre que celle de la plupart des gens : alors que j'aurais été capable de parler calculs biliaires, ongles incarnés, problèmes de thyroïde et autres affaires hautement privées avec de quasi-inconnus, dès qu'il était question d'argent, je regardais mes chaussures et devenais évasive. Cette question me brûlait la langue et j'avais abordé avec Yasmin des sujets bien plus personnels, et pourtant, j'avais renoncé à la poser. Rétrospectivement, je m'en mordais les doigts.

Avant de monter dans ma voiture, j'écoutai pour la première fois depuis mon retour de Hiddensee les messages de ma boîte vocale. Je prévoyais que Yim m'en aurait laissé un ou deux, mais je fus doublement surprise. Tout d'abord, Yim ne m'avait pas appelée, et j'en fus troublée sans savoir pourquoi. Ensuite, j'avais enfin reçu un message de Steffen Herold, l'ex-ami de Leonie. Comme je le bombardais de SMS et de messages vocaux depuis des jours, il n'était pas très aimable : « Madame, vous commencez à me taper sur les nerfs. Arrêtez de m'appeler ! »

Ce n'était pas du tout mon intention. Au contraire, je le rappelai aussitôt, et, cette fois, il décrocha :

– Écoutez, vous poussez vraiment le bouchon trop loin ! Je n'ai rien à voir avec cette affaire de merde, quand allez-vous le comprendre ?

Je sentis que je n'obtiendrais rien de lui par la flatterie.

– Monsieur Herold, le problème est le suivant : si vous ne voulez pas me parler, je serai obligée de faire mon article en m'en tenant à la version de la mère de Leonie.

Selon mon expérience, peu de gens au monde étaient prêts à laisser passer sans commentaire le point de vue de leur belle-mère, à plus forte raison dans une affaire aussi délicate que celle-ci. Et Margarete Korn avait été très critique envers son presque ex-gendre.

J'avais apparemment trouvé le ton qui convenait, car il me répondit :

– Je dois réfléchir. Je vous rappellerai. Ou pas.

Sur quoi il raccrocha. J'étais enchantée d'avoir des nouvelles de Steffen Herold, car il était l'une des pièces manquantes du puzzle. Une hypothèse audacieuse, et qui avait visiblement échappé à la police, commençait à s'esquisser dans mon esprit. Beaucoup de points étaient encore obscurs, mais, pour la première fois de ma vie, j'avais le sentiment d'approcher de la vérité d'une affaire.

Au moment où j'ouvrais la portière, quelqu'un s'avança vers moi.

Yim.

– Je te cherchais, dit-il. J'ai donc eu du flair, tu étais bien chez Yasmin. J'ai fait une ou deux fois le tour du pâté de maisons, puis j'ai vu ta voiture. Elle n'est pas trop difficile à reconnaître.

– Mais enfin, Yim... soupirai-je, un peu accablée.

J'aurais préféré qu'il reste quelque temps à Hiddensee, attendre quelques semaines pour m'expliquer avec lui. D'un autre côté, j'étais trop heureuse de le voir. C'était si bon d'entendre le son de sa voix ! Lorsqu'il fit un pas vers moi, je dus me retenir de l'imiter.

– Pourquoi es-tu parti si vite après moi ? demandai-je.

– Au début, je ne voulais pas. Par amour-propre, par bravade... Je me sentais abandonné, j'avais besoin de panser mes plaies. Mais j'étais trop fâché contre toi pour rester sans rien faire. Et puis... je ne sais pas... quelque chose dans tout ça a dû...

– Toi, tu étais fâché ? Avec ce que tu m'as caché, on pourrait remplir un journal !

– Oh, tout au plus le supplément du week-end.

Malgré moi, mes lèvres ébauchèrent un sourire. Puis je fronçai les sourcils.

– Arrête, ce n'est pas drôle. Je parle très sérieusement. Tu m'as menti quand je t'ai demandé à quelle date vous étiez arrivés en Allemagne, tes parents et toi. Et ne me dis pas que c'était un petit mensonge. Tu savais très bien ce qu'il signifiait.

– Tu ne mens jamais, quand des secrets de famille sont en jeu ?

– Mon père s'est suicidé parce que son fils avait été assassiné et que sa femme et sa fille ne comptaient plus pour lui, et, au fond d'elle-même, ma mère m'a toujours rendue responsable de ces deux malheurs. Une chose est sûre : je ne raconte pas ça à tous les gens que je rencontre. Mais si mon père avait été un meurtrier de masse, j'aurais affronté directement le problème.

– Tu ne peux pas en juger, tout simplement parce que tu n'es pas la fille d'un meurtrier de masse. C'est trop facile de dire : Moi, j'aurais fait ça. Pendant trente ans, j'ai associé mon père non pas à la terreur, mais aux jardins. Aux fleurs, tu comprends ? Il y a seulement deux ans que j'ai appris la vérité. Bon, c'est vrai que je pressentais déjà quelque chose avant cela, je ne le nie pas. Mais redouter une chose est bien différent de la savoir. Est-ce si étonnant de ne pas courir après une vérité qui fait peur ?

Je réfléchis quelques instants.

– Comment as-tu su, finalement ?

Notre conversation sur le trottoir avait commencé de manière un peu vive. À présent, nous baissions la voix.

– Le jour de la mort de ma mère, je suis allé dans l'appentis, dit Yim. Une minute m'a suffi pour comprendre.

– Ç'a été la même chose pour moi, acquiesçai-je. J'imagine que c'est pour cela que ton père l'a mis sous cloche en le recouvrant de fleurs. Il avait deviné ce qui s'y passait. Rien ne l'effrayait davantage que son passé et la femme qui le connaissait.

M. Nan avait dissimulé sous les mêmes fleurs les blessures de sa femme et son odieux secret. On pouvait difficilement imaginer symbole plus puissant.

– Mon père était incapable d'entrer dans l'appentis, il avait trop peur d'affronter ces tableaux. Quant à moi… J'aurais préféré m'en débarrasser. Mais jeter ce que ma mère m'avait légué… c'était impossible.

– Tu as bien fait. Ta mère a dû beaucoup hésiter avant de se décider à prendre les pinceaux. J'imagine qu'elle n'a jamais cessé de douter, qu'elle était tiraillée entre les reproches qu'elle se faisait à elle-même, le remords, la loyauté envers son mari et la peur des conséquences si jamais elle parlait publiquement. Elle avait besoin d'un exutoire. Elle a commencé par les poèmes, puis elle a peint en cachette. Si elle n'était pas morte… qui sait jusqu'où elle serait allée ?

Il me semblait que Yim aurait dû répondre quelque chose à cela, mais il se tut.

– Ne me dis pas que tu n'avais jamais remarqué qu'elle peignait. Les taches de peinture sur ses mains, sur ses chaussures…

– Évidemment. Et je savais aussi qu'elle achetait de la peinture acrylique. Cela coûtait plus d'argent qu'elle n'en avait, voilà pourquoi elle travaillait chez Philipp et Vev. Mais elle n'a jamais parlé de ses tableaux, et je ne lui ai jamais posé de questions, pour les raisons que je viens de t'expliquer.

– En tout cas, tu savais la vérité depuis deux ans. Et qu'est-ce que tu as fait ? Rien. C'est pour cela que je t'en veux. Tu aurais dû en parler publiquement, tu le devais à ta mère.

J'avais touché à un point sensible, et plus brutalement que je ne l'aurais voulu. La voix de Yim tremblait quand il me répondit :

– Tu n'as aucune idée de ce que c'est que d'être le fils d'un boucher khmer rouge ! Si jamais cela se sait, je perdrai la face, on me méprisera !

– Tu n'exagères pas un peu ? Tu étais un enfant à l'époque, personne ne va rien te reprocher…

Il se mit à crier et à faire de grands gestes. Je ne l'avais jamais vu dans cet état.

– Tu n'y connais rien ! Dans ma culture, lorsque quelqu'un commet un crime, toute la famille est concernée, et mon père est bien pire qu'un criminel ordinaire ! Il n'était pas un simple sous-fifre, mais l'un des cent premiers frères, il me l'a dit lui-même quand je lui ai demandé des comptes, il y a deux ans. S'il était extradé au Cambodge et jugé, je n'aurais plus qu'à fermer mon restaurant tout de suite. La moitié de mes clients sont des Cambodgiens ou des Vietnamiens, je ne pourrais pas continuer sans eux. Je perdrais tout ce que j'ai construit, Doro. Tout ! Je ferais faillite ! Sans compter que j'ai grandi près de cet homme qu'on jetterait probablement au fond d'un cachot. J'ai été assis sur ses genoux, j'ai joué dans son jardin, il m'a acheté mon premier costume. Il était sur le bord du terrain quand je jouais au foot, et je n'aurais pas pu acheter mon restaurant sans lui. Depuis que je sais de quelles atrocités il s'est rendu coupable, je le punis par le mépris, et je peux te dire que ça lui fait très mal. Mais je ne pourrais pas le livrer à un tribunal qui l'enverrait à la mort. Tu ne peux pas attendre cela de moi.

Ravalant sa colère, Yim reprit plus doucement :

– Et maintenant, je te le demande aussi. Je t'en prie, ne publie pas ce que tu as découvert. Ce n'est jamais qu'un sous-produit de ton enquête. Cela n'a rien à voir avec l'affaire proprement dite.

Je ne me souciais pas un instant de ce qui pourrait arriver au vieux Nan s'il était extradé. Je ne pensais qu'aux innombrables victimes torturées, battues à mort, fusillées ou pendues par ses soins, et envers lesquelles, aujourd'hui encore, il ne semblait manifester aucun remords. Il aurait pu se livrer de lui-même, demander pardon. Au lieu de cela, il avait littéralement laissé pousser l'herbe sur son passé. Allait-on cette fois encore ne parler que du meurtrier, comme je l'avais vu si souvent ?

Des questions éthiques que je ne connaissais que trop redevenaient soudain centrales. Peut-on livrer un criminel à un pays où les conditions de détention sont pour nous inacceptables et qui applique peut-être encore la peine de mort ? Quelqu'un qui a tué autant de gens est-il réellement responsable, ou est-ce un malade mental ? Quarante ans plus tard, faut-il tirer un trait sur le passé ? Toutes ces questions avaient un sens, mais elles ne concernaient que le criminel, pas les victimes. Celles-ci étaient trop souvent des personnages secondaires. Qui parlait encore des milliers de personnes envoyées à la mort par Viseth Nan ? Même Yim et moi n'en avions pas dit un mot au cours de notre discussion.

Pourtant, j'hésitais encore sur ce qu'il convenait de faire de ma découverte. D'abord parce que je n'avais aucune preuve. Les tableaux de Mme Nan étaient impressionnants, mais ils ne pouvaient pas constituer un témoignage probant. Entre-temps, M. Nan avait acquis la nationalité allemande, et les obstacles à l'extradition seraient nombreux. Et puis, quelle femme irait dénoncer sans hésiter le père de celui qu'elle voulait comme amant, et même plus que cela ? Je ne savais pas si mon histoire avec Yim était terminée ou si elle s'écrivait encore, mais c'était de toute façon secondaire dans ma décision. J'éprouvais des sentiments forts pour Yim, en dépit de tous mes reproches, je ne lui voulais que du bien. Et si je déclenchais une avalanche qui, au bout du compte, engloutirait Yim plutôt que son père ? Cette perspective m'accablait.

Je décidai de ne pas trancher pour le moment.

– Il se peut que tu aies raison et que l'affaire de ton père ne soit qu'un à-côté de mon enquête. Mais peut-être pas. Peut-être est-elle centrale, au contraire.

– Que veux-tu dire ? Je ne comprends pas.

– Il ne t'est jamais venu à l'esprit que ton père avait toutes les dispositions nécessaires pour tirer sur plusieurs personnes ?

Pendant une demi-minute, Yim resta sans voix. Il marcha de long en large sur le trottoir en se tenant la tête, serra les poings, tapa avec une fureur contenue sur le toit de ma voiture. Puis il secoua la tête, incrédule.

– Dis-tu cela pour me provoquer ? Pour te venger de je ne sais quoi que je t'aurais fait ?

– Loin de moi cette idée, je…

– C'est l'ambition, c'est ça ? Tu veux te faire un nom en publiant une bombe ? Doro Kagel, la journaliste qui vous dit tout ? Rebondissement spectaculaire dans une affaire classée ?

– Où serait le problème, si c'était la vérité ?

– C'est une supposition absurde.

– Personne n'a vu Leonie…

– Épargne-moi ça, je t'en prie. D'ailleurs, le parquet a tout dit sur ce sujet, et je me refuse à refaire avec toi en pleine rue une séance de tribunal où tu jouerais les avocats pour Leonie Korn.

– Comme tu voudras. Mais, que tu l'acceptes ou non, ton père n'est pas seulement le roi des rosiers de Hiddensee, il est aussi le bourreau du Mékong. Trouves-tu vraiment si aberrante l'idée qu'il ait pu ajouter trois victimes aux milliers de morts du Cambodge ?

– Ah bon, juste comme ça ? Aujourd'hui, j'ai envie de me faire deux ou trois personnes ?

– Il avait peur.

– Oh, bien sûr, la fameuse angoisse de l'assassin, j'avais failli l'oublier.

– Très concrètement, il avait peur que son secret soit exposé au grand jour. Voilà pourquoi il a, pardon, il aurait pu tirer sur ta mère dans un moment de panique.

– Ah oui ? Et pourquoi aurait-il tué les autres ? Comment était-il en possession de l'arme de Leonie ?

– Je n'en sais rien. Pas encore. J'avance pas à pas. Puisque l'arme avait été égarée, il aurait pu la trouver quelque part, ou bien quelqu'un aurait pu la lui donner sans penser à mal.

– On a retrouvé l'arme à côté de Leonie Korn, de son corps inconscient. C'est elle qui l'avait apportée, c'est elle qui a tiré. Je crois qu'elle n'a jamais égaré ce pistolet, ça, elle l'a sûrement inventé. C'était une malade mentale, tout le monde l'a dit.

– Leonie était très instable et se mettait facilement en colère, elle n'était pas fiable comme éducatrice, cela, on en est sûr. Mais ça n'en fait pas pour autant une folle ni une meurtrière, et si on se contente d'aligner les indices…

Il se détourna et s'éloigna de quelques pas.

– Je ne veux plus t'écouter.

– Depuis le début, ça n'a pas été ton fort. Se peut-il que tu n'aies recherché une relation avec moi que pour influencer mon enquête ? En tout cas, tu as mis le cadenas à l'appentis, tu as éludé mes questions sur Yasmin, et, dès notre première rencontre, tu as créé une querelle de toutes pièces pour mettre fin à l'entretien. Franchement, tu ne trouves pas que ça ressemble à de la manipulation ?

– Cette fois, tu délires complètement.

– Je me contente de poser des questions.

– Tu poses des questions comme tu décocherais des flèches. Tu ne vois pas le mal que tu me fais ?

C'était à mon tour de rester interdite. Yim avait trouvé le ton, les mots exacts qui pouvaient mettre fin instantanément à mes débordements d'éloquence. Il avait raison, j'avais une fâcheuse tendance, au mépris de mes autres obligations, à poser des questions tranchantes qui revenaient à des affirmations, même si elles n'en étaient pas sur la forme. Ainsi, je pouvais toujours prétendre n'avoir fait que poser des questions, et dire que j'en avais bien le droit. On pouvait lutter à armes égales avec des affirmations contradictoires, ou entre accusation et défense. Mais une affirmation déguisée en question est un ennemi qui avance masqué. C'était une situation confortable, que les journalistes adoraient pour cette raison même. Mais ce n'était pas honnête.

– Je suis désolée, dis-je.

– C'est ce que tu avais déjà écrit sur la feuille que tu m'as laissée à Hiddensee. L'île où je t'avais accueillie. C'est vrai, j'ai mis un cadenas à la porte pour que tu ne voies pas les tableaux de ma mère. Mes raisons, tu les connais. Et si je ne t'ai pas dit où habitait Yasmin, c'était pour que tu n'ailles pas l'ennuyer. Bon, tu as le droit de me le reprocher. Mais pour ce qui est de nous deux, toi et moi…

La voix lui manqua un instant, puis il reprit :

– Dès notre première rencontre, je me suis senti attiré par toi, même si je me suis fâché au début. Sinon, pourquoi t'aurais-je appelée en pleine nuit pour m'excuser ? Ensuite… C'est vrai, j'ai voulu passer quelques belles journées avec toi, pour mieux te connaître et… oui, essayer de te conquérir, de te plaire. Peux-tu imaginer ce que je ressens quand tu traînes tout ça dans la boue, quand tu me soupçonnes d'avoir fait tout ça uniquement pour te manipuler ?

Il se détourna brusquement et s'éloigna, et, sur le moment, je ne réagis pas. Puis je me ressaisis et me mis à courir derrière lui, mais il avait déjà traversé la rue et, aussitôt après, il disparut dans la circulation.

– Une fois de plus, tu as vraiment bien réussi ton coup, Doro, me dis-je tout bas.

Je me sentais soudain très lasse, moralement sinon physiquement. Je ne connaissais que trop cet état : trop de travail, trop de pression, un sentiment de vide, comme s'il n'y avait pas d'avenir, sans compter le quotidien toujours identique, la roue du hamster… Tout était allé de mieux en mieux depuis que je travaillais sur la tuerie de Hiddensee, je m'étais sentie revigorée, bien sûr parce que, pour la première fois, je me lançais dans une vraie enquête au lieu de me contenter de suivre un procès et de le restituer.

Mais je me rendais compte à présent que Yim avait joué un grand rôle dans tout cela, peut-être le rôle principal. Depuis le soir où il m'avait invitée à son restaurant, il était devenu, sans que je me le sois avoué jusqu'ici, un élément essentiel de mon existence. Même lorsque j'avais quitté précipitamment Hiddensee, j'étais secrètement persuadée de le revoir un jour. Or, cette certitude avait disparu. Je me sentais renvoyée à une période de ma vie à laquelle, sans le savoir, j'avais déjà dit adieu.

Sur le chemin du retour, mon portable me signala l'arrivée d'un SMS. Il venait de Steffen Herold.

« Demain matin, onze heures, Potsdam, entrée principale Sans-Souci. Soyez à l'heure. »

24

Septembre 2010

Timo trouva Vev sur la terrasse. Vêtue d'un ensemble noir en léger tissu de lin, elle était assise devant la table de bistrot déjà mise et, perdue dans ses pensées, contemplait au loin le gigantesque mur de nuages violets venu du nord qui se rapprochait lentement. Sa main gauche jouait avec les perles de son collier, la droite tenait un verre rempli de whisky. Timo ne pouvait se lasser de regarder voler au vent ses cheveux doux et fluides. À la pensée que le lendemain, à la même heure, il devrait quitter Hiddensee et Vev, il eut l'impression qu'on lui piétinait la poitrine.

– Salut, madame Bovary, dit-il.

Elle sourit presque imperceptiblement.

– Salut, l'amoureux.

– Je te dérange ?

Elle tendit la main vers un sac de plage posé sous la table et en tira un second verre.

– J'espérais bien que tu viendrais. Le dernier pique-nique, etc., tu vois ce que je veux dire. Philipp est au port, nous avons un petit bateau, qui ne vaut pas la peine d'en parler, mais il fallait le rattacher solidement. Une fois là-bas, c'est évident qu'il va aider les autres propriétaires de bateaux. Philipp est très serviable dès qu'il s'agit de défendre la propriété.

Timo s'assit près d'elle. L'air s'était rafraîchi, mais il n'avait pas froid, au contraire, il se sentait brûler intérieurement.

– Tu n'as pas vu Yasmin ? demanda Vev.

– Non, je croyais qu'elle était ici.

– Elle n'est toujours pas rentrée de votre promenade. Tu l'as assassinée ?

– Si c'est le cas, je ne m'en souviens pas. En ce moment, je m'intéresse à peu près autant à Yasmin qu'à la musique d'ascenseur.

– Bon, on cherchera son cadavre plus tard. Un whisky ?

– Le whisky est-il bon contre les chagrins d'amour, ou les aggrave-t-il ?

– Pour les risques et effets secondaires, lisez l'emballage, ou demandez à vos organes, cœur et foie, dit-elle en le servant généreusement.

– Je n'ai rien mangé depuis des heures, objecta-t-il.

Vev fouilla de nouveau dans le sac et déposa devant Timo les restes du dîner de la veille, plus une salade de tomates. Il se mit à manger sous son regard satisfait – surtout à cause de ce regard, parce qu'il n'avait pas vraiment faim –, buvant après chaque bouchée une petite gorgée d'alcool. L'approche de la tempête faisait voltiger cheveux et vêtements, et Timo déclara qu'il avait l'impression d'être dans un sketch de Loriot[1], mais cette petite plaisanterie ne soulagea que pour quelques instants la tension qui planait entre eux.

1. Vicco von Bülow, dit Loriot († 2011), humoriste pince-sans-rire célèbre en Allemagne pour son sens de l'absurde et ses parodies.

– C'est donc vraiment notre dernier pique-nique ? demanda-t-il après son deuxième verre. Je ne veux pas renoncer à toi, et je sais que tu n'as pas envie de renoncer non plus. Il y a tout de suite eu entre nous une relation spéciale, qui n'existe pas entre Philipp et toi. Nous nous comprenons à un niveau auquel ton mari n'a pas accès. C'est dans notre façon de nous parler, de nous regarder en pensant à la même chose, dans ce qui se passe quand nous nous touchons… Je ne te connais que depuis deux jours, mais je n'ai pas besoin d'en savoir plus que ce que je sais déjà. Je te veux, Vev, et je me donne à toi. Ça peut sembler un peu théâtral pour le moment…

– C'est impossible.

La phrase le frappa au visage comme une bourrasque glacée.

– Que veux-tu dire ? Qu'est-ce qui est impossible ?

– Ce qui se passe entre nous. Il faut arrêter.

– Mais notre histoire ne fait que commencer, nous…

– Oui, justement. C'est plus facile maintenant que quand nous nous connaîtrons mieux.

– Je te connais déjà. Pour moi, une séparation sera aussi grave à n'importe quel moment.

– Une séparation… Timo, là, tu te laisses emporter. C'est vrai, je ressens quelque chose pour toi moi aussi, mais… Il est encore possible de nous contrôler. Tu ne comprends donc pas ?

Il but le reste du liquide ambré qui l'échauffait de l'intérieur.

– Non, je… Ça, je ne le comprends pas. Pourquoi ? Dis-moi pourquoi nous ne pouvons pas être ensemble.

– Je t'en prie, réfléchis un peu.

– Je ne trouve pas une seule raison. À moins que… à moins que tu n'aies fait semblant l'autre fois, sur la plage, à Genoveva Bay.

– Je ne faisais pas semblant.

– Alors, ça me dépasse, Vev. Crois-tu par hasard que je cesserai un jour de t'aimer, parce que tu approcheras de soixante ans quand j'en aurai quarante-cinq ? Nous ne sommes des idiots ni l'un ni l'autre, nous savons que ça peut arriver, comme il peut arriver que tu cesses de m'aimer, toi, parce que tu en auras peut-être assez d'un mec trop jeune. On ne peut pas prévoir ces choses-là, pour personne, pour aucun amour.

– Il ne s'agit pas de ça, Timo, dit-elle en lui remplissant son verre.

– Arrête de m'embrouiller les idées avec du whisky et réponds-moi. C'est à cause de Philipp ? Tu l'aimes toujours ?

Une expression de tristesse envahit soudain le visage de Vev.

– Je ne l'ai jamais aimé. Je ne suis jamais tombée amoureuse de lui. Il fut un temps où je pensais devoir au moins essayer, mais je ne sais même pas si je l'ai réellement fait. Vraiment, je ne m'en souviens plus. Je l'aimais bien, je me contentais de le considérer comme le père de ma fille. C'est un bon père, un homme de parole. Tout le reste, son amour glaçant de l'ordre, sa tendance à faire l'important, sa mise en scène idyllique... C'est fou, mais je ne veux même pas l'aimer.

– Mais, dans ce cas...

– C'est incroyable que tu ne trouves pas tout seul pourquoi je reste avec lui ! J'ai une fille. Je n'ai couché avec Philipp, je ne me suis mariée avec lui ensuite que pour avoir cet enfant que je désirais plus que tout au monde. C'est pour Clarissa que je dois rester avec lui. Elle aime son père, elle tient à lui. Il n'y a pas d'autre raison.

Timo sentit qu'elle ne mentait pas. Le vent poussait à la franchise. L'ouragan Emily emportait les mots au loin, les dispersait sur la Pologne, la mer Baltique, les grands espaces russes, il les dissolvait en fines particules que personne ne pourrait réassembler. Vev ne répéterait pas ces paroles, nul autre que Timo ne les aurait jamais entendues.

Il envisagea d'invoquer les psychologues familiaux, les avocats spécialisés dans le divorce, les recherches sur le bonheur, tout ce qui pouvait convaincre Vev qu'il existait mille autres solutions plutôt que d'élever son enfant dans un mariage sans amour. Mais, en la regardant, il comprit qu'elle avait passé la nuit à mettre dans la balance ces mille solutions, et qu'elles ne pesaient pas assez lourd pour elle. Vev n'était pas quelqu'un qu'on pouvait faire changer d'avis par des discours.

Les dieux étaient tellement cyniques, pensa-t-il. Une heure plus tôt, il était encore de l'autre côté, c'était lui qui enlevait à quelqu'un un espoir de bonheur. Il avait fait souffrir Leonie, c'était à son tour maintenant.

– Alors, c'est vrai, demain, nous nous verrons pour la dernière fois ?

Vev mit un peu de temps à répondre.

– Oui.

– Je n'étais donc qu'un… qu'un jouet ?

– Tu sais bien que ce n'est pas vrai ! s'écria-t-elle brusquement avant de se calmer aussitôt. Mais avant-hier, c'était il y a cent ans, Timo. Il y a des moments où on oublie tout, même l'essentiel. Qu'on a une fille, qu'on est mariée… Ce qui s'est passé, ça nous est arrivé comme ça, par surprise. Ça ne change rien aux circonstances. La vie n'est pas un tableau noir écrit à la craie, il ne suffit pas d'y passer un chiffon mouillé pour tout effacer.

Elle fut interrompue par l'arrivée de Yim, qui, après avoir contourné la maison, montait sur la terrasse.

– Salut, Vev, salut, Timo. J'allais sonner à la porte quand j'ai entendu vos voix. Vous êtes bien courageux de vous asseoir dehors par ce vent. Il ne manquerait plus qu'il vous emporte, légers comme vous êtes tous les deux.

– Mon ensemble en lin est très large, ça me ferait une montgolfière, plaisanta Vev. Mais je te promets que nous rentrerons si le temps se gâte. Au fait… si jamais tu cherches Philipp, il est déjà sur le port.

– Ah oui, j'y vais tout de suite. Mais j'avais quelque chose à donner à Clarissa. Des gâteaux de riz faits par ma mère.

Vev sourit.

– Remercie-la de ma part. Clarissa est devant la télé, elle regarde les Teletubbies. Elle trouve ça irrésistible, mais moi, je n'y vois que des pommes de terre en couleurs. Tu peux passer par la porte-fenêtre, mais ne le dis pas à Philipp, il a une relation très spéciale avec la porte d'entrée et le paillasson.

Une fois Yim à l'intérieur, Vev reprit :

– La mère de Yim a refusé d'héberger Leonie. Je voulais qu'elle s'en aille, mais ce n'est plus possible maintenant, évidemment. Les gâteaux de riz sont probablement censés être une petite compensation.

Timo se fichait bien des gâteaux de riz, des Teletubbies et de l'expulsion manquée de Leonie. En ce moment, même l'extraordinaire confession de Mme Nan disparaissait comme une tache noire dans la nuit. Il était ivre de whisky et de tristesse.

– J'ai de l'imagination, dit-il. Je pourrais m'arranger pour garder le contact avec Philipp…

Vev lui fit signe de parler plus bas.

– Toi et moi, nous pourrions de temps en temps…
nous voir. Au moins ça. Nous voir, sans plus.

– Ce ne serait pas une bonne idée, Timo. Les gens
ne sont pas des planètes capables de suivre toujours la
même orbite. L'attraction entre nous est trop grande,
tôt ou tard, nous ne pourrions plus résister.

– Non, je peux y arriver.

– Mais pas moi. Et quand bien même, à quoi cela
nous servirait-il, s'il n'y a aucune intimité ? Nous ne
ferions que nous faire du mal l'un à l'autre.

– Tu es trop intelligente, dit Timo avec un sourire
amer. J'aurais préféré que tu le sois un tout petit peu
moins.

Elle remplit les deux verres et lui mit le sien dans
la main.

– Tu as l'intention de faire de moi une femme intelligente dans un de tes futurs romans ? demanda-t-elle.

– Tu peux compter là-dessus !

– Je les éplucherai tous soigneusement, alors.

Il trinqua avec elle, la gorge de plus en plus serrée.
Sentant les larmes monter, il les étouffa d'une grande
lampée de whisky, elles et le nœud dans sa gorge. Après
avoir bu, il éprouva le désir de sentir à nouveau le goût
de la bouche de Vev. C'était peut-être la dernière fois
qu'ils étaient seuls, il fallait le faire maintenant.

Il se pencha vers elle et l'embrassa. Elle se laissa
faire, répondit même à son baiser. Le genre de baiser
censé être sans fin. Mais qui s'acheva d'une manière
inattendue.

Une main se posa sur l'épaule de Timo et le tira
brusquement en arrière, le faisant tomber sur le plancher
de la terrasse. Philipp se planta au-dessus de lui et cria :

– Si jamais tu t'avises de recommencer, tu connaîtras
une face de moi que tu ignorais encore !

– Laquelle ? répliqua Timo en se relevant. La face arrière ?

Le coup de poing l'atteignit au menton. Il bascula par-dessus la rampe et tomba sur le dos dans l'herbe, où il resta quelques secondes étourdi. Il entendit Vev crier :

– Philipp ! Tu es devenu fou ? C'était juste un baiser.

– Je devrais peut-être le remercier de ne pas t'avoir violée ?

– Il… il ne m'a pas embrassée de force.

Durant trois ou quatre secondes, on n'entendit que les hurlements du vent.

– Comment ça ? demanda Philipp.

– Tu as bien compris.

– Tu veux dire que… que c'est toi qui l'as embrassé ?

– Bon Dieu, Philipp, tu veux que je te fasse un dessin ? Il m'a embrassée, et je me suis laissé faire.

Philipp en resta bouche bée.

– Lui, là ? Cette demi-portion ? Il pourrait presque être ton fils !

– Mais il est…

Elle s'interrompit, et, encore à genoux par terre, Timo espéra qu'elle allait dire « mon amant », ou « celui que j'aime », ou encore « mon avenir ». Pour entendre cela, il aurait accepté de recevoir une douzaine de crochets à la mâchoire.

Pendant qu'elle réfléchissait encore à ce qu'était Timo, des voix crièrent le nom de Philipp. Deux hommes arrivaient en faisant de grands gestes.

– Alors, qu'est-ce que tu fabriques ? Il nous faut ces cordages tout de suite, tu les as trouvés ? Où sont-ils ? Dépêche-toi !

Partagé entre deux urgences – garder à quai les bateaux ou sa femme –, Philipp se décida pour les bateaux. Non sans avoir une dernière fois remis Timo à sa place :

– Ne t'approche plus d'elle ! Si jamais je te trouve encore ne serait-ce qu'à moins d'un mètre d'elle, je te balance à la mer. Alors, qu'est-ce que tu attends ? Je veux te voir filer.

Timo s'éloigna. Sa défaite ne pouvait pas être plus complète, plus ignominieuse. Mais qu'aurait-il pu faire ? Se battre ? Pour quoi, pour qui ? Pour une femme qui ne voulait pas de lui ? Il n'avait pas de nid à défendre, pas de territoire à conquérir. D'ailleurs, la bravade lui avait toujours semblé une réaction particulièrement primitive. Philipp avait gagné.

Il fit le tour de la maison, ne sachant pas trop encore où aller panser ses plaies. Sans y penser, il marcha jusqu'à la plage, longea les vagues déchaînées. Le vent soufflait si fort qu'il soulevait son tee-shirt, l'arrachant de nouveau chaque fois qu'il le rentrait dans son short. Il ne pleuvait pas encore, mais la muraille noire atteindrait bientôt Hiddensee. Il n'essuya pas les embruns qui lui éclaboussaient le visage, se substituant aux larmes de douleur qu'il s'interdisait.

Il pénétra dans la réserve ornithologique par un endroit où la clôture s'était abattue. Le sable des dunes lui sifflait aux oreilles, mais cela ne l'empêcha pas d'aller jusqu'à leur crique de l'avant-veille, Genoveva Bay. La plage avait disparu, noyée, recouverte par les flots. C'était comme si la tempête Emily avait englouti la plus belle heure de sa vie.

Jamais il n'avait autant perdu qu'au cours de ces dernières minutes. Jamais non plus l'enjeu n'avait été aussi grand : une femme, une nouvelle vie, l'amour, le bonheur, la satisfaction d'avoir atteint un but, réussi quelque chose… Vev lui avait fait des compliments. D'autres aussi avant elle, des lecteurs, des amis, mais cela n'avait eu pour ainsi dire aucune valeur, puisqu'il ne les aimait pas. Un éloge de la personne aimée était une coupe d'or pur. Et il en avait reçu deux de Vev, à titre d'écrivain et à titre d'amant. Il était en manque des mots et des regards de Vev, de ses caresses et de ses baisers, comme un junkie de sa prochaine piqûre.

Il se battit contre le vent pour regagner la maison, sous les premières gouttes encore éparses annonciatrices du déluge. Il entra par la terrasse. La télévision était toujours allumée. Timo traversa la pièce.

Dans la cuisine, il se prépara un café fort et brûlant qu'il sirota à petites gorgées, comme le whisky un peu plus tôt. Il ne se sentait pas ivre, malgré les trois grands verres qu'il avait bus.

Il ne rencontra personne sur le chemin de sa chambre. Trop agité pour rester en place, il fit les cent pas, s'assit d'abord sur le lit, puis devant la petite table. Il prit son crayon bien taillé, qu'il fit glisser longtemps dans sa main, toujours plus vite, avec toujours plus de rage. Le regard fixé sur la page vierge, il désirait la salir, lui imprimer son sceau et sa souffrance – écrire pour ne pas laisser ce jour-là disparaître. Mais il y renonça. Cela le dégoûtait tout à coup de compenser par l'écriture chacun de ses manques et de ses échecs.

– Pauvre lavette, se murmurait-il sans cesse en repensant à la façon dont Philipp l'avait chassé.

Il alla à la fenêtre et vit Yasmin rentrer à la Maison des brouillards. En plein après-midi, l'obscurité commençait à s'étendre sur la terre.

Pour Leonie, le vide avait un poids. La plupart des gens auraient trouvé cette idée aberrante – comment une chose qui n'avait ni absence ni présence sensible pouvait-elle peser sur quelqu'un ? –, mais c'était sa réalité quotidienne. Le vide pesait sur son corps de toute sa puissance invisible. Sur son corps tout entier, pas seulement sur une partie précise, tête, poitrine ou ventre.

Elle éprouvait le poids du vide dans ses doigts, qui refusaient parfois de se mouvoir, dans ses jambes qui ne voulaient plus marcher, dans ses battements de cœur qui marquaient l'écoulement absurde des secondes et des heures, tel le tic-tac d'une horloge. Elle le sentait aussi dans l'impression qu'une ficelle nouait sa gorge, dans ses paupières qui s'ouvraient et se fermaient avec le même découragement, dans ses oreilles qu'elle haïssait au moindre bruit un peu fort, la sonnerie du téléphone, la sonnette de l'entrée, un hélicoptère survolant le village, ou quand les enfants qu'elle surveillait devenaient bruyants. Elle avait lu dans un livre de physique que la pression atmosphérique sur Vénus était assez forte pour réduire un être humain en bouillie. N'était-ce pas d'une ironie cruelle que ce soit justement cette planète au nom de déesse de l'Amour qui écrase toute vie ? Même si ce n'était que moralement, ce qui l'écrasait depuis des années était une pression de ce genre.

Allongée sur son lit, immobile, elle voyait défiler devant elle des années de torture. La cave sombre où son père l'enfermait parfois. Le chat, son seul compagnon dans ce cachot, qui se glissait entre les barreaux de la lucarne lorsqu'il en avait assez d'elle. Le sourire répugnant de Steffen quand elle se faisait belle avant de sortir. Timo marchant avec Vev le long de la plage. Timo avouant son amour à Vev sur la terrasse. Elle les avait entendus depuis sa fenêtre – le vent apportait assez de bribes de mots pour qu'elle puisse imaginer la scène.

Timo s'était joué d'elle pendant tout ce temps. Il lui avait fait croire des choses, alors qu'il se fichait bien d'elle. Avait-il pris plaisir à la voir l'idolâtrer ?

Riait-il sous cape chaque fois qu'elle tournait le dos ? Timo était un menteur et un nul, à qui quelqu'un devrait bien fermer sa grande gueule. Et Vev était une vraie sorcière, perfide et arrogante. Elle avait séduit Timo. Leonie n'aurait pas dû se contenter de fracasser la tête à un seul des trois chats.

Mais c'était plutôt de sa faute, en fin de compte. Elle avait été stupide de courir après l'amour : celui de ses parents, celui des enfants des autres, celui des hommes… Quelle idiote de n'avoir pas compris que tout le monde la méprisait ! Plus personne ne devait l'aimer, et elle n'aimerait plus personne.

Leonie se redressa lentement sur son lit. Comme une très vieille femme, elle posa un pied sur le sol, puis l'autre, et se leva avec effort, en tremblant. Elle se dirigea vers son sac posé sur la coiffeuse, en sortit les allumettes, les comprimés antidouleur et quelques cigarettes.

Mme Nan était plongée dans les éléments – exposée à tous les vents, ses pieds nus dans la terre du jardin, l'eau partout autour d'elle. La pluie sur sa peau, le bruit de la mer à ses oreilles, les flaques sur le sol spongieux, tout bruissait et clapotait… Le jour faisait place à la nuit, mais elle ne craignait pas la tempête, loin de là. Elle retrouvait, tout proches, les merveilleux typhons de son enfance. Le vent de la tempête Emily, le bruit de sa pluie ressemblaient à s'y méprendre à ceux de ses cousines tropicales. C'était le chant de la mousson.

Mme Nan resserra autour d'elle sa veste de tricot depuis longtemps trempée et ferma les yeux, en quête de son enfance, de l'innocence. Elle vit s'avancer vers elle sa mère, morte depuis longtemps. Rentre à la maison, petite Nian, tu vas être toute mouillée, que fais-tu là, tu attrapes des poissons de vase ? Rentre vite, j'ai préparé du riz et des légumes. Mme Nan vit sa mère disparaître dans la maison. L'instant d'après, Viseth Nan arrivait au village. Le jeune géomètre lui souriait sans cesse et lui faisait la cour, il disait qu'elle était belle, demandait sa main, l'épousait, ils faisaient l'amour. La mousson grondait sur le toit, le bonheur de Nian était complet.

Quand elle rouvrit les yeux, Viseth, le vieux Viseth, était de nouveau devant elle. La folie étincelait dans ses yeux autrefois si pleins de passion et de promesses. Il ne prononça pas un mot, mais elle connaissait bien cette expression sadique sur son visage, elle n'avait pas besoin pour la reconnaître de faire appel à d'anciens souvenirs du camp 17.

– Tu m'as trahi, dit-il.

Elle hocha la tête.

– Tu n'avais pas le droit. C'est *ma* vie que tu as placée entre les mains de cet inconnu.

– Ta vie, Viseth, c'est la mort de milliers d'autres. C'est en leur mémoire que j'ai dit la vérité au jeune homme.

La colère de M. Nan était près d'exploser.

– Alors, je vais aller la rechercher, ta vérité ! Toi, rentre à la maison !

– Non ! cria-t-elle. Non. Nos chemins se séparent ici.

Ayant dit cela, elle s'enfuit.

Le jour faisait place à la nuit. Elle courait. C'était un gros effort pour son petit corps. Étaient-ce des pas derrière elle ? Elle ne se retourna pas. Mme Nan pensa à la première fois où elle avait tenu Yim dans ses bras, où elle avait caressé son petit corps rougi et senti les battements de son cœur.

Il y avait si longtemps.

Ç'avait été le meilleur moment de sa vie.

C'était fini.

25

Steffen Herold était un costaud d'âge moyen qui se donnait beaucoup de mal pour avoir l'air jeune : bronzage impeccable, cheveux teints en blond et coupe à la mode, larges épaules, tee-shirt moulant, bermuda décontracté. Je lui trouvai un visage séduisant, hélas dénaturé par d'incessantes manifestations d'agressivité.

– Finissons-en rapidement, me dit-il après un bref salut. Je vous accorde exactement un quart d'heure. Je viens de terminer mon boulot et je veux rentrer chez moi.

– Je comprends fort bien. Où habitez-vous ?

– À Francfort-sur-le-Main. Je bosse pour un traiteur qui travaille entre autres avec les studios de Babelsberg, et nous avons eu un tournage ici, dans le parc du château. Pouvons-nous en venir au fait, s'il vous plaît ?

– Si nous nous asseyions ? proposai-je en désignant un banc ombragé ayant vue sur le château de Sans-Souci.

– Que ce soit bien clair, dit-il dès que nous fûmes installés. Je fais ça uniquement pour que la mère de Leonie ne raconte pas ses salades sans être contredite. Cette femme ne sait pas de quoi elle parle. Allez-y, posez vos questions. Il vous reste exactement douze minutes.

Je regardai ma montre.

– Très bien, vous avez donc douze minutes pour me parler de Leonie. Dites-moi peut-être d'abord comment vous l'avez rencontrée, ce qui vous a plu en elle, ce qui vous a moins plu, si vous avez remarqué quoi que ce soit d'inquiétant dans son comportement pendant les années de votre relation. Cela m'intéresse aussi de savoir comment vous avez réagi en apprenant les meurtres, ce que vous pensez aujourd'hui de Leonie. Bref, tout ce qui vous viendra à l'esprit.

À ma surprise, il éclata d'un rire sonore qui dut faire croire aux autres visiteurs que je lui avais raconté la blague du siècle.

– La vache, c'est presque aussi bon qu'un orgasme ! dit-il en essuyant une larme de rire au coin de son œil gauche.

Cela fit glisser une de ses lentilles de contact, et il dut la remettre en place avec toutes sortes de manières, ce qui lui donna l'air assez stupide – c'est le moins qu'on puisse dire – et me fit perdre une précieuse minute.

– O.K., dit-il enfin. Je vois maintenant ce que c'est, vous n'êtes vraiment au courant de rien. Alors, je vais vous donner un scoop. Attendez, vous n'allez pas être déçue.

Je n'avais aucune idée de ce dont il parlait, et je dois admettre qu'il avait réussi à piquer ma curiosité.

– J'ai rencontré Leonie dans une kermesse. Nous étions assis par hasard l'un à côté de l'autre à la buvette, sur un de ces longs bancs qu'on installe sous les chapiteaux. Elle était avec une cousine, moi avec deux copains. J'ai tout de suite vu que je lui plaisais, elle me bouffait littéralement des yeux, et, bon, ça m'a flatté. On a dansé ensemble, on s'est amusés, je lui ai donné rendez-vous pour le lendemain – et vlan, c'est parti comme ça. On s'est revus quatre ou cinq jours de suite.

Leonie était super, elle n'en avait que pour moi, elle m'envoyait des e-mails qui ressemblaient plutôt à des poèmes, et, le temps que je comprenne ce qui m'arrivait, on était en couple. Au début, tout se passait bien, mais les histoires n'ont pas tardé à commencer. Leonie avait un caractère compliqué… Non, on ne peut pas dire ça, c'était justement le problème, on ne savait pas quel caractère elle avait. Elle pouvait être presque n'importe quoi, serviable, franche, fermée, romantique, tendre, calculatrice, soupe au lait, enragée, compatissante… tout ça dans la même journée.

– Pouvez-vous me donner un exemple ?

– Elle aimait beaucoup les enfants. Vous savez sûrement déjà qu'elle était éducatrice. Elle parrainait aussi une petite fille au Pérou et lui envoyait un cadeau tous les mois. Et en même temps, elle devenait très agressive envers eux dès qu'ils la contrariaient d'une façon ou d'une autre. Un jour, elle a balancé par terre le cornet de glace d'une petite fille qui l'avait bousculée dans la rue. C'était comme si on avait appuyé sur un bouton. Une autre fois, au milieu d'une conversation tout à fait normale, elle a prétendu subitement que je la trouvais moche, grosse ou que sais-je encore. C'était n'importe quoi. Elle avait peut-être un ou deux kilos en trop, et alors ? Je ne l'ai jamais trouvée moche. Mais, dans ces moments-là, il n'y avait pas moyen de la convaincre. Elle avait remarqué un regard soi-disant méprisant, elle se mettait à crier et à pleurer, et on ne pouvait plus discuter. La même chose pouvait arriver pour un geste ou une grimace qu'elle interprétait à sa manière. Au début, je prenais ça pour de l'exagération féminine – si vous voyez ce que je veux dire.

– Je suppose. Même si, soit dit en passant, je connais aussi beaucoup d'hommes qui exagèrent. Quand vous êtes-vous aperçu que le problème de Leonie était un peu plus grave ?

– Je ne bois ni café ni thé, pas de caféine, c'est un poison pour le corps. Mais, pour faire plaisir à Leonie, j'avais acheté une cafetière électrique et du café, pour qu'elle se sente bien chez moi. Un jour, j'avais oublié de racheter du café, et elle m'a reproché d'avoir fait exprès pour qu'elle s'en aille. J'aurais trouvé ça pour me débarrasser d'elle. Ça a encore fait toute une histoire. À partir de là, elle a déconné de plus en plus souvent. Elle avalait des quantités de comprimés antidouleur. Elle roulait à cent quatre-vingts sur des routes mouillées, et la nuit. J'aime bien rouler vite, mais là… Tantôt elle disait du bien de sa mère, tantôt elle la critiquait, et même pire que ça. Elle se mettait à pleurer sans raison apparente. Elle a raconté n'importe quoi à des amis à moi au sujet d'une femme qui, soi-disant, en pinçait pour moi – ce qui était absurde. Mais le pire, c'était les blessures qu'elle s'infligeait. J'en ai encore froid dans le dos quand j'y pense.

– Que faisait-elle exactement ? insistai-je, intéressée.

– Parfois, elle se piquait la peau ou s'écorchait. Je l'ai surprise deux fois, un jour avec une clé qu'elle passait sur son ventre en appuyant très fort, un autre jour avec une épingle de nourrice. Quand je lui ai demandé pourquoi elle faisait ça, elle a esquivé. Et, bien sûr, j'ai vu des blessures beaucoup plus souvent que ces deux fois-là. Je voyais les croûtes quand on couchait ensemble. Je vous le dis carrément, c'était dégoûtant. Je lui ai suggéré d'aller voir un psychiatre, mais, très franchement, à ce stade, j'avais déjà décidé d'en finir avec elle. J'attendais juste le bon moment.

– En avez-vous parlé avec la mère de Leonie ?

– Elle ? Il n'aurait plus manqué que ça, elle était déjà complètement larguée. Je suis allé dîner chez elle deux fois avec Leonie, ça m'a suffi. Elle laissait sa fille lui dire n'importe quoi, n'importe quelle horreur.

Cela me déplaisait de l'admettre, mais Leonie était mentalement beaucoup plus atteinte que je ne l'avais supposé. Ce que son ancien ami me racontait ne s'expliquait pas par de simples sautes d'humeur. J'envisageai certes un instant qu'il ait pu me mentir, par exemple à propos des blessures. Pouvait-il avoir été violent avec son amie, aggravant ainsi son état ? Cependant, le médecin de l'hôpital de Bad Homburg avait parlé de petites brûlures très récentes sur la poitrine de Leonie. Steffen Herold ne pouvait en être responsable, ce qui parlait en faveur de son honnêteté.

Je supposais que le scoop promis concernait les automutilations de Leonie. En quoi je me trompais.

– Donc, quand Leonie est partie pour Hiddensee, vous attendiez l'occasion de rompre avec elle. Peut-être vous êtes-vous querellés peu avant son départ ? Aussi, saviez-vous quelque chose au sujet du pistolet ?

– Vous ne m'avez pas compris tout à l'heure, répondit-il avec un grand sourire. Je vous ai dit que j'avais cherché le bon moment pour rompre avec elle.

– Oui, j'avais bien compris.

– Mais je l'avais déjà trouvé.

Je mis un peu de temps à réaliser.

– Vous voulez dire que vous n'étiez déjà plus son compagnon lorsqu'elle est partie pour Hiddensee ?

– Ma bonne dame, je suis resté en tout et pour tout quatre mois avec Leonie. Quatre mois. Je me suis séparé d'elle juste avant Noël 2008, près de deux ans avant le massacre.

Steffen Herold m'expliqua que, lors d'une soirée au bistrot avec des amis, Leonie avait pété les plombs après une remarque de quelqu'un qu'elle avait mal prise. Elle avait lancé par terre tous les verres et s'était enfuie en courant. Le soir même, Steffen avait mis fin à leur relation. Du moins l'avait-il cru.

Car, dès lors, Leonie l'avait appelé dix fois par jour et souvent davantage, pendant des jours, des semaines, des mois, le suppliant de lui donner une seconde chance. Il n'y était pas du tout disposé, mais Leonie ne pouvait pas l'admettre. Il avait fini par ne plus répondre à ses appels. Il avait conservé les messages dans sa boîte vocale, au cas où il en aurait eu besoin un jour s'il devait la poursuivre en justice pour qu'elle cesse de le harceler. Il composa un numéro sur son portable et déclencha la consultation des messages, puis me laissa les écouter avec lui.

20 janvier 2009, dix-sept heures trente-quatre : « Salut, Steffen, mon chéri, il faut absolument qu'on se parle. Passe chez moi, je te ferai un punch comme tu aimes. »

20 janvier 2009, dix-huit heures vingt et une : « Steffen, il faut que je sache si tu viens, je dois encore préparer le punch. »

20 janvier 2009, dix-neuf heures cinquante-six : « Mais qu'est-ce que tu fabriques ? Le punch est prêt. »

20 janvier 2009, vingt heures vingt-sept : « Espèce de salaud, t'es vraiment trop nul. Type de merde. »

Et cela recommençait chaque jour. Tantôt elle lui cuisinait son plat préféré, tantôt elle lui donnait rendez-vous pour une promenade, ou l'invitait à son anniversaire, sans qu'il y ait jamais de contact direct entre-temps. Elle lui avait parlé au téléphone en personne pour la dernière fois fin décembre 2008. Ensuite, Steffen l'avait seulement laissée enregistrer des messages, mais cela n'avait pas empêché Leonie de continuer à le supplier, à l'insulter, à l'inviter puis le désinviter, à lui faire des compliments... Le message durait parfois jusqu'à dix minutes. Avec le temps, les appels s'étaient espacés, mais elle ne laissait pas passer un jour sans lui téléphoner. Quand il avait fait modifier son numéro, Leonie avait trouvé moyen de se le procurer.

En mars 2009, elle promettait de lui tricoter une écharpe de sa couleur préférée, en septembre, l'écharpe était terminée. Pour la première fois depuis neuf mois qu'ils étaient séparés, il avait trouvé Leonie devant sa porte. Il avait suivi à la lettre le conseil donné sur un blog contre le harcèlement : il était passé devant elle sans la regarder ni lui parler, quoi qu'elle dise. Elle avait sonné pendant une heure, jusqu'à ce que les autres locataires la chassent. Le lendemain, il avait trouvé l'écharpe devant sa porte, emballée dans un sac.

Elle lui avait tricoté des chaussettes chaudes, des housses de coussins, des gants, un couvre-théière. Elle les mettait dans sa boîte à lettres ou les accrochait à sa porte. Un jour, elle avait même réussi à le surprendre à son travail. Elle continuait de l'appeler, mais le style avait changé. Elle commençait à lui raconter ses journées : Aujourd'hui, j'ai fait ceci, j'ai acheté cela, j'ai rencontré Untel, exactement comme s'ils étaient toujours ensemble et qu'elle n'avait simplement pas pu le joindre.

24 novembre 2009 : « Salut, je n'ai pas réussi à t'appeler, dommage. Tout à l'heure, je suis allée à l'agence de voyages et j'ai pris un catalogue sur les Caraïbes. Il y a un hôtel à la Grenade qui me plaît particulièrement, mais je ne te dis rien, pour ne pas te gâcher la surprise. »

8 décembre 2009 : « Ce soir, c'est la fête de Noël au jardin d'enfants. Je t'appelle demain pour te raconter comment c'était. »

Steffen Herold n'avait jamais déposé plainte, même s'il avait été plusieurs fois tenté de le faire. Il conservait les messages au cas où la situation se dégraderait. J'eus l'impression que son ego masculin ne supportait pas l'idée qu'une cinglée puisse lui gâcher la vie, et qu'il soit peut-être obligé de laisser une *femme* policier le tirer d'affaire. C'était sans doute pour la même raison, en plus du peu d'estime qu'il lui portait, qu'il n'avait pas demandé à Margarete Korn d'intervenir. Ce qu'il pressentait peut-être, sans pouvoir en être certain, c'était que Leonie n'avait parlé à personne de leur séparation, ni à sa mère ni à ses collègues ni à qui que ce soit. Ce n'était pas elle qui avait tricoté les écharpes, les gants et les housses, mais Mme Korn, qui croyait ainsi faire plaisir à son futur gendre.

Tout ce que m'apprenait Steffen Herold était fort déprimant. Mais je fus vraiment secouée en entendant les derniers messages enregistrés par Leonie, depuis le matin de son départ pour Hiddensee jusqu'au soir du 5 septembre, quelques heures avant le massacre.

« Je t'en prie, Steffen, viens me chercher. Il faut que tu m'aides. S'il te plaît, j'ai besoin de toi. Rien ne va plus ici. Oh, mon Dieu, ça fait trop mal ! Tout, tout fait trop mal. Je t'en prie, je t'en prie, Steffen… »

« Steffen, Steffen, je t'en supplie, aide-moi, rien qu'une fois. La tempête… Et ce visage dans le noir… Décroche, je sais que tu es là. Réponds-moi. Il… il se passe quelque chose ici. Clarissa est partie. Tout le monde est dehors, loin. J'entends des pas. Je vais mourir, Steffen. Tu m'entends ? Je vais mourir… »

26

Leonie alluma la cigarette et s'assit devant la coiffeuse. Elle déboutonna pensivement son chemisier, l'écarta, puis dégrafa son soutien-gorge. Ses gros seins étaient restés fermes. De tout son corps, c'était la seule chose que Leonie avait toujours aimée.

Dans le miroir, elle regarda la cigarette s'approcher de sa poitrine, lentement, sans à-coups. Elle aurait bien sûr pu se contenter de baisser les yeux pour la voir, mais elle préférait le détour par le miroir.

Au moment du grésillement, elle fut déchirée par une douleur dans laquelle d'autres s'engouffrèrent aussitôt : l'obscurité de la remise à outils où elle était enfermée enfant, le silence de sa mère, la peur d'être seule et la peur de ne pas l'être. Pour une seconde – la durée du grésillement –, la souffrance passée se fondit dans celle du présent.

Suivit un court moment de bonheur, semblable à celui d'une fuite réussie, ou à celui de conduire à deux cent vingt à l'heure sur une autoroute.

Sur la tache rouge apparue près de son mamelon gauche, la peau se soulèverait bientôt, formant une cloque remplie de lymphe.

Leonie avala un comprimé antidouleur. Puis, prenant son portable, elle appela le premier numéro enregistré. Elle ralluma sa cigarette et recommença sur le sein droit. Sa bouche s'ouvrit, mais il n'en sortit aucun cri. Quelques secondes plus tard, elle laissa son message :

« Je t'en prie, Steffen, viens me chercher. Il faut que tu m'aides. S'il te plaît, j'ai besoin de toi. Rien ne va plus ici. Oh, mon Dieu, ça fait trop mal ! Tout, tout fait trop mal. Je t'en prie, je t'en prie, Steffen… »

Le message terminé, elle avala un deuxième comprimé, essuya les larmes sur son menton, ralluma la cigarette et l'avança lentement entre ses deux seins. La peau grésilla. Sa bouche s'ouvrit.

Tout à coup, Yasmin entra en trombe dans la chambre. Elle vit tout – la cigarette, les plaies. À son tour, elle ouvrit la bouche sans qu'aucun son n'en sorte.

Leonie reboutonna précipitamment son chemisier.

– Qu'est-ce que tu veux encore ?

– Je… bafouilla Yasmin. Je cherche… Tu n'as pas vu Clarissa ? Elle a disparu.

Quand Timo arriva dans le grand salon, ils étaient tous là, à l'exception de Vev. Philipp, qui avait cherché partout sa fille autour de la maison, sur la terrasse et dans les proches parages, avait les cheveux et la chemise trempés. Timo et Yasmin avaient fouillé tout le premier étage, regardant dans les placards et sous les lits. Leonie ne bougeait pas.

La tempête faisait rage aux fenêtres, hurlant et lançant la pluie contre les vitres comme des aiguilles. Au fond, la télévision, restée allumée, affichait une panne d'image.

– Qui a vu Clarissa en dernier ? demanda Philipp, la voix tendue et un peu énervée, mais sans panique.

– Moi, cet après-midi, dit Timo. Je l'ai consolée.

– Consolée ? Elle était triste ?

Timo évita de se tourner vers Leonie, mais il sentit son regard dans son dos.

– Euh, un peu.

– Comment ça ? Qu'est-ce qui s'est passé ?

– Ce n'est peut-être pas le plus important en ce moment ?

– Je suis son père, c'est à moi de savoir ce qui est important ou pas. Réponds-moi ! Qu'est-ce qui s'est passé ?

– Elle était déçue parce que Leonie ne voulait pas jouer avec elle et qu'elle s'est... disons, un peu impatientée. Ensuite, Clarissa a dû aller regarder la télévision, du moins je le suppose. Je ne l'ai pas vue, mais la chaîne pour les enfants marchait. Ça, c'était au moment où j'étais sur la terrasse avec Vev, précisa Timo avec un regard d'avertissement à Philipp.

– Et ensuite ? demanda Philipp en lui rendant son regard.

– Je suis d'abord allé sur la plage, puis directement à ma chambre. Je n'ai ni vu ni entendu la petite.

– Quand je suis rentrée, la chaîne pour enfants marchait toujours, je m'en souviens, intervint Yasmin. Ce devait être vers quatre heures, quatre heures et quart.

– À cette heure-là, j'étais encore sur le port, dit Philipp. Tu as parlé avec elle ?

– Non, je ne suis même pas entrée dans le salon, je suis tout de suite allée dans ma chambre. J'étais un peu crevée après cette longue promenade.

– Je crois plutôt que tu avais trop fumé. Je sens le hasch d'ici.

Yasmin allait répliquer, quand Vev entra dans la pièce.

— Elle n'est pas non plus dans la buanderie, ni dans le cellier.

La peur se lisait sur son visage. Contrairement à Philipp, elle n'essayait pas de la cacher.

— Clarissa ne pouvait pas être dans la buanderie, dit-il. La porte est verrouillée de l'extérieur, ce ne serait pas logique…

— Pour le moment, j'en ai rien à foutre de ta logique, le coupa Vev. Je cherche ma fille partout, tu entends ? Partout ! Vous avez regardé dans les placards ?

Tous hochèrent la tête, à l'exception de Leonie.

— Sous les lits aussi ? Dans les douches ?

Même réponse.

— Avez-vous appelé Yim ?

— Pourquoi Yim ? demanda Philipp.

— Il est passé tout à l'heure, apporter des gâteaux de riz à Clarissa.

Subitement, Vev fondit en larmes.

— Si seulement je n'étais pas allée dans le jardin d'hiver ! sanglota-t-elle, la tête enfouie dans ses mains. Si seulement j'avais surveillé Clarissa ! J'entendais la télévision, je croyais que tout allait bien. Elle n'était peut-être déjà plus là, qui sait ? Oh, mon Dieu !

Le rouge montait au visage de Philipp. Les lèvres serrées, il essaya de se retenir, sans y parvenir.

— Tu pensais sûrement à quelqu'un d'autre, dit-il.

Timo aurait bien voulu lui flanquer son poing dans la gueule. Le désespoir de Vev le tuait. Cela faisait la deuxième fois en deux jours qu'elle était à bout de nerfs, pensa-t-il. D'abord la disparition de l'arme, et maintenant Clarissa… Y avait-il une relation entre les deux ? Il lut la même pensée sur les visages de Yasmin et de Philipp, mais chacun la garda pour soi, tel un douloureux secret de famille.

Ils échangèrent des regards, comprenant tout à coup la gravité de la situation. Une petite fille de cinq ans était dehors, on ne savait où.

– C'est bon, dit Philipp, prenant le ton d'un commandant de patrouille. Je vais chercher sur la plage et dans les dunes côté ouest. Vev ira voir chez les voisins et continuera par la plage côté est. Timo et Yasmin, prenez le chemin de Vitte et regardez dans les buissons. Clarissa s'est peut-être perdue et mise à l'abri quelque part, il faut simplement la trouver.

La dernière phrase était celle que personne n'avait le droit de mettre en doute, et personne n'en eut envie.

– Leonie, tu restes ici. Il faut que quelqu'un reste à la maison, au cas où Clarissa reviendrait ou si quelqu'un appelait. S'il te plaît, appelle aussi chez Nan, le numéro est enregistré sous la touche 9. Tu as compris ? Leonie, tu m'as entendu ?

La bouche de Leonie se durcit.

– Oui.

Ils s'habillèrent comme ils purent pour se protéger de la pluie et du vent. Yasmin et Timo, qui n'avaient apporté ni anoraks ni bottes, durent en emprunter à Philipp et à Vev. Les vestes étaient trop grandes et les chaussures leur allaient plus mal que bien, mais il fallait s'en contenter. Ils ne se parlaient que pour dire le strict nécessaire – ici, là, oui, non –, sans fioritures ni formules de politesse.

L'équipe qu'ils formaient était plutôt bizarre : Timo avait repoussé Leonie, Vev avait laissé tomber Timo, Philipp avait donné un coup de poing à Timo, Vev et Philipp s'étaient disputés, Philipp avait engueulé Yasmin, Yasmin avait surpris Leonie en train de s'automutiler, ce dont toutes les deux se seraient bien passées… Pratiquement plus personne ne pouvait souffrir l'autre, et ils savaient depuis longtemps qu'après la fin – heureuse, espéraient-ils – de l'aventure, leur groupe se disperserait comme les pages moisies de l'album d'une époque disparue.

Mais rien de tout cela ne comptait dans un moment pareil.

– Prêts ? demanda Philipp.

Ils hochèrent la tête.

À peine Philipp avait-il appuyé sur la clenche que le vent la lui arracha et envoya la porte claquer contre le mur, endommageant la serrure et fendant la vitre de la lucarne. Vent et pluie leur claquaient si fort au visage qu'ils en eurent presque le souffle coupé. Ils se mirent à progresser pas à pas, penchés comme s'ils descendaient un tremplin de saut à ski. Timo et Yasmin perdirent aussitôt de vue Philipp et Vev.

Yasmin se tenant tout près de Timo, ils appelèrent Clarissa à intervalles rapprochés, allant dans la direction de Vitte comme on le leur avait ordonné. Dès qu'ils furent sortis de Neuendorf, Timo se tourna vers Yasmin, dont seul le visage émergeait, ovale et luisant de pluie, de la capuche serrée.

– Je vais chercher un peu à l'écart du chemin, lui cria-t-il.

– Mais tu ne connais rien ici, répondit-elle.

– L'île ne fait pas plus d'un kilomètre de largeur, je ne peux pas me perdre. Ce n'est pas la peine de chercher à deux au même endroit.

Yasmin hocha la tête, davantage par lassitude que parce qu'elle approuvait.

Timo s'enfonça dans les buissons sur sa gauche. Le sol était spongieux. Les minces branches des arbustes isolés ployaient sous l'orage, l'eau et la nuit engloutissaient la beauté des fleurs de bruyère. La nature gémissait de douleur, les pins craquaient, leurs cimes heurtées l'une contre l'autre. Par moments, il entendait un cri d'oiseau venant de nulle part, et, sans doute plus loin, le grondement de la mer. Mais le vacarme du vent et de la pluie dominait tout. Timo ôta sa capuche pour être certain de ne manquer aucun bruit – au cas où, malgré tout, l'un d'eux viendrait de Clarissa.

Il tomba plusieurs fois, trébuchant sur des racines ou chancelant sous une bourrasque. Son jean était depuis longtemps à tordre, et, depuis qu'il n'avait plus sa capuche, des gouttes d'eau dégoulinaient de son cou le long de son dos. Il était de plus en plus essoufflé. Marcher contre la tempête, se relever quand il tombait lui demandait un effort considérable. Il se raccrochait aux branches, avançait en se tenant aux buissons. Il ne gardait le sens de l'orientation que parce que la direction du vent changeait peu.

Il n'avait aucune idée de la distance parcourue. Comme un coureur de marathon, il avait également perdu la notion du temps. La tempête Emily lui ôtait toute énergie physique ou morale, comme si elle lui suçait le sang.

À un certain moment, il s'écroula, sans force. Au ras du sol, Emily perdait de sa puissance, elle ne pouvait pas grand-chose contre la terre.

S'adossant à un jeune bouleau, Timo leva les yeux vers les milliards de petits esprits frappeurs qui se précipitaient vers lui du haut du ciel. Par moments, la lune apparaissait brièvement entre deux nuages, telle une gigantesque publicité lumineuse.

Il appela encore deux ou trois fois Clarissa, mais, dans son épuisement, il pensait surtout à Vev. Pour un peu, il se serait mis à prier, et il regretta de ne pas pouvoir.

Il empoignait les branches à deux mains pour se relever, quand son regard tomba sur un objet que la pluie, l'obscurité et son épuisement lui avaient jusqu'ici fait prendre pour un tronc d'arbre abattu.

Devant lui, si près qu'il pouvait presque le toucher, il reconnut un corps humain, face contre terre.

Leonie était assise à la table de la salle à manger, les bras serrés autour de son corps. Dehors, la tempête cognait de toutes ses forces aux fenêtres, mais elle faisait rage en elle aussi. Seul l'espace intermédiaire était calme. Son corps ne manifestait aucun signe extérieur de ce qui se passait en elle, comme s'il avait sa propre existence, étrangère à tout le reste. Elle ne faisait rien d'autre que regarder droit devant elle. Les cloques s'étaient formées sur ses seins, terriblement douloureuses, mais elle n'y pouvait rien, sinon prendre des comprimés à intervalles toujours plus rapprochés. Le reste du temps, elle ne savait que faire. Elle se concentrait entièrement sur elle-même. Une masse noire s'avançait, menaçante, mortelle – comme cet après-midi le front de la tempête –, et l'aspirait en elle.

Pourquoi était-ce justement à elle que Philipp avait ordonné de rester à la maison ? Elle était plus jeune que Yasmin, plus forte que Timo. Elle était largement aussi capable qu'eux de chercher et de retrouver Clarissa. Et Philipp ne lui avait pas fait confiance. Pourtant, qui s'était occupé de la gamine pendant tout le week-end ?

Vev était jalouse d'elle, voilà ce qu'elle avait. La femme de Philipp ne voulait pas la laisser sauver Clarissa. Cela leur aurait déplu à tous les deux de lui devoir quelque chose. Ils s'étaient mis d'accord dans son dos pour l'exclure. Ils lui jouaient la comédie en la prenant pour une débile qui ne se rendait compte de rien.

Leonie avala une autre pilule.

Elle leva les yeux en entendant un bruit nouveau, une sorte de claquement.

– Clarissa ? appela-t-elle.

Pas de réponse.

Aux infos, ils avaient dit que la tempête atteindrait son maximum vers dix-neuf heures, avec des coups de vent jusqu'à deux cents kilomètres par heure. Il était dix-huit heures trente.

De nouveau, quelque chose claqua.

– Philipp ? Yasmin ?

Pas de réponse.

Elle se leva, un peu à contrecœur.

– Timo ? Vev ?

Soudain, il y eut un violent craquement, un fracas de verre brisé, puis un grondement effrayant.

Leonie resta figée pendant deux ou trois secondes. Puis, sentant le courant d'air froid, elle comprit ce qui s'était passé et courut vers l'entrée. De fait, la vitre fendue avait cédé. La tempête s'engouffrait désormais librement par la lucarne, renversant le portemanteau, décrochant un miroir du mur... Les débris de verre jonchaient le sol, scintillant gaiement sous l'éclairage.

Entre impuissance et détermination, Leonie se démenait avec des gestes incohérents. Elle chercha la porte du vestibule pour la fermer, mais il n'y en avait pas. Puis elle voulut marcher sur les tessons de verre pour aller relever le portemanteau et dut faire demi-tour.

Une couverture, il lui fallait une couverture. Elle se précipita vers le salon. Emily avait maintenant pris le contrôle de toute la maison. Le vent tourbillonnait dans les pièces du rez-de-chaussée, dansant un rock'n roll endiablé qui jetait à terre les photos encadrées, faisait claquer les nappes et renversait les vases de fleurs. Leonie s'efforça de limiter les dégâts en fermant le peu de portes qu'il y avait. Ayant trouvé une couverture en laine sur le canapé, elle l'étendit dans l'entrée et alla sur la pointe des pieds chercher ses chaussures déjà trempées. La pluie entrait pour ainsi dire à seaux par la lucarne, accompagnée de feuilles, de fleurs et même de petites branches.

Leonie enfila ses chaussures. Si elle voulait mettre un terme à toute cette folie, il fallait boucher le trou de la lucarne en y coinçant un objet, ou en accrochant quelque chose devant. Peut-être la couverture ? Elle ne suffirait pas à faire un bouchon, mais en la fixant devant le trou, à l'intérieur ou à l'extérieur... Pour cela, il faudrait aussi planter des clous dans la porte. C'était tout de même la pire des solutions, sans compter qu'elle n'était pas sûre, dans des conditions pareilles, de viser juste avec le marteau.

Non, il valait mieux faire un bouchon. Si elle trouvait une deuxième couverture... Elle retourna dans le salon, qui avait maintenant l'air d'avoir subi un cambriolage, et remarqua aussitôt le rideau rouge et blanc à la fenêtre.

Elle s'apprêtait à l'arracher de son support en le tirant d'un coup sec, quand, son attention ayant sans doute été attirée par un mouvement perçu du coin de l'œil, elle regarda sur le côté, là où, dehors, tout était noir... aurait dû être noir.

Il y avait un visage dans l'obscurité.

Poussant un cri étouffé, Leonie fit un pas en arrière, trébucha et tomba.

Quand elle releva la tête, le visage avait disparu, mais elle était absolument certaine de l'avoir vu. Ce ne pouvait pas être Philipp, pas plus que Yasmin, Vev ou

Timo, encore moins Clarissa. Ce visage-là ressemblait un peu à un masque, effrayant, asexué. Elle ne l'avait qu'entraperçu, mais elle *sentait* quelque chose de mauvais émaner de lui.

Des fenêtres. Partout des fenêtres, de tous les côtés. Si quelqu'un voulait entrer dans la maison, ce serait facile.

À peine s'était-elle formulé cette pensée qu'elle entendit un coup violent dans les toilettes du rez-de-chaussée. Elle s'approcha de la porte fermée, entendit un bruit comme lorsqu'on verse des glaçons dans de l'eau chaude – d'abord un crissement, puis un bruit de verre qui éclate. L'instant d'après, la porte d'entrée et celle des toilettes s'ouvraient avec fracas.

Leonie retint son cri. La peur explosa en elle comme une bombe. L'onde de choc happa ses poumons, ses bras, ses jambes. Elle courut à la cuisine, tira du bloc un couteau à découper. Mais la cuisine était encore plus terrifiante. Tous les objets suspendus à des crochets – battoir à viande, fourchettes à rôti, poêles en fonte, couteaux japonais, aiguiseur – semblaient la menacer. Elle chercha autour d'elle, n'ayant qu'une seule envie, fuir, mais la loi de la peur lui interdisait de faire ne serait-ce qu'un pas en arrière ou de changer de direction.

Partagée entre la porte de la terrasse – qui menait à l'air libre – et celle du jardin d'hiver, elle choisit la seconde.

Comme dans l'œil d'un cyclone, il n'y avait pas un souffle de vent dans la serre entièrement vitrée. Les meubles en rotin, les lauriers, les orchidées, un *Bassin aux nymphéas* de Monet, une nature morte, le clapotis d'une fontaine, tout évoquait une paix paradisiaque. Pourtant, le chaos était à portée de main. La tempête Emily avait pris possession de l'île, et Leonie tremblait en écoutant les craquements des branches, les coups de fouet du feuillage contre les vitres. Tenant le couteau d'une main qu'elle ne contrôlait presque plus, elle se recroquevilla sous une table, sortit son portable et appela le premier numéro enregistré.

« Steffen, Steffen, je t'en supplie, aide-moi, rien qu'une fois. La tempête… Et ce visage dans le noir… Décroche, je sais que tu es là. Réponds-moi. Il… il se passe quelque chose ici. Clarissa est partie. Tout le monde est dehors, loin. J'entends des pas. Je vais mourir, Steffen. Tu m'entends ? Je vais mourir… »

La communication fut brusquement interrompue.

27

Après le départ de Steffen Herold, je restai encore deux heures assise sur le banc, dans le parc ensoleillé du château de Sans-Souci. Leonie m'obsédait. Je ne pouvais pas cesser de penser à elle, elle me faisait peur, je la méprisais et la plaignais à la fois. Je m'en voulais aussi d'avoir été si crédule. Toute à mon idée de la culpabilité possible de M. Nan, j'avais embelli Leonie dans mon imagination, et j'étais maintenant forcée d'admettre qu'elle était parfaitement capable d'être la tueuse de Hiddensee. Les quelques détails qui ne collaient pas, le doute sur sa culpabilité, rien de tout cela ne permettait d'échafauder une autre hypothèse sérieuse.

Le répondeur de Yim se déclencha au bout de trois sonneries, et je lui laissai ce message :

« Tu avais raison au sujet de Leonie. Je viens juste d'apprendre une chose vraiment effrayante... Et, bon, ce que je voulais te dire, c'est que je me suis trompée. Votre secret de famille n'a rien à voir avec le massacre. Je me suis plantée, et maintenant, j'espère que... Vas-tu me rappeler ? »

De retour chez moi, je m'efforçai, sans grand succès, de remettre de l'ordre dans mes pensées. Il y avait trop de voix contradictoires : Leonie, Yasmin, Margarete Korn, Steffen Herold, Yim, son père... Et aussi trop d'images : le hangar, les tableaux, la chambre d'hôpital, la sortie en bateau, la tombe du chat, l'héroïne, les contours à la craie dans la Maison des brouillards, la vision de l'acte abominable de Leonie…

Jamais encore je n'avais eu affaire à une telle destruction de vies humaines, à une telle malignité. Mon instinct ne m'avait pas trompée quand j'avais été tentée de refuser cet article. Suivre un procès où l'horreur était tenue à distance n'était pas la même chose que de plonger directement dans l'horreur. Je mis tout le dossier à la poubelle, me couchai et m'endormis à dix-neuf heures.

Deux heures et demie plus tard, le téléphone sonnait.

— Ah, c'est toi, Jonas.

— Tu es déçue ?

— Mais non, qu'est-ce que tu racontes ? Je suis toujours contente d'entendre ta voix. C'est juste que j'attendais un autre appel.

— D'un homme ?

— Comment le sais-tu ?

— Quelque chose dans ta voix… D'ailleurs, les fils ont un sixième sens pour les amours de leur mère. C'est dans les gènes.

— Tiens donc…

— Parfaitement ! Les poils du nez vibrent d'une manière particulière.

Je ris, mais j'entendais bien que mon rire était un peu contraint, en tout cas pas totalement détendu. Jonas s'en aperçut aussi.

— Bon, je ne vais pas bloquer ta ligne plus longtemps.

— Ne dis pas de bêtises.

— D'accord, Mom. Mais dans ce cas, je vais te poser des questions indiscrètes. Comment ça se passe avec « lui » ?

– Pas trop bien. Nous nous sommes disputés, et c'était de ma faute. Enfin, en partie. Je lui ai demandé de me pardonner, j'espère qu'il va le faire.

– Parle-moi un peu de lui.

– Si tu y tiens… Il est à moitié cambodgien…

– Ouah ! La préférence aux Asiatiques, alors ?

– Il cuisine divinement…

– Aucune femme n'y résisterait.

– … il a un physique d'acteur…

– Oh, Karl Malden aussi était acteur !

– … et il a quelques petites années de moins que moi.

– Tant qu'il a son bac, je n'ai rien à dire. Il l'a, au moins ?

– Idiot ! Il aime faire de la voile, il a des disques des Stones…

– Les Stones ! C'est sûr, il a son bac depuis long-temps.

– Tu veux bien arrêter de te moquer de mes Stones ?

– Oh, je sais que tu les aimes plus que moi.

– Seulement « presque ».

– Comment peux-tu te disputer avec un mec pareil, Mom ? Va le voir et jette-toi à ses pieds.

– J'hésite entre cette solution…

– … et t'exiler pour toujours ?

– À peu près.

– Je n'ai pas l'impression que tu vas passer une bonne soirée, soupira Jonas.

– Ça va déjà mieux. Tu m'as remonté le moral.

– Les fils ne sont pourtant pas connus pour ça.

Il me donna encore quelques nouvelles de ses études avant de raccrocher. Après son appel, je ressortis le dossier de la poubelle, repris le téléphone et composai un numéro.

28

Mme Nan gisait devant lui, immobile et pâle sur la bruyère détrempée, ses cheveux poivre et sel collés sur son visage et ses oreilles… et teintés de rouge sur la nuque. Une petite flaque de sang remplissait le creux de la main avec laquelle Timo lui tenait l'arrière du crâne, se reformant dès qu'il la secouait. Il s'efforça en vain de ranimer Mme Nan, ne parvint pas davantage à la redresser. Elle n'était pas lourde, mais lui non plus, et la tempête, l'obscurité, le sol boueux et les broussailles n'arrangeaient rien. Au bout de deux tentatives, il était épuisé.

– Timo ?

Il accueillit la voix de Yasmin comme une bouée de sauvetage. Enfin, il n'était plus seul avec une blessée, une mourante, peut-être.

– Je suis là, juste devant toi ! Viens vite !

– Tu as trouvé Clarissa ? lança Yasmin tout en se frayant un chemin à travers les buissons.

– Non, c'est Mme Nan. Il faut que tu m'aides à la porter.

– Qu'est-ce qui lui est arrivé ?

– Je n'en sais rien. Je l'ai trouvée comme ça.

– Elle est vivante ?

– Je… je crois quand même.

Bizarrement, il ne lui était pas venu à l'idée qu'elle puisse être morte. Il lui tâta le poignet.

– J'ai les mains trop froides… Mais si, je sens son pouls. Dépêchons-nous de la ramener à la maison !

Yasmin la prit par les jambes, Timo par les épaules. À chaque instant, ils étaient forcés de la reposer à terre pour tomber à genoux, haletants. Le visage de la vieille femme restait immobile. Timo, qui pouvait difficilement éviter de la regarder, l'exhortait muettement : Allons, réveille-toi, tiens bon ! Tu es loin d'être au bout du rouleau, tu as encore quelques petites années à vivre au bord de ta baie bordée de roseaux et de rochers, dans ta petite maison de bois au toit de palmes, entourée par la forêt, les rizières, les singes hurleurs, l'odeur chaude de la mousson… Entends-tu le fleuve ? Ouvre tes yeux, ils ont encore, caché tout au fond, le désir de revoir le Mékong… Tu as suffisamment expié, la moitié de ta vie. Ton devoir est maintenant de parler de ta faute, pas d'en mourir.

Il regardait sans cesse par-dessus son épaule, s'attendant à voir apparaître M. Nan et le redoutant à la fois.

Pour Philipp, le pire était l'intervalle entre les appels, ces instants remplis de pensées d'impuissance et de terreur. Tant qu'il appelait, il avait l'impression de faire quelque chose qui finirait immanquablement par lui ramener sa fille, mais, sitôt son cri éteint, étouffé par l'ouragan, son espoir reculait. Aussi appelait-il aussi souvent qu'il en avait la force.

Si près du rivage, la tempête le frappait de plein fouet, sans que rien ne l'arrête. Par moments, une vague l'atteignait et manquait de le faire tomber, lui donnant une idée de ce qui arriverait à Clarissa si elle s'emparait d'elle. Avait-il déjà mis sa fille en garde contre le danger des vagues ? Il se souvenait d'autres avertissements : Méfie-toi des inconnus, fais attention avec les gros chiens... Mais Clarissa ne faisait pas attention, elle était innocente, ouverte à tout et à tous, même à ce qui était bien plus fort qu'elle, comme si elle disait à la vie : J'ai confiance en toi.

Philipp trébucha et se raccrocha au sable mouillé, si fort que la plus grande partie lui glissa entre les doigts. Il lança le reste à la nuit noire en jurant. L'ouragan était devenu trop violent pour qu'il poursuive les recherches. Peut-être Vev, Yasmin ou Timo avaient-ils eu plus de chance que lui ? Peut-être Clarissa avait-elle trouvé refuge chez des voisins ? Ce devait être cela. Philipp escalada la dune à quatre pattes, puis se laissa rouler de l'autre côté et rentra à grand-peine à la maison.

Il y trouva le chaos à l'état pur. Pratiquement plus rien n'était à sa place. Tout ce qui ne pesait pas suffisamment lourd avait été emporté, brisé, retourné, renversé. Des feuilles de papier, des journaux, des serviettes de table, des dessins de Clarissa dansaient au ras du sol, se collaient aux murs ou voltigeaient dans la pièce.

Il chercha Leonie. Ne la trouvant ni au rez-de-chaussée ni dans les chambres de l'étage, il finit par remarquer la porte ouverte du jardin d'hiver.

– Qu'est-ce que tu fais là, Leonie ? demanda-t-il en considérant avec stupéfaction le paquet de nerfs réfugié sous la table en rotin, un couteau entre les mains. Toute la maison est sens dessus dessous, et toi, tu...

– C'est toi, Philipp ! J'ai cru que... J'ai vu un visage horrible à la fenêtre... Je ne sais pas, mais ce n'était ni un homme ni une femme... Terriblement bizarre. Et après ça, quelqu'un est entré par la fenêtre des toilettes.

– Qu'est-ce que tu racontes ?

– Va voir toi-même. Quelqu'un est entré.

– Oui, la tempête.

– Non, non, c'était quelqu'un. Va voir dans les toilettes. Tiens, prends le couteau !

– Je n'ai pas besoin de couteau, dit-il en s'éloignant.

C'était inconcevable. Sa fille avait disparu, sa maison était dévastée, et Leonie n'avait rien trouvé de mieux à faire que de péter les plombs.

Il jeta un coup d'œil dans les toilettes, et, de fait, la vitre du panneau supérieur était brisée. Le battant avait dû rester incliné, et le courant d'air l'avait secoué jusqu'à ce que la vitre éclate. D'ailleurs, il était encore entrouvert. Personne n'était entré par cette fenêtre.

N'ayant pas envie de perdre davantage de temps avec l'hystérique du jardin d'hiver, il se dirigea tout droit vers le téléphone. La police devait entreprendre des recherches, avec l'appui des sauveteurs en mer. Au fond, il savait ce qu'on lui répondrait. Aucun bateau ne peut venir du continent par ce temps, aucun hélicoptère non plus. Mais il voulait se l'entendre dire, il voulait engueuler quelqu'un…

Même cette maigre consolation lui fut refusée. La ligne était coupée, l'écouteur opposait le silence au déchaînement du monde. Quant au portable, il affichait dès la première image l'impossibilité d'un quelconque appel.

Philipp regarda l'écran s'éteindre après lui avoir annoncé la cruelle vérité, et ce fut brusquement comme si tout s'arrêtait, comme si la Terre avait cessé de tourner, le temps de s'écouler. Le cerveau soudain incapable de penser, Philipp resta à contempler l'écran noir, l'appareil dans sa main, les touches, toutes ces choses inutiles.

Puis, comme s'il se réveillait en sursaut, il réalisa qu'il pouvait ne plus jamais revoir Clarissa, ou, s'il la revoyait, qu'elle pourrait ne plus être en vie. Il n'avait pas voulu se l'avouer tandis qu'il la cherchait dehors, ni quand il avait essayé de composer les numéros d'urgence. Ce n'était qu'à présent, devant son téléphone éteint et muet, qu'il prenait conscience de cette éventualité.

Le sol se déroba sous ses pieds. Tout ce qu'il avait bâti depuis des années s'effondrait. Sa maison était dévastée, sa femme adultère, sa fille morte. Et il ne pouvait s'empêcher de penser que Leonie, Timo et Yasmin étaient peut-être responsables de tout cela.

Lorsqu'ils entrèrent avec le corps inerte de Mme Nan, Timo et Yasmin, trop heureux de pouvoir enfin se décharger de leur fardeau, n'eurent pas un regard pour le désordre qui régnait dans la Maison des brouillards.

– Que lui est-il arrivé ? demanda Philipp.

Ils déposèrent Mme Nan sur le canapé et s'écroulèrent sur le sol, où de petites flaques commencèrent aussitôt à se former autour d'eux.

Philipp se pencha sur la forme immobile. Avec les gestes mécaniques d'un robot, il tâta successivement tous les points du corps où se manifestait la vie : poignets, carotide, tempes, cœur. Puis il lui souleva la paupière gauche.

– Elle vit. Elle est seulement inconsciente, mais son pouls est presque normal, dit-il sobrement.

Au ton de sa voix, Timo comprit que Clarissa n'avait pas été retrouvée, et que Philipp n'était pas en état de s'intéresser à qui que ce soit d'autre.

– Elle était par terre, à quelques mètres de la route, expliqua-t-il dès qu'il eut un peu repris son souffle. Elle est blessée à l'arrière du crâne. As-tu ici de quoi faire un pansement ?

– Possible. Il y a une mallette de premiers secours là-haut, dans la salle de bains.

Yasmin y alla aussitôt, tandis que Timo essayait de composer le numéro des urgences.

– La ligne ne fonctionne plus, l'avertit Philipp.

– Alors, nous sommes réellement coupés du monde, dit Timo après avoir constaté que c'était vrai. Si nous étions dans un polar à deux balles d'Edgar Wallace, il faudrait maintenant une panne de courant et que tout le monde se balade dans la maison avec des chandelles.

– Je n'ai jamais aimé ton humour, dit Philipp. Mais faire des blagues dans une telle situation, c'est indécent.

– C'est ma façon de ne pas me laisser abattre.

– À ce compte-là, je comprends que tu débordes toujours d'esprit. Un type comme toi a de quoi être abattu en effet, un petit emmerdeur qui n'a rien fait depuis qu'il a escaladé sa dernière cheminée d'usine il y a quinze ans, à part publier deux livres qui n'ont pas marché, un type qui a besoin de s'attaquer à une femme qui a onze ans de plus que lui, une petite mauviette de gigolo. À part de beaux discours, tu n'as rien dans le ventre. Ce cher Timo, le pseudo-intellectuel qui sait rire, plaisanter et distribuer les mots d'esprit autour de lui comme des bonbons. Si on t'enlève ça, il ne reste qu'une baudruche de clown à moitié dégonflée.

– Et toi, tu es le prototype du petit-bourgeois du XXIᵉ siècle : le puritain dans sa maison de verre, le redresseur de torts mangeur de muesli, le bon père de famille qui se soigne aux granules, fait l'amour tous les deux jours, appelle ses parents deux fois par semaine, ne boit jamais plus de deux verres de vin, achète jusqu'à son dentifrice dans les magasins bio, sans oublier de laisser un euro pour la perruche siffleuse à oreilles vertes du nord-ouest du Venezuela menacée d'extinction, alors que, pendant le même temps, il lèche le cul des très riches et leur construit des Versailles en verre et en bois tropical.

— Pareil, dit Yasmin, qui venait de redescendre et s'affairait maladroitement à bander la tête de Mme Nan. Quand je pense qu'autrefois, Philipp, tu rêvais de construire de beaux logements sociaux clairs et gais...

— Je crois rêver ! Ma fille a disparu, et je dois écouter des conneries pareilles ?

— C'est toi qui as commencé, se défendit Timo.

L'entrée de Leonie mit brusquement fin à la querelle. Elle était d'une pâleur mortelle, plus encore que Mme Nan, et tenait un couteau qui, bien que passivement suspendu au bout de son bras, n'en avait pas moins une présence bien réelle.

— Elle a été assommée, dit Leonie. Par celui que j'ai vu à la fenêtre. Un homme. Son mari.

Philipp la regarda avec colère.

— Qu'est-ce que c'est que ces conneries ? cria-t-il, insistant tellement sur le dernier mot qu'il en postillonna.

— Ce ne sont pas des conneries.

— Tout à l'heure, tu disais que ce que tu avais vu n'était ni homme ni femme.

— Mais maintenant, je suis sûre que c'était un homme. Quelqu'un du même genre qu'elle. Voilà pourquoi je ne l'ai pas reconnu tout de suite, dans le noir.

— Je ne te crois pas ! Aucune personne de bon sens ne peut croire aux fantasmes de ton cerveau malade. Tantôt tu vois des fantômes, tantôt ce sont des cambrioleurs ou des assassins. Vev a eu raison de t'en coller une. Même maintenant, tu ne peux pas te rendre utile en veillant sur la maison, tu te caches sous les tables, tu ne fais rien que rester là à imaginer des choses… C'est incroyable qu'on t'ait autorisée à porter une arme. Donne-moi ce couteau !

Il le lui arracha des mains.

– J'en ai assez de m'occuper de toi ! Hors de ma vue ! Fiche le camp, je te dis !

Leonie était restée figée pendant l'engueulade de Philipp. Tout à coup, elle s'enfuit en courant dans l'escalier, et on entendit claquer la porte de sa chambre.

En bas, plus personne ne parlait. L'inquiétude pour Clarissa, la querelle, l'explosion de Philipp, la fuite de Leonie, l'absence de Vev et Mme Nan inconsciente auprès d'eux, ils n'avaient que trop de raisons de se taire.

Peu après, l'électricité tomba effectivement en panne.

Timo et Yasmin allumèrent des bougies, à la lueur tremblante desquelles ils restèrent quelques minutes assis tous ensemble, presque religieusement, jetant de temps à autre un coup d'œil à Mme Nan.

Son visage impassible ne manifestait aucune douleur. Timo réfléchissait aux paroles de Leonie. Était-ce une branche cassée qui, en tombant, avait infligé à Mme Nan cette dangereuse blessure, ou M. Nan l'avait-il frappée ? Timo savait quel mobile il aurait pu avoir. Leonie n'était certes pas un témoin très fiable, mais se pouvait-il qu'elle ait réellement vu un visage à la fenêtre ? Celui de M. Nan ? Ou bien… celui de Yim ?

– Où est Yim, au fait ? demanda-t-il.

– La dernière fois que je l'ai vu, c'était sur le port, en fin d'après-midi, répondit Philipp d'une voix fatiguée, mais redevenue presque normale pour s'adresser à Timo. Je n'ai pas pu le joindre sur son portable quand le réseau fonctionnait encore. Et depuis… Nous ne pouvons plus qu'attendre et espérer, conclut-il en soupirant.

Ils n'avaient pas vraiment le choix.

– Je suis là ! Avec Clarissa !

Timo, Philipp et Yasmin se précipitèrent à la rencontre de Vev. L'eau dégoulinait de ses cheveux collés en mèches sur ses joues, elle était couverte de boue et épuisée, mais elle riait.

– Elle s'était cachée sous l'if ! C'est là que je l'ai enfin trouvée. Incroyable… Son endroit préféré est celui où les autres vont faire leurs besoins. Elle a une vocation de dame pipi.

Je l'aime, pensa Timo. Oh, mon Dieu, comme je l'aime !

Pendant que Philipp serrait dans ses bras sa petite fille bouleversée, Timo fit de même avec Vev. Elle était transie de froid et trempée, mais il ne s'était jamais senti aussi bien en sa présence.

Personne ne fit de reproches à Clarissa ni ne lui posa de questions. Ils voyaient tous la trace des larmes sur ses joues rougies.

– Maintenant, un bain chaud et au lit, lui dit Philipp en l'étreignant une fois de plus. Je m'en occupe, Vev. Repose-toi.

Il monta à l'étage avec Clarissa. Vev, à qui Timo avait appris en quelques mots pourquoi Mme Nan était allongée sur le canapé, apparemment endormie, alla à la cuisine se préparer une tisane. Elle se servit aussi un verre de whisky et revint s'asseoir avec les deux boissons à côté de la femme inconsciente.

– Elle ne va sûrement pas tarder à se réveiller, dit-elle à Timo et à Yasmin. Allez vous reposer dans vos chambres. Quelqu'un vient me relever dans une heure ?

Yasmin se proposa sur-le-champ. Timo calfeutra tant bien que mal le trou de la porte d'entrée pour que le vent souffle moins fort dans la maison, puis il laissa Vev seule. À contre-cœur, mais il savait qu'elle avait besoin de ce moment de calme.

Pendant une demi-heure, la paix sembla être de retour dans la maison.

29

Le soir même du jour où Jonas m'avait remonté le moral au téléphone, j'avais rendez-vous avec une amie. Plus exactement, une femme dont j'avais fait la connaissance par mon travail il y avait déjà un certain temps, et avec qui j'allais prendre un verre trois ou quatre fois par an. C'était une psychologue d'une soixantaine d'années qui faisait des expertises pour les tribunaux. Lors de nos rares rencontres, nous parlions surtout boulot – meurtres, victimes, procès. En dehors de cela, ce que je savais d'elle se limitait au fait qu'elle prenait quatre kilos chaque année depuis quatre ans. Grande, les cheveux gris et les traits un peu masculins, elle offrait un spectacle impressionnant.

Je crois qu'elle n'avait pas très envie de me voir, mais notre dernière rencontre datait d'un certain temps, ce qui était d'ailleurs ma faute, aussi avais-je un peu insisté.

Quoi qu'il en soit, elle avait fini par accepter, et je l'avais invitée dans un bar chic de Lützowplatz.

Assises dans de hauts fauteuils de cuir noir, nous discutions de la psyché humaine, tantôt aussi gaiement colorée que le Mai Tai de Hanna, tantôt sombre et mystérieuse comme mon Negroni.

– Au téléphone, j'ai eu l'impression que quelque chose te préoccupait et que tu devais absolument en parler, me dit Hanna en enfournant une poignée de cacahuètes.

– Tire un numéro au hasard dans le sac, plaisantai-je. Il y a tellement de choses dont je devrais absolument parler que je ne sais pas par laquelle commencer.

– Tu as un exemple ?

– Eh bien, j'arrive tout juste à joindre les deux bouts alors que je passe mes journées à trimer. Autre exemple, mon bureau regorge de criminels, et je trouve moyen de tomber amoureuse d'un homme qui se révèle être le dépositaire d'un sinistre secret de famille.

– On dirait un roman d'horreur.

– Mais c'est ma vie.

– L'un n'exclut pas l'autre. Lequel de ces deux problèmes nous vaut cette rencontre devant un énorme bol de cacahuètes qui me coûtera deux cents grammes de plus sur la balance demain matin ?

– Ni l'un ni l'autre.

– Dommage. J'avais bon espoir avec le secret de famille.

– Désolée de te décevoir. Je n'ai qu'une meurtrière à t'offrir.

– Ah, le truc habituel, donc. Et je connais cette affaire ?

– Je ne crois pas. Il s'agit des meurtres de Hiddensee. Le procès n'a toujours pas eu lieu, parce que l'accusée, Leonie Korn, est dans le coma. Je voudrais écrire un article sur l'affaire, mais quelque chose de spécial, avec de vraies révélations.

– Super !

– Oui, mais je ne sais pas comment expliquer le comportement étrange de Leonie, et il n'y a toujours pas eu d'expertise…

– Et tu as donc pensé que je pourrais te faire une petite expertise en privé. De préférence tout de suite ?

– Si ça ne te dérange pas.

– Tu t'occupes du ravitaillement en cacahuètes et en boissons ? D'après mon expérience, ce genre de sujet se digère mieux avec de l'alcool et du gras.

– Promis.

– Alors, accouche.

Je pompai avec ma paille un peu de Negroni. Son amertume convenait bien au sujet.

– Leonie Korn avait trente-sept ans au moment des faits, et elle venait d'être congédiée de son travail d'éducatrice de jeunes enfants. Sur sa personnalité, je dispose des témoignages de sa directrice, de sa mère et de son ex-petit ami. J'ai du mal à savoir quelle importance accorder à ce que disent les uns et les autres, mais tous ont insisté sur l'instabilité de Leonie. Son humeur variait énormément, que ce soit avec sa mère, avec son ami ou avec les enfants. Son père avait été très dur avec elle quand elle était petite, il l'enfermait souvent à la cave, et sa mère a longtemps été dépressive. À ma connaissance, Leonie Korn n'a jamais été traitée en psychiatrie. Elle n'aimait pas son physique…

– Excuse-moi de t'interrompre, mais tout ce que tu m'as raconté jusqu'ici peut concerner environ un quart de la population allemande. Sautes d'humeur, sentiments ambivalents envers la mère, dépression… Avec de tels éléments, je ne peux pas te faire de révélations extraordinaires sur son profil psychologique.

– Alors, qu'est-ce que tu dis de ça : elle s'automutilait fréquemment. Les médecins ont relevé de petites blessures par objet pointu, certaines cicatrisées, d'autres en voie de guérison, de vieilles écorchures et plusieurs cloques de brûlures récentes. De plus, elle prenait d'énormes quantités de médicaments antidouleur et aimait conduire trop vite. Elle semblait mal supporter les critiques – c'est le moins qu'on puisse dire. Cela déclenchait parfois chez elle des explosions de colère. Lorsqu'on l'invitait à dîner, elle était capable d'imaginer que cela cachait quelque chose. La même chose pouvait arriver si son ami oubliait d'acheter du café. Elle analysait les moindres gestes, paroles et expressions du visage.

– Et en tirait des conclusions hasardeuses ?

– Il semblerait.

– A-t-elle eu des crises de panique avant la tuerie ?

– Je n'en ai pas entendu parler.

– Avait-elle déjà fait des tentatives de suicide ?

– Je ne sais pas non plus. Mais elle avait un pistolet.

Hanna réfléchit là-dessus tout en mâchonnant une poignée de cacahuètes, tandis que je renouvelais la commande.

Abandonnant le ton désinvolte de la conversation, Hanna reprit de sa voix d'experte objective et précise :

– Sans avoir parlé avec l'intéressée, je ne peux faire que des suppositions. Je résume : variations extrêmes dans l'appréciation des autres, réaction disproportionnée à l'offense ou à la critique, abus des antalgiques, conduite automobile dangereuse, image de soi perturbée, analyse excessive des gestes, expressions du visage et autres signes, et enfin, automutilation. Comme je te l'ai déjà dit, je ne me prononce pas définitivement, pour cela, il faudrait que je puisse parler avec les proches et les amis de la personne.

– Une évaluation sommaire me suffirait.

– Borderline.

– C'est à quoi j'avais pensé. Je sais déjà un peu de quoi il s'agit, mais si tu peux m'en dire davantage…

– Ce trouble de la personnalité ne doit pas être confondu avec des maladies lourdes comme, par exemple, la schizophrénie. Le mot « borderline », comme tu le sais sans doute, signifie « frontière », « limite », et il est trompeur, parce qu'il ne se réfère pas au trouble lui-même, mais traduit sa situation à la frontière entre névrose et psychose. Les comportements que tu décris sont typiques des borderline. À cela s'ajoutent des symptômes invisibles de l'extérieur, comme un sentiment de vide intérieur, ou une façon de penser en noir et blanc, très tranchée. À la base, il s'agit souvent d'un enfant qui a souffert de négligence, que ce soit le manque d'amour, la violence familiale ou la dépression de l'un ou l'autre ou des deux parents. Les borderline ont tendance à développer une alternance entre peur de l'intimité et peur de la solitude. En conséquence, leur relation aux autres est instable. Tantôt ils les idéalisent, tantôt ils les rejettent jusqu'à les diaboliser. L'incident le plus futile peut déclencher chez eux un violent rejet. Ainsi, avoir oublié d'acheter du café peut suffire à remettre en cause une relation jusque-là heureuse. Les borderline ont littéralement un besoin constant d'être rassurés. Quand ce n'est pas le cas, ils cherchent parfois quelle faute ils ont pu commettre et ils se punissent. Mais la façon dont ils reçoivent la critique peut aussi très vite se retourner contre ceux qui les ont critiqués, et qu'ils vont alors accuser.

– Dirais-tu que les borderline développent une forte agressivité contre ceux qui les critiquent ?

– On ne peut pas le formuler aussi sommairement. Ils ressentent souvent leur vie comme un grand huit émotionnel. Comme tout le monde, ils ont des hauts et des bas, mais leur grand huit monte nettement plus haut que celui des autres, il a beaucoup plus de virages, des quantités de loopings, et il ne se termine jamais. Le comportement agressif, et même fortement agressif, est caractéristique, mais sa gravité dépend de l'état émotionnel du moment.

– Quelles circonstances auraient pu amener Leonie à tirer sur trois personnes ? La peur ? Des critiques ? Une déception ? Tout cela ensemble ?

– N'importe qui serait stressé dans une telle situation, mais la réaction d'un borderline est exponentielle, autrement dit, sans commune mesure avec celle qu'auraient la plupart des gens. Si Leonie souffrait de ce trouble de la personnalité, son impulsivité excessive combinée à une situation extrême aurait pu produire un mélange explosif. Cependant, je ne veux pas dire par là que ce mélange devait nécessairement déboucher sur un massacre, ni même que ce soit seulement une hypothèse vraisemblable.

– Quelles autres conséquences étaient plus vraisemblables, dans ce cas ?

– L'hystérie, les hallucinations – entendre des voix, voir des gens qui ne sont pas là –, le suicide… Doro, il y a une chose que tu dois bien comprendre : vivre, travailler ou être ami avec un borderline n'est pas plus dangereux qu'avec n'importe quelle autre personne à problèmes – et ce n'est pas ce qui manque. Ils connaissent l'amour, l'amitié, l'espoir, la joie, le chagrin… Les relations avec eux sont assez exigeantes, bien sûr. Il faut de la patience, être capable d'encaisser, ne pas prendre au pied de la lettre tout ce qu'ils disent ou font. Mais les borderline qui suivent une thérapie ne deviennent que très rarement assez agressifs pour qu'il y ait passage à l'acte violent contre quelqu'un.

– Leonie n'était pas en thérapie.

– Cela augmente la probabilité d'un comportement hystérique-agressif. Cependant, il aurait fallu pour cela une situation où elle se serait sentie forcée de se défendre. Il ne faut pas l'entendre au sens traditionnel de la légitime défense, mais, dans des circonstances exceptionnelles, elle aurait pu s'en prendre à une personne qui, selon son appréciation, l'aurait gravement offensée ou humiliée, ou qu'elle aurait rendue responsable de ses difficultés. Mais, je le souligne encore une fois, il aurait fallu des circonstances vraiment extraordinaires. Et, même dans ce cas, le plus probable aurait été l'auto-punition, donc le suicide.

– Il y a une chose dont je n'ai pas encore parlé. Leonie harcelait son ex-ami. Cela durait depuis deux ans, et encore au moment de la tuerie.

Hanna soupira.

– Oui, d'un côté, ça colle, parce que le comportement borderline existe rarement seul, d'autres troubles s'y ajoutent souvent. D'un autre côté, je me demande…

Elle suçota d'un air pensif le fond de son cocktail, et je fis signe au serveur de lui en apporter un autre – une promesse est une promesse.

– Ce qui me gêne, reprit Hanna, c'est que les harceleurs ne possèdent que très rarement des armes à feu. En Allemagne, la proportion n'est que de un pour mille environ, donc une menace avec arme pour mille cas de harcèlement. Et il est encore plus rare qu'il soit fait usage de l'arme, à ma connaissance, pas plus d'une fois sur trois mille. Autre chose qui m'étonne encore davantage : en règle générale, les harceleurs se fixent sur une seule personne, celle qu'ils veulent posséder et surtout punir. Rappelle-moi sur combien de personnes Leonie Korn a tiré ?

– Trois, plus elle-même. Son ex-ami n'en faisait pas partie, il était loin de là et ne connaissait pas les victimes.

– C'est très étrange. Les harceleurs, quand ils vont jusque-là, tirent sur la personne qu'ils persécutent. Et la probabilité qu'un borderline tue quelqu'un d'autre que lui-même est extrêmement faible.

Je rentrai chez moi, un peu étourdie par le Negroni, mais surtout par mille pensées. Plus je m'intéressais à la tuerie de Hiddensee, plus elle me déconcertait. Au début, Leonie m'était apparue comme la coupable évidente, puis j'avais eu des doutes, que Steffen Herold avait dissipés, et voilà que je doutais à nouveau. En une journée, c'était déjà la deuxième fois que je changeais d'avis.

Certes, l'affaire était assez claire pour un profane : Leonie était cinglée, elle harcelait quelqu'un, avait toutes sortes de lubies, et tous les indices convergeaient dans ce sens. Mais Hanna était experte psychologue. Si elle disait que les troubles de la personnalité de Leonie s'accordaient mal avec une crise de folie meurtrière, cela donnait à réfléchir. Hanna pouvait se tromper, bien sûr. Ce ne serait pas la première fois que des experts se planteraient dans l'évaluation de la dangerosité d'un criminel. Elle n'avait d'ailleurs pas formellement exclu que Leonie soit coupable.

Pourtant, j'étais troublée. Si j'avais bien compris Hanna, la probabilité que Leonie ait pu commettre un massacre était à peu près aussi grande que celle d'un alignement de toutes les planètes. Il avait fallu un concours de circonstances tout à fait extraordinaire pour qu'elle tue non pas Steffen Herold ni seulement elle-même, mais trois autres personnes que, de plus, elle connaissait à peine. Une tempête angoissante, une offense grave et une remontrance avaient-elles été les ingrédients empoisonnés de l'effondrement de Leonie ? Cela avait-il suffi à faire d'elle une meurtrière ?

Je me préparais à l'éventualité de ne jamais connaître la réponse. Cependant, il était grand temps de contacter les autres survivants et témoins, afin d'élargir ma vision de l'affaire et de reconstituer les heures et les jours qui avaient précédé la tuerie. Yasmin avait mentionné des désaccords entre Philipp, Vev, Leonie, Timo et elle-même. Cela m'intéressait, bien sûr, et je décidai de passer quelques coups de fil dès le lendemain matin.

Quand j'arrivai chez moi, vers minuit, Yim était assis devant ma porte… mangeant des sushis. J'éclatai de rire.

— Mais qu'est-ce que tu fais là ?

— Je suis installé là depuis trois heures, j'ai eu faim et je me suis commandé quelque chose. Le livreur n'a pas eu l'air peu étonné de me voir dîner devant ta porte. Il a dû penser que ma copine m'avait fichu dehors. Tu en veux ? Il me reste du nigiri de saumon, du maki au concombre et deux odaiko.

— Non, merci. J'étais avec une amie, nous avons mangé notre ration de cacahuètes pour l'année et j'ai surtout envie de me brosser les dents.

— Je peux te regarder faire, ou bien tu trouverais ça choquant ?

— Pervers !

Pendant que je me nettoyais la bouche à grand renfort de dentifrice, Yim visita mon appartement. Il s'intéressa particulièrement à mon bureau, sur lequel il n'hésita pas à prendre en main quelques feuillets pour les parcourir.

— Tu as déjà commencé à rédiger l'article ? me demanda-t-il dès que je pus de nouveau parler.

– Non, je n'ai pas encore décidé du plan, ni si je devais citer les vrais noms. Quel pseudonyme aimerais-tu avoir ?

– Cornelius. J'ai toujours rêvé de m'appeler Cornelius.

– C'était le nom du coq de ma grand-mère. Une sale bête tyrannique. Il me courait après chaque fois que nous venions la voir. Devine ce que j'ai demandé à manger pour le repas de mon treizième anniversaire ? Tu as droit à trois essais.

Yim me prit dans ses bras et me serra contre lui. Ses baisers mettaient fin à notre différend, même si tout n'était pas réglé. Car mon opinion sur la culpabilité de Leonie s'était de nouveau modifiée depuis le message où je proposais à Yim de nous réconcilier, et je ne savais pas encore, du moins pas avec certitude, quelle attitude adopter vis-à-vis de son père. En toute rigueur, sa place était devant un tribunal. Mais Yim était si beau, sa poitrine si chaude et si attirante que je ne pouvais résister. J'étais prête à tout – et lui aussi.

Nos baisers se firent plus longs, notre étreinte plus brûlante. Les vêtements tombèrent. Enfin ! exultai-je, le cœur en fête sans que ma tête lui résiste. L'heure qui suivit fut pour moi la plus belle depuis des années.

Il était exactement deux heures douze quand mes yeux se posèrent par hasard sur le réveil, un retour à la réalité que je regrettai aussitôt. Yim m'attira de nouveau contre lui, et pardon pour la guimauve, mais, quand je le regardais dans les yeux, mille cloches se mettaient à sonner en moi. Quand avais-je déjà éprouvé cela ? La réponse était simple : jamais. Ce sera toi ou personne, pensai-je.

Mais je percevais de plus en plus clairement les conséquences de cet aveu que je venais de me faire.

J'étais désormais infiniment vulnérable. Ce qui me reliait à Yim était aussi solide et réel que des nerfs. Pour le moment, c'était le bonheur, mais…

Le revers de la médaille m'apparut quelques minutes plus tard à peine – juste après le verre de champagne qui, dans notre cas, tint en quelque sorte lieu de cigarette après l'amour.

– Me rendrais-tu un service ? demanda Yim.

– Bien sûr.

– Mon père voudrait te parler. Il m'a chargé de te dire que… Enfin, tu n'aurais rien d'autre à faire que de l'écouter, il n'en demande pas plus. Il est venu exprès de Hiddensee.

– Qu'attend-il de moi ? soupirai-je, contrariée que ce pénible sujet se soit invité dans mon lit.

– Va savoir. Il veut peut-être essayer de te convaincre de ne pas le livrer aux autorités.

– Qu'est-ce qui t'arrive, Yim ? Tu es de son côté ?

– Je ne l'ai jamais été. Je me suis contenté d'attirer ton attention sur les conséquences que ta décision pourrait avoir, y compris pour moi.

Et si Yim ne m'avait tourné la tête que pour obtenir en quelque sorte la grâce de son père ? Je piétinai aussitôt l'affreux soupçon qui venait de naître en moi.

– D'accord, si tu y tiens. Quand ?

– Il nous attend à mon restaurant.

– Là, maintenant ? m'écriai-je, très mal à l'aise à l'idée que M. Nan ait pu attendre pendant que je faisais l'amour avec son fils. Mais il est près de deux heures et demie du matin !

Yim n'insista pas et se tut. En le regardant dans les yeux, je me sentis fléchir. Je ne pouvais pas lui refuser cela. Plus maintenant.

– Bon, mais je ne veux à aucun moment être seule avec lui. Tu resteras près de moi pendant tout l'entretien, d'accord ?

– Cela va sans dire.

– Alors, finissons-en.

Malgré le ventilateur qui brassait l'air inlassablement au plafond du *Sok sebai te*, l'atmosphère restait étouffante. M. Nan était assis dans un coin au fond du restaurant, presque invisible entre les paravents, les tables et les lampes. Il me fit penser à une murène, ou à je ne sais quelle affreuse bête tapie dans l'ombre. Le cœur me manqua à l'idée que j'avais dormi tout près de la chambre de cet homme, et je me félicitai de la présence de Yim. M. Nan me regardait fixement. Le sourire qu'il se força à m'adresser me révolta, et je refusai la main qu'il me tendit.

Yim s'éloigna de quelques pas pour aller chercher une carafe d'eau et trois verres, et cela suffit à m'inquiéter. Quand il prit place à côté de moi plutôt que de son père, je lui jetai un regard reconnaissant et posai une main sur sa cuisse.

– Je suis venue, dis-je à M. Nan, mais j'espère fortement que vous n'allez pas tenter de minimiser vos crimes. Si c'était le cas, je me lèverais aussitôt pour partir.

Viseth Nan se tordait les mains. Il semblait davantage être lui-même dans le cadre du *Sok sebai te*. Il m'était plus difficile de voir en lui le meurtrier de masse qu'il était quand je l'imaginais dans sa petite cuisine et son jardin de Hiddensee. J'avais déjà connu ce phénomène avec d'autres criminels. En costume bleu marine sur le banc des accusés, un assassin paraissait si loin de son crime qu'on pouvait presque croire que c'était un autre homme. La sobriété officielle des salles d'audience allemandes contribuait à cette distanciation, de même que la splendeur de bien des tribunaux français ou britanniques. Si l'on y ajoutait le public, les représentants des médias et tout le cérémonial, se représenter le meurtrier à l'œuvre demandait souvent un gros effort d'imagination.

Cette ambiance cambodgienne sur fond de Mékong ramenait M. Nan au pays qu'il avait quitté près de quarante ans plus tôt. Les tableaux de Mme Nan, gravés en moi au fer rouge, firent le reste. Le petit homme qui transpirait dans sa chemise blanche en face de moi ne pouvait plus me faire illusion. Je sentais l'odeur de sa peur, je lisais la bassesse dans ses yeux.

– Vous ne pouvez pas imaginer à quel point je regrette ce que j'ai fait autrefois, commença-t-il. Je souffre de terribles cauchemars. J'entends des cris quand il n'y en a pas. Par moments, je reste des jours sans pouvoir manger. Ma faute ne cesse de me rattraper. S'il vous plaît, songez que j'étais jeune et stupide à l'époque, je me suis laissé convaincre par les Khmers rouges, comme tant d'autres. En tant qu'Allemande, vous devez bien savoir de quoi je parle, comment de telles choses sont possibles.

– J'aurais pu me douter que vous useriez de cet argument. Et vous avez raison, je sais effectivement que des peuples entiers peuvent se laisser entraîner au mal. Les gens se sentent toujours mieux avec ceux qui pensent comme eux, et c'est de cette façon qu'une folie peut se répandre. Mais je sais aussi qu'on doit assumer la responsabilité de ses actes. Si l'erreur est humaine, elle ne dispense pas du châtiment. De plus, il y a une grande différence entre un blanc-bec qui salue les assassins, adopte leurs idées et leur rend peut-être quelques services, et un homme de plus de trente ans qui prend le commandement d'un camp de la mort. Vous avez torturé et assassiné cruellement des milliers de gens, et je ne veux pas savoir à quels petits jeux sadiques vous vous livriez d'abord avec eux.

Je bus une gorgée d'eau pour me calmer un peu, car je ne voulais pas me laisser emporter.

– Je suis un vieil homme, dit-il. Je peux à peine me souvenir de celui que j'étais alors. J'ai changé, madame Kagel.

Il cherchait toujours le regard de Yim, mais celui-ci gardait les yeux obstinément baissés vers la table.

– Ainsi, vous avez changé, vous n'êtes plus le même homme, c'est cela ? Alors, dites-moi, s'il vous plaît, pourquoi votre femme est venue à la Maison des brouillards la nuit de la tempête à Hiddensee.

– Quel est le rapport ? demanda M. Nan, tandis que Yim levait les yeux d'un air étonné.

– Monsieur Nan, si vous voulez que nous poursuivions l'entretien, répondez à ma question, je vous prie.

– Elle avait aidé à chercher la petite fille qui avait disparu, et moi de même. Ma femme l'aimait bien.

– Comment avez-vous su que la petite avait disparu ?

– C'était il y a si longtemps… Par le téléphone, je suppose ? Oui, je m'en souviens maintenant. Quelqu'un nous a appelés.

– D'après ce que m'a dit Yasmin Germinal, on a bien essayé de vous joindre, votre femme et vous, mais ça n'a pas été possible. La ligne était coupée bien avant qu'on s'aperçoive de la disparition de Clarissa.

– Le portable ? Il a dû y avoir un appel sur le portable.

– Vous n'avez pas de téléphone portable, Yim me l'a dit. Vous n'appréciez pas ce genre de chose.

– Alors, Yim avait dû oublier le sien à la maison. Oui, c'est ça.

– Je crois que la vérité est tout autre. Je crois que votre femme était sur le point de vous quitter, qu'elle avait peut-être même l'intention de se dénoncer, et vous avec. Tous ces tableaux… Yasmin Germinal m'a raconté que votre femme avait eu une longue conversation dans l'appentis avec Timo Stadtmüller, l'écrivain. Vous avez pris peur. Avait-elle parlé de vos crimes à un étranger ? Plus que les poursuites judiciaires, vous redoutiez d'être rattrapé par la vérité que vous vous acharniez à fuir. Vous avez enfoui l'appentis sous un sarcophage de fleurs, de la même façon que vous avez probablement caché ou détruit, depuis trente ans, tout ce qui pouvait vous rappeler vos crimes. La seule chose que vous n'aviez pas encore pu faire disparaître, c'était votre femme.

– Non… non.

– Vous n'auriez pas supporté la honte d'être stigmatisé comme criminel de masse. Je ne connais pas le détail de ce qui a pu se passer chez vous la nuit de la tempête, mais je crois que la situation a dégénéré. Votre femme s'est enfuie en pleine tempête, et vous l'avez poursuivie. Vous l'avez violemment frappée, et ensuite, vous êtes allé à la Maison des brouillards.

– Non… non, non, non !

Je me tournai vers Yim.

– As-tu laissé ton portable chez tes parents ce soir-là ?

Yim me regarda, puis regarda son père, ferma les yeux, les rouvrit. Je posai de nouveau la main sur sa cuisse, devinant ce qui se passait en lui. Pour la première fois, il devait envisager l'idée que son père ait pu tuer sa mère. Malgré mes années d'expérience, malgré les innombrables heures à voir défiler dans les tribunaux victimes, meurtriers, témoins et policiers, j'avais peine à imaginer ce qu'il pouvait ressentir. Il avait passé sa vie à éviter la vérité, et voilà qu'elle lui sautait tout à coup au visage. Aurait-il la force de le supporter ?

– Yim ? Où était ton portable ? demandai-je.

Il se leva, avec l'air d'hésiter sur ce qu'il devait faire. Il alla derrière le comptoir se servir un verre d'alcool, en renversa un peu au passage, et l'avala d'un trait.

– Yim, reviens.

Puis je ne le vis plus, mais je l'entendis ouvrir et refermer la porte de la cuisine.

De quoi devais-je m'inquiéter le plus ? De l'absence de Yim, ou d'être seule à une table avec M. Nan ? J'appelai Yim plusieurs fois, sans réponse. La salle de restaurant à l'éclairage tamisé n'avait plus rien du charme nostalgique qui m'avait tant séduite quelques jours plus tôt.

Je voulus me lever et aller rejoindre Yim à la cuisine, mais la main de M. Nan jaillit, tel un serpent, pour me retenir par le bras.

– Restez ici.

– Lâchez-moi !

Nous entendîmes s'ouvrir la porte de la cuisine. M. Nan me libéra, et je me rassis sur ma chaise.

Yim revenait vers nous, tenant à la main un long couteau japonais.

30

Assise au bord de son lit dans sa chambre obscure, Leonie enflamma une allumette après l'autre, les jetant au hasard à mesure qu'elles s'éteignaient. Quand elle n'en eut plus, elle déchira l'une après l'autre les pages du roman de Timo, arracha le smiley sur la couverture.

Comme lorsqu'elle était restée seule dans la maison quelques heures plus tôt, un mur noir s'avançait en elle, une tempête de pensées et de sentiments qui ne cessait de changer de direction. Elle tremblait, son dos et sa tête pouvaient à peine se tenir droits. Le monde extérieur en proie à la tempête était à l'unisson avec la tempête en elle et avec un corps qui ne lui obéissait plus, ne lui appartenait plus, livré à la peur et à la colère. À la nausée du grand huit infini, au dégoût. Au vide. Au vide. Elle se sentait tomber. Elle tombait dans le noir, vers le noir.

Elle entendit des voix, un léger murmure. Puis les bruits cessèrent. Tous les bruits. Le vent, les arbres, la mer, tout s'était tu. Les fenêtres battaient toujours, les cimes des arbres ployaient, les branches fouettaient l'air, le feuillage frappait les vitres, les vagues déferlaient sur la plage, mais tout cela dans le plus grand silence.

Leonie prit son portable, composa le premier numéro.

« Steffen, je veux juste te dire que tu me dégoûtes, que vous me dégoûtez tous. Toi et les autres, vous piétinez mes sentiments. Vous dites que c'est de ma faute, mais c'est presque toujours vous qui êtes les ratés et les menteurs. Vous, les sales types, je ne vous supporte plus. C'est fini. Je vais vous montrer, je vais vous montrer à tous ! Vous l'aurez voulu ! »

Elle ne remarqua pas que la liaison était coupée et que Steffen ne recevrait jamais ce dernier message.

Elle ouvrit la boîte cadeau que Yim lui avait apportée l'après-midi en marmonnant des excuses de la part de sa mère. Les quatre cartouches étaient toujours dans le magasin du pistolet.

Elle but une gorgée du jus d'orange posé sur sa table de nuit, versa le reste par terre, ouvrit la porte et sortit dans le couloir.

31

Tenant la lame du couteau pointée en avant, Yim s'avança vers la table où j'étais assise avec son père.

— Tu… tu as tué ma mère ! dit-il d'une voix étranglée.

— Ne crois pas les mensonges de cette femme, le supplia M. Nan.

— J'ai bien trop longtemps cru aux tiens ! Ce soir-là, je n'avais pas oublié mon portable. J'étais sur le port, j'aidais à attacher les bateaux. Un ancien camarade de classe m'a demandé alors si je pouvais venir l'aider à réparer quelque chose chez lui, et je me souviens très bien d'avoir essayé de vous appeler, maman et toi. Le portable fonctionnait encore, mais votre ligne était coupée. Je me faisais du souci, et, alors que mon ami me le déconseillait, je suis rentré à la maison en pleine tempête. Vous n'étiez pas là. J'ai cherché partout, même dans l'appentis… J'ai attendu un long moment, puis j'ai décidé d'aller à la Maison des brouillards. Maman… Je l'ai trouvée morte. Et c'est toi qui l'as tuée.

— Es-tu fou, mon fils ? s'écria M. Nan. Ta mère et moi n'avons peut-être pas cherché la petite fille, mais cela ne veut pas dire que je l'ai tuée.

— Sinon, pourquoi nous as-tu menti ?

– C'est ce que j'allais vous demander, dis-je. Si vous n'aviez rien à cacher, vous n'auriez pas inventé cette histoire de portable oublié.

– Je… je… Bon, je reconnais que j'ai menacé ma femme, que je l'ai suivie dehors… Je voulais l'arrêter, mais pas… mais pas la tuer. Elle ne m'a pas écouté. C'est là qu'une branche l'a frappée.

– J'en ai assez entendu, dit Yim.

– La branche est tombée d'un arbre ! cria M. Nan. Je n'ai pas tué ta mère ! Je n'aurais jamais pu. Je… je l'aimais.

Yim fit brusquement un pas en avant et lui mit le couteau sous la gorge.

– Ne prononce plus jamais ce mot ! Et dis enfin la vérité.

Je tâchai de le calmer, car je craignais sérieusement qu'il ne blesse son père dans sa fureur. Par chance, la réponse de M. Nan ne tarda pas :

– S'il te plaît, ne me fais pas de mal. C'est vrai, je l'ai battue. Je l'ai frappée avec une branche. Mais c'était une petite branche. Toute mince. Je ne comprends pas comment…

Yim jeta le couteau à terre. Il se plia en deux par-dessus la table, enfouit sa tête dans ses bras et se mit à sangloter. Bouleversée par son désespoir, je lui caressai les cheveux.

M. Nan pleurait aussi, mais gardait son attitude rigide.

– Elle n'est pas morte de mes mains, persista-t-il. On lui a tiré dessus. Ce n'était pas moi. Je le jure, je n'ai pas tiré.

– Ce sera aux autorités d'éclaircir ce point, répliquai-je. Je ferai parvenir ces nouvelles informations au procureur. Celles sur votre passé aussi, bien sûr. Monsieur Nan, vous avez affirmé être devenu un autre homme. Vous l'avez peut-être même cru. Mais, que vous ayez tiré ou non, vous êtes bien le même qu'autrefois. Viens, Yim, partons.

Yim s'était redressé. Le mépris qu'il manifestait à son père m'assurait qu'il approuvait ma décision, dût-elle compromettre son activité professionnelle. Même s'il n'avait jamais été réellement proche de sa mère, il l'avait aimée. Jamais il ne pardonnerait à son père de l'avoir si violemment frappée.

– Attendez, fit M. Nan d'une voix résignée. Puisque votre décision est prise et que mon fils se détourne définitivement de moi, tout m'est égal à présent. Je vais vous raconter ce qui s'est passé il y a deux ans.

32

Leonie entra sans frapper dans la chambre de Timo et referma la porte derrière elle. C'est alors seulement qu'il vit l'arme.

– Eh bien, Timo, dit Leonie.

Deux jours plus tôt, ce spectacle ne l'aurait pas autrement inquiété – il aurait vu Leonie tenant une arme, rien de plus. C'est en associant les deux images, celle du pistolet et le regard de Leonie, qu'il prit brusquement conscience du danger. Il était dans une situation totalement imprévisible, qui pouvait basculer de n'importe quel côté. Le parfait principe du chaos, le jeu de la loterie.

– Salut, Leonie, dit-il en regardant droit vers le canon.

C'était stupide de dire « salut » à la mort, mais les circonstances étaient exceptionnelles. Désormais, il jouait en quelque sorte un rôle, et il devait tout improviser. Un million d'idées lui traversèrent la tête, des plus banales aux plus fantastiques, des plus lâches aux plus héroïques. Pour la première fois, il pouvait mourir d'un instant à l'autre. Il était confronté à lui-même, à sa peur, à son ambition, au sentiment de son insuffisance.

C'était pourtant ce qu'on attendait de chacun – qu'il accomplisse quelque chose dans sa vie, qu'il se marie, ait des enfants, un bon boulot, des promotions, qu'il acquière des biens, qu'il ait un maximum d'amis sur Facebook... Le pouce en l'air, j'aime... tout était là. Mais pour lui, le pouce était dirigé vers le bas, et, à ce constat, il sentit remonter toute la boue corrosive qu'il y avait en lui.

Leonie ne parlait pas, ne tremblait pas. Il aurait attendu d'une meurtrière qu'elle soit un peu plus énervée. Or, son visage semblait seulement lui dire : Voilà, tu l'auras voulu.

À près de trois mètres, il sentait l'odeur de sa sueur. Devait-il essayer de la calmer ? Ou crier ? Et crier quoi ? À l'assassin ? Au secours ?

Pendant une vingtaine de secondes, ils restèrent face à face, silencieux et immobiles, elle dos à la porte, lui dos au lit. Puis, brusquement, Leonie abaissa le bras qui tenait le pistolet.

Sans perdre de temps à se demander pourquoi elle faisait cela, il reconnut en un éclair l'occasion de sauver sa vie. Rien d'autre que cela : sauver sa vie, échapper à l'arme.

Tout alla très vite. Il se précipita vers Leonie. Trois mètres, c'était peu, mais, sans élan, il fallait plus d'une seconde, peut-être une seconde et demie pour les parcourir. Il était déjà parti quand il vit Leonie porter le pistolet à sa tempe. Si elle l'avait fait une seconde plus tôt... Non, il n'aurait pas bougé. Encore empli de la boue qui l'avait submergé à l'idée terrible que sa vie puisse être abrégée, il aurait probablement été soulagé qu'elle ne veuille que se tuer, elle et pas lui. En comparaison, recevoir un peu de cervelle sur son tee-shirt lui serait apparu comme un cadeau.

Mais il comprit trop tard qu'elle l'avait seulement choisi pour être le témoin de son acte. Emporté par son élan, il lui tomba dans les bras.

Elle était plus forte qu'il ne l'aurait cru. Le combat fut silencieux, absurde. Il se battait pour la vie de Leonie, alors qu'elle voulait mourir et que cela lui était indifférent qu'elle meure. Mais, à présent qu'il l'avait attaquée, il craignait qu'elle ne commence par le tuer s'il cessait de résister. Il ne pouvait pas céder.

Le pistolet heurta Leonie au coin droit de la bouche, mais elle ne s'arrêta pas. Le premier coup de feu partit quelques secondes plus tard. Tirée par en dessous, la balle traversa la bouche et la gorge de Leonie, sans ressortir de son crâne, et Leonie s'effondra en glissant le long du mur. Timo se retrouva tenant le pistolet dans sa main gauche.

Il sentit alors que tout allait se passer très vite, encore plus vite qu'avant.

Il y avait le pistolet, le sang. L'euphorie d'être encore vivant... Vivant ! L'adrénaline était là. La force était en jeu, le désir, le pouvoir. L'amour, son amour pour Vev. La boue qui l'avait envahi un instant plus tôt ne refluait que lentement, trop lentement... Un tel retournement de situation... Ce nouveau pouvoir devait servir à quelque chose. Et puis, il y eut la peur de rester à jamais un perdant. Le pistolet aspirait cette peur, il la neutralisait. Timo pouvait faire autre chose de sa vie.

Il ouvrit la porte, se glissa dans le couloir. Très peu de temps s'était écoulé depuis le coup de feu. Quelqu'un l'avait-il entendu, d'ailleurs ? La tempête faisait toujours rage. Timo franchit en hâte les quelques pas qui le séparaient de la chambre de Philipp et Vev et ouvrit la porte.

Philipp, en pyjama et portant des lunettes de lecture, s'apprêtait justement à sortir.

– Ah, Timo. J'ai entendu un grand bruit. Qu'est-ce qui se passe ?

Timo leva le pistolet comme Leonie l'avait fait devant lui… Il pressa sur la détente.

La balle atteignit Philipp au front, juste entre les deux yeux. Il tomba en arrière.

Ç'avait été une inspiration, puisée peut-être au même endroit où naissent les idées des artistes, une collision entre désir humain et occasion providentielle. Le paradis s'ouvrait devant Timo. D'abord, une vie avec Vev – il se voyait lui faisant l'amour sans fin, dans un appartement sous les toits de Berlin, sous le soleil de Crète, sur les plages de la Baltique… Elle serait à lui. Pour la première fois, il avait conquis une chose durable, un amour. Et, par-dessus le marché, un enfant. Avec le temps, Clarissa deviendrait sa fille, son p'tit bout de nez. Une fois par an, le jour anniversaire de la mort de Philipp, ils feraient tous trois le voyage au cimetière, et Timo, plein de tact, les attendrait à l'entrée.

Ce serait le seul minuscule avantage que Philipp garderait sur lui. Il aurait Vev et Clarissa cinq minutes par an, et Timo les trois cent soixante-quatre jours, vingt-trois heures et cinquante-cinq minutes restantes. Cinq cent trois mille sept cent cinquante-cinq minutes. Philipp avait perdu.

Et il y aurait même l'argent, la jolie petite fortune d'architecte de Philipp. Il était vraiment au tournant de sa vie.

Du coin de l'œil, il perçut un mouvement dans la pièce. C'est alors seulement qu'il vit, couchée au milieu du lit, Clarissa, qu'il avait crue dans sa chambre. Elle le regardait fixement, le regardait, le regardait…

Il prit une profonde inspiration.

– Clarissa…

Il n'eut pas le temps d'en dire davantage. Elle sauta du lit et passa devant lui en courant avant qu'il ait pu la retenir. Il courut après elle, criant tout bas :

– Clarissa, arrête-toi. Arrête-toi, s'il te plaît. Viens me voir. Je ne te ferai rien.

Elle ne l'écouta pas. Elle était déjà au bout du couloir, en haut de l'escalier.

Si elle parlait, tout était perdu.

Il ne lui voulait pas de mal.

Il tira.

La tête de Clarissa explosa, la cervelle éclaboussant la paroi. Le corps dévala quelques marches et s'immobilisa, comme disloqué, au milieu de l'escalier.

Timo porta la main à son front, puis la pressa contre sa bouche. Il tremblait comme un parkinsonien. La sueur dégoulinait jusqu'à ses lèvres, il la lécha et sentit le goût de l'excitation. Il respirait lourdement.

Entendant des pas, il retint son souffle et ferma les yeux. Mon Dieu, faites que ce ne soit pas Vev ! Il rouvrit les yeux.

Mme Nan était dans l'escalier tournant, quelques marches plus bas, séparée de lui par le corps de Clarissa. Son regard épouvanté se posa sur l'enfant, puis sur le pistolet, et s'arrêta enfin sur Timo. Les deux mains sur la bouche, elle poussa un curieux gémissement, à la fois cri et long soupir. Puis, faisant volte-face, elle s'enfuit dans l'escalier. Timo bondit par-dessus le corps et rattrapa Mme Nan au moment où elle ouvrait la porte d'entrée et faisait un pas vers la tempête. Alors qu'il appuyait sur la détente, elle se tourna vers lui. Mme Nan tomba à genoux, une balle dans le ventre. Les yeux de son meurtrier furent la dernière chose qu'elle vit avant de s'écrouler, morte.

En trois minutes et demie, Timo avait abattu quatre personnes, la première par accident, la seconde délibérément, les deux autres parce qu'il ne pouvait pas faire autrement.

Le magasin du pistolet était vide. Qui sait ce qu'il aurait fait s'il avait eu une cinquième balle ? Il l'aurait peut-être tirée. Sur cet homme trempé de pluie qui se tenait à peu de distance de la maison, et qui venait d'assister à la mort de sa femme.

Les deux meurtriers échangèrent un regard, puis chacun d'eux retourna à sa nuit. M. Nan fut englouti par celle du dehors, Timo rentra dans la maison.

Il remonta l'escalier sans bruit, en se courbant. Une fois dans sa chambre, il essuya ses empreintes sur l'arme avant d'y presser copieusement les doigts de Leonie.

Il ne lui manquait plus que quelqu'un à qui annoncer avec horreur que Leonie était venue dans sa chambre se suicider sous ses yeux.

Dans la salle de bains, quelqu'un écoutait de la musique très fort en prenant une douche – probablement Yasmin.

– Yasmin ? Bon Dieu, Yasmin, ouvre-moi ! Il s'est passé une chose terrible !

Il eut beau frapper et crier, la porte resta fermée. Il redescendit donc au rez-de-chaussée pour chercher Vev, mais tomba sur Yim, qui, pâle et hébété, venait de découvrir sa mère sans vie dans le vestibule.

Timo prit un air atterré.

– Mon Dieu ! Elle est… elle est morte ?

Yim hocha la tête, perdu dans ses pensées.

– Il… il n'y a pas qu'elle, balbutia Timo. Dans l'escalier… Clarissa… et Philipp, là-haut… C'est Leonie… Elle a… elle a…

Il se trouvait plutôt bon dans le rôle.

– Yim, peux-tu appeler les urgences ? Tu connais peut-être quelqu'un à Neuendorf qui aurait un émetteur radio ? Je dois… je dois trouver Vev et lui… et lui… Tu y arriveras ? Ah, Yasmin s'est enfermée dans la salle de bains… Je ne sais pas si elle prend une douche ou si… Elle a peut-être entendu quelque chose ? En tout cas, elle ne répond pas. Tu peux… euh, si ce n'est pas trop pour toi, bien sûr… tu peux t'occuper d'elle ?

Yim hocha de nouveau la tête d'un air égaré. On aurait dit qu'il allait s'effondrer d'une seconde à l'autre. Il monta les premières marches de l'escalier en spirale, et Timo l'entendit pousser un cri. Mais il ne s'en soucia pas.

Il se dirigea vers la cuisine d'un pas lourd – plus lourd qu'à aucun autre moment de la soirée. Elle était bien là, préparant du thé sur un petit réchaud à gaz. Trois bougies l'éclairaient.

– Oh, c'est toi ! Tu m'as fait peur. Un instant, j'ai cru qu'un fantôme entrait dans la pièce. Mais ce n'est que Timo, le chasseur d'inspiration. Les portes n'arrêtent pas de claquer dans la maison, il y a de quoi sursauter. Si seulement l'électricité pouvait revenir ! Tu as vu, Mme Nan s'est réveillée. Elle m'a demandé du thé vert. C'est bien d'elle ! Je parie que la première chose qu'elle fera, le jour lointain où elle frappera à la porte du paradis, ce sera de réclamer un thé vert. Elle va guérir, j'en suis sûre. Personne ne peut mourir à Hiddensee, c'est impossible ! Encore moins en recevant une branche sur la tête. Avec le peu d'arbres qu'il y a ici, ce serait comme de se noyer en plein désert ! Qu'est-ce que tu as ? Pourquoi me regardes-tu comme ça ?

33

Le lendemain de l'entretien avec M. Nan, à neuf heures et demie du matin, j'entrais dans un café supposé branché de Prenzlauer Berg – multiculturel, chic et alternatif à parts plus ou moins égales. La plupart des clients étaient installés à la terrasse à deux ou trois par table, prenant le petit déjeuner devant d'énormes assiettes alléchantes. L'intérieur embaumait le café.

Je découvris Timo Stadtmüller seul à une petite table, feuilletant un manuscrit de plusieurs centaines de pages dont il corrigeait un mot de temps à autre. Je l'observai d'abord pendant quelques minutes, sans rien lui trouver d'antipathique. C'était le cas de beaucoup des meurtriers que j'avais rencontrés, et cela contredisait une fois de plus la théorie courante du monstre. Un assassin peut avoir des copains, être quelqu'un de gai, poli, toujours prêt à avoir un mot aimable pour les gens. Timo Stadtmüller était de ceux-là. La serveuse s'approchait volontiers de sa table. Il échangeait quelques paroles avec elle et elle repartait le sourire aux lèvres.

Je crois qu'il faisait tout ce qu'il fallait pour que les gens l'aiment bien, et qu'il savourait la bonne opinion qu'ils avaient de lui. Il n'était pas gentil avec eux pour leur faire du bien, mais pour s'en faire à lui-même. Était-il si différent en cela de n'importe quelle personne ordinaire ? En soi, le mal n'a pas d'humour, il n'est ni poli ni serviable, mais il peut coexister avec ces qualités. Loin de s'isoler, il s'associe, parfois même se confond avec un trait de caractère sympathique. C'est ce qui fait son succès.

Quand la serveuse m'eut apporté mon thé, je quittai ma table et vins vers celle de Timo Stadtmüller, où je m'assis sans demander la permission.

– Doro Kagel, journaliste. Je suis une amie de Yim. Il a appelé chez vous, et on lui a dit que je vous trouverais ici. C'est votre café attitré, vous écrivez souvent ici, n'est-ce pas ?

– Oui… répondit-il, encore un peu étonné de mon intrusion.

– Yim a été stupéfait quand Vev Nachtmann a décroché le téléphone. Je l'étais tout autant. Mais c'était encore une pièce manquante du puzzle. Le mobile. Je m'étais creusé la tête la moitié de la nuit pour comprendre pourquoi vous aviez fait ça.

– Je ne sais pas du tout…

– Ah oui, j'allais oublier de mentionner l'essentiel. Hier soir, Yim et moi avons eu une conversation très intéressante avec M. Nan.

Il comprit aussitôt. Cependant, je m'attendais à une réaction bien différente. Or, il était tout à fait détendu, ne manifestant aucune inquiétude, comme si j'avais simplement découvert qu'il avait grillé un feu rouge deux ans plus tôt. Même quand je lui détaillai ce que m'avait appris M. Nan et mes propres conclusions, il resta étrangement calme. Il sirota son café, joua un peu avec son stylo, s'adossa à son siège. Je crus même entrevoir un léger sourire sur ses lèvres.

– Au cas où vous auriez l'intention de nier…

– C'était un accord tacite entre lui et moi, m'interrompit-il. Je n'ai jamais parlé directement avec M. Nan. Je l'ai vu pour la dernière fois à l'enterrement de Clarissa et de Philipp, et nous nous sommes compris d'un regard. Il savait pour moi, et je savais pour lui. C'était clair pour tous les deux : celui d'entre nous qui romprait le pacte causerait aussi sa propre perte.

– J'ai découvert ce que cachait M. Nan.

– À cause de l'appentis, peut-être ? Il n'a pas voulu le démolir, ni brûler ce qu'il y avait dedans, les tableaux… Quelques semaines après septembre 2010, je suis retourné à Hiddensee dans l'intention d'y mettre le feu. Il était évident pour moi que si on découvrait le secret de Viseth Nan, je serais fichu aussi. J'ai dû attendre, parce qu'il a plu sans interruption pendant quatre jours. Puis le soleil est revenu. Et, au moment de m'y mettre, il s'est passé une chose étrange. Tout d'un coup, je ne voulais plus le faire. J'ai quitté l'île sur-le-champ. Cela vous intéresse-t-il de savoir pourquoi je ne cherchais plus à me protéger ?

– Beaucoup, même.

Il se commanda un autre café. Il me paraissait totalement absurde de discuter de ses crimes en bavardant tranquillement dans un bistrot, mais Timo Stadtmüller ne donnait toujours aucun signe d'inquiétude ni d'agressivité.

– Je vais devoir digresser un peu, cela ne vous ennuie pas ?

– Pas du tout, dis-je en regardant ma montre. Mais je n'ai plus que cinq minutes, et vous aussi.

– Je ne vous demande pas ce qui va se passer dans cinq minutes.

Il remercia la serveuse qui lui apportait son café et but une gorgée avant de commencer son récit :

– Le coup de feu tiré sur Leonie était un accident, mais il a déclenché en moi des sentiments très divers. De l'agressivité, de la colère, à cause de mes échecs passés, et une sorte de joie difficile à décrire. Un mélange que, pour simplifier, j'appelle « ma boue ». Cette saloperie est montée en moi jusqu'à me remplir à ras bord, jusqu'à déborder. Je ne peux expliquer autrement que j'aie encore pu tirer sur Clarissa et sur la vieille dame après avoir tué Philipp. On croit se connaître, on croit savoir de quoi on est ou non capable, mais, je vous le dis, on se trompe presque toujours. Ce fut un choc. Puis sont arrivés les deux démons jumeaux, la peur d'être découvert, et la peur de moi-même, des cauchemars. Quand on a appris que Leonie était toujours vivante, j'ai éprouvé une sensation si violente que je ne peux la décrire que comme une douleur brutale. C'était comme si Dieu me donnait un coup de poing à l'estomac.

« Une seule nouvelle aurait pu être pire, celle que Philipp était en vie. Mais il était mort, et bien mort. Vev était donc libre. Je l'avais délivrée. Elle n'aurait jamais eu la force de le quitter, de priver sa fille de sa famille. Elle, Philipp, moi, nous aurions tous été malheureux, eux dans leur solitude à deux sans amour, moi me consumant lentement d'amour. De cette façon, j'ai donné un coup de pouce au bonheur. Davantage pour moi que pour Vev, je l'admets. Mon amour pour elle s'est nourri d'un crime, que j'ai certes décidé sur un coup de tête, mais que j'ai commis de tout mon cœur. Je ne parle là évidemment que de Philipp, pas de Clarissa ni de Mme Nan. Après la mort de Philipp, j'avais une chance de faire entrer Vev dans ma vie, une sacrée belle chance. Bien sûr, elle a terriblement souffert de la mort de Clarissa, mais je l'ai consolée de mon mieux, tout en vivant dans la terreur à cause de Leonie.

« Leonie s'accrochait à sa nouvelle forme d'existence, le coma. Elle n'avait pas trouvé de soutien dans la vie, et la mort non plus ne voulait apparemment pas d'elle. Peut-être n'avait-elle voulu se tuer que pour que j'assiste à cela. Pour me punir. Après m'avoir fait subir un premier choc en me braquant avec son arme, le deuxième devait être son suicide. Ce qu'elle ne pouvait pas prévoir, c'est la terreur bien pire qu'elle m'a infligée, non par sa mort, mais par sa non-mort. Et si, par miracle, elle reprenait conscience ? Si elle parlait ? Tout mon avenir reposait sur le souffle ténu de cette femme. Elle me torturait doublement. D'une part parce qu'elle pouvait d'une phrase anéantir tous mes rêves. D'autre part, et pire, parce que c'était elle qui maintenait au plus haut niveau la boue en moi.

« Des pensées mauvaises me dominaient, alors que j'aurais voulu ne penser qu'à des choses belles et bonnes, mon amour, ma victoire. Et, au lieu de cela, je souhaitais la mort de Leonie. De manière perverse, je trouvais une consolation dans le fait que sa bouche avait été transpercée, sa langue déchiquetée, qu'elle était donc privée du pouvoir de formuler la vérité. Même si elle avait repris connaissance, il aurait fallu qu'elle écrive, ce qui me paraissait difficilement envisageable. De plus, son cerveau étant touché, ses déclarations seraient sans valeur. Mes réflexions tournaient autour d'horreurs de ce genre comme des mouches autour d'une bouse. Pendant des semaines, je suis resté plongé dans ce marécage, dans cette merde. J'y pataugeais, j'en bouffais sans pouvoir la recracher, parce que personne ne devait rien remarquer.

« Quand il est enfin apparu que Leonie ne se réveillerait probablement jamais, c'est M. Nan qui a commencé à m'inquiéter. Il était le dernier point faible.

J'ai envisagé de le tuer et de faire passer cela pour un suicide, mais j'ai eu peur de trop forcer ma chance. Je m'en étais tiré une fois, mais la deuxième... Alors, je suis allé à Hiddensee pour mettre le feu à l'appentis. Et là, comme je vous l'ai dit, ça s'est passé autrement. J'avais déjà le bidon d'essence à la main, j'étais devant le hangar... et c'est alors que j'ai eu une illumination, une inspiration.

Comme il se taisait soudain après avoir parlé pendant plusieurs minutes sans s'arrêter, je le relançai :

– De quel genre ?

Il sourit.

– Je vais vous laisser mijoter encore un peu, et vous raconter d'abord ce qui s'est passé après cette révélation. La boue a lentement reflué en moi. J'ai été heureux avec Vev, elle avait besoin de moi, elle comptait sur moi. Je n'éprouvais aucun remords de mon crime, parce que je crois que le remords vient seulement lorsqu'on n'a pas pu atteindre son but. Si j'avais été pris alors, ou si la vie avec Vev avait été un enfer, je regretterais ce que j'ai fait. Mais sans cela, le remords n'était pour moi qu'un concept biblique. Mon acte perdait peu à peu toute réalité. Cependant, comme toujours lorsqu'on vide un liquide, il en reste toujours un peu au fond et sur les parois du récipient. Quelques gouttes de la boue sont restées en moi, et je sens parfois leur effet. On m'a dit que mes attaques verbales frappaient plus souvent qu'avant au-dessous de la ceinture, que j'étais devenu moins patient, que je comprenais moins bien la plaisanterie. Personne ne se doute que j'ai dans le sang un poison que cent transfusions ne suffiraient pas à neutraliser. Et pourtant, j'ai de la chance. Je ne vois pas de spectres, je dors plutôt bien, je n'ai pas besoin de me laver les mains tout le temps comme lady

Macbeth. Il m'arrive certes parfois, quand je regarde mes mains, d'avoir la sensation qu'elles ne sont pas à moi. Mais j'ai été un homme heureux pendant près de deux ans. Je n'exagère pas. Si heureux que j'ai parfois l'impression que Vev n'existe pas, que c'est moi qui l'ai inventée. Elle s'accroche à moi comme à une bouée. J'avais toujours rêvé d'être tout pour quelqu'un. J'ai détruit Vev et je l'ai reconstruite. Nous habitons dans un joli duplex à deux pas d'ici, avec cinq chambres. Nous faisons l'amour presque chaque nuit. Vraiment, cela aurait difficilement pu mieux se passer. Il ne me manque plus que le succès professionnel. Je vous agace ?

– J'ai toujours espéré que le meurtre ne rendait pas heureux.

– Le responsable de cette croyance erronée est le trop grand nombre de livres et de films américains – et, bien sûr, les gens comme vous, qui veulent que le crime ne paie pas.

– Mon vœu va s'accomplir, puisque le bon temps est fini pour vous, monsieur Stadtmüller, dis-je en voyant clignoter sur la table et sur le carrelage le reflet bleu du gyrophare.

Pendant que je me dirigeais vers ce café, Yim et son père s'étaient entretenus avec la police. Deux fonctionnaires en civil et deux autres en uniforme s'approchaient maintenant de nous, suivis de Yim.

– Timo Stadtmüller ? Commissaire principal Sperling. Un mandat d'arrêt a été émis contre vous pour présomption grave de meurtre sur les personnes de Clarissa Nachtmann, Philipp Lothringer et Nian Nan, et de tentative de meurtre sur la personne de Leonie Korn.

– À présent, je vais être célèbre, dit-il en se tournant vers moi.

Les policiers passèrent les menottes à Timo Stadt-müller et l'emmenèrent. Tout s'était passé très vite.

Yim s'assit avec moi à la table où je venais de parler avec le meurtrier. D'une certaine façon, je peux dire que je me sentais bien. J'avais tiré au clair une affaire abominable, et même deux, si on comptait les crimes de M. Nan. Cela peut paraître stupide, mais, en cet instant, j'avais le sentiment d'avoir vengé mon frère.

Pourtant, des doutes subsistaient. Pourquoi Timo Stadtmüller n'avait-il montré aucun signe d'inquiétude, pas même quand il avait dû comprendre que la police était déjà en route ? Pourquoi souriait-il encore alors qu'on l'emmenait ? Seulement parce qu'il allait devenir célèbre ? Et qu'avait-il voulu dire avec cette histoire d'inspiration ? Il n'en était jamais venu à l'explication promise, et je ne pouvais pas me sortir sa remarque de la tête.

– Qui va payer l'addition maintenant ? nous demanda tristement la serveuse.

– Je prends tout en charge, la consola Yim. Apportez-nous encore deux doubles expressos, s'il vous plaît. Comment te sens-tu ? me demanda-t-il ensuite en posant la main sur ma nuque.

– Ça va. Je suis seulement… un peu dans la confusion. Un café est exactement ce qu'il me faut en ce moment. Et ta compagnie.

– J'espère que je suis un peu plus que de la compagnie.

– Nettement plus ! Je suis contente d'être avec toi.

Nous restâmes silencieux jusqu'à l'arrivée des cafés. Yim me prit les mains, car je tremblais un peu.

– Il y a encore une chose que tu ne sais pas.

J'eus soudain très peur qu'il ne veuille dire qu'il n'y avait plus rien entre nous.

– Ce jour-là, c'est moi qui avais rapporté le pistolet à Leonie. Clarissa l'avait volé et enfoui dans le sable, et ma mère l'avait déterré. Plus tard, elle m'a envoyé le rendre à Leonie. J'ai longtemps vécu avec la conviction que j'avais mis entre les mains de la meurtrière l'arme qui avait tué ma mère. Bien sûr, c'était elle qui me l'avait demandé, mais ça m'a démoli. J'étais incapable d'en parler.

Je ne le comprenais que trop.

– Dès que j'aurai un peu de temps devant moi, je te raconterai les reproches que je me suis faits après la mort de mon frère. Cela m'a appris au moins une chose, c'est que tout ce qui arrive, du meilleur au pire, résulte toujours d'une multiplicité d'actions et de choix de toutes sortes de gens. On ne peut que rarement évaluer les conséquences de ce qu'on fait ou omet de faire, et on deviendrait fou si on tentait à chaque pas d'analyser le suivant. Ta mère n'est pas morte parce que tu as fait ce qu'elle te demandait, mais bien parce qu'un homme de trente-trois ans qui souffrait d'un complexe d'infériorité et d'un amour impossible a pété les plombs.

– Alors, je vais te dire une chose qui risque de te choquer, mais j'espère que tu me comprendras, dit Yim en souriant. Je suis heureux que tu aies perdu quelqu'un de cher dans ta famille à cause d'un meurtre.

Je lui rendis son sourire.

– Non, je ne suis pas choquée. Je comprends ce que tu veux dire. Je le comprends très bien.

Tandis que nous buvions nos cafés, je sentis pour la première fois que Yim et moi étions un vrai couple. Il dut le voir dans mes yeux, car il me sourit à nouveau et m'embrassa. Ce que nous avions traversé ensemble ne s'effacerait jamais, ce ne serait jamais tout à fait du passé. Mais, avec les années, le fardeau deviendrait toujours plus léger à porter.

Dans les jours suivants, nous devions apprendre qu'il faut parfois que les choses s'aggravent encore avant de pouvoir s'arranger. Le père de Yim échappa à l'extradition en se pendant – dans l'appentis, ce qui n'était pas évidemment pas un hasard. Yim laissa les fleurs du jardin se dessécher et fit envoyer les tableaux au Cambodge, où ils furent exposés.

Le jour même de l'arrestation de Timo, Yasmin mourut d'une overdose. Contrairement à son habitude, elle s'était injecté la drogue. Avait-elle entendu parler de la résolution de l'affaire ? Était-ce un accident ou un suicide ? On ne le saurait jamais avec certitude. Après l'enterrement, son frère aîné m'apprit que, depuis la tragédie de Hiddensee, sa famille lui envoyait chaque mois un gros chèque. C'était ce qui lui avait permis d'offrir la boutique à son amie et de s'acheter de l'alcool et des drogues. D'une certaine façon, Yasmin était l'avant-dernière morte de Hiddensee. La dernière serait Leonie, le jour où les médecins débrancheraient les machines qui la maintenaient en vie.

Yim vendit son restaurant et, peu après, en ouvrit un autre sur un bateau amarré sur la Spree.

Je n'ai jamais rencontré Vev ni parlé avec elle. Elle se tint à l'écart du procès et ne fut pas appelée à la barre, son avocat se contentant de lire une déclaration formelle. Inutile de dire quelle pitié elle m'inspirait. Perdre sa fille et son mari, pour apprendre qu'ils avaient été tués par son amant, l'homme avec qui elle avait fait l'amour mille fois depuis… Elle demeura pour moi un facteur inconnu, et je préférais qu'il en soit ainsi. Yim m'avait dit que je lui ressemblais finalement un peu, que mon sens de l'humour et de la répartie lui rappelaient les siens. Je ne voulus pas en savoir davantage, cela n'aurait fait que me gêner pour écrire mon article.

Après l'article, je caressais l'idée de tirer un livre de cette affaire, une version romancée des événements. Car, dans un roman, il en va des faits comme des poisons : les fortes doses sont néfastes, seules les faibles doses guérissent. Les faits font en quelque sorte obstacle. Même si je les utilisais, je m'arrangerais pour qu'ils passent pour de la fiction. Qui dit roman dit mensonge, écrivait Simone de Beauvoir, et j'étais bien d'accord avec elle.

Quelques semaines après l'arrestation de Timo Stadtmüller, il se passa un événement singulier. En m'aidant à déballer mes affaires dans notre nouvel appartement commun, Yim tomba sur le manuscrit sur lequel Timo travaillait ce jour-là au café. Je l'avais mis dans mon sac sans y penser, puis oublié dans une pile quelque part chez moi.

– Il est question de Hiddensee là-dedans ! me lança Yim. C'est incroyable. Il a changé quelques noms, mais… c'est bien le récit de la nuit sanglante.

Je feuilletai le manuscrit à mon tour et n'en crus pas mes yeux. Timo Stadtmüller s'y désignait lui-même comme le meurtrier. Le texte était une sorte de confession où il révélait jusqu'au nom de M. Nan, le criminel de masse. Autrement dit, il s'était volontairement livré au bourreau. Le catalogue où figurait la date de publication prévue du livre, printemps 2013, était joint au manuscrit.

Il donnait aussi le titre du roman : *La Maison des brouillards*.

Remerciements

Je remercie Eléonore Delair, sans qui ce livre n'aurait pas existé, Wiebke Rossa et Angela Troni, qui m'ont aidé à polir le texte, mon agent Petra Hermann au grand cœur, et bien sûr les six indispensables relectrices à qui le livre est dédié.

RÉALISATION : NORD COMPO À VILLENEUVE-D'ASCQ
IMPRESSION : CPI FRANCE
DÉPÔT LÉGAL : AVRIL 2018. N° 137154 (3027044)
IMPRIMÉ EN FRANCE